Kowalke & Co. Verlag

DANIEL KNILLMANN

MORA !

ROMAN

Kowalke & Co. Verlag

für Christiane

Satz: Hinstorff Verlag, Rostock
Druck und Einband: Wiener Verlag, Himberg
Printed in Austria
ISBN 3-932191-18-8

Kapitel 1

1

Ich wünschte, ich hätte einen originelleren Anfang für diese Geschichte gefunden. Doch was soll man von einem Menschen erwarten, der auf unvollständige Weise auf die Welt gekommen ist?

Es war ein gräßlicher Tag, an dem meine Mutter die kleine Reise in die große Klinik antrat. Das Wetter hatte sich schwarze Latexhandschuhe übergestreift und fing an, die Natur auszupeitschen. Dicke Regentropfen zerplatzten auf Mutters prallem Bauch, als sie aus dem Haus trat. In meiner weichen Lake schwimmend und gedämpft durch den Stoff des Mantels, der sich über ihre Rundung spannte, klang der Regen für mich wie ein fernes, beruhigendes Rauschen.

Mein Vater hatte in der Aufregung vergessen, einen Schirm mitzunehmen. Unter eine blaue Kunstledertasche geduckt, die normalerweise dem Familieneinkauf vorbehalten war und nun Nachthemd, Waschzeug, Handtücher und derlei Nützlichkeiten mehr enthielt, liefen sie eilends dem Krankenhaus entgegen. Es war nicht allzuweit von unserer Wohnung entfernt, und meine Eltern zeichneten sich vor den Nachbarn gern durch Sparsamkeit aus. Wer weiß, vielleicht wäre aus mir ein anderer Mensch geworden, hätten sie den Bus genommen. Erste Lebenseindrücke sollte man nicht unterschätzen.

Wahre Wolkenbrüche gingen auf meine armen Eltern nieder. Der Regen ließ die Straßen anschwellen. Sie gingen schneller, um das schützende Dach zu erreichen. Noch einen Kilometer vom Krankenhaus entfernt, rutschte meine Mutter plötzlich aus. Sie war auf „etwas Schlüpfriges getreten", wie sie sich später gern erinnerte. Sie hatte sich den Knöchel gestaucht und sah sich außerstande weiterzugehen. Mein Vater schlug ihr vor, sie zu tragen.

In diesem Augenblick jedoch setzten die Wehen mit solcher Heftigkeit ein, daß daran nicht zu denken war. „Lauf zum Hospital und hol jemanden", stöhnte sie. Mein Vater machte sich sogleich auf den Weg, während meine Mutter sich bei dem Versuch, dem Regen zu entkommen, wie ein verletztes Tier in ein Gebüsch zurückzog.

Dort fanden sie mein Vater und der Arzt. Durchnäßt und außer Atem führten sie eine Bahre mit sich. An einen Transport ins Krankenhaus war nicht mehr zu denken. Die Dringlichkeit gebot eine Entbindung an Ort und Stelle. Wieder hatte niemand an einen Regenschirm gedacht. Und so hielt mein Vater die blaue Tasche schützend über diese Szene, während meine Mutter mich bei strömendem Regen, der, gefiltert durch die Blätter und eine blaue Tasche, herabtröpfelte, aus sich herauspreßte. Zu dreiviertel war ich draußen, da ging es nicht mehr weiter. Schluß, Aus, Ende! Ich hatte die Nase voll. Kalte nasse Finger fuhren über meinen Körper und weckten in mir nur den einen Wunsch: mich umzudrehen und wieder reinzuhechten. Meine Mutter, die genug von dieser Posse hatte, faßte meinen bereits erschienenen Arm und zog mich ruckartig aus ihrem Gedärm. Wie eine Trophäe hielt sie mich in den Regen. So sehr ich mich auch sträubte und wand, es war zu spät für eine Rückkehr.

Aufgrund dieser jähen und äußerst rabiaten Geburtshilfe war ein Teil von mir in meiner Mutter zurückgeblieben. Wahrscheinlich ist er mit der Nachgeburt entsorgt worden. Die meisten Menschen nennen diesen Teil Persönlichkeit. Und es ist unbestritten, daß gerade diese Eigenschaft uns zu vollständigen und höheren Wesen macht. Oder?

Sie wollte gleich nach Hause. So wurde ich zwischen Nachthemd, Toilettensachen und Handtüchern verstaut und wie ein Schnäppchen nach Hause getragen. An Wärme lernte ich an diesem verdrießlichen Herbstmorgen lediglich das Innere der blauen Kunstledertasche kennen.

Mein Vater litt am meisten unter dieser Situation. Er war sehr sensibel. Die Sache ließ ihm keine Ruhe. Erst nachdem er in einem seiner Psychologieführer nachgeschlagen hatte, faßte er sich wieder. „Geburtstrauma", verkündete er meiner Mutter. „Diese seelische Verletzung wird ihn sein ganzes Leben lang begleiten. So rabiat auf die Welt gekommen zu sein." Er schüttelte traurig den Kopf. Mein Vater war einer jener Menschen, die die Dinge benennen müssen, um sie zu verstehen. Meine Mutter sah das pragmatischer: „Eigentlich habe ich ihn ja fast allein auf die Welt gebracht. Wir könnten von der Krankenkasse ein paar Beiträge zurückfordern." In ihre Argumentation mischte sie für gewöhnlich scheinbar logische Behauptungen, die sie anschließend durch unsinnige Schlußfolgerungen wieder umstieß.

2

Neben mir gab es noch Sonja und Leo. Sonja war vier Jahre vor mir auf die Welt gekommen und Leo sieben Jahre nach mir. Ich war kein zartes kränkelndes Kind, wie man es oft und gern liest. Ich war auch kein verschlossener Bücherwurm, der heimlich Insekten und Kleingetier quälte. Ich war ein sich normal entwickelndes Kind. Mal laut, mal leise, mal sanft, mal wild.

Ich lebte in mir und die Welt lebte durch mich. Ich atmete meine Kindheit und alles um mich herum einfach in mich hinein. Es war keine Kindheit mit den Gerüchen nach Apfelkuchen, Bratfett und der Bronchialkatarrhsalbe meiner Großmutter, es gab keinen Milchmann, der uns Kinder die leeren Flaschen für einen Groschen einsammeln ließ. Autoren, die sich um ihre Kindheitserinnerungen bemühen, benutzen gern reizende Farben, um ein Bild zu malen, das es ihnen erlaubt, die langweiligsten und grämlichsten Jahre des Lebens im Rückblick zu idealisieren. Bei mir nicht. Es gibt keine Rückschau auf ein Stück ungebändigte Freiheit. Es war einfach eine Kindheit. Sie war unbeschwert und sie war schwierig. Ich spazierte durch meine Kindheit hindurch, wie manch anderer eine Landschaft durchwandern mag. Ich sammelte keine Tannenzapfen, und am Ende kam ich einfach in eine andere Umgebung. Erst in der Zeit des Erwachens, in der Jugendzeit begann meine Welt sich zu verändern. Während die scharfen Kanten vorher Schutzkappen getragen hatten, ragten sie nun starr und bedrohlich in mein Leben. Und es brauchte nicht lange, bis ich mich das erstemal schnitt.

Es hing mit Sonja zusammen. Sonja ist ja eine Verkleinerungsform von Sophia. Ich nannte sie daher abwechselnd Sophia oder Sophie. Das tat sonst niemand. Meine Eltern ärgerte es regelrecht, wenn ich sie Sophia rief. „Wir sind doch keine Russen", sagte meine Mutter dann erbost. Der russische Menschenschlag war in meiner Familie nicht wohlgelitten. Die Eltern meiner Mutter hatten vor dem Krieg ein Pferdegestüt in Ostpreußen besessen. Meine Mutter erinnerte sich immer gern daran, wie sie als junges Mädchen in der Morgendämmerung ihre Ländereien abritt. Mit verklärtem Blick saß sie dann in ihrem Lieblingssessel und wähnte sich im Paradies ihrer Jugendzeit.

Zehn Hektar waren es gewesen. 180 Pferde. Darunter 13 Zuchtstuten und vier Zuchthengste. Der berühmte „Black Beard" soll den Lenden eines der Hengste meines Großvaters entsprossen sein. So das Gerücht. Tatsache war allerdings, daß ziemlich viele russisch-deutsche Bastarde den Lenden meines Großvaters entsprossen. Die Arbeiter auf dem Hof waren Russen, und mein Großvater vertrat noch das alte feudalstaatliche Prinzip vom Recht auf die erste Nacht. Meine Mutter wurde dann 13jährig von zwei russischen Soldaten vergewaltigt, die sich das Recht des Siegers auf die Frauen des Besiegten herausnahmen. Auf die Russen war sie seither nicht gut zu sprechen. Eines Tages brachte ich meinen russischen Klassenkameraden Roman mit nach Hause. Ich versuchte ihn zu überreden, meine Schwester zu vergewaltigen.

Das wollte ich sehen. Nur deshalb hatte ich ihn eingeladen. Er war klein und flink, und ich mochte ihn nicht sonderlich. In jeder Pause spielte er Fußball und war auch sonst sehr langweilig. Wenn er im Unterricht angesprochen wurde, stand er stocksteif auf, straffte sich und stammelte, sehr zu unserer Belustigung, wirres Zeug in seinem überakzentuierten Maschinengewehrdeutsch. Ich bot ihm Schokolade, wenn er meine Schwester vergewaltigen würde. Ich bot ihm Geld. Ich versprach ihm ein Pferdegestüt. Nichts. Ich fragte ihn, ob er lieber meinen Bruder vergewaltigen wolle. Er wußte nicht einmal, was das war. Ich auch nicht. Wir waren acht oder neun.

Meine Mutter war furchtbar aufgeregt, als der kleine Russe auf einmal vor ihr stand, höflich seine Mütze abnahm und „Guden Dag" krähte. Dazu machte er eine artige Verbeugung. Perfekt. Meiner Mutter hatte ich nicht erzählt, daß ich einen Russen mitbringen würde. Ich hatte lediglich etwas von einem Klassenkameraden gesagt. Sie schien sich die Hände zu reiben. Ein schmächtiger, kleiner Angehöriger des russischen Volkes in ihrer Hand. Das Essen wurde zu einer Tortur für den armen Roman. Nach jedem Bissen fragte sie ihn, ob es schmeckte. „Ja schmeckt gutt." Daraufhin salzte und pfefferte sie aufs neue, mit nicht zu übersehender Freude, sein Essen nach. Sie würde immer so mit den Gewürzen sparen. Aber er solle sich nicht schämen. Und schwups hatte er wieder eine Prise Pfeffer mehr auf dem Teller. Zwischendurch wurde er ganz rot und japste nach Luft. Ich befürchtete schon, er würde in unserem Wohnzimmer abkratzen. Zu trinken bekam er nichts. „Wir trinken nie etwas zu den Mahlzeiten", sagte meine Mutter. Wir tranken eigentlich immer zum Essen. Nur eben heute nicht. „In Ostpreußen tranken wir nie zu den Mahlzeiten. Das war dort nicht Sitte. Ich weiß ja nicht, was die Russen und die Polen dort heute so treiben“, belehrte sie ihn und streichelte dabei zärtlich seinen Kopf, „aber zum Essen zu trinken galt als unfein. Das taten nur die Arbeiter.“ Roman, der gar nicht auf den Gedanken kam, um ein Getränk zu bitten, ließ alles schweigend und mit hochrotem Kopf über sich ergehen. Er mußte dann sehr schnell nach Hause und schlug seitdem jede meiner Einladungen aus.

3

Zu meiner Schwester Sonja: Sie war merkwürdig, sehr scheu und mied nach Möglichkeit andere Menschen. Sonja lebte in ihrer ureigenen Welt. Dabei war sie weder asozial noch eine Menschenfeindin. Sie war nur gern allein. Und das gefiel ihr. Sie gehörte nie richtig zur Familie.

Als Teenager fiel mir ein Buch über Autisten in die Hand. Unglückliche Geschöpfe, die nicht oder kaum in der Lage sind, mit ihrer Umwelt Kontakt aufzunehmen. War Sonja eine von ihnen? Ich las, daß manche Autisten in der Lage sind, komplizierte Berechnungen schneller auszuführen als jeder Computer. Andere können die Pfalzkapelle von Aachen aus dem Gedächtnis bis in das kleinste Detail nachzeichnen. Ich beschloß, Sonja zu testen. Stundenlang lag ich ihr in den Ohren, abstruse mathematische Aufgaben zu lösen oder doch mal die Michaelkirche zu Hildesheim – von der ich ein Türposter hatte – aus dem Gedächtnis zu malen. Das Türposter hatten meine Eltern nach einem Besuch der Kirche für mich mitgebracht. Ich weiß bis heute nicht, welcher heilige Geist sie damals geritten hatte. Nie hatte ich verlautbaren lassen, daß mich ein Türposter der Michaelkirche zu Hildesheim Gott näherbringen oder mich sonstwie glücklich machen würde.

Während der heißen Zeit der NATO-Doppelbeschlüsse beklebte ich das Poster mit Anti-Pershing-Stickern, in der stillen Hoffnung, daß Gott darauf aufmerksam werden würde. Als der INF-Vertrag zustande kam, war meine Schwester jedoch schon tot und begraben.

Sonja ging natürlich nie auf meine Vorschläge ein. Ich gab dann meinen Autismusverdacht offiziell auf, hegte aber nach wie vor die Vermutung, daß sie nicht ganz sauber war.

Mit 11 Jahren fing sie an, sich mit Mystizismus zu beschäftigen. Unentwegt brannte sie in ihrem Zimmer ekelerregende Substanzen ab. Dazu malte sie geheimnisvolle Zeichen an die Wände und versuchte unsere Ahnen zu beschwören. Ich weiß nicht, ob sie jemals Erfolg hatte. Manche Nacht jedoch lag ich wach und hörte dumpfe, verzerrte Stimmen durch die dünne Trennwand unserer Zimmer. Die Toten schienen ihr näher zu sein als die Lebenden.

Sie sprach nicht darüber. Sie sprach überhaupt selten. Und wenn, dann nur das Notwendigste. Ihre Scheu und ihr Aussehen verliehen ihr etwas Seraphisches. Sie war klein und zierlich, hatte dünnes, blondes Haar, graugrüne Augen, eine Stupsnase und schmale, blasse Lippen. Sie paßte auch äußerlich nicht in unsere grobknochige, kräftige Familie. Ihre Zeugung mußte in Pastell- und Rosatönen vor sich gegangen sein. Während mein Vater auf meiner Mutter schwitzte, öffneten sicherlich kleingewachsene Wesen mit reinen und guten Gesichtern die Schlafzimmertür, um sich verschwörerisch zuzulächeln. Sie war so proper, fast keimfrei. Ihr Wesen war wie eine frischgescheuerte Küchenspüle.

Kapitel 2

1

Ich war damals 15 und Sonja 19 Jahre alt, als etwas passierte, das uns zum ersten- und zum letztenmal unseres Lebens einander nahebrachte.

Sonja sprach nie über sich. Bis auf jenen Abend, an dem ich sie im Bad überraschte. Es kam nicht mehr oft vor, daß sie im elterlichen Haus das Bad benutzte. Sie hatte seit einem halben Jahr eine eigene Wohnung, und für gewöhnlich schloß sie hinter sich ab. An diesem Abend nicht.

Mir fielen sofort die Blutergüsse auf. Sie hatte einen schönen Körper. Wohlgeformt, glatt und weiß. Sonja hätte als antike Marmorfigur durchgehen können. Jetzt sah sie aus, als ob ein irrer Kunsthasser ihre Lenden mit blauer und grüner Farbe bespritzt hätte. Sie versuchte nicht, ihre Blutbeulen zu verbergen. Es war, als hätte sie mich erwartet. „Ich bin fertig", sagte sie nur, schaute mir zwei, drei Sekunden in die Augen und drängte sich an mir vorbei. Noch heute, nachdem sie fast siebzehn Jahre tot ist, liege ich manchmal nachts wach und denke über diesen Satz nach.

Ich ging hinter ihr her. Sie saß ganz ruhig in ihrem alten Zimmer auf ihrem Bett und schaute nicht hoch, als ich eintrat. Sie schaute während ihrer Erzählung kein einziges Mal hoch. Sie schien eher zu sich selbst zu reden.

„Ich war im Keller und wollte die Leiter raufholen. Ich hatte mir doch diese Wohnzimmerlampe gekauft. Diese kleine Lampe mit dem Glas in der Form eines Engels, weißt du. Und auf der Kellertreppe treffe ich diesen Kerl aus dem zweiten Stock. Er wohnt mit seiner Frau und seiner kleinen Tochter zusammen. Ich glaube, er ist bei irgendeinem Amt. –Was ich denn mit der Leiter will, fragt er. Ich erzähl ihm von der Lampe, da reißt er mir die Leiter aus der Hand und sagt: Is doch nix für dich, sone schwere Leiter. Trag ich dir hoch. – Nein, das will ich nicht, sag ich. Das schaffe ich schon. Aber da ist er schon die Treppe hoch mit der Leiter. Diese blöde Leiter. Oben vor meiner Tür will ich ihm das Ding abnehmen und sage Danke.

Nana, nu mach mal keine Flausen. Wir sind doch Nachbarn. Ich trag sie dir rein.– Also schließe ich auf, gehe in den Flur drehe mich um und sage nochmal Danke. – Wo soll denn die Lampe hin? – Ins Wohnzimmer, sag ich und halt ihm die Tür auf.

Er stellt die Leiter ab, guckt nach oben, wo das Kabel aus der Wand rausguckt und sagt: Das sieht ja nicht ohne aus. Ist die Sicherung draußen? und steigt und ist schon auf der Leiter. Ich hätte die Sicherung drin lassen sollen. Naja, jedenfalls hat er die Lampe aufgehängt. Sah auch ganz gut aus. So perfekt hätte ich das wohl nicht gemacht.

Hinterher fragt er mich nach Bier. Zur Belohnung, wie er sagt. Ich habe normalerweise nie Bier im Haus. Zufälligerweise hatte ich einen Träger da. Der war für die Handwerker, die die neuen Fenster eingesetzt haben. Ich hatte leider vergessen, das Bier hinzustellen. Also geb ich ihm ein Bier. Das trinkt er gleich weg. Er will noch ein zweites. Das habe ich ihm auch gegeben.

Während er sein Bier trinkt, denke ich, die Leiter steht so blöd im Raum. Man kommt ja kaum zur Tür. Also stehe ich auf, um die Leiter wegzuräumen. – Laß mal stehen Mädchen. Ich nehm die dann mit runter, sagt er und klopft mit seiner Hand auf den Platz neben sich. Ich laß sie also stehen und setze mich neben ihn. – Meine Frau läßt mich seit ein paar Monaten nicht mehr ran, sagt er und guckt dabei ganz traurig. Ich brauche das doch. Ich arbeite hart. Meine Frau wollte ja alles neu. Wohnzimmer, Fernseher, Auto, mal in Urlaub fahren. Ist ja auch schön, und die Kleine soll es ja gut haben. Aber wo kein

Geld ist, kann man keine großen Sprünge machen. Ist doch klar, oder? – Ich nicke ihm zu, denke, hoffentlich geht er bald. – Sie sagt ich laß mir zuwenig Zeit für ihre Bedürfnisse. Aber wo soll ich mir die Zeit denn stehlen? Die Rechnungen schreien nach Bezahlung. Wir Männer brauchen es doch auch öfter als ihr Frauen. Da ist doch nix dabei, wenn eine Frau mal nachgibt. Ich glaube, wir beide könnten uns eine Menge geben, oder, und da fängt er an, mich zu betatschen: Du hast so einen schönen Busen. Ich könnte dir öfter mal in der Wohnung helfen. Ich seh doch, wie allein du bist. – Ich wollte aufstehen und weglaufen. War aber wie gelähmt. Ich hab ihn wie durch Watte gehört. Die ganze Zeit hat er auf mich eingeredet. Irgendwann hab ich mich losgerissen. Die verflixte Leiter. Ich bin natürlich genau dagegen gelaufen. Und knalle mit dem Ding hin. Da ist er auch schon über mir und schiebt mir den Rock hoch. Es kann höchstens ein paar Minuten gedauert haben. Mir kam es vor wie eine Ewigkeit."

Ich versuchte mir vorzustellen, wie dieser Kerl auf Sonja lag und sich befriedigte. Nie wäre mir in den Sinn gekommen, daß ihr Körper auch Lust spenden könnte. Sie saß da wie ein halb verhungerter Spatz und guckte mich aus ihren Knopfaugen traurig an. „Danach hat er in meinem Schoß gelegen und geweint. Ich soll ihn nicht anzeigen. Er wüßte auch nicht, was über ihn gekommen sei. Das hätte er noch nie gemacht. Ich solle an seine kleine Tochter denken. Und jetzt, jetzt bekommt er noch eine Tochter dazu." Sie sah mir in die Augen. „Ich bin schwanger. Dieses Mädchen wird meine Rache an ihm." „Wie kannst du ein paar Stunden später wissen, daß du schwanger bist, und vor allem, daß es ein Mädchen wird. Das ist doch Quatsch." Es war nichts mehr aus ihr herauszubringen. Sie schärfte mir ein, die Geschichte für mich zu behalten, und bis kurz vor ihrem Tod erwähnte sie dieses Thema nicht mehr.

Meine Mutter war völlig ungläubig, als sie davon erfuhr. „Sonja ist schwanger? Das kann doch nur ein Scherz sein. Die weiß doch nicht mal, daß es zwei Geschlechter gibt. Der muß was unter den Rock geflogen sein." Sie bekam nie heraus, wer der Vater war. Sie glaubte sowieso nicht an eine natürliche Zeugung.

Die Schwangerschaft verlief reibungslos. Sonja zog in dieser Zeit wieder ins Haus. Meistens war sie oben in ihrem Zimmer und brannte Schalen mit übelriechenden Kräutern ab. Wenn sie nach unten kam, holte sie sich etwas zu trinken und setzte sich mit ihrem dicken Bauch wortlos ins Wohnzimmer vor den Fernseher. Fragen zum Vater des Kindes wich sie durch Schweigen aus.

Auch mit mir sprach sie nicht mehr als nötig. So, als hätte es diesen Moment der Vertrautheit nicht gegeben. Sie war eine Fremde unter lauter flüchtigen Bekannten. In dieser Zeit wurde sie noch ätherischer. Sie schien fast transparent und nicht mehr von dieser Welt zu sein, wenn sie, vom Fernseher in ein mildes Licht getaucht, auf dem Sofa saß. Meine Mutter schlug dann jedesmal die Hände vor dem Kopf zusammen.

„Was ist mit diesem Mädchen los? Das ist doch nicht meine Tochter." Wenn Sonjas Obsession das Schweigen war, dann war meiner Mutter Dämon das Reden. Sie konnte stundenlang reden, ohne etwas gesagt zu haben. Sie waren gleichnamige Pole. Wenngleich sie aus einer Familie stammten, stießen sie einander dennoch ab.

„Ich möchte mal wissen, wer die gezeugt hat", fuhr sie meinen Vater an, wenn es mal wieder um Sonja ging. Mein Vater schaute dann traumverloren auf und sagte Sätze wie: „Vielleicht leidet sie an Eisenmangel" oder „es sind die Organe", bevor er sich wieder seinem dicken „Hausbuch der Gesundheit" zuwandte und sie allein ließ.

2

An einem Sonntagmittag, wir saßen nach einer ausgiebigen Mahlzeit um den großen Familientisch, machte mir Sonja Zeichen, ihr zu folgen. Sie schleppte mich in ihr Zimmer, drückte mich auf einen Sessel und kniete sich vor mich. Nachdem sie mich ein paar Sekunden lang wortlos angeschaut hatte, sagte sie: „Du wirst dich um dieses Kind kümmern!“ „Bist du nicht ganz dicht? Das ist doch nicht mein Kind.“ „Noch nicht, aber es wird deins werden. Du wirst diesem Kind ein Freund sein.“ Sonja war normalerweise völlig humorlos. Aber das konnte doch nur ein Witz sein. „Hähä“, lachte ich ziemlich gequält. Sie sah mich durchdringend an. Ihr Blick ging so tief, daß er in meinem Inneren eine Ewigkeit brauchte, um auf Grund zu stoßen. Sonja brachte eine Saite meiner Seele zum Klingen, von der ich überhaupt nicht wußte, daß sie existierte. Es lag soviel Verlorenes in ihrem Blick. Aber auch soviel Wissendes und Gütiges. Ich wurde von einer Woge des Mitleids regelrecht weggespült und drohte fast, darin zu ertrinken. Als ich wieder hochkam, schien alles in mir weich und bunt, süß und klebrig zu sein. Ich konnte ihr nur zustimmen. Es war alles so klar. Für diesen kurzen Augenblick hatte ich die ewigen Seelenrätsel der Menschheit geknackt. Natürlich würde ich diesem Kind ein Freund sein. Ich wünschte mir nichts sehnlicher. „Gut“, sagte sie nur und schmiß mich aus ihrem Zimmer.

Als ich allein war, wußte ich überhaupt nicht mehr, was mich veranlaßt haben könnte, Sonja zuzustimmen. Wie kam ich darauf, mich um ihr Kind zu kümmern? Woher kam dieses Mitgefühl? Ich war doch sonst nicht so. Nun ja, ich ließ die Sache vorläufig auf sich beruhen. Wenn das Kind auf der Welt ist, werden wir ja sehen, dachte ich.

Zwei Wochen später war es dann soweit. Sonja kam mäuschenleise ins Wohnzimmer und sagte zu meinem Vater: „Bringst du mich bitte ins Krankenhaus?“ Er klappte sein Buch über Lymphknotenerkrankungen zu, schaute sie kurz an und nickte. Vater und Sonja verstanden sich meist auch ohne Worte. Sie gehörten einem verwandten Stamm an, der vor undenklichen Zeiten in diese Welt gekommen war. Beide redeten nicht viel und sie lebten in Welten außerhalb unserer Wahrnehmung.

„Red doch keinen Quatsch", schaltete sich meine Mutter ein. „Hast du irgendwelche Wehen?" „Es kommt bald!" sagte Sonja, während sie weiterhin meinen Vater anblickte. „Kinder kommen erst, wenn die Wehen einsetzen. Ich weiß wovon ich rede. Schließlich habe ich euch unter Schmerzen geboren." „Aber wenn sie doch weiß, daß das Kind bald kommt", versuchte mein Vater zu vermitteln.

„Blödsinn! Erst müssen die Wehen kommen. Das ist wie mit den Gezeiten. Das Meer kommt und geht. Wenn die Sonne untergeht, geht das Meer zurück. Und wenn sie wieder aufgeht, läuft das Meer wieder voll. So ist das bei den Wehen auch. Die kommen und gehen." „Die Sonne hat überhaupt nichts mit den Gezeiten zu tun", wandte mein Vater ein. „Das ist der Mond." Das war ein grober Fehler. Jetzt hatte er sich selbst in die Ringecke manövriert. Meine Mutter würde ihn nun mit Verbalschlägen eindecken. Es war immer dasselbe. Anfangs schlug er noch ein paarmal zurück. Danach konnte er nur noch die Deckung hochhalten und darauf hoffen, daß jemand für ihn das Handtuch warf.

„Der Mond kommt und geht auch, wie er will. Wenn bei den Chinesen der Mond aufgeht, dann ist er da eine Stunde mehr am Himmel. Und deswegen sind die auch so klein." „Was?" fragte mein Vater ungläubig. „Weils da länger dunkel ist, wachsen die Pflanzen nicht so hoch. Die haben weniger zu essen. Und weil es länger dunkel ist, bleiben die Chinesen länger im Bett. Deswegen machen sie mehr Kinder. Und diese vielen Kinder bekommen nicht soviel zu essen wie bei uns. Und darum bleiben sie klein." Sie schaute triumphierend in die Runde. Das war so blöd, dazu konnte man nichts mehr sagen. Sie las viel. Besonders „Readers-Digest"-Hefte und Groschenromane. Mein Vater ächzte unter diesem Schlag. Er war angezählt. „Laß uns gehen", sagte er zu Sonja und ging, ohne sich noch einmal zu meiner Mutter umzusehen, aus dem Zimmer.

Die Nachricht von Sonjas Entbindung erreichte mich im Geräteschuppen der Turnhalle. Dort machten die meisten Schüler und Schülerinnen unserer Schule ab der siebten oder achten Klasse ihre ersten sexuellen Erfahrungen. Ich machte sie mit einem ziemlich dicken Mädchen namens Monika. Die dicke Moni. Sie war schon in der neunten Klasse. Bisher hatte sie niemanden gefunden, der mit ihr in den Geräteschuppen wollte. Mit mir wollte auch keine dorthin. Obwohl ich Abend für Abend darum betete.

Mädchen gegenüber war ich linkisch und schüchtern. Verglich ich mich mit anderen Jungen, kam ich sehr schlecht weg. Ich wollte auch nicht rauchen und klauen wie die anderen. Und ein Schläger war ich auch nicht. Obwohl man mit dieser Masche eine Menge Mädchen beeindrucken konnte. Warum erhörte mich trotzdem keine? Ich hatte doch soviel zu geben. Gott schickte die dicke Moni auf ihren Weg.

3

Wir saßen unsere letzte Schulstunde ab. Die Tür flog fast aus den Angeln, so scheint es mir in der Erinnerung. Wie ein Orkan stürmte mit wütendem Schnauben eine dicke Masse herein. Ohne etwas zu sagen oder sich um jemanden zu kümmern, ging Moni nach vorn und versetzte unserer Englischlehrein eine schallende Ohrfeige. Dann atmete sie tief durch, drehte sich um und ging erhobenen Hauptes hinaus.

Wir saßen wie gebannt und starrten die Lehrerin an. Sie mußte reagieren. Schreien, toben, hinter Moni herlaufen. Sie saß jedoch nur da und weinte still. Ab da war die Englischstunde gelaufen. Sie brachte kein Bein mehr auf die Erde. Die Jungs tranken in den hinteren Reihen Bier und rülpsten, während die Mädchen schwatzten.

Ich traf Moni zwei Tage später an der Bushaltestelle in der Nähe unseres Wohnblocks. Sie war furchteinflößend. Sie wirkte grob und roh. Das machte mir Angst. Nicht daß ich unbedingt zart besaitet oder besonders feige bin, doch ich kenne meine Grenzen. Und diese sind nicht sehr fest gesichert.

Sie entstammte einer sogenannten Asozialen-Familie. Ihre Eltern waren Alkoholiker. Man munkelte, sie seien sogar Geschwister. Ein Bruder saß schon seit Jahren im Gefängnis. Ein anderer war beim Drehen von Porno-Filmen ums Leben gekommen. Er hatte Unmengen von potenzsteigernden Mitteln genommen. Irgendwann hatte er sich überdosiert und war an einer Dauererektion gestorben.

Sie kannte mich vom Sehen. Wir wohnten nicht weit voneinander entfernt. „He, hast du eine Zigarette." „Ich rauche nicht." „Warum nicht? Was nimmst du denn für Sachen? Trinkst du?" Ich schüttelte den Kopf. „Kiffen?" Ich war baff. In ihrem Universum gab es nur Leute, die zu der einen oder zu der anderen Kategorie gehörten.

„Komm mit", sagte sie und zerrte mich hinter sich her. Wir gingen ins Einkaufszentrum, wo sie mich auf eine heiße Schokolade einlud. Sie trank hastig und mit großen Zügen, ohne sich den Mund zu wischen. Ich mußte ständig auf ihr Schokoladenbärtchen starren. Sie schien es gar nicht zu bemerken.

„Diese blöde Fotze", sagte sie unvermittelt. „Wegen der bin ich von der Schule geflogen." Erst im Laufe des Geprächs bekam ich heraus, daß sie ihre Mutter meinte und nicht die Englischlehrerin, die sie beim Klauen beobachtet und gemeldet hatte. Ihre Mutter hatte sie von der Schule genommen. Sie hätte bleiben können. So kurz vor dem Abschluß wollten die Lehrer ihr nicht alle Chancen versauen.

Doch stattdessen hatte ihre Mutter ihr eine Arbeit in der Firma, in der sie putzte, besorgt. Sie sollte dort in der Küche mithelfen. „Das mach ich nicht. Ich bin doch keine Dienstmagd", sagte Moni stolz.

„Was willst du denn sonst machen, ohne Abschluß?" fragte ich. „Kennst du Bonnie und Clyde?" Ich nickte. „Ich werde Banken überfallen. Ich brauche nur noch einen Partner." Mir wurde flau in der Magengegend. „Wo willst du den denn finden?" fragte ich. „Ein Kumpel von meinem Bruder ist gerade draußen. Der hat Erfahrung mit Banken. Er hat gesagt, daß er mich mal mitnimmt." Mir fiel ein Stein vom Herzen. Ich hatte mich schon verblutend auf den Fliesen einer Bank gesehen, von Kugeln durchlöchert.

Eigentlich fand ich sie ganz nett. Sie war zwar ein bißchen anders als die, die ich von der Schule kannte, aber nett. Die meisten meiner Mitschüler waren phantasielose Streber oder faule Tunichtgute. Wir verabredeten uns für den nächsten Tag. Wieder im Einkaufszentrum. Ich erzählte ihr von einer Single, die ich mir kaufen wollte. Ich war damals ganz verrückt nach Musik. Stundenlang träumte ich mich auf die Bühnen, auf die Plattenhüllen, umjubelt von Millionen, geliebt von den Mädchen und beneidet von den Jungs. Moni war völlig unmusikalisch. Sie machte sich nichts daraus. Das war ihr zu unwirklich. Sie besaß eine alte Platte von ihrem Bruder. Die kannte sie auswendig. „Macht kaputt was euch kaputt macht." Das gefiel ihr. Sie meinte es nicht politisch. Moni war völlig frei von Ideologien.

Am nächsten Tag überraschte sie mich mit der Platte. Sie hatte sie für mich mitgehen lassen. Linkisch und ohne mir in die Augen zu sehen überreichte sie mir ihr Geschenk. Ich bedankte mich artig und hielt ihr die Hand hin. Sie achtete nicht darauf, sondern nahm meinen Kopf in ihre Hände und küßte mich. Als sie versuchte, mir ihre Zunge reinzustecken, stieß ich sie weg. Sie lachte, während ich errötend ihrem Blick auswich. „Das wird schon", sagte sie. Wir hörten die Musik gemeinsam. Sie schloß die Augen und versuchte zuzuhören. Mir imponierte, daß sie in allem, was sie tat, absolut war. Die Musik gefiel ihr nicht, aber sie versuchte es.

Ich übersetzte ihr den Text. Es ging um einen Typen, der danach süchtig wird, Sex an den unmöglichsten Orten zu haben. Er treibt es in einem vollbesetzen Bus, in einer Leichenhalle und auch in einem U-Boot. Sein Ziel ist es, Sex auf einem elektrischen Stuhl zu haben. Er bandelt mit einer Gefängniswärterin an und überredet sie dazu. Vor lauter Aufregung bekommt er jedoch keine Erektion. Die enttäuschte Liebhaberin bringt ihn daraufhin mittels des Stuhles um. Das letzte, was ihm durch den Kopf geht, ist der Gedanke, daß er nie wieder in einem Bett vögeln wird.

„Das ist ne schöne Geschichte. Ich mag Leute, die Träume haben. Und Sex ist wirklich ne Droge. Davon kann man abhängig werden." Sie schaute mir durchdringend in die Augen. Ihr Blick war gleichzeitig weich und fest.

Wir schliefen das erstemal miteinander. Sie war mir an Erfahrung weit voraus. Trotzdem war sie nicht abgebrüht. Ihre Liebkosungen waren von einer tapsigen Zärtlichkeit. Wie ein kostbares Geschenk packte sie meinen Penis aus und streichelte ihn sanft. Sie führte meine Hände zu ihren Brüsten. Ich wußte nicht so recht, was ich tun sollte. Also knetete ich sie ausgiebig. Es war ein schönes Gefühl. Nur kam mir die Sache irgendwann blöd vor, weil ich nicht weiter wußte. Also nahm Moni wieder meine Hand, führte sie an ihre fleischigen Schamlippen und fuhr damit in ihren feuchten Spalt. Sie stöhnte ganz leise an meinem Ohr, drückte mich zu Boden und wälzte sich auf mich. Ihr Pfunde wußte sie geschickt zu verteilen, so daß ich ihr Gewicht gar nicht bemerkte.

Moni brachte mir das Schwänzen bei. Wir trafen uns für gewöhnlich im Einkaufszentrum, wo sie am Brunnen auf mich wartete. Ich sah ihre imposante Erscheinung schon von weitem. Rauchend und auf abgebissenen Nägeln kauend pflaumte sie Passanten an, die es gewagt hatten, sie länger als eine Sekunde anzuschauen. Meistens hatte sie vorher in einem Geschäft ein paar Sachen für mich mitgehen lassen. Stifte, Süßigkeiten, Kassetten oder Klamotten. Nachdem wir eine Weile im Einkaufszentrum abgehangen hatten, gingen wir meistens zur Turnhalle, wo wir uns wie zwei brünstige Affen auf den durchgescheuerten Turnmatten liebten. Ich badete in ihrem Fett.

An jenem Nachmittag, an dem Sonja ihr Kind bekam, waren Moni und ich gerade beim Vorspiel angelangt, als mein jüngerer Bruder Leo Hand in Hand mit seiner Freundin Irina hereingestürmt kam. Die ganze Schule wußte von meinem und Monis Liebestreffen, so daß niemand lange mutmaßen mußte, wo ich nachmittags zu finden war. Die älteren Jungs hatten ihnen gesagt, daß sie mich bestimmt im Schuppen finden würden. Zunächst stöberten sie jedoch zwei andere Pärchen auf, die sich ebenfalls in dem verwinkelten Bauwerk vom Schulstreß erholten. Mein achtjähriger Bruder und seine siebenjährige Freundin, bar jeglichen Wissens um das Geschlechtliche, blieben schnaufend und mit offenen Mündern vor uns stehen. Moni hatte sie nicht bemerkt. Sie saugte und lutschte an mir, während die beiden Kinder angewidert auf uns starrten. „Moni“, keuchte ich. „Sonja“, keuchte Leo. Moni hatte ihre Anwesenheit nicht bemerkt. „Das Kind“, preßte er atemlos hervor. Seine kleine Freundin fing an, nervös in der Nase zu bohren. Ich konnte nicht reagieren. Ich war starr vor Schreck. Die Situation war so bizarr. Moni, die an meinem Schwanz lutschte, Leo der ungläubig guckte, die popelnde Irina und ich, der ich nackt und bloß dalag. „Das Kind is da“, sagte Leo atemlos. „Moni, hör auf. Die Kinder. Ich muß weg.“ Moni stöhnte. Sie richtete sich auf alle viere und schaute mich ängstlich an. „Öch, heing Hieher“, gestikulierte sie mit grotesk aufgerissenem Mund. Sie hatte sich den Kiefer ausgerenkt.

Wir fuhren mit ihr gemeinsam ins Krankenhaus. Moni war die Sache sichtlich peinlich. Sie schaute unentwegt aus dem Fenster, während sie sich ein Taschentuch vor den Mund hielt. Leo starrte sie noch immer voller Abscheu an. Im Krankenhaus trennten sich unsere Wege. Moni mußte zur Notaufnahme in den zweiten Stock. Wir fuhren eine Etage weiter. Noch im Fahrstuhl schärfte ich den beiden ein, ja nichts über den Vorfall zu sagen, sonst würde Monis Knastbruder ihnen die Zungen rausschneiden. „Sie wollte deinen Pillemann abbeißen“, sagte Leo voller Ekel. „Wir wollten ihren Kiefer reparieren“, versuchte ich ihm zu erklären.

Meine Mutter wartete aufgeregt vor Sonjas Zimmer. „Da seid ihr ja endlich. Das Kind ist schon seit einer Stunde auf der Welt“, sagte sie und versuchte, Gefühl in ihren Blick zu legen. Es sah allerdings nur kitschig aus. „Wißt ihr, wen ich gerade gesehen habe?“ rief mein Vater uns schon von weitem zu, als er den Gang entlang auf uns zueilte. Er wartete erst gar nicht auf eine Antwort. „Die dicke Monika. Ich bin in der falschen Etage ausgestiegen. Gehe auf den Flur und da steht mir doch dieses fette Mädchen gegenüber. Die hat vielleicht den Mund aufgerissen, als sie mich sah.“ Moni hatte meinem Vater vor Jahren mal einen Vogel gezeigt. Er nahm an, daß sie unter ihrer Tat von damals noch immer litt. „Dieses Gelichter hat doch immer ein schlechtes Gewissen. Wahrscheinlich läßt sie sich wegen einer Geschlechtskrankheit behandeln. Die ganze Familie ist doch so unsauber", schaltete sich meine Mutter ein. Sonjas Ärztin trat zu uns und befreite mich von diesem peinlichen Thema.

Moni sah ich nach der Krankenhausgeschichte nicht wieder. Der Kumpel vom Bruder nahm sie dann doch nicht mit. Wer wollte schon mit einem dicken Mädchen Bonnie und Clyde spielen, wenn er Faye Dunaway vor Augen hatte? In Ermangelung der Verwirklichung ihres Lebenstraumes versuchte sie kurz darauf, die Einnahmen aus dem Tresor der Firma zu erbeuten, deren Küchenabfälle sie entsorgte. Das ging natürlich schief. Sie war viel zu unbegabt für solch einen Coup. Die Kassiererin erkannte sie anhand ihrer enormen Ausmaße. Und das trotz der blonden Perücke und der tief ins Gesicht gezogenen Baskenmütze. Am nächsten Morgen wurde sie in der Küche, auf dem Weg zum Abfalleimer, festgenommen. Vier Polizisten rissen sie zu Boden und drückten ihr eine Pistole an die Schläfe. Ein halbes Jahr später bekam ich einen Brief von ihr aus dem Gefängnis, den ich nie beantwortete. Ihren Geruch habe ich noch heute in der Nase. Sie roch nach Zigaretten und Honig.

Kapitel 3

I

So ein häßliches Wesen hatte ich noch nie gesehen. Winzig, verwachsen und mit grauschwarzen, trüben Augen. Auf seinem Kopf standen dünne, flusige Haare in alle Richtungen ab. Durch die pergamentene Haut krochen die Adern wie dicke, blaue Würmer. Ich haßte es auf der Stelle. E.T.A. Hoffmann hätte sich Klein-Zaches nicht abstoßender vorgestellt haben können. Sonja lächelte uns matt und blaß entgegen, als sie uns das Kind präsentierte. Das kleine Wesen blickte mich an. Die stumpfen Augen blitzten tückisch unter den trägen Lidern hervor.

Ich hätte es nicht beschwören wollen, aber in diesem Augenblick sah es aus wie ein Tier, das seine Beute erspäht hat. Es öffnete sein Miniatur-Maul und gähnte böse. Kleine rasiermesserscharfe Zähne hätten mich jetzt auch nicht mehr verwundert.

„Schön", sagte meine Mutter. „Niedlich", sagte mein Vater. Man sah ihm förmlich an, wie er in seinem Gesundheits-Gedächtnis blätterte, um herauszufinden, an welch seltener Krankheit dieser Wechselbalg litt. Insgeheim nannte ich es „Rosemaries Baby". Wenn Gott es zuließ, daß solche Kinder geboren wurden, mußte er längst vom Thron gestoßen worden sein und in der Hölle schmoren. Sicherlich hatte der Teufel bereits Platz genommen. Leos Freundin hatte sogar das Popeln vergessen. Sie hatte zwar noch den Finger in der Nase, blickte jedoch wie gebannt auf das Baby. „Nehmen wir das etwa mit nach Hause?" flüsterte Leo mir ängstlich zu.

„Fein!" Meine Mutter klatschte in die Hände und verließ das Zimmer. Wir wünschten Sonja alles Gute, auch für das Kind, und gingen hinaus. Meine Mutter wartete auf dem Flur auf uns. „Dieses Kind sieht irgendwie merkwürdig aus. Ich glaube, es ist eine Frühgeburt. Wenn

Sonja auf die Wehen gewartet hätte, wie ich ihr geraten habe, würde das Kleine jetzt nicht so so… äh komisch aussehen." Sie stotterte wie ein alter Motor, der jeden Moment auszugehen drohte. „Aber wir bringen das Kind schon hoch, was?!" sagte sie und schaute beifallheischend in die Runde. Wir anderen sahen betreten zu Boden. Der Gedanke, dieses Kind in unserem Haus zu haben, schien niemandem sonst zu gefallen. „Gut", sagte sie, nahm Leo an der Hand, der wiederum Irinas Hand ergriff, und verließ, beide hinter sich herziehend, das Krankenhaus.

Drei Tage später zogen Sonja und das Kind zu uns. Sie wohnten gemeinsam in Sonjas Zimmer. Mein Vater kaufte alles, was es brauchte, ein Baby zu versorgen. Allerdings auch viel Unnützes, weil er es in seinen Gesundheitsbüchern gelesen hatte.

Die ersten Tage ließen sich ruhig an. Sonja blieb mit der Kleinen zumeist auf ihrem Zimmer und empfing dort unseren Besuch. Wir gingen zwar selten hoch, doch dann holte sie das Kind aus dem Bettchen und setzte es auf unseren Schoß. Da saß es dann, schmiegte sich parasitär an und blickte stumm auf seinen Wirt. Nach so einem Besuch hatte ich jedesmal das Bedürfnis, mich ausgiebig zu reinigen. Die Kleine schrie so gut wie nie. Und wenn einmal, dann beruhigte Sonja sie innerhalb von Sekunden. Einfach indem sie ihr zuredete. Ein ruhiges Kind. Trügerisch ruhig, wie ich fand.

Eines Abends kam Sonja mit der Kleinen herunter. Sie setzte das Kind meinem Vater auf den Schoß, der es unsicher wiegte, und stellte sich vor den Fernseher. „Ich habe beschlossen, sie Mora zu nennen." Alle Blicke wanderten zum Kind, das stumm mit dem Hemdkragen meines Vaters spielte. Meine Mutter räusperte sich vorsichtig: „Willst du es dir nicht noch einmal überlegen, Schatz? Es gibt doch so viele hübsche Namen. Wie wäre es denn mit Bärbel oder Melanie?" Ein paar Wochen später wurde das Kind auf den Namen Mora getauft. Sonja war jetzt immer öfter unten mit ihr. Sie saßen dann in der Wohnstube. Sonja redete in dieser Zeit ungewöhnlich viel. Vor allem, was die Zukunft Moras betraf. Meine Mutter hörte staunend zu, während mein Vater hastig in seinen Büchern blätterte, auf der Suche nach einer Erklärung für diese ungewohnte Redelust. „Ich glaube, es ist so eine Art Mutterschaftstrauma. Sie redet sich jetzt ihre Ängste während der Geburt von der Seele."

Mora sollte demnach im Schoß der Familie aufwachsen, zur Schule gehen und später etwas mit Kunst machen. Sie sollte das Leben von seiner schönen Seite betrachten lernen. Mit sieben würde sie übrigens einen schrecklichen Unfall haben. Wir nickten schweigend. Kurz darauf war Sonja spurlos verschwunden. Wir suchten das Haus nach ihr ab und hätten fast Mora übersehen, die ruhig schlafend in ihrem Bett lag. Auf meinem Schreibtisch fand ich einen Brief von ihr:

Lieber Bruder!

Sicher habt ihr mein Verschwinden schon bemerkt. Ich konnte mich nicht von dir verabschieden. Es sollte alles sehr schnell gehen.

Ich bin an einem Punkt angelangt, wo mir die Dinge entglitten sind.

Alles hat seine Form verloren. Meine Lebensperspektiven erscheinen mir undeutlich. Vorher hatte ich alles in der Hand. Ich hatte die Kontrolle über mich und über die Dinge. Ich konnte Sachen zulassen oder verweigern. Jetzt ist meine Grenze durchlässig geworden. Ich habe das Gefühl, gegen das Leben zu leben. Mora auf die Welt zu bringen, war mir noch wichtig. Sie braucht mich jetzt nicht mehr und ich kann gehen.

Für mich hat der Tod keine negative Bedeutung. Er erscheint mir wie ein warmes Bad, in das ich mich nach einem kalten Wintertag lege. Ich möchte mich darin verlieren. Weggespült werden, dabei die Glieder ausstrecken und mich ausruhen.

Ich will dich daran erinnern, dich um Mora zu kümmern, wie du es versprochen hast. Sie wird dich nicht oft brauchen, doch wenn, dann sei ihr bitte ein Freund. Sonja.

Ich behielt diesen Brief für mich. Ich las ihn wieder und wieder. Auch wenn ich nicht jedes Wort verstand, konnte ich doch in etwa seine Bedeutung erfühlen. Sonja blieb vorläufig verschwunden. Mir war klar, daß sie tot war. Niemand hatte von ihr gehört oder sie gesehen. Zehn Tage später wurde sie von Spaziergängern gefunden. Sie hatte sich an einer Blutbuche erhängt. Ich weiß nicht, ob das Absicht war oder nur ein dummer Zufall. Sonja war in Botanik immer ziemlich schlecht gewesen.

2

Mora fing kurz nach Sonjas Verschwinden an zu nerven. Sie schien zu spüren, daß sie nun keine Verbündete mehr hatte. Sie schrie unentwegt. Verweigerte die Nahrung und schlief kaum. Die kleine Alraune sah nur giftig in die Welt. Wir trugen sie abwechselnd durch das Haus in der Hoffnung, sie müde zu laufen. Müde wurden nur wir. „Das Kind verhungert uns noch unter den Händen weg“, sagte meine Mutter theatralisch.

„Vielleicht sollten wir sie mit Menschenfleisch füttern“, schlug mein Vater ungewohnt sarkastisch vor. „Warum haben wir Sonjas Busen nicht behalten, bevor wir sie begraben haben?“ fragte Leo treudoof.

Wir mixten die leckersten Baby-Drinks und Breie. Hätten wir eine Baby-Bar aufgemacht, wir wären in Kürze reich geworden. Nach unzähligen Versuchen hatten wir die richtige Mischung für Mora entdeckt. Sie aß und trank wieder regelmäßig. Am liebsten ließ sie sich von mir füttern. So saß ich dann oft mit ihr auf dem Schoß da und ließ mich bekleckern, bespucken, ankacken, bepinkeln und litt furchtbar. Ich war ein Teenager. Ich wollte unter Gleichaltrige. Ich wollte Mädchen treffen. Vor allem Mädchen. Seitdem Moni aus meinem Leben verschwunden war, hatte ich keinen Sex mehr gehabt. Zudem war alles so schwer. In den banalsten Fragen war ich unsicher. Ich fühlte mich nicht wohl in meiner Haut. Ständig fühlte ich mich schuldig und hatte den Drang, mich zu erklären, zu entschuldigen. Ich war mitten in der Pubertät. Dazu kam noch, daß ich verliebt war. Im Grunde genommen war ich in alle weiblichen Wesen verliebt. Doch zu dieser Zeit fesselte besonders Mareike meine Aufmerksamkeit. Ich lernte sie in der Förderschule kennen. Sie war das hübscheste Mädchen in unserem Kurs. Obwohl in den frühen Achtzigern, als alle Welt in häßlichen Karottenjeans mit Neonnähten herumlief, trug Mareike wallende lange Gewänder. Dazu schlang sie sich Unmengen von bunten, seidigen Tüchern um den Hals. Sie hätte gut in einem Revuefilm der dreißiger Jahre gewirkt, wozu auch ihr Pagenschnitt wunderbar paßte. Wenn sie mich mit ihren grünen Augen anstrahlte, umbrandeten mich noch Stunden später die Ausläufer dieses Lächelns. Sie war so anders als Moni. Zierlich und damenhaft. Mareike und ich schöpften aus demselben Kessel. Stundenlang lagen wir in der Sonne und dachten an gar nichts. Manchmal ließ sie sich von mir küssen. Aber weiter zu gehen gestattete sie nicht. Nicht einmal in die Nähe ihres Höschens kam ich. Alles, was sich unter ihrer Kleidung abspielte, war für mich tabu. Wenn ich unabsichtlich ihren Busen berührte, gab sie mir einen Klaps und nannte mich kokett „mon petit polisson“. Mit dem Französischen hatte sie es. Ich auch, aber darauf wollte sie sich nicht einlassen. Schon damals eine Dame. Wenn ich mit Mareike zusammen war, war alles so einfach. Bei ihr fühlte ich mich stark.

Ihr Vater hatte einen Schreibwarenladen und wünschte sich als Nachfolger einen aus der Zunft. Hin und wieder half ich im Laden aus. Leider konnte ich in nichts ein System bringen. Ich konnte mich immer nur wundern. Damit war ich sowieso aus dem Rennen. „Das Wichtigste im Leben eines Kaufmanns ist die Inventur", sagte er gebetsmühlenartig, wobei er mit dem Zeigefinger gegen meine Stirn zu tippen pflegte. Ich befürchtete, daß er seinen Finger irgendwann in mein Gehirn tauchen würde.

Mareike war ein wenig kapriziös. Wie alle Mädchen in diesem Alter. Es war immer dasselbe. Wenn man ihren Launen nicht nachkam, galt man gleich als Langweiler und Spießer. Mit einem Mädchen ein paar Stunden zusammenzusein, war eine prima Verschleißübung. Es zeigte einem so richtig seine Grenzen auf. Sei es nun, daß man als Liebesbeweis im Kaufhaus nicht klauen wollte, oder daß man sich nicht zum persönlichen Diener eines dieser jungen Dinger machen wollte. Sie suchten einen, den sie schlecht behandeln konnten, um hinterher mit einem ins Bett zu gehen, der sie schlecht behandelte. Ich ließ mich meistens schlecht behandeln. Ich war nicht forsch, nicht kühn genug, um wirklich aufs Ganze zu gehen. Ich umschlich vorsichtig ihre Grenzen, um anschließend müde Angriffe vorzunehmen. Mit ersterbendem Schrei rannte ich vor ihrer Feste auf und ab. Ich konnte sie nicht schleifen. Und mich mit einer List einzuschleichen, dazu fehlte mir der Geist. Mareikes Vater mußte meine Unbestimmtheit erahnt haben. Er war eben ein empfindsamer Mensch. Also nahm er mich eines Tages im Hinterstübchen seines Ladens beiseite und sagte, daß er mich nicht länger mit seiner Tochter sehen wolle. Ich sei ihm zu undurchsichtig und hätte einen schlechten Einfluß auf sie. Tagelang trauerte ich ihr hinterher.

Dermaßen von Frauen und ihren Vätern enttäuscht, wandte ich mich verstärkt Mora zu. Sie war die einzige, die mich erhörte. Wir beide wuchsen, auch aneinander, und mit der Zeit gewöhnte ich mich an sie, ja schloß sie sogar ein wenig ins Herz. Auch Moras Abneigung und merkwürdige Fixiertheit mir gegenüber schien einer vertrauten, wohligen Übereinkunft gewichen zu sein. Selbst ihr unvorteilhaftes Äußeres war abgeschwächt. Sie sah jetzt kindgerechter aus. Zwar war sie noch immer von beispielloser Häßlichkeit, was jedoch durch ein süßes Lächeln gemildert wurde, das dann und wann über ihr Gesicht huschte. Es war alles normal in jener Zeit. Wir waren eine Familie wie jede andere, mit ähnlichen Problemen und ähnlichen Lösungen.

Sonja war schnell vergessen, und nur einmal im Jahr, an ihrem Geburtstag, fuhren wir zu ihrem Grab, um ihr zu gratulieren.

Kapitel 4

1

Nach und nach verkam ich zu Moras Dekor. Überall mußte ich sie mit hinschleppen, und dann stahl sie mir die Schau. Stellte sich vor mich und breitete die Arme aus. Niemand kam an ihr vorbei, um nach mir zu greifen, um mich herzlich bei sich zu begrüßen. Der Monolith Mora versperrte ihnen den Zugang zu mir. Sie besaß schon als Kleinkind eine Präsenz, welche die meisten Menschen erst kurz vor ihrem Tod oder nie erreichen. Dabei war sie keines von diesen Schmusekindern, die man gern anfaßt, liebkost und verhätschelt. So wirkte sie nicht und so sah sie nicht aus. Sie wurde respektiert. Schon früh hatte sie laufen gelernt, und fast noch früher fing sie mit dem Sprechen an. Sie plapperte in einem fort. Als ob sie die sprachlose Zeit aufholen wollte. Ständig war sie unterwegs. Rannte von einem Winkel in den nächsten, kramte die unmöglichsten Sachen hervor, zum Beispiel abgenagte Knochen aus der Mülltonne, die sie eingehend untersuchte, abschmeckte, um lauthals zu verkünden, welchen Genuß ihr gerade dieses Objekt bereite. Ach, es war ein Kreuz! Doch ich schleppte es tapfer und ohne zu murren. Nur Eltern von Kleinkindern werden nachvollziehen können, wie ich damals litt. Ich werde nie verstehen, warum Menschen sich freiwillig diesem Joch beugen. Man verliert seine Persönlichkeit, wird zum Domestiken einer kleinen, quengelnden Person. „Und Kinder sind ja so ein Reichtum. Natürlich muß man Abstriche machen. Doch die Kleinen geben einem soviel zurück. Ein Kinderlachen wiegt soviel auf." Solche Sätze hörte ich oft von geplagten Eltern, die, sich auf dem Spielplatz langweilend, andere Leidtragende mit ihrer Litanei nervten. Doch ein Gutes hatte die Sache. Auf dem Spielplatz kam ich leicht mit jungen Müttern ins Gespräch. Jungen, frustrierten Müttern, die ihre Schwermut hinter exzessiver Mutterschaft verbargen. Zudem war die Beziehung zum Vater des Kindes meist im karstigen Gelände des Alltags verlorengegangen.

Ich sträubte mich also selten gegen Moras Pläne, einen Spielplatz aufzusuchen. Einer hatte es mir besonders angetan. Er lag in der Nähe unseres Hauses, besaß eine kleine Buddelkiste, eine windschiefe Rutsche und eine Schaukel, die ihr trauriges Dasein nur noch an einem Seil hängend fristete. In der Sandkiste verbuddelten die ansässigen Hunde gern ihre Haufen. Mora ging dort nicht gern hin. Ich setzte mich durch. Wenn ich auch sonst sehr nachgiebig war, in diesem Punkt kannte ich kein Pardon. Dieser Spielplatz war ein verwaister Ort. Kaum verirrten sich Kinder, geschweige denn ihre Mütter dorthin. Lediglich eine war dort immer anzutreffen. Solveig! Eine kleine, melancholische Person. Sie saß dort still mit ihren Büchern und blinzelte in die Runde. Sie möge keinen Trubel, betonte sie immer wieder, deshalb komme sie gern hierher und genieße die Stunden der Muße. Die Tochter sei abgelenkt, könne mit Mora spielen, mit den Hunden oder allein. Und sie könne dort für ihr Studium lernen und an ihren Hausarbeiten schreiben. Jedoch nutzte sie jede Gelegenheit, um ein Gespräch mit mir anzufangen. Ihretwegen kam ich. Solveig! Ihr Name schien mir wie ein leidenschaftliches Versprechen. Er klang wie ein altes, geheimnisvolles und kostbares Gut. Wie ein lockender Lufthauch, der über dunkle Höhlen streicht, um ihnen ihr Mysterium zu entlocken. Leider war Solveig so ganz anders als ihr Name. Sie war eine einfache Person, nicht besonders hübsch und schlampig gekleidet. Zudem war sie extrem kurzsichtig, trug aber in einer Anwandlung von Eitelkeit nie eine Brille. Sie kniff die Augen zusammen und sah dadurch aus wie jemand, der sich gerade wahnsinnig anstrengte. Ihre Mundwinkel zogen sich dabei in die Höhe und verursachten ein höhnisches Grinsen auf ihrem Gesicht. Ich fand nie heraus, welche Augenfarbe sie hatte. Um ihren Mund klebten ständig Speisereste, und ihr Pullover war mit Krümeln und kleinen Dingen übersät. Ich weiß gar nicht, was mich zu ihr hinzog. Ich war nicht verliebt, sie zog mich auch sexuell nicht an. Und doch war da etwas. Vielleicht die Einsamkeit, die sie ausstrahlte. Das kannte ich.

Faszinierend war ihre Art des Redens. Mechanisch und monoton. Wie eine angebohrte Ölquelle fing sie an zu sprudeln, sobald ich mich neben sie setzte. Keine Begrüßung, kein Erkennen. Es wirkte wie eine surreale Performance. „Hab heute wieder Post vom Jugendamt gekriegt. Ich soll die Kleine mal zur ärztlichen Untersuchung vorbeibringen. Die ist doch nicht krank. Die ham doch wohl den Arsch offen, oder? Sag mal! Was denken die sich denn? Als ob mein Kind sich schmerzgeplagt durch die Gegend schleppt. Bei uns gibts immer genug zu essen und wenn die Kleine mal ne Infektion hat, koche ich ihr Holunderblütentee. Die spinnen doch! Ich hab mein Pferd verkauft“, wechselte sie ohne Hinweis das Thema. „Immer dieses Striegeln und Putzen nach dem Reiten. Außerdem hatte es in letzter Zeit immer Blähungen. Hat das Galoppieren nicht mehr vertragen. Wie sieht das denn aus? Da reitet man mit anderen aus und dein Pferd pupst dauernd. Die Leute dachten anfangs, das sei ich gewesen. Nee, das war mir zuviel. Ich glaube, das Pferd war krank. Das verwechseln die aufm Jugendamt. Wenn die mir die Kleine wegnehmen, tu ich mir was an. Vielleicht sollte ich mal mit dem Pferd da auftauchen. Was meinst du?“ Sie lachte freudlos. Ihre Stimme besaß keinerlei Hebung und Senkung. Sie plapperte ohne Modulation. Es war beruhigend, ihr zuzuhören. Ich konnte neben ihr wunderbar abschalten. Solveig war eine Soziopathin. Extrem vereinsamt und komisch geworden. Warum sie so war, bekam ich nicht aus ihr heraus. Es schien mit dem Vater ihres Kindes zusammenzuhängen. Sie kam immer wieder darauf zurück. Er saß in einer Anstalt, im Gefängnis, in einem Sumpf, in der Hölle, in einer Rakete. Das wechselte bei ihr wie das Wetter

Ich versuchte, sie zu überreden, doch einmal mit mir essen zu gehen. Ohne Kinder. Nur um zu sehen, wie sie sich in normaler Gesellschaft verhielt. Ob sie gesellschaftsfähig wäre. Irgendwann kam sie nicht mehr. Bestimmt ging ich ihr auf die Nerven. Und nachdem Mora ein paar Wochen lang allein in der Buddelkiste gesessen hatte, konnte ich ihr diesen Spielplatz nicht mehr schmackhaft machen.

2

In unserer Familie nahm Mora einen Sonderstatus ein. Sie war ein wandelndes Tabu. Meine Mutter machte einen großen Bogen um sie. Ich glaube, sie hatte ein wenig Angst vor Mora. Meine Mutter klammerte sich an ihre verworrenen Argumente wie an ein Stück Treibholz. Trat ihr jemand entschieden und mit einer festen Meinung gegenüber, kam sie ins Schwimmen. Man sah sie förmlich mit den Armen rudern, um den Kopf über Wasser zu halten. Platschend schlossen sich bald die Fluten über ihr. Sie konnte nicht argumentieren. Dazu fehlte ihr der Verstand. „Aber, aber das ist doch ein ganz anderes Thema“, pflegte sie sich herauszuwinden und verschwand mit dem Hinweis auf eine unerledigte Arbeit in den Tiefen der Wohnung. Gegen Mora hatte sie keine Chance. Selbst die banalsten Sachen, wie das samstägliche Baden, versiebte meine Mutter. Zudem war sie nicht sehr feinfühlig, was kleine Kinder anging. „Aber du mußt doch baden, Mora-Schätzchen. Schau, wenn du nicht badest, werden die anderen Kinder nicht mehr mit dir spielen. Die werden sich die Nase zuhalten, wenn du kommst, und sagen: Puh, da kommt die

Mora, die riecht immer so streng, mit der spielen wir nicht mehr.“ Dabei hielt sie sich mit Daumen und Zeigefinger die Nase zu und tat, als sei sie eine von Moras Gespielinnen. Mora ging überhaupt nicht darauf ein. „Ich will nicht baden“, sagte sie nur. „Aber Mora, du wirst krank werden. Fliegen werden sich auf deine Haut setzen. Die werden sagen: Oh, die ist aber schön schmutzig. Hier gefällt es uns. Da wollen wir ein paar Eier legen. Und dann wirst du sehr krank und mußt im Bett bleiben.“ „Das ist mir egal, ich will nicht baden.“ „Du wirst sehr lange im Bett bleiben müssen.“ „Nein, werde ich nicht. Ich will nicht baden.“ „Du könntest sterben.“ Darauf ging Mora schon nicht mehr ein. Sie sah meine Mutter nur spöttisch an. Mora brachte den Ball, ohne ins Schwitzen zu kommen, über die Torlinie, während meine Mutter sich, demonstrativ ihren Knöchel haltend, auf dem Rasen wälzte. Es lief wie immer darauf hinaus, daß ich die Schuld zugewiesen bekam. Ich hätte das Mädchen verzogen. Wenn ich nicht so alt wäre, würde sie mich ohne Abendbrot ins Bett schicken. Das war das einzige Druckmittel, das meine Mutter kannte, und welches sie während meiner Kinderzeit auch ausgiebig angewandt hatte.

Mein Vater las nächtelang in seinen Büchern, um herauszufinden, was denn „mit diesem Kind los“ sei. Mal führte er es auf den Verlust der Mutter zurück, ein andermal auf das Fehlen des Vaters. Wochenlang nervte er uns mit einer Theorie, die er sich aus mehreren standardärztlichen Werken mühsam zusammengesammelt hatte. „Mora leidet unter Hospitalismus. Eine ganz schwere Form von Hospitalismus. Wahrscheinlich eine Keiminfektion im Krankenhaus. Verbunden mit der Neigung zu einer Fettleber, daher ihr merkwürdiges Äußeres, dieser verkniffene Gesichtsausdruck und dieser starre Blick. Dazu kommt noch ein Hauch von Extraversion. Weiß der Teufel, wo sie sich das geholt hat. Das übertriebene Sich-nach-außen-

Wenden. So, jetzt wißt ihrs!" Es klang wie ein Kochrezept. Er fand nie eine bessere Erklärung. Dabei war es doch so einfach. Sie besaß lediglich eine starke Persönlichkeit.

Und ihr ordnete ich mich bereitwillig unter. Es hatte ja auch sein Gutes. Ich hatte immer eine Ausrede vor mir selbst.

3

Leider flog Mora nach ein paar Wochen aus jedem Kindergarten. Sie könne sich nicht einfügen, unterdrücke die anderen Kinder, hieß es immer wieder. Ständig mußte ich meinen Job kündigen, damit ich mich um sie kümmern konnte. Ohne, daß es jemals ausgesprochen wurde, war von Anfang an klar, daß ich für Mora verantwortlich war. Dabei wußte niemand von meinem Versprechen Sonja gegenüber. Manchmal übergab ich Mora an Leo. Die beiden verstanden sich ohne Worte. Ich kann mich nicht erinnern, daß sie in dieser Zeit jemals redeten. Obwohl Mora normalerweise unaufhörlich brabbelte, verstummte sie in Leos Anwesenheit. Leo schien in seinem Inneren eine Art Störtaste für Moras Frequenz zu besitzen. Sie saßen einmütig beisammen und spielten Karten oder malten. Leo malte Landschaften und Mora Fratzen. Gelegentlich malten sie zusammen ein Bild. Sie saßen konzentriert über ein Blatt gebeugt, ließen die Zungenspitze heraushängen und malten. Dann bevölkerten Moras Fratzen Leos Landschaften. Nie hörte ich sie dabei lachen und rumalbern. Hin und wieder kam Leos Freundin Irina dazu, um den beiden, in der Nase bohrend, zuzusehen. Ein schweigsames Trio. Aber wenigstens hatte ich dann meine Ruhe. Obwohl ich mittlerweile mit meiner freien Zeit nichts mehr anzufangen wußte. Ich war daran gewöhnt, daß Mora quakend neben mir herwatschelte und mich dirigierte. Die Tage vergingen schnell und ich hatte wenig Zeit, über mich nachzudenken. Nur manchmal hielt ich an. Drehte mich um, als ob ich auf etwas wartete. Etwas, das nicht schnell genug nachkam und das sich langsam, aber sicher, auf meinem Weg in der Dunkelheit hinter mir verlor.

Kapitel 5

1

Als Mora sieben Jahre alt war, stach sie sich ein Auge aus. Es passierte in ihrem ersten Schuljahr. Die Kinder hatten Basteln. Ich hatte ihr an diesem Morgen das Bastelzeug in den Schulranzen gesteckt. Ein Stück Schnur, einen Klebestift, etwas Bastelpapier und eine Schere. In Moras Hausaufgabenheft hatte die Lehrerin geschrieben, wir sollten ihr unbedingt eine Kinderschere mitgeben. Wir hatten keine. Meine Eltern kümmerten sich nicht um diese Kleinigkeiten, und ich vergaß solche Dinge sofort.

Mora drängte mich nie. Sie war genauso seltsam wie ihre Mutter. Obschon sie noch ein Kind war, konnte man ihr nichts vormachen. Sie schien alles zu kennen und hatte vor nichts Angst. Manchmal, wenn sie sich unbeobachtet fühlte, setzte sie sich wie eine Erwachsene hin, legte die Beine übereinander, strich sich dabei über das Haar, nickte und redete mit sich selbst. Ich versuchte ein paarmal, sie zu belauschen, konnte aber nichts verstehen. Auf eine gewisse Entfernung hörte es sich an, als ob sie eine fremde Sprache spräche.

Die einzigen Scheren, die wir zuhause hatten, waren eine Hautschere meines Vaters und eine Geflügelschere. Mora bekam die Hautschere.

Zu jener Zeit arbeitete ich in einer Schlosserwerkstatt, die einem Bekannten meines Vaters gehörte. Den ganzen Tag feilte ich an Eisenstücken, um sie plan zu bekommen. Hinterher bohrte ich, senkte die Ränder ab und schnitt Gewindelöcher. Ich ging mit Bohrflüssigkeit, Öl und Fett um. Die Arbeit war stumpfsinnig, doch sie machte mir auch Spaß. Es war alles so überschaubar. Es gab eine Vorlage, und man konnte sehen, daß man etwas schuf. Von der Arbeit verschmiert, hatte ich sogar Spaß daran, mich zu säubern. Ich stand unter der Dusche und beobachtete, wie die Schmiere meinen Körper in langen Schlieren herunterlief, sich auf dem Boden in langen Schleifen sammelte, um abschließend schmatzend und gurgelnd im Abfluß zu verschwinden. „Komisch", dachte ich dann, „daß der Dreck von alleine weiß, wo er hin muß. Er könnte sich ja auch einen anderen Weg suchen." Manche Dinge folgten einer gewissen Logik. Meine Umwelt leider nicht. Das ist mein Dilemma.

An jenem Tag, als die Sache mit Moras Auge passierte, bekam ich auf der Arbeit einen Anruf meiner Mutter: „Du sollst sofort in die Schule kommen. Moras Lehrerin hat angerufen. Da ist irgendwas passiert." „Halt, warte mal. Was, was? Wieso? Ich meine..." „Ihre Lehrerin wartet auf dich. Ich glaub, Mora hat sich irgendwo eingeschlossen. Da muß was Schlimmes passiert sein. Irgendwas mit einer Schere. Ich hab dir gesagt, gib dem Kind keine Schere in die Hand. Ihr hattet als Kinder auch keine Schere. Niemand hatte so etwas." Ich erinnere mich, wie unangenehm es mir als Kind war, der Lehrerin vorzulügen, meine Mutter hätte unsere Schere gerade an diesem Tag zum Schleifen gegeben. „Was verlangen sie als nächstes von den Kindern? In einem Panzer in die Schule zu kommen?"

Oh Gott, die Schere. Hatte ich ihr nicht gesagt, sie soll damit bloß aufpassen. In Windeseile zog ich mich um und fuhr los. Die aufgeregte Klassenlehrerin erwartete mich bereits vor dem Klassenzimmer. „Gut daß du endlich kommst. Mora ist da drin. Die anderen Kinder sind spielen." Sie war mit den Nerven runter. Ihre Stimme bebte vor Aufregung. „Sie ist nicht allein da drin. Sie hat einfach ein anderes Mädchen mit der Schere bedroht und läßt sie nicht mehr raus. Weil die einen schöneren Weihnachtsengel gemacht hat. Und Mora ihrer war so häßlich und schwarz. Der sah aus wie verbrannt. Die Kleine wollte

Mora den Engel aber nicht geben, da hat sie ihn einfach genommen. Und das andere Mädchen hat Mora an den Haaren gezogen. Mora hat dann die Schere genommen und dem Kind an den Hals gehalten. Es war nicht mit ihr zu reden. Ich hab sofort alle rausgeschickt und bei euch angerufen. Bis jetzt weiß niemand weiter Bescheid. Ich bin doch gerade im ersten Jahr", sagte sie beschwörend, während sie meinen Arm drückte.

„Wie, Sie meinen, Mora hat da drin eine Geisel?" Sie nickte ergeben. „Haben Sie sie schon mal nach ihren Lösegeldforderungen gefragt?" witzelte ich. Ihre kleinliche Angst erschien mir einfach lächerlich. Ich würde da rein gehen und Mora zur Vernunft bringen. Nichts leichter als das. Mora war zwar etwas schwierig, aber das hier war einfach absurd.

„Mora, ich bins. Ich komm jetzt rein, okay?" sagte ich durch das Holz. Sie antwortete nicht. Ich preßte mein Ohr an die Tür. Es war nichts zu hören. Also drückte ich die Klinke runter, öffnete langsam und steckte meinen Kopf in das Klassenzimmer. Sie saß mir gegenüber und schaute mir genau in die Augen. Boshaft und gemein sah sie aus. Wie eine kleine Furie saß sie mit gekreuzten Beinen auf dem Tisch und beäugte abwechselnd mich und das verängstigte Mädchen, das zitternd in einer Ecke hockte. Die Schere hielt sie lässig in den Händen. „Alles in Ordnung", drehte ich mich zur Lehrerin um, die mich ängstlich musterte. „Ich hol sie raus." Vorsichtig machte ich ein paar Schritte auf Mora zu und blieb dann in respektvollem Abstand vor ihr stehen. Sie hatte ein Leuchten in den Augen, das ich nicht deuten konnte.

„Hallo Mora. Was ist denn los?" fragte ich ruhig. „Sie wollte mir ihren Engel nicht geben", antwortete sie mit einem Seitenblick auf mich. – „Das ist zwar schlimm, aber noch lange kein Grund, ihn einfach zu nehmen. Man nimmt sich nicht einfach so Sachen, nur weil sie einem gefallen. Der Besitzer kann über seine Sache bestimmen", belehrte ich sie. „Aber Sachen können den Besitzer wechseln", warf sie ein. „Nein, das geht nicht. Die Dinge sind, wie sie sind. Du hast deinen eigenen Engel und so muß..." „Ich will aber!" schrie sie auf einmal, riß die Hand mit der Schere hoch und jagte sie sich mit der ganzen Kraft, die ihre kleinen Ärmchen aufbrachten, ins linke Auge. Ich stand verwirrt da und zweifelte an meinem Verstand. Vor mir saß ein kleines Mädchen, das sich soeben eine Hautschere in das linke Auge gestoßen hatte und jetzt so tat, als ob nichts gewesen wäre. Mit ihrem gesunden Auge blickte sie mich an, während aus dem verletzten dicke Blutstropfen ihre Wangen herunterliefen, als seien es Tränen. Sie verzog keine Miene und sagte auch keinen Ton. Sie hatte sich nur eine Schneide reingejagt. Die Schere – sie hatte einen goldenen Griff – war aufgeklappt und stak nun wie ein verirrter Stern in ihrem Auge. Hinter mir drängte die Lehrerin ins Klassenzimmer, sah Mora, würgte und fiel dann ohnmächtig gegen mich. Durch den Schubs wurde ich direkt vor Moras Tisch katapultiert. Es war wie der Beginn einer Fahrt mit der Geisterbahn. In solchen Waggons gibt es immer einen Ruck, bevor man quietschend in das Reich der Gespenster biegt. Und nun stand ich vor diesem Kobold und wartete darauf, daß er „Buh" machte. Doch er machte gar nichts. Schaute mich nur erstaunt an. Das andere kleine Mädchen ergriff zum Glück die Initiative und holte den Hausmeister. Der wiederum holte die Polizei, die ihrerseits die Ambulanz holte. So waren denn zum Schluß alle versammelt. Und jeder ging seiner Tätigkeit nach. Ich als treusorgender Onkel, die Lehrerin als verantwortungsvolle Pädagogin, der Hausmeister als ordnungsliebender Majordomus, die Polizei als ordnungshütende Protokollanten, das kleine Mädchen als ängstliches kleines Mädchen und die Sanitäter, die Mora versorgten. Nur die paßte nicht zu unserem

Bild. Sie verhielt sich nicht, wie man es von einer Siebenjährigen, die sich soeben eine Schere ins Auge gestoßen hatte, erwarten sollte. Sie war eiskalt. Als die Sanitäter sie auf die Bahre legten, schnappte sie sich einfach den Weihnachtsengel des Mädchens und klemmte ihn sich unter den Arm. Im Krankenhaus ging die ganze Chose weiter. Meine Eltern waren inzwischen aufgetaucht und quatschten auf mich ein, während Mora operiert wurde.

Was ich ihr denn beigebracht hätte? „Die hat doch eine ausgewachsene Psychose", diagnostizierte mein Vater. „Du hättest sie mal rechtzeitig verhauen sollen", sagte meine Mutter. „Die hat nur Flausen im Kopf. Aber das hat sie jetzt davon. Das Mädchen ist doch nicht normal. Sonja war ja schon sehr merkwürdig, aber Mora ist doch nicht normal", wiederholte sie. „Wir müssen sie in Behandlung geben. Zuhause können wir sie nicht versorgen. Dafür sind wir nicht ausgebildet", sagte mein Vater. Ich wurde langsam wütend. Die ganze Zeit hatten sie sich nicht um Mora gekümmert. Und jetzt versprühten sie Gift und Galle gegen das Mädchen. „Wer spielt sich denn dauernd als Medizinmann auf? Und jetzt wo es ernst wird, willst du sie weggeben!?" blaffte ich meinen Vater an. „Naja, ich meine, wenn es um eine Erstdiagnose geht. Aber ich kann sie doch nicht über Jahre hinaus behandeln. Wir müßten ihre ganze Kindheit aufarbeiten und..." „Ihre Kindheit aufarbeiten?" schrie ich wütend. „Sie ist mittendrin, falls du das vergessen haben solltest. Sie ist sieben Jahre alt. Und wahrscheinlich fühlt sie sich von uns nicht geliebt und abgelehnt. Sie ist ohne Mutter aufgewachsen. Wir sind ihre Familie. Wir haben die Pflicht, uns um sie zu kümmern. Sie ist eine von uns." Sie waren platt. So leidenschaftlich hatten sie mich noch nie gesehen.

2

Wir besuchten Mora jeden Tag im Krankenhaus. Selbst der heftig pubertierende Leo ließ sich hin und wieder vom Spiegel wegzerren. Jeden Tag brachten wir ihr etwas mit. Spielsachen, Malhefte, Süßigkeiten und auch ihre heißgeliebte Puppe Lilly. Lilly ohne Kopf. Den hatte Mora in einem Anfall von Wut abgerissen und aus dem Fenster geworfen. Lilly war unartig gewesen, hatte sie mir erklärt. Jetzt mußte Lilly eben ohne Kopf auskommen. Dann saßen wir auf ihrem Bett, taten fröhlich und plauderten aufs Geratewohl. Mora saß da, hörte zu und nickte hin und wieder wissend. Der dicke Verband um dem Kopf entstellte sie noch mehr. Sie sah aus wie ein Krake mit einem dicken Kopf und schmalen Ärmchen. Der Krake Mora. Die Wunde heilte schnell, und nach ein paar Wochen war klar, daß sie mit dem linken Auge nie wieder würde sehen können. Es schien sie nicht weiter zu beschäftigen. Sie blockte Gespräche in diese Richtung ziemlich schnell ab.

Die Eltern des anderen Mädchens sahen von einer Anzeige ab, und als einzige Auflage wurde uns zur Pflicht gemacht, mit Mora regelmäßig zu einem Kinderpsychologen zu gehen. Auf alles gingen wir ein, nur damit Mora keine Nachteile aus dieser Geschichte erwachsen würden. Sie war schon genug gestraft. So thronte sie denn, wieder zu Hause, mit ihrem verbundenen Auge im Wohnzimmer vor dem Fernseher. Von der Schule war sie beurlaubt. Sie sollte im nächsten Jahr noch einmal mit der ersten Klasse beginnen. Wir waren ständig um sie herum. Es war eine friedliche Zeit, geprägt von familiärer Harmonie und häuslichem Frieden. Selbst Leo saß nachmittags mit seiner Freundin auf dem Sofa. Irina bohrte genüßlich in der Nase und Mora und Leo diskutierten über das Fernsehprogramm. Meine Mutter enthielt sich weitgehend ihrer unbedarften Beiträge, während mein Vater sich wieder in seine Medizinbücher versenkte. Und Mora mittendrin. Wie eine Ameisenkönigin umschwärmten wir sie. Wie sehr unsere Existenz zu jener Zeit der von Drohnen geglichen haben muß, ist mir erst im Nachhinein klargeworden. Die Geschichte mit der Schere hätte mir Anlaß zum Nachdenken geben können. Es war ein Hinweis. Ich hätte vor Mora mehr auf der Hut sein müssen.

Sie wünschte sich eine schwarze Augenklappe mit einem Totenkopf darauf. Die bekam sie natürlich nicht. Stattdessen kaufte ich ihr eine safranfarbene mit einem aufgenähten türkisblauen Fisch. Ihr Wesen sollte etwas Buntes haben, beschloß ich. Diesen jungen Nihilisten mußte man hin und wieder Kurzweil nahebringen. Sonst verlor ihre Philosophie jeglichen Reiz. Ich nannte Mora jetzt manchmal „Käptn Fischauge“, was sie mit einem Lächeln quittierte. Die Tage vergingen in süßlicher Seligkeit. Lebkuchenherzen wanderten von einem zum anderen, die Zeit quoll zuckerwatteartig durch unser Bewußtsein, und gebrannte Mandeln verklebten unseren Sinn für das Schicksal. Doch dieses stand schon draußen und polterte festen Fußes gegen unsere Tür.

Kapitel 6

1

Eines Tages überraschte ich Mora, wie sie versuchte, sich unbemerkt ins Haus zu schleichen. Es war ein sonniger Nachmittag, und sie war mit Nachbarskindern murmeln gewesen. Ihr gesundes Auge war tränenverschmiert. „Mora“, begrüßte ich sie, „hast du alle Kugeln versenkt oder was ist los?“ Sie schniefte nur kurz und lief an mir vorbei. „Mora“, rief ich und lief hinter ihr her. Sie rannte in ihr Zimmer, wo sich sie sich unter dem Bett verkroch. Es war das Bett ihrer Mutter gewesen. Ich ging auf alle viere und sah sie an. Sie war völlig in sich zusammengesunken und weinte wahre Sturzfluten. „Die anderen wollen nicht mit mir spielen“, preßte sie zwischen zwei heftigen Atemstößen hervor. „Sie haben gesagt, daß ich aussehe wie ne einäugige Vogelscheuche.“ Tatsächlich ließ sich daran nicht rütteln. Ihr rötliches Haar sah aus wie rostiger Klingeldraht. In ihrem hageren Gesicht thronte eine spitze Nase über einem Schatten von Mund. Ihre Zähne waren eine Katastrophe. Wie ein verwitterter Friedhof mit umgestürzten Grabsteinen, hatte ihr Zahnarzt gesagt. Worüber Mora nur gelacht hatte. Ihre Gliedmaßen waren kurz, wogegen ihre Hände und Füße sehr lang waren. Wenn sie mit ihren dünnen, weißen Händen gestikulierte, sah es aus, als ob kleine weiße Spinnen in der Luft umherschwebten. Am schlimmsten jedoch war ihr gesundes Auge. Damit guckte sie trüb und fischig in die Welt. Es war undurchdringlich. Ich konnte nicht darin lesen. Wenn es ein Spiegel zu ihrer Seele war, dann hoffte ich, sie niemals körperlos erleben zu müssen. Was die Natur an Äußerlichkeiten bei ihr versäumt hatte, hatte sie an Temperament hinzugefügt. Sie war eine Energie-Supernova, die ständig explodierte. Wenn man sich dabei zu nah am Zentrum aufhielt, konnte es passieren, daß man mit in Brand geriet. Sie redete und sang sehr viel, als ob sie ihr unvorteilhaftes Äußeres dadurch aufheben wollte. Meistens schaffte sie es auch. Dummerweise hatte sie kein Fünkchen Humor. Gegen Ironie war sie unempfindlich. Ich nahm sie oft hoch. Sie ertrug es und wischte es beiseite. Jede andere Art von Humor ließ sie ebensowenig gelten. Sie war knochentrocken. Jedoch hatte sie eine Menge Phantasie. Wenn sie mitten in der Nacht Appetit auf ein Eis bekam, weckte sie mich und malte mir in den berauschendsten Farben ein Bild voll köstlichen Eises. Es war greifbar. Ich konnte ihr nicht widerstehen. Und schon gar nicht ihren Argumenten. Wenn ich mich dann angezogen hatte und mit Mora in Richtung Nachttankstelle fuhr, hätte ich schwören können, es sei meine Idee gewesen. Wir fanden uns oft nächtens an einer Tankstelle wieder und aßen Eis oder Schokolade. Nach und nach hatten Mora und ich ein kleines Herz füreinander entdeckt. Sie war die einzige Person, die eine Bedeutung in meinem Leben gewann. Mora war eine Konstante in meinem Dasein geworden. Ich sah zu, wie sie aufwuchs, und nahm an ihrem Leben teil. So sehr würde niemand jemals an meinem Leben teilnehmen. Aber daß sie aussah wie eine einäugige Vogelscheuche mußte man ihr ja nicht unbedingt ins Gesicht sagen.

„Mora komm raus, ja? Wir machen uns einen Kakao und ich erzähl dir eine Geschichte.“ Damit bekam ich sie immer. Geschichten hörte sie für ihr Leben gern. Dann saß sie ganz starr da, lauschte verzückt und wagte nicht, mich zu unterbrechen. Ich dachte mir oft etwas für sie aus. Sie war ein besonderes Kind und brauchte besondere Zerstreuung.

„Es geht um eine Vogelscheuche“, begann ich, als wir in unserem Kakao rührten. „Bist du bereit?“ fragte ich, woraufhin sie nickte.

„Diese Vogelscheuche hieß Annie. Und sie hatte nur ein Auge. Annie stand seit einigen Wochen auf einem Gemüsefeld. Es machte ihr großen Spaß, die Vögel zu verscheuchen und ihnen einen ordentlichen Schrecken einzujagen, so daß sie nie wieder kamen. Wenn ein Vogel es wagte, sich auf ihrem Feld niederzulassen, um die Saat zu picken, schlich sie sich hinter ihn und flüsterte ganz leise und mit heiserer Stimme in sein Ohr: Vöglein, Vöglein mein. Was kommst du hier hernieder? Hast du es bedacht? Für dich naht bald die Nacht. Der Tod streift dein Gefieder. – Dann schaute sie den Vogel aus ihrem einen Auge böse an. Und die Vögel, die ein schwaches Herz hatten, fielen auf der Stelle tot um. Und die anderen, sogar die mutigen, fanden Annie so unheimlich, daß sie sich nicht mehr trauten, auch nur einen Fuß auf ihr Feld zu setzen. Irgendwann hatte sie alle Vögel so erschreckt, daß niemand mehr kam. Sie saßen in sicherer Entfernung in den Bäumen und wagten sich nicht mehr herunter. Das bekamen natürlich die Mäuse mit, die am Waldrand wohnten und schon lange ein Auge auf die fetten Körner geworfen hatten. Bisher hatten sie sich aus Angst vor den Vögeln nicht aufs Feld getraut. Und wenn es doch mal eine Maus versucht hatte, kam schwupps ein Vogel und verspeiste die Maus mit Haut und Haar. Mäuse waren neben den Körnern von Annies Feld nämlich die Lieblingsspeise der Vögel.

Jetzt hatten die Mäuse nichts mehr zu befürchten. Eine besonders mutige Maus nahm sich ein Herz, spazierte kackfrech auf Annies Feld und fing an, den Boden aufzuwühlen. Bald kamen immer mehr Mäuse dazu. Als Annie die Schweinerei entdeckt hatte, hatten die Mäuse sich schon fast bis Feuerland durchgewühlt. Sie schlich sich hinter sie und sagte ihren Spruch auf. Die Mäuse kugelten sich vor Lachen. Hahahihi, machten sie. Du kannst uns nicht erschrecken. Du bist doch eine Vogelscheuche und keine Mäusescheuche, lachten sie Annie aus.

Annie war todunglücklich und weinte herzzerreißend. Ich muß doch das Feld bewachen, schniefte sie. Die Mäuse lachten nur noch lauter. Bald hatten sie das halbe Feld durchgewühlt. Und in ein paar Tagen würden sie alles aufgefressen haben. Da kam Annie eine Idee. Sie würde den Vögeln einen Handel anbieten. Hört zu! sagte sie zu ihnen, die Mäuse haben sich auf meinem Feld breitgemacht. Ich würde sie gern wieder loswerden. Wollt ihr nicht kommen und sie fressen? – Aber dann wirst du uns wieder erschrecken und viele von uns werden sterben, wandten sie ein. – Nein, nein, das werde ich nicht. Wenn ihr die Mäuse freßt, werde ich euch nicht erschrecken, versprach Annie.

Daraufhin stürzten sich die Vögel auf die vollgefressenen Mäuse und verputzten sie allesamt. Davon bekamen die Vögel einen so vollen Bauch, daß sie nicht mehr davonfliegen konnten und es ein leichtes für Annie war, sie alle einzufangen. Sie sperrte alle in einen großen Sack und trug ihn zum Fluß. Die Vögel riefen voller Angst: Annie, Annie, du hast versprochen, uns nichts anzutun! Und Annie antwortete: Ich habe nur versprochen, euch nicht mehr zu erschrecken. Und das tue ich ja auch nicht. Dann zwinkerte sie mit ihrem gesunden Auge in den Himmel und schmiß den Sack in den Fluß. Alle Vögel ertranken jämmerlich. Nun war niemand mehr da, der auf ihrem Feld räubern konnte. Und es war niemand mehr da, der sie verspotten konnte. Und so lebte sie glücklich und zufrieden und erschreckte hin und wieder mal ein paar Vögel, die zufällig vorbeigekommen waren. Das war Annies Geschichte“, schloß ich. Sie war vielleicht nicht besonders pädagogisch, aber dafür war ich ja auch nicht ausgebildet. Mora saß wie versteinert. „Annie war aber klug“, sagte sie und strahlte. Sie trank den letzten Rest Kakao und stürmte hinaus. Ich nahm an, daß sie ihre Spielkameraden suchte, um sie ein bißchen aufzumischen.

2

Das Jugendamt schickte uns Dr. Johannes Hungerbühler auf den Hals.

„Moras Arzt hat sich gemeldet. Du sollst noch mal anrufen“, rief Leo von oben, als ich eines Abends von einer geplatzten Verabredung nach Hause kam. „Was hat er denn gesagt?“ „Daß du ihn nochmal anrufen sollst.“ „Weiter nichts?“ „Ach ja, daß er dich erstmal allein sprechen will. Sag mal, kommt Mora jetzt ins Irrenhaus?“ „Red kein Blech“, sagte ich und ließ ihn stehen. Es war von vornherein klar, daß ich Mora zum Arzt begleitete, so wie ich mich generell um sie kümmerte. Es blieb also alles beim Alten. Als ich die Nummer wählte, sprang sofort der Anrufbeantworter an. Klassische Musik ertönte. Streicher – Violinen und Celli – spielten eine elegische Melodie. Es klang wie Herbstabende über dem Moor und eine zerbrochene Liebe. Ein richtiges kleines Konzert. Bevor ich noch zuende denken konnte, daß es gar nicht mehr aufhören wolle, schloß die Melodie mit einem leisen Paukentremolo. Eine betont männliche Stimme folgte: „Haaallo, Sie sprechen mit der vollautomatischen Kommunikationsmaschine des Dr. Johannes Hungerbühler. Mein Meister befindet sich in strenger Klausur und darf nur gestört werden, wenn schöne Edelfrauen aus den Klauen bösartiger Drachen befreit werden wollen. Bitte hinterlassen Sie Ihre Nachricht.“

Nach dem Pfeifton legte ich los: „Hallo Dr. Hungerbühler. Es geht um meine Nichte Mora. Sie wissen schon, das kleine Mädchen mit der Schere. Ich sollte Sie....“

„Haallo, hier Hungerbühler“, sagte die markante Stimme vom Anfang. „Schön, daß Sie mich zurückrufen. Es geht darum, daß ich Sie erstmal allein sprechen möchte, bevor ich mich der kleinen Patientin widme. Wir haben einiges zu besprechen.“ „Es geht eigentlich um meine Nichte, Dr. Hunger...“ – „Es geht um alle, wenn ein Kind an seiner

Welt verzweifelt", fiel er mir mit fester Stimme ins Wort. „Wenn Sie also morgen zu mir kommen möchten? So gegen 16 Uhr? Ist Ihnen das recht?" Es war mir recht. „Und kommen Sie allein", fügte er wie ein Erpresser hinzu.

Pünktlich traf ich in seiner Praxis ein. Hungerbühler erwartete mich stehend. Sofort nahm er meine Hand in die seine und drückte sie kurz und fest. Schweigend zeigte er auf eine häßliche violette Velours-Polstergruppe und bedeutete mir, Platz zu nehmen. „Dr. Hungerbühler...", begann ich, woraufhin er nur beschwichtigend die Rechte hob. Noch immer schweigend nahm er mir gegenüber Platz und fixierte mich eine Weile. „Dr. Hungerbühler...", versuchte ich es noch einmal. „Pst", machte er, wobei er seinen rechten Zeigefinger auf die Lippen legte, den Kopf schief hielt und verzückt einer inneren Melodie zu lauschen schien. Ich nutzte die Zeit und betrachtete seinen Bücherschrank. Ein Buch stach besonders ins Auge. „Das Kind ohne Mutter" von Dr. Johannes Hungerbühler. Ungefähr zwanzigmal. Daneben ein paar kleinere Bücher. Psychologische Nachschlagewerke und Medizinbücher. Er war gut sortiert. Danach ging ich zu den Fotos an den Wänden über. Die gesamte Praxis war damit tapeziert.

Tropenwald, Wasserfall, Tiere und Eingeborene. Auf jedem Bild guckte ein kleiner, gutaussehender Mann mit verschwommenen Gesichtszügen an der Kamera des Fotografen vorbei. Ein Oberlippenbart sollte dem Gesicht etwas Charakter verleihen. Ohne diesen Bart wäre es lediglich eine leere Leinwand gewesen. So war es eben eine Leinwand mit einem schwarzen Klecks darin. Vielleicht muß ein Psychologe so aussehen, dachte ich. So gesichtslos, um die Emotionen seiner Patienten besser aufnehmen zu können.

Der Mann auf den Fotos bemühte sich um Ernsthaftigkeit, versuchte aber auch, eine gewisse Lockerheit in seine Haltung zu legen. Resultat war, daß er ungemein angespannt wirkte. Die Szenen mußten ihm eine Menge an Kraft abgefordert haben. Es schien ihm an Gewandtheit zu mangeln, die einfachsten Dinge ganz selbstverständlich zu tun, ohne unangenehm aufzufallen. Stets trug er Tropenkleidung und manchmal eine riesige Flinte, hinter der er fast verschwand. Er sah aus wie ein geschrumpfter Clark Gable in einem Großwildjäger-Film. Auf einem Bild hockte er in einem Baum, kratzte sich auffällig unter den Armen und grimassierte wie ein Affe. Man konnte direkt den Fotografen sagen hören: „Hock dich mal da in den Baum und mach irgendwas Einfallsloses. Das sieht bestimmt scheiße aus." Er wollte sicherlich unkonventionell wirken. Ein bißchen ausgeflippt. Dafür schien er jedoch überhaupt nicht der Typ zu sein. Seine dunklen Haare gingen im Nacken etwas fächerförmig auseinander, was ihm das Aussehen eines verkleideten Kapuzineräffchens gab. Es war Hungerbühler.

„Sooo, Sie sind also der Onkel der kleinen Mora", fragte er nach einer Ewigkeit, die wir schweigend ausgeharrt hatten. „Ich wollte Sie erst einmal kennenlernen, bevor wir mit der Behandlung beginnen. Sie werden die kleine Mora, übrigens ein ulkiger Name, ja während der Heilphase am engsten begleiten, nicht wahr? Da mache ich mir eben gern ein Bild von der Bezugsperson." „Und, habe ich den Test bestanden?" fragte ich. „Aber, aber! Das ist doch kein Test", antwortete er mit einem anämischen Lächeln. „Wir arbeiten zusammen an der Genesung Ihrer kleinen Nichte. Das anfängliche Schweigen ist lediglich ein kleiner Versuch. Ich möchte sehen, wie der Mensch in solch stillen Situationen reagiert. Eine Situation, die er nicht kennt in unserer heutigen Zeit. Wie verhält er sich da? Um so eine Heilung voranzutreiben, braucht es Ruhe. Die dem Kind nahestehenden Personen müssen Ruhe und Gelassenheit ausstrahlen. Das Kind spürt die kleinste

Störung in seiner Umgebung. Darauf reagiert es äußerst sensibel. Die Erwachsenen müssen dann umso ausgeglichener sein. Verstehen Sie", fragte er tonlos.

„Ja ich verstehe", sagte ich. „Aber glauben Sie denn, Sie könnten etwas über mich herausfinden, indem Sie mich schweigend anstarren? Vielleicht bin ich ja gefühlsarm, oder ich habe etwas genommen. Zur Beruhigung", fügte ich triumphierend hinzu. Manchmal verstand ich mich selbst nicht. Es mußte das Erbe meiner Mutter sein, das mich dazu brachte, solche Sätze von mir zu geben.

„Dr. Hungerbühler", versuchte ich es noch einmal, „Sie wissen ja bereits, daß meine Nichte etwas seltsam ist. Sie reagiert nicht auf eine Störung in ihrer Umgebung. Sie ist die Störung." Damit hatte er nicht gerechnet. Er saß da und schaute mich wieder wortlos an. Ratlos, wie mir schien. Sein ganzes Wesen war von einer solchen Steifheit, daß ein Heer von Wachsfiguren neben ihm wie der Ausbund an Temperament gegolten hätte. Er wollte wohl Kompetenz ausstrahlen. „Aber wie können Sie soetwas behaupten", sagte er müde und richtete sich etwas in seinem Sessel auf. „Ein Kind ist nicht krank von vorneherein, es wird krank gemacht. Durch seine Umwelt. Durch seine Erziehung und..." „Wollen Sie etwa andeuten, daß wir uns nicht ausreichend um Mora gekümmert hätten?!" fragte ich empört. Er hatte ja teilweise recht, doch es ging um die Familienehre. „Nein, nein", meinte er kleinlaut, „so habe ich das nicht gemeint. Ich wollte doch damit nur andeuten, daß ein Kind sensibel ist und eine intakte Welt braucht, an der es sich orientieren kann. Ich bin sicher, Ihre Familie hat das Menschenmöglichste getan, um der Kleinen eine Heimstatt zu bieten." Jetzt ging ein Ruck durch ihn, und mit unerwarteter Emphase fügte er hinzu: „Aber eine Mutter kann niemand ersetzen." Dabei schaute er so verloren, daß es mich rührte. „Sie haben ja recht", lenkte ich ein, „aber wir tun unser möglichstes. Wir geben Mora ein Zuhause. Für meine Eltern ist sie wie ihr eigenes Kind." Was bekam ich eigentlich für solche Lügen? „Sie ist allerdings ein bißchen eigen. Man muß viel Geduld mit ihr haben. Meine Eltern haben oft nicht die Zeit. Und sie sind ja auch nicht mehr die Jüngsten." „Tjaijaa", trompetete er. „Das finde ich ganz reizend, daß Sie sich so aufopferungsvoll um Ihre Nichte kümmern. In Ihrem Alter hat man doch mehr mit Mädchen anderen Alters am Hut, oder?" Er zwinkerte mir jovial zu. Am liebsten hätte ich geweint. Ihm mein Herz ausgeschüttet. „Sie scheinen ein ernsthafter junger Mann zu sein. Übernehmen Verantwortung. Sehr gut! Das macht sich später mal bezahlt. Man kann ja nicht früh genug damit anfangen." Mit jedem Stoß, den er mir versetzte, wurde ich schwermütiger. Ich schluckte es runter. Schließlich ging es um Mora. Wie immer. Ich mußte das Steuer herumreißen, bevor ich mich auch noch auf seine Couch legte. „Sie sind also Kinderpsychologe. Das ist gewiß besonders interessant." Oh Gott, etwas Dümmeres hätte mir wohl nicht einfallen können. „Mich reizt das Unverdorbene", begann er einen längeren Vortrag, den er mit den Worten beendete: „Um der späteren Fehlentwicklung vorzubeugen, behandeln ich und meine Kollegen die entstehenden Neurosen bereits in diesem frühen Alter." „Glauben Sie denn, daß Sie Mora helfen können?" „Aber junger Freund, dafür bin ich doch ausgebildet", antwortete er mit einem Anflug von Empörung in der Stimme. „Sehen Sie mal, jeder Mensch, besonders ein Kind, ist wie ein Baum. Sagen wir mal, ein Pflaumenbaum. Es ist Erntezeit, und die Pflaumen leuchten rot und saftig. Mhm, was für süße Pflaumen. Da bekommt man Appetit, nicht wahr? Und diese Früchte stehen für unsere geistige Gesundheit. Der Baum, das ist unser Körper. Darum kümmert sich der Arzt. Oder um bei unserem Bild zu bleiben, der Gärtner. Ich aber bin der Pflücker. Ich pflücke die

Pflaumen, um zu sehen, ob sie madig sind.“ „Aber wenn man immer nur auf die Pflaumen achtet, sieht man nicht den Schatz, der an der Wurzel vergraben ist“, warf ich ein, um ihn ein wenig zu verwirren. „Ein guter Gedanke“, sagte Hungerbühler gedehnt, nahm ihn aber nicht weiter auf. „Und wie entfernen Sie die Würmer?“ Er antwortete nicht sofort. Stattdessen sank sein Kopf der Brust entgegen, als ob in den Linien seines karierten Pullunders die Lösung lauere. „Ich spreche zu ihnen“, sagte er nach einer ganzen Weile, in der ich bereits befürchtet hatte, er sei eingeschlafen. „Ach so?“ Allzuviel hatte ich nicht verstanden. Es war offensichtlich, daß er Mora nicht gewachsen war.

3

Mora spürte sofort, daß Hungerbühler eine Frucht ohne Kern war. Von der ersten Minute an zog sie die Fäden. Er hatte ihr nichts entgegenzusetzen. Sie spann ein Netz um ihn, aus dem er sich nicht mehr zu befreien vermochte. Hätte er eine Seele gehabt, Mora hätte sie bekommen. Die erste Sitzung bei Hungerbühler wurde ein voller Erfolg. Die beiden verstanden sich auf Anhieb. Nach ein paar Minuten hatte sie ihn soweit, daß er uns von seiner mutterlosen Kindheit erzählte. Sein aufgestautes Herz pluckerte uns selig entgegen. Jede Schweigepause füllte er sofort mit Details seiner Geschichte. Wir hatten keine Chance. Demnach war er die Frucht eines umherschweifenden Schaustellers, von dem seine Mutter sich hinter der Geisterbahn nehmen ließ. Sie war jung und hungrig nach Liebe. Die frühen Fünfziger schmeckten noch nach Krieg und Entbehrung. Und in einer muffigen, süddeutschen Kleinstadt jener Tage wurde selbst ein Rummelplatzstecher vom Nimbus des Exotischen umweht. Der süße Likör und die anstachelnden Worte der Freundinnen taten ein übriges, und Hungerbühlers Mutter – auf den Namen der katholischen Heiligen Ursula getauft – fand sich unversehens unter einem Mann wieder, der sich frech Mario nannte. Der nächste Morgen brachte neben Übelkeit auch die Vorahnung mit sich, einen furchtbaren Fehler begangen zu haben. Und die weiteren Tage brachten die schreckliche Gewißheit, daß der Fehler bittere Früchte tragen würde. Beheimatet in einem erzkonservativen Elternhaus – der Vater war Diakon der örtlichen Pfarrkirche, die Mutter früh verstorben – kam eine Vertrautheit gegenüber dem Vater in solch einer Angelegenheit nicht in Frage. Hungerbühlers Mutter war in seiner Kirche getauft und konfirmiert worden, und dort half sie ihrem Vater bei seinem Amt. Dort sollte sie heiraten, ihre Kinder taufen lassen und sich den letzten Segen holen. Und dann diese Schmach! Man würde sie den Backfisch der Schande heißen und sie wie eine entweihte Monstranz aus dem Dorf jagen. Ihre Familie müßte sich Asche auf das Haupt streuen, sich die Kleider zerreißen und würde zum Gespött des Ortes werden. Nur das nicht. Eine Abtreibung schien das Vernünftigste. Bei einem Arzt war es nicht möglich. Doch in der Großstadt, so wurde gemunkelt, konnten gefallene Mädchen Hilfe für ihr Problem finden. Engelmacher hatten zu dieser Zeit Konjunktur. Doch sie hatten auch ihren Preis. Um die 200 Mark kostete eine Abtreibung. Wo sollte sie soviel Geld herbekommen? Im Sparschwein fanden sich hundert Mark. Mit ein bißchen Glück konnte sie noch etwas leihen. Blieb noch die Fahrt. Das Wasser wäre ein Ausweg gewesen. Doch für eine einzige Dummheit die ewige Verdammnis erleiden zu müssen? Das war es nicht wert. Und so sammelte sie Geld. Pumpte Freundinnen an, Verwandte, stahl dem Vater ein paar Groschen aus dem Klingelbeutel, woraufhin sie, von Schuldbewußtsein zerfressen, tagelang nicht schlafen konnte und das Geld zurücklegte. Als Ablaßzahlung tat sie noch etwas mehr hinein. Sie sammelte Milchflaschen, für die sie ein paar

Pfennige bekam, sie klebte eifrig Rabattmarken, und am Ende hatte sie tatsächlich mehr als zweihundert Mark beisammen. Hoffnungsfroh und mit einem Klumpen im Bauch fuhr sie los. Das arme unbedarfte Ding. Unvertraut mit den Tücken der großen Stadt, geriet sie unmittelbar nach ihrer Ankunft an Trickbetrüger, die ihr das dringend benötigte Geld abluchsten. Aufgelöst und der Panik nahe blieb der Kleinen in ihrer Verzweiflung nur noch der Kanal. Tränenblind stolperte sie ihrem nassen Grab entgegen und hatte es schon fast erreicht, als unvermittelt ein himmlischer Chor einsetzte. „Freude meines Herzens", erscholl es vielstimmig just in diesem Moment. Nonnen eines neben dem Kanal ansässigen Klosters und Kinderheimes sangen zur Ehre Gottes aus der Liedersammlung des Heiligen Servilius. Ein Fingerzeig, wie ihr schien. Dort würde ihr vielleicht geholfen werden. Mit letzter Kraft hämmerte sie gegen das hölzerne Portal. Die Nonnen, die ihr öffneten, konnten das Urselchen gerade noch auffangen, wäre sie doch sonst ohnmächtig auf den steinernen Boden gesunken. Die Schwestern nahmen den gefallenen Engel in ihre schützende Obhut, und unter den liebevollen Händen taute das schüchterne, junge Mädchen schnell auf und beichtete Schwester Oberin schluchzend und mit tränenerstickter Stimme von ihrem Fehltritt. Schwester Oberin, eine gutmütige und mit allen Wassern gewaschene Frau, veranlaßte sofort, daß der Unglücklichen eine Mahlzeit und ein Bett gerichtet werde. Sodann telegrafierte sie dem Vater. Als dieser sein unglückliches Töchterchen in die Arme schloß, hatte die Äbtissin ihm bereits den Wind aus den Segeln und das Versprechen abgenommen, ihr zu vergeben. Nichtsdestoweniger kam ein uneheliches Kind nicht in Frage. Man einigte sich rasch, daß Ursula das Kindbett im Kloster gemacht bekomme. Der Vater solle zu Hause erzählen, daß die Ursel in der Großstadt eine Ausbildung zur Kaltmamsell mache. Nach geglückter Niederkunft solle das Mädchen ins väterliche Haus zurückkehren und keusch und ergeben ihre Sünde bereuen. Das Kind werde im klostereigenen Waisenhaus aufwachsen und zu einem gottesfürchtigen Menschen erzogen werden. Gegen eine angemessene Spende, versteht sich. So war allen gedient und so wurde es gemacht. Urselchen konvertierte noch schnell, sehr zum Widerwillen des lutheranisch-geprägten Alten, zum Katholizismus und drückte ihrem Söhnchen einen letzten Kuß auf die Stirn. Die Angst vor einer religiösen Gemeinschaft hätte Hungerbühler fast das Leben gekostet. Und jetzt wurde er von Abgesandten eben dieser Religion gerettet. Was für ein Wunder! Der kleine Johannes wuchs unter den gütigen Augen der frommen Schwestern heran und wurde sehr bald zum Liebling der Schwester Oberin. Er war ein braves Kind. Nie aufsässig und immer darauf bedacht zu gefallen. Es dauerte sie, daß der kleine Waisenknabe immer wieder nach seiner Mutter fragte. Es schien, als ob er dazu getrieben werde. Sein einziges großes Thema war seine Mutter. Die unbekannte Schmerzensmutter, die der kleine Johannes so vermißte. Er wollte doch nur seine Herkunft erfahren. Er wollte einen Mittelpunkt. Etwas, wo er sich anleinen konnte, um im Chaos der Welt nicht davonzuflattern. Und so erzählte ihm die Äbtissin, daß er als Baby auf den Stufen ihres Klosters gefunden worden sei. Anbei ein Zettel, auf dem gestanden habe, man möge sich doch um ihr Söhnchen kümmern, da sie – die Mutter – des Lebens überdrüssig sei und niemanden wisse, dem sie ihre Leibesfrucht anvertrauen könne. Sie werde sich hernach dem Wasser überantworten. Damit war der Junge zwar nicht glücklich, jedoch vorläufig zufriedengestellt. Die wahre Geschichte seiner Herkunft erfuhr der junge Hungerbühler am Sterbebett der alten Äbtissin. Sie hatte panische Angst davor, mit einer Lüge abzutreten. Neben dem

Geheimnis seiner Herkunft verriet sie ihm auch den Namen und den Wohnort der Mutter. Allerdings starb sie nicht, ohne ihm nahezulegen, die Familie nicht zu behelligen. Zuviel Leid hätte er bereits über diese Menschen gebracht. Hungerbühler, der eine leichte Empörung verspürte und sich insgeheim fragte, ob es nicht eher umgekehrt gewesen sei, ließ die Entscheidung offen. „Und bis heute habe ich sie nicht aufgesucht. Ich habe mich nicht getraut", schloß er die Geschichte seiner Geburt. „Was für ein Mensch mag meine Mutter wohl sein? Sie war unsicher und voller Schuldgefühle", sinnierte er. „Sie sollten es tun", sagte Mora. „So lange haben Sie gewartet. Und Ihre Mutter wartet bestimmt auf Sie." Er schaute Mora mit feuchten Augen an. „Ja ich werde es tun. Irgendwann werde ich es tun", sagte er.

Hungerbühler schloß die Sitzung mit einem freundlichen Nicken. Jedoch nicht ohne uns vorher gefragt zu haben, ob wir noch Fragen hätten. Hatten wir nicht. Vorläufig nicht. Es war alles geklärt und wir verließen ihn mit einem Gefühl tiefer Befriedigung. Mora war guter Dinge. Sie klammerte sich an mich und plapperte unentwegt. Sie schwatzte solange auf mich ein, bis ich ihr sogar ein Eis kaufte, obwohl ihr Taschengeld längst alle war. Ich versuchte ihr beizubringen, daß man mit seinen Sachen haushalten müsse. Für gewöhnlich wich ich nicht von dieser Regel ab. Und Mora hielt sich auch daran. Doch nach dem Besuch bei Hungerbühler waren wir merkwürdig beschwingt. Dieser gebrochene Mann hatte uns aufgerichtet.

Kapitel 7

I

Mädchen, Mädchen, Mädchen! Ich kreiste um dieses Thema wie ein einpaddeliges Ruderboot. Immer im Kreis und kein Ufer in Sicht. Meine einzige sexuelle Eroberung saß im Gefängnis. Und ich, ich ging zweimal die Woche mit meiner seltsamen Nichte zu einem noch seltsameren Psychologen. Selbst mein beschränkter Bruder hatte eine Freundin.

Leo sah, wie sehr ich unter diesem Zustand litt. „Irina hat eine ältere Schwester", sagte er eines Tages, während er die Treppe hinauf in seinem Zimmer verschwand. Das war typisch für ihn. Er stellte eine Aussage auf, um sie dann unkommentiert im Raum stehenzulassen. „Ja und, Leo?" fragte ich, hinter ihm her eilend. Das machte mich verrückt.

„Die heißt Janina", ließ er sich aus der Nase ziehen, als ich atemlos in seiner Tür stand. „Janina und Irina, wie prima", kalauerte ich. „Ihre Eltern haben wohl mal einen Kurs für kreatives Schreiben an der Volkshochschule mitgemacht." „Ich dachte, wir könnten uns ja mal zu viert treffen. Sie hat grad keinen Freund", sagte Leo, ohne auf meine Scherze einzugehen. Wie zuvorkommend von Leo, mir die ältere Schwester seiner popelnden Freundin andrehen zu wollen. „Was wollen wir denn machen", fragte ich böse, „uns eine Game-Show ansehen und über Pickelprobleme reden?" „Ich dachte, wir gehen einfach mal in die Disko, aber wenn du nicht willst...", sagte Leo und drehte sich weg. „Warte doch mal, wie alt ist sie denn?"

Janina war siebzehn und wunderschön. Sie hatte brünette, halblange Haare und grüne Augen. Ihr Lächeln umschmeichelte mich wie sanfte Milch. Zudem hatte sie etwas Unverdorbenes. Das reizte mich. Sie war sicherlich noch Jungfrau. Wie gern hätte ich sie geschändet. Sie wie ein Tier genommen und befleckt. Animalisch wäre ich gewesen, und sie hätte es genossen. Bestimmt! Sie war eine von diesen resolut erscheinenden Menschen mit klaren Vorstellungen. Sie wußte, was sie wollte. Ich nahm mir am Anfang des Abends vor, daß sie an seinem Ende mich wollen würde. Getroffen hatten wir uns in einer Großraumdisko. Zweitausend Leute auf drei Etagen verteilt. Wir setzten uns in eine halbwegs ruhige Ecke und redeten. Janina ging noch zur Schule. Anschließend würde sie gern eine Ausbildung „in einer Bank oder so machen". Kinder wollte sie auf keinen Fall, bevor sie fünfundzwanzig wurde. Ihr Zukünftiger sollte gut verdienen und Kinder mögen. Später auch mal ein Haus. Allerdings nicht auf Raten. Sie sah an ihren Eltern, wie furchtbar das war. Immer ging es nur um Geld. Das sei so spießig. Und Geld sei ihr auch nicht wichtig. Sicher, man müsse welches haben, aber es dürfe nicht zum Lebensinhalt werden. In diesem Tenor ging es noch eine Zeitlang weiter. Am meisten nervte es mich, daß sie die ganze Zeit Sie zu mir sagte. Selbst durch mein penetrantes Duzen ließ sie sich nicht dazu herab, etwas zutraulicher zu werden. Leo und Irina glotzten derweil unmotiviert dem Trubel um uns herum zu. Die Mädchen gingen irgendwann tanzen und ließen Leo und mich zurück. Wir saßen schweigend da und starrten auf die Tanzfläche. Leo und ich waren nur zufällig in derselben Familie gelandet. Als sie nach Ewigkeiten wiederkamen, war ein Gespräch nicht mehr in Gang zu bringen. So saßen wir da und schauten zu, wie die anderen sich amüsierten. Ich beobachtete Janina aus den Augenwinkeln heraus. Ihre Augen leuchteten wie kleine Suchscheinwerfer. Hoffte sie jemanden im Gewühl zu entdecken? Ihr Busen hob und senkte sich synchron zu meinen Atemzügen. Ich mußte unbedingt mit ihr schlafen. Auch wenn sie langweilig und dumm war. „Wollen Sie uns nicht mal etwas zu trinken spendieren“, fragte Janina nach einer Weile gespreizt. „Sie verdienen doch schon.“ Naja, dachte ich, was ich jetzt anlege bekomme ich am Ende mit Zinsen heraus. Ich drängelte mich zum nächsten Tresen durch und bestellte die Getränke.

Als ich mich mit den Gläsern am Rücken eines jungen Mädchens vorbeidrücken wollte, drehte sie sich unvermittelt um und stieß gegen mich. Die Sache war nicht mehr aufzuhalten. Vier volle Gläser Cola-Weinbrand ergossen sich über sie. Ihr Begleiter starrte mich entgeistert an, bevor er anfing, auf mich einzuschlagen. So schnell war ich noch nie am Boden. Eine ganze Gruppe prügelte und trat auf mich ein. Bestimmt hatten sie auf eine Gelegenheit gewartet, jemanden fertigzumachen. Ich wollte wegrobben, bekam aber einen Tritt ins Gesicht, den ich mit einem Blutschwall beantwortete. Angefeuert von ihren Begleiterinnen, machten die Burschen ganze Sache. Ich hatte mit meinem Leben bereits abgeschlossen. Der Türsteher rettete mich. Eindrucksvoll schob er sich durch die gaffende Menge. Blutüberströmt und mit zerschlagenen Knochen im Leib kam ich taumelnd und zitternd hoch. „Er hat angefangen Nick“, sagte das Mädchen, der ich die Gläser über den Körper geschüttet hatte. Nick, ein Riese, aus dessen kahlgeschorenem Schädel sich kleine Beulen schälten, musterte mich feindselig. Diese Neandertaler kannten sich auch noch. Pech für mich. Kurzerhand wurde ich von Nicks kräftiger Hand am Kragen gepackt und vor die Tür gesetzt. Nicht ohne vorher noch einen Schlag in die Leber zu erhalten. So hockte ich vor der Tür einer Discothek in einem verödeten Industriegebiet und mußte die verächtlichen Blicke der Vorübergehenden ertragen. Ein barmherziger Taxifahrer brachte mich, nachdem er mir zwanzig Mark abgeknöpft hatte, ins Krankenhaus. Drei gebrochene Rippen, ein

Jochbeinbruch und ein fehlender Zahn, lautete die Diagnose. Ich verbrachte drei Wochen im Bett, in deren Verlauf mich Leo einmal besuchte, um mir mitzuteilen, daß Janina mich scheiße gefunden hätte. Dafür lieferte meine Mutter Mora fast jeden Tag bei mir ab. Wir spielten dann Halma oder Schiffe versenken und überlegten, wie wir uns an den Schlägern rächen sollten. Mora schlug vor, sie mit Benzin zu übergießen und sie anzuzünden. Das schien mir zu einfach. Sie sollten ruhig noch etwas leiden. Leo kannte die Jungs. Sie gingen auf seine Schule und waren berüchtigt für ihre etwas rüde Art. „Laß dich bloß nicht mit denen ein. Die kennen keinen Spaß. Die haben mal einen mit dem Kopf solange in die Pißrinne gedrückt, bis er bewußtlos war. Nur weil er ihnen keine Zigaretten geben wollte. Und laß mich auf alle Fälle aus dem Spiel. Die wissen nicht, daß du mein Bruder bist. Wenn die das rausfinden, ist mein Leben keinen Pfifferling mehr wert", schärfte er mir ein. Leo guckte zu viele Gangsterfilme. Um Leo Unannehmlichkeiten zu ersparen und auch mir, ließ ich die Sache auf sich beruhen. Sie würden ihrer Strafe nicht entgehen. Wenn nicht auf Erden, dann eben woanders.

2

Ohne dauerhafte Schäden verließ ich das Krankenhaus. Lediglich mein Gewicht hatte sich verändert. Vor der Prügelei eher moppelig, war ich nun ein abgezehrtes Bürschchen. Egal wieviel ich aß, mein altes Gewicht war aus mir herausgedroschen worden. Ich brauchte einige Zeit, um wieder allein und ohne Angst auf die Straße gehen zu können. Überall vermutete ich Menschen, die mir Übles wollten.

Mora begleitete mich oft. Es machte ihr Spaß. Hatte sie mich doch dadurch noch mehr in der Hand. Sie dachte sich ein regelrechtes Programm für mich aus. „Ich werde hinter dir hergehen. Aber so, daß du mich gar nicht bemerkst. Wenn du dich umdrehst, wirst du mich nicht sehen." Sie verordnete mir alltägliche Dinge. Etwa einzukaufen, mit dem Bus zu fahren oder ins Kino zu gehen. Mulmig war mir zumute, wenn ich geduckt durch die Gegend schlich. Mora war mein Schatten. Anfangs drehte ich mich oft zu ihr um. Sie winkte mir. Manchmal sah ich sie nicht und bekam Panik. Dann ging ich zurück und fand sie nicht. Sie machte sich einen Spaß daraus, einfach abzuhauen. „Umso schneller lernst du wieder, allein klarzukommen. Stell dir einfach vor, ich bin immer hinter dir. Du mußt es dir nur fest genug vorstellen. Du brauchst keine Angst zu haben. Ich beschütze dich." Ein seltsames Kind.

Doch mit der Zeit ließ meine Furcht nach. Ich ging wieder allein raus. Meistens war Mora jedoch sowieso an meiner Seite. Ich brachte sie zur Schule, holte sie ab, brachte sie zu Hungerbühler, setzte mich brav in eine Ecke, lauschte seinen Reden, um anschließend mit Mora über ihn zu lachen. Sie konnte ihn perfekt analysieren. Ihr fielen Dinge auf, die mir entgangen waren. Etwa wie er nervös mit den Armen fuchtelte, wenn er von seiner verlorenen Mutterliebe erzählte. „Oder sein unechtes Grinsen, wenn er Witze macht. Und dann lacht er so übertrieben. Dabei sind die Witze gar nicht lustig."

Mora durchblickte vieles. Sie war kein Kind. Das war sie nie gewesen. Sie war eine Erwachsene in einem kleinen Körper. Und das haßte sie. Ein Kind nahm niemand ernst. Zwar verschaffte sie sich sehr schnell Respekt bei Menschen, die sie kennenlernten, jedoch war es nicht selbstverständlich, daß eine Neunjährige die Rückbank überkletterte, um vorn zu sitzen. Sie tat es. Für mich war es nur normal. Es wurde alles normal mit Mora. Sie wurde mein Schiff, auf dem ich steuerlos und mit geblähten Segeln in See stach, auf der Fahrt durch unbekannte Gewässer.

3

Auf dem Schiff, Oberdeck, linker Hand Ich, *mit einer Karte. Von rechts naht der Steuermann.*

Ich: Ah, mein Freund, sage mir, wo sind wir? Das Ruder ist ausgefallen, und die Nacht deckt alle Sterne wie mit einem Leichentuch. Kein Lüftchen weht, und trotz alledem machen wir volle Fahrt.

Erster Steuermann: Es ist das verfluchte Schiff, Sire. Bei allen Teufeln, es ist von einer Macht getrieben, die selbst Gott nicht bändigen kann. Wir segeln unter einem schlechten Stern. Verflucht ist die Reise.

Ich: Du siehst nur die Schatten, doch das Licht siehst du nicht. Und merke dir: Jede Reise, sei sie noch so ungewiß, führt zu einem Ziel.

Erster Steuermann: Ein Ziel, sagt Ihr. Ich aber sage Euch, die Reise macht das Ziel.

Ich: Sei es drum. Noch befinden wir uns auf sicherem Boden. Das Schiff macht gute Fahrt und kein Unwetter ist in Sicht. Kommt der Morgen, kommt Licht. Die Welt trägt ein freundliches Gesicht am Tag. Du wirst deine Meinung schon ändern.

Erster Steuermann: Ich hoffe für uns, daß der Morgen kommt.

Er wendet sich ab, verbirgt das Gesicht in den Händen. Im Hintergrund die Matrosen, die einer nach dem anderen an Deck getreten sind. Sie schauen rauchend und mit leisen Stimmen sprechend auf die dunkle See. Einer von ihnen beginnt, ein Lied zu singen. Die anderen singen den Refrain.

Vorsänger: In der Kombüse schneidet der Koch den Salat.

Chor *schwermütig seufzend:* Den Salat, den Salat.

Vorsänger: Findet ein Würmchen. Ringel, ringel Würmchen klein.

CHOR *sieht sich an, heuchelt Überraschung:* Ein Würmchen?
VORSÄNGER: Würmchen will die Welt sehen.
CHOR: Die Welt sehen!
VORSÄNGER: Fein, sagt der Koch, ich zeig dir die Welt, wie sie ist.
CHOR: Armes Würmchen!
VORSÄNGER: Tief im Meere hängt das Würmchen. Windet wie verrückt sich am Haken.
CHOR *lachend:* Wie verrückt, wie verrückt.
VORSÄNGER: Da kommt ein Fisch, schnapp, schnapp ist das Würmchen ab.
CHOR: Oje, Oje, Oje!
Das Schiff segelt auf den Horizont zu, die Stimmen der Sänger verwehen in der Nacht.

Kapitel 8

I

An Moras zehntem Geburtstag fuhren wir an die See. Sie hatte sich gewünscht, das Meer zu sehen. Ich finde das Meer öde. Warum die Menschen das Bedürfnis haben, eine endlose Masse Wasser anzusehen, ist mir schleierhaft. Schon dieses bleierne Grau verursacht mir Kopfschmerzen. Während die schwachbrüstige Sonne versuchte, uns mit ihren dünnen Ärmchen zu kitzeln, saß Mora quietschvergnügt neben mir und summte die Hits aus dem Radio mit. Wenn die Straße ruhig und gerade vor uns lag, beobachtete ich sie aus den Augenwinkeln. Sie sah seit einiger Zeit nicht mehr so furchterregend aus.

Lippen und Nase hatten eine Fleischlieferung abbekommen. Die Haare waren geschnitten und gekämmt. Der Steinbruch ihrer Zähne wurde von einer Klammer verwaltet, und sie war voller geworden. Selbst die kurzen Arme und Beine hatten sich in einem Anflug von Gutmütigkeit ihren langen Fingern und Zehen angepaßt. Kurzum, sie sah einer normalen Zehnjährigen fast ähnlich. Nur ihr Auge hatte diese Mimikry nicht vollzogen. Darin konnte man noch immer die alte Mora entdecken.

Hungerbühler hatte sich gewünscht, uns zu begleiten. Er war mittlerweile völlig auf Mora fixiert. In den letzten Jahren war die Sucht nach ihr zu seiner Berufung geworden. Er hatte sich wie jeder Süchtige gehen lassen. Die schützende Hülle der Souveränität und Kompetenz hatte er bald aufgegeben, um Mora sein wahres Ich zu zeigen. Und das war billig. Er dachte, damit könne er sie beeindrucken, sie an sich binden. Weit gefehlt. Als Therapeut war er ein Nichts, als Person war er eine Rumpelkammer, voll mit abgelegten Wünschen gewöhnlicher Menschen, deren Abziehbild er war. Und als Mann war er ein Versager. Zudem war er gewöhnlich und ein Aufschneider.

Wenn er beifallsheischend seine Obszönitäten zum Besten gab, saß Mora da und lächelte gelangweilt. Er schien es nicht zu bemerken. Ich war längst zu einem Konkurrenten für ihn geworden. Jemand, den er argwöhnisch beäugte und eifersüchtig verdächtigte. Auf dem Höhepunkt seiner Bemühungen, Mora für sich allein zu haben, versuchte er ihr einzureden, daß meine Anwesenheit bei den Sitzungen nicht mehr vonnöten sei. Hungerbühler traute mir nicht. Aber das beruhte auf Gegenseitigkeit. Ich schlug Mora vor, sich doch einen anderen Arzt zu suchen. Sie wollte nicht.

Sie wußte ihre Sympathie in Bezug auf Hungerbühler zu dosieren. Er bekam immer nur ein kleines Stück vom Braten. Nein, sie wolle mit mir allein fahren. Hungerbühler schob einen wichtigen Termin vor. Außerdem hätte ihm das Meer noch nie zugesagt. Doch seine bettelnden Augen verrieten seinen Hunger.

2

Ein feiner Nieselregen näßte mittlerweile die Straße und ließ den Asphalt glänzen. Die Sonne war verschwunden, und an ihre Stelle war ein trübes Grau getreten. Dieser schwindsüchtige Frühling ließ keine Hoffnung aufkeimen. Früh erreichten wir unser Ziel. Ein ehemals bedeutungsloses, kleines Fischerdörfchen, das innerhalb weniger Jahre zum Treffpunkt geschäftiger Städter geworden war, die dort geistlos den Strand rauf und runter gingen, in der stillen Hoffnung, als neue Menschen nach Hause zurückzukehren. Bedächtig gingen sie zu zweien oder in kleinen Gruppen. Zupften einander aufgeregt am Arm, wenn eine Möwe über ihnen kreiste oder in der Ferne ein Schiff behäbig tutete. Auf dem Wasser vernügte sich eine Schar junger Leute beim Surfen.

Mißmutig stapfte ich hinter Mora den Strand entlang.

Kaum hatte ich geparkt, war sie rausgeschossen und mit ausgebreiteten Armen auf die blaßblauen Wellen zugelaufen, die sich müde an das Ufer drängelten. „Paß auf, daß du dir keine nassen Schuhe holst. Bei dem Wetter kriegen wir sie nicht mehr trocken“, rief ich eher aus Gewohnheit denn aus Sorge hinter ihr her. Sie hatte sich der Schuhe bereits entledigt und patschte mit beiden Füßen in das Wasser. Plitsch, platsch. Die Wellen schlichen schmeichelnd um ihre kleinen Füße und überschlugen sich bei dem Versuch, sie zu necken.

Ich stand in gebührender Entfernung und versuchte, der Sache etwas Positives abzugewinnen. Mora freute sich. Also versuchte ich mich auch zu freuen. Es war ihr Geburtstag, und den sollte ich ihr nicht verderben. Sie lachte und kiekste und versuchte, den Wellen auszuweichen, wobei sie ihnen entgegenrief: „Ihr kriegt mich nicht! Niemals. Keiner kriegt mich. Ich bin die Schnellste!“

Ich ging hinter Mora her, hielt mich vom Wasser fern und hing meinen Gedanken nach. Ich hatte den Eindruck, daß mir mein Leben in den letzten Jahren mehr und mehr entglitten war. Pläne hatte ich noch nie gehabt, und ich machte mir für gewöhnlich auch wenig Gedanken um solche Dinge. Doch diese trostlose Umgebung inspirierte mich, ließ meinen Gedankenstrom, der normalerweise ruhig vor sich hin plätscherte, anschwellen. Es war kein breiter Strom, der donnernd ins Tal brauste, um dort den Menschen ein freundlicher Gefährte zu sein. Eher ein schlickiger, modriger Haufen Wasser, der sich gefährlich gurgelnd auf das Gute und Reine zuwälzte. In zerstörerischer Absicht. Seit zehn Jahren kümmerte ich mich um Mora. War ihr zum Vater, Bruder, Freund und Vertrauten geworden. Teilte ihre Launen und Eskapaden und hütete mich, sie zu erziehen. Andere Leute in meinem Alter hatten bereits eine eigene Familie gegründet. Sie machten sich Gedanken um ihre Zukunft und um die

Zukunft der Menschheit. Was, wenn ich Mora einfach hier zurückließ? Oder besser, wenn ich sie am Hafen ins Wasser stieß? Sie konnte nicht schwimmen. Ich auch nicht. Wie hätte ich sie da retten können? Das kann doch wirklich niemand verlangen. „*Sie ist am Rand entlangbalanciert. Ich habe noch zu ihr gesagt, sie solle da wegkommen. Und plötzlich kippt sie weg.* (Mit bebender Stimme:) *Sie ist abgerutscht. Wie in Zeitlupe habe ich sie fallen sehen. Sie streckte mit verzerrtem Gesicht ihre kleinen Ärmchen nach mir aus. Oh Gott*", würde es schluchzend aus mir herausfahren,. „*hätte ich ihr doch nur verboten, zu nahe an das Wasser zu gehen. Ihre Mutter haben wir schon unter so tragischen Umständen verloren. Als ich an die Kante stürzte, war sie bereits untergegangen. Sie kam noch einmal hoch und ruderte wie wild mit ihren Ärmchen, bevor sie in die grausame Tiefe heruntergezogen wurde. Einen Arm hatte sie ausgestreckt in der dunklen Hoffnung, jemand könnte ihn ergreifen, könnte ihr junges Leben retten. Es sah aus wie ein letzter Gruß. Verstehen Sie? Als hätte sie mir zum Abschied gewunken. Dieses Bild wird mich mein Lebtag lang begleiten. Oh Gott Mora, hätte ich bloß schwimmen gelernt!*" Der letzte Teil war wohl zu melodramatisch. Den würde ich streichen.

Ich rief Mora zu mir und legte ihr den Arm um die Schulter. Schweigend schlenderten wir über den Strand, machten uns gegenseitig darauf aufmerksam, wenn eine Möwe über uns kreiste oder amüsierten uns über das Tuten der Schiffe. Stellten uns vor, daß es die Sprache von riesigen auf dem Meer lebenden Ungeheuern sei.

3

Irgendwann ging es nicht weiter. Eine Mole versperrte uns den Weg. Wir kletterten die groben, unbehauenen Steine hinauf und stießen auf einen kleinen Hafen. Einen

Jachthafen. Träge dümpelten ein Dutzend großer und kleiner Boote im schlickigen Wasser. Auf den verwaisten Masten saßen ein paar Raben, die neugierig zu uns rübersahen. Wir wanderten über die Stege und schauten uns die Boote an. Die meisten warteten, noch winterfest vertäut, darauf, daß ihr Kapitän ihnen die dicke Plane herunterriß, ihre Planken mit frischem Meerwasser übergoß, ordentlich schrubbte und den Motor startete.

Auf einer der größeren Jachten ging es betriebsam zu. Auf der Brücke stand ein älterer, kräftiger Mann. Er dirigierte, eine dünne Zigarre paffend, ein junges Mädchen, das geschäftig hin und herrannte. Mora zog mich in Richtung des Schiffes. Die „Seewolf" wurde augenscheinlich für eine Fahrt vorbereitet. An Deck standen Kisten und Taschen. Taue lagen herum. Es war ein elegantes Boot. Die cremeweiße Lackierung zeichnete sich schimmernd gegen den grauen Himmel ab, und die gelbe Borte, die sich um das Schiff herumzog, glänzte wie Gold. Die schlanke Form erinnerte an einen dicken Pfeil, der, einmal abgeschossen, jedes Ziel unbarmherzig treffen würde.

Der Mann mit Zigarre startete in regelmäßigen Abständen den Motor. Kaum war ein Blubbern zu hören, ließ er ihn jedoch ungestüm wieder absaufen. „Kontrollier nochmal die Ölzufuhr", rief er dem Mädchen zu, das daran ging, eine der schweren Kisten unter Deck zu hieven. Sie unterbrach ihre Tätigkeit, lief leichtfüßig den schmalen Gang entlang und zwängte sich am Bug durch eine kleine Luke. Augenscheinlich der Motorraum. Ihr Kopf tauchte wieder auf und gab dem Mann durch Grimassen zu verstehen, daß er es wieder versuchen solle. Er fluchte laut bei dem Versuch, das Schiff erneut zu starten. Es soff wieder ab.

„Vielleicht sollte mein Onkel mal versuchen, Ihr Schiff in Gang zu bringen. Der versteht was von Motoren." Ich schaute Mora verblüfft an. Ich verstand überhaupt nichts von Technik. „Bist du blöd“, raunte ich Mora zu. Er schaute uns fragend an. Überlegte, was da für zwei Apostel ausgesandt waren, seine Autorität in Frage zu stellen. „Soso“, machte er und stieg die kleine Treppe, die auf das Deck führte, hinunter. Selbstbewußt baute er sich vor uns auf. Die Bewegung der Wellen ließ ihn leicht schwanken. „Sie verstehen also etwas von Motoren. Sind Sie Mechaniker?“

Mit Feldherrenblick inspizierte er uns. Er wirkte wie jemand, der es nicht gewohnt war, daß ihm widersprochen wurde. „Nein, nein“, stotterte ich etwas eingeschüchtert und auch verärgert, daß er diese Wirkung auf mich hatte. „Ich habe ein Auto, und das springt immer an.“ Er schaute mich prüfend an, als ob er den Grad meiner Schwachsinnigkeit ermesse. „Kommen Sie doch mal an Bord und versuchen Sie Ihr Glück.“ Eine Aufforderung, der ich mich nicht zu widersetzen wagte. Ungelenk kletterte ich über die niedrige Schiffswand. Mora sprang hinter mir her. Ich schwitzte trotz des kühlen Windes, als ich den Motor startete. Er kam sofort. Bullig dröhnend und mit sicherem Stampfen nahm er seine Arbeit auf. „Bravo, mein Guter. Sie scheinen Ihr Fach zu verstehen.“ Mir sein feistes Gesicht entgegenbeugend, drückte er meine Hand. Er war ein großer, untersetzter Kerl mit buschigen Koteletten, deren Enden sich in einer sanft geschwungenen Kurve über seiner Oberlippe vereinigten. Sein Haaransatz zeigt erste weiße Strähnen, während der Rest seiner Pracht in einem schmutzigen Gelb verharrte. Die Augen hockten hinter einer getönten Pilotenbrille. „Wirklich gut gemacht“, entlockte er seinem winzigen, verkniffenen Mündchen, das so gar nicht zu dem groben Rest passen mochte.

„Ich hätte bestimmt noch ein bißchen rumgeorgelt. Von Technik hab ich absolut keine Ahnung. Ich freu mich immer, wenn die Menschen ihr Fach verstehen. Wie wäre es mit einem Gläschen zur Belohnung. Sprotte! Bring mal was zu trinken." Sie schien auf seinen Ruf gewartet zu haben und eilte mit einem Tablett die Stufen hinauf. Er schenkte uns Rum ein. Mora bekam eine Limonade und das Mädchen gar nichts. „Mein Name ist übrigens Hans-Joachim Przywitzko. Ex-Unternehmer, glücklich geschieden und Vater einer mißratenen Tochter. Prost!" Als wir getrunken und uns vorgestellt hatten, schauten wir auf das junge Mädchen, das schweigend dabeigestanden hatte. Sie wagte nicht, uns anzublicken. Sie war höchstens zwanzig Jahre alt. „Geh, mach mit den Kisten weiter", bellte Przywitzko, und sie verschwand augenblicklich. „Ist das Ihre Tochter?" fragte Mora. „Gott bewahre. So mißraten ist meine Brut denn doch nicht. Sie ist Polin." Mora und ich schauten uns an. „Sie macht ein bißchen sauber und geht mir zur Hand. Außerdem begleitet sie mich auf meiner Reise. Ich werde in zwei Wochen in See stechen. Ich bin gerade dabei, meine Firma zu verkaufen. Wenn alles unter Dach und Fach ist, gehts los. Einmal um die Welt und zurück. Doch vor das Vergnügen hat der Liebe Gott den Schweiß gestellt. Ich habe übrigens eine Zulieferfirma für Nähmaschinen. Ich stelle Spindeln her. Schon mal mit Nähmaschinen zu tun gehabt?" Wir schüttelten die Köpfe. „Sind schöne Maschinen. Zuverlässig und anspruchslos. Schnurrt wie ein Kätzchen und arbeitet wie ein Ochse. Flott, flott. Gäbe es die Nähmaschine nicht, müßte sie erfunden werden, sage ich immer. Was dieses Maschinchen den Frauen an Arbeit abnimmt. Enorm. Was?" Er schlug mir auf die Schulter und grinste mir verschwörerisch zu. „Äh, sicher", sagte ich, seinen Tonfall nachahmend. „Eigentlich bin ich Schneider. Nadel, Garn und Elle. Ich nähe auf die Schnelle. Das war mein Werbespruch. Damit hab ich angefangen. Damals in den Sechzigern. Als kleiner Schneider. Hab hopp-hopp nach meiner Lehre ein kleines Geschäft gemietet und den Leuten innerhalb von Stunden ihre

Löcher geflickt. Am gleichen Tag bringen, am gleichen Tag abholen. Das kam an. Ich bin sogar…"

„Sprotte ist aber ein ulkiger Name", unterbrach ihn Mora. Unwillig schaute er sie an. „Sie heißt Agnienka. Wie klingt das denn. Wie eine Krankheit. Agnienka Pectoralis, haha. Sprotte paßt hier oben auf See viel besser. Sie versteht sowieso kaum deutsch. Das macht ihr nichts aus. Die freut sich, daß sie hier sein kann. Ehrlich. Die Leute in Polen machen sich nicht soviel Gedanken um solche Sachen. Die haben elementare Sorgen. Wo kriege ich das Geld für die Miete her, für was zu essen, wo schlafe ich morgen? Das interessiert die. Die Polen, das sind einfache Menschen. Arbeiten hart, um ihre Familien zu ernähren. Ich habs kennengelernt. Ich hab mit ihrem Vater gehandelt. Mir soll keiner was über die Polen erzählen. Die Situation in Polen ist Scheiße. Machen wir uns nichts vor. Der Walesa springt zu hart mit seinen Genossen um. Die Polen steckens ein. Die gucken in die Zukunft. Was sie jetzt knapsen, das ernten sie später. Die schönste polnische Tugend ist ihre Zuverlässigkeit und Anspruchslosigkeit. Vor allem wird bei denen nicht soviel gequatscht. Da wird gehandelt. Wenn da mal ne Maschine kaputt geht, das sind noch welche von vor Adolf, reparieren die das ruckzuck. Nix von wegen auf Ersatzteile warten, wie bei uns. Hände in die Taschen und gepfiffen? Nee! Zur Not wird mit Wurstpelle geflickt. Da kennen die nichts. Ich habs erlebt. Stimmts nicht Sprotte?" Sie steckte den Kopf raus und schaute ihn fragend an. „Schon gut Mädchen", winkte er ihr huldvoll zu. „Das war nur rhetorisch gemeint. Weißt du, was das bedeutet? R-E-T-O-R-I-S-C-H." Er betonte jeden Buchstaben mit einer Sorgfalt, als könne einer davon unterwegs in seinen braunen Zähnen hängenbleiben. Sie schüttelte ihren dunklen Schopf. „Das ist, wenn einer eine Frage stellt und genau weiß, daß der andere die Antwort gar nicht kennt."

Stolz und ernst schaute sie Przywitzko an. „Du verstehst gar nichts, was? Komm, mach weiter“, beschied er sie knapp. „Braves Mädchen“, sagte er augenzwinkernd zu uns. „Bei uns jammern die Leute viel zu viel. Hier ein Wehwehchen, dort ein Hühnerauge. Was sollen die Kinder machen, wenn die Alten schon so verweichlicht sind? Hauptsache das Konto quietscht und Mutti schmiert die Stullen. Und immer fordern. Chef krieg ich mehr Geld? Chef, meine Mutter ist die Treppe runtergefallen. Ich muß ihr ein paar Krücken kaufen. Eine Woche später ist sie vom Auto angefahren worden. Krücken? Nix! Jetzt braucht sie einen Rollstuhl. Nächste Woche ist sie aus dem fahrenden Zug gefallen. Jetzt muß der Elektrische her. Und bei der nächsten Betriebsfeier hüpft und flötet die Alte wie eine Singdrossel, flirtet mit meinem Prokuristen und es stellt sich raus, daß sie sich das Knie am Sessel gestoßen hat. Hab ich alles schon erlebt. Was ich mir schon für Leiern anhören mußte. Das geht auf keine Kuhhaut. Mir macht keiner was vor. Bei uns wird das Reden zu oft zu hoch bewertet. In Polen hab ich gelernt, daß die Leute arbeiten und nicht fragen. Bis die mit ner Gehaltsforderung kommen, ist Babuschka schon bettlägerig, braucht ne Wagenladung Medikamente pro Tag, frißt ihrer Familie die Haare vom Kopf und scheißt täglich zehn Bettlaken voll. Ja, so sind die Polen. Sicher, man darf sie nicht in Versuchung führen. Dann kommen sie auf dumme Gedanken. Die Kleine ist froh, daß ich ihr die Chance gebe, mal rauszukommen. Ich hab sie erstmal ordentlich eingekleidet und ins teuerste Restaurant geführt. Was glaubt ihr, wie ihre Augen gestrahlt haben? Das kennen die doch gar nicht. Das ist doch für die wie alle Katholikentage und eine Fahrt nach Lourdes auf einmal.“ Mora unterbrach seine Siegesrede. „Können wir uns mal das Schiff angucken?“ Irritiert sah er sie an. Wieder hatte sie es gewagt, ihn zu unterbrechen. Mora nahm ihn nicht ernst, das merkte ich gleich. Seine Art, mit dem Mädchen umzugehen, gefiel mir nicht. Aber sonst fand ich ihn gar nicht so übel. Er hatte klare Ansichten. Stolz erklärte er uns jede Schraube seines Schiffes. Er wollte an diesem Tag noch rausfahren. „Mal wieder Welle machen", wie er sagte. „Dürfen wir vielleicht mitfahren?" „Mora", zischte ich, „wir können uns doch nicht aufdrängen." Das meinte ich nicht ernst. Ich dachte bloß, daß es von mir als quasi Erziehungsberechtigtem erwartet wurde. Es war kalt. Daß Mora auf die blöde Idee kam, mit dem Schiff zu fahren, machte mich wütend. Ich war auf ein bißchen Wellengucken und ein paar Fischbrötchen eingestellt gewesen. Allerdings hatte die Aussicht, noch ein paar Stunden mit Agnienka verbringen zu können, etwas Verlockendes. „Bitte, bitte", bettelte Mora. Dieses kleine Luder wußte genau, daß ich ihr nichts abschlagen konnte. Przywitzko spähte indes mit Feldherrenblick in die Ferne und tat, als hätte er Moras Bitte nicht gehört. „Du weißt doch gar nicht, ob Herr Przywitzko uns überhaupt mitnehmen will. Vielleicht möchte er mit Agnienka allein fahren", sagte ich scheinheilig. Darauf sprang er sofort an. Abrupt drehte er sich zu uns um. „Aber nicht doch. Ihr zwei beiden seid herzlich eingeladen. Ehrlich", fügte er hinzu, als er unsere zweifelnden Gesicher bemerkte. „Wir wollen uns wirklich nicht aufdrängen", logen Mora und ich. „Ach was! Keine Widerrede. Wir drehen eine Runde. Bringen den Vogel mal zum Fliegen und husch-husch landen wir wieder. Und außerdem, was soll ich machen, wenn der Motor unterwegs ausgeht?" lachte er und stieg hinunter, um die Leinen loszumachen. Huschte ein Lächeln über Agnienkas Gesicht, als sie bemerkte, daß wir an Bord blieben? Ich meinte, eines bemerkt zu haben.

Als Pryzwitzko Mora erklärte, wie ein Schiffsdiesel funktioniert, ging ich zu Agnienka, um zu sehen, ob ich ihr mit den Kisten helfen könnte. „Agnienka", sprach ich sie vorsichtig an. „Ah", sie drehte sich um und musterte mich. Stand einfach da und schaute mich aus zwei dunklen, unergründlichen Tiefen an. Ich faßte vorsichtig das eine Ende der Kiste, während sie das andere aufnahm. Sie lächelte. Gemeinsam wuchteten wir die Kiste den engen Gang, der unter Deck führte, hinunter. Einmal blieben wir stecken. Sahen uns an und lachten. Sie schlug den Blick nieder, brachte das schwere Ding wieder hoch und keuchte. Ich stolperte hinter ihr her. Schweiß lief ihr über das zarte Gesicht. Ihre Augen waren weit aufgerissen, und ihr Gesicht verzerrte sich durch die Anstrengung. Ein tolles Mädchen. Innerlich klatschte ich ihr Beifall. Unten wollte sie sofort wieder hoch, die nächste Fuhre holen. Bewundernswert, daß sie schon wieder konnte. Ich war erledigt und ließ mich mit einem „puh" in die schmale Koje fallen. Sie nahm einen kleinen Schreibblock von dem winzigen Sekretär und wedelte mir damit Luft zu. „Danke, das war gut", sagte ich mit einem Lächeln, daß sonst nur auf Kinoleinwänden zu finden war. Sie setzte sich neben mich und und sagte ganz ruhig, wobei sie an die gegenüberliegende Wand blickte: „Wenn ich genug Geld habe, gehe ich zurück nach Polen und mach ein Buch."

Ich starrte sie unsicher an. War sie es, die eben zu mir gesprochen hatte? Hatte ich es mir eingebildet oder lief irgendwo ein verstecktes Tonband? Sie lachte. „Ich sprech deutsch. Ich lerne jeden Abend, wenn er eingeschlafen wurde." „Ist", verbesserte ich sie sanft. Sie sprach das kehlige Deutsch der Osteuropäer. „Ich will gute Arbeit in Deutschland. Ohne deutsche Sprach ist schwer." Ich war nach wie vor irritiert. „Warum sagst du ihm nicht, daß du deutsch sprechen kannst? Dann würde er dich nicht so mies behandeln." Wieder kamen ihre Grübchen zum vollen Einsatz. „So, kann ich kontrollieren. Ich höre was er spricht. Nehme es mit. Ich nehme es mit in meine Kopf.

Da wartet es. Ich weiß alles über ihn. Er weiß nix über mich. Ist das ein guter Tausch? Nix verraten.“ Sie legte einen Finger auf meine Lippen. „Wie lange bist du denn schon bei ihm?“ wollte ich wissen. Drei Jahre? Das haute mich um. „Seitdem er ist geschieden“, fügte sie hinzu. Warum war sie so aufrichtig zu mir?

„Ich schreib Gedichte. Nachts. In Polen werd ich ein Buch machen. Ein Buch mit meine Gedichte.“ Ich war gerührt. Sie schrieb Gedichte. Das paßte hervorragend zu ihr. Ein Wesen wie sie mußte über die schönen Dinge des Lebens schreiben. Über das Lächeln, über die Liebe, darüber, unter schattigen Bäumen zu liegen, darüber, Hand in Hand über vereiste Flüsse zu schlittern. Aber auch einen Hauch Melancholie würden ihre Reime haben. Über das Weinen, das Leid der Liebe, darüber, während eines Regengusses unter einem Baum zu stehen, Hand in Hand einen Abhang herunterzulaufen. Die slawische Seele ist so voller Traurigkeit. Sprotte war so naiv. Und so verwundbar in ihrer Schönheit und ihrem zarten, ausgeglichenen Wesen. Ich war gerührt, wie sie vor mir saß und mich ruhig mit ihren großen, dunklen Augen ansah. Meine Phantasie inszenierte eine Vision. Ich sah exakt, wie es ihr, der jungfräulichen Dichterin, ergehen mußte. Ihr, dem leidenden Geschöpf, das, nackt in die Welt geworfen, durch das Leben gestrudelt und schließlich gerichtet werden würde.

„Möchtest du ein Gedicht? Ich lese es vor. Sie sind in polnisch. Ich übersetze.“ Das konnte ich ihr natürlich nicht abschlagen. Wollte ich auch gar nicht. Mora und Przywitzko waren an Deck zugange, und Mora würde ihn sicherlich noch eine Weile ablenken. Meinetwegen hätte ich den ganzen Nachmittag mit Agnienka in der Kabine gesessen, um ihren Versen zu lauschen. Papier raschelte. Sie hatte sich auf alle Viere hinunterbegeben, um unter der gegenüberliegenden Koje in ihren Sachen zu wühlen. Sie streckte mir dabei ihren feinen Hintern entgegen, und wenn Hintern in der Lage sind zu lächeln, dann tat es Agnienkas just in diesem Augenblick. Es gab außer einer kleinen Küche und einer Toilette keine weiteren Räume an Bord. Wo schlief sie? Dieser Unmensch schickte sie des Nachts doch nicht etwa an Deck? Ich sah sie vor mir. Unter einer dünnen Wolldecke zusammengekauert, fror sie tapfer und stumm. Machte am nächsten Morgen mit einem leichten Lächeln das Frühstück und tat ihm gegenüber so, als sei alles, wie es sein müßte. Oder schlief sie etwa hier unten? Zusammen mit diesem alten Knacker, der ihr lüstern auf den jungfräulichen Hintern stiert; der, sich schlafend stellend, wartet, bis er ihre ruhigen Atemzüge in der Dunkelheit vernimmt, um dann leise und vorsichtig aufzustehen, fiebrig zu ihrem Bett rübertaumelt, ihr die Decke langsam vom nackten, warmen Körper zieht, ihre Makellosigkeit für einen Augenblick betrachtet, seine Hand zögernd ausstreckt; sie stöhnt, wälzt sich, vom Mondlicht gekitzelt, ihre weißen Brüste mit den rosafarbenen Nippeln zittern unmerklich, der Schänder beugt sich herunter, um...

„Oh Wesen“, intonierte Agnienka.

„Was duckt sich unter eine Plane?
Ein Fenster steht auf.
Planetengeruch weht herein.
Ein Sonne explodiert.
Gib mir den Stoß.“

Ihre Stimme war zu einem Flüstern herabgesunken.

„Eine blutige Spur führt zu eine Ort.
Hörst Du eine Tür? Wie sie quietscht?
In rostige Angeln sich dreht?
Öffne sie nicht.
Du explodierst!“

Applaus, Applaus. „Herrlich“, rief ich lauter als beabsichtigt. Ich war noch nie ein Freund der Lyrik gewesen.

Es gibt ein paar schöne Gedichte. Welche, bei denen es mir kalt den Rücken runterläuft. Vor allem solche, die von der Liebe handeln. Und besonders wenn sie von enttäuschter Liebe handeln. Naja, dachte ich mir. Sie ist noch jung, und wahrscheinlich war auch die Übersetzung nicht so gelungen. „Willst du noch welche hören?" „Nichts lieber als das. Das war ja wirklich sehr schön. Du schreibst irgendwie so expressiv." Den Ausdruck hatte ich noch aus meiner Schulzeit gerettet.

„Dunkle Stadt", begann sie.

„Dein Gesicht leuchtet in dunkle Farben.
Deine Straßen haben keine Namen.
Eine Hund spielt mit Elfenbein.
Er hat nur ein Bein.
Im Hintergrund hörst du den Krieg
In Trümmern fickt eine Ratte eine Coladose.
Sie ist allein."

„Fantastisch", sagte ich kriecherisch. Was blieb mir übrig? Ich konnte sie doch nicht kritisieren. Ich verstand nichts von Gedichten. Nach einer weiteren Stunde mit Agnienkas Werken wurde ich unruhig. Was trieben denn die anderen? Warum kamen sie nicht herunter, um mal nach uns zu sehen? Machte Mora sich gar keine Sorgen um mich? „Sag mal, wollen wir nicht mal hochgehen? Ich muß nach Mora sehen. Sie hat heute Geburtstag. Und überhaupt ist sie im Umgang mit Fremden etwas unsicher. Ich lasse sie ungern solange allein. Sie hat ihre Mutter verloren. Ich bin alles was sie hat. Sie wird sich Sorgen machen."

Noch ehe sie antworten konnte, war ich auf der Leiter und stieg an Deck. Mora und Przywitzko standen am Bug und unterhielten sich angeregt. Der Motor war aus und wir trieben sorglos auf der See. „Ah, da sind Sie ja", er drehte sich zu mir um. „Hat Sprotte Ihnen alles gezeigt? Ich dachte schon, Sie würden nie wieder auftauchen. Ja, Jugend ziehts zu Jugend“, lachte er. „Wir haben uns ein bißchen unterhalten. So weit die Verständigung möglich war“, fügte ich schnell hinzu. „Wissen Sie“, fing er an, „ich mach sie zwar gern mal schlecht, aber sie ist ein tolles Mädchen. In meinem Alter ist es nicht leicht, eine Reisebegleitung zu finden. Vor allem eine junge, attraktive. Da muß man sich schon auf die Hinterbeine stellen“, sagte er in ungewohnt weichem Ton. „Ich hab mir immer Mühe gegeben. Deshalb bin ich soweit gekommen. Es ist ja so, wenn man den jungen Leuten Zucker in den Arsch bläst, tut man ihnen nichts Gutes. Junge Menschen müssen sich ihren Platz im Rudel erkämpfen. Wir Alten, wir haben das hinter uns. Was glauben Sie, was ich für Bißwunden davongetragen habe? Ich hab mir langsam die goldene Strickweste verdient. Und da ist es natürlich schön, wenn man die richtige Begleitung hat. Wir Alten, wir haben die Gesellschaft angelegt. Wir haben die Bahn geschaffen“, salbaderte er weiter. „Oder sagen wir lieber einen Weg. Wir haben einen sauber geharkten Kiesweg angelegt. Da geht der Bürger gern spazieren. Er fühlt sich wohl. Soll er ja auch. Rings um ihn freundliche Blumenrabatten, die Vöglein singen und man hört Kinderlachen. Eine friedliche Welt, nicht wahr?“ Ich nickte verstört. „Gut, es muß auch Stolpersteine geben. Aber dann kommt eben der Gärtner und räumt sie weg.“ „Der Gärtner?“ fragte ich ungläubig. „Der Gärtner", nickte er. „Ich verstehe nicht recht“, sagte ich. „Nun, dann muß ich wohl deutlicher werden“, er nahm mich etwas beiseite. „Ich habe Sie beobachtet. Glauben Sie nicht, daß ich dumm bin. Ich habe doch bemerkt, wie Sie um Agnienka herumscharwenzeln. Nun, Sie sind mein Gast. Und als solcher genießen Sie Gastrecht auf meinem Boot. Aber lassen Sie sich gesagt sein: Sollten Sie sich noch einmal einfallen lassen, stundenlang mit ihr unter Deck zu verschwinden, werden Sie den Fischen Gesellschaft leisten.

Haben wir uns verstanden?" Ich schluckte und schaute hilfesuchend zu Mora rüber. Sie sah in die Ferne und schien die Bedrohung nicht wahrzunehmen. Ich nickte eifrig in sein finsteres Gesicht. „Nichts für ungut, mein Junge. Ich bin für klare Worte unter Männern." Er haute mir männlich auf die Schulter und lächelte mich an. „Glauben Sie mir, ich hatte keinerlei Absichten in Bezug auf Sprotte. Wirklich. Ich hab ihr nur mit den Kisten geholfen. Die waren so schwer." „Nun, das ist löblich, junger Mann. Und deshalb werden wir auch nicht weiter davon reden. Aber eines noch. Für Sie heißt sie Agnienka. Alles klar?" Ich nickte abermals.

„Was ist denn da drüben los?" Mora zeigte auf eine dunkle Wolkenwand, die sich drohend vor uns aufgebaut hatte. Sie sah beunruhigt aus. „Was ist denn, du guckst ja, als ob sich der Jüngste Tag da vor uns zusammenbraut", sagte ich. Glücklich, Przywitzkos Aufmerksamkeit entronnen zu sein. „Damit könnten Sie recht haben", sagte Przywitzko. Er kratzte sich unruhig am Kopf. „Von einer Sturmwarnung habe ich gar nichts mitbekommen. Wo kommt denn dieser Wind bloß auf einmal her?" Ratlos sah er uns an. „Wir drehen wohl lieber bei und fahren schnellstmöglich zurück." Er verschwand flink auf der Brücke und wendete das Schiff. Der Sturm holte uns mit Leichtigkeit ein. Das Boot wiegte sich, anfangs noch sanft, in der immer unruhiger werdenden See. Der Himmel verdunkelte sich schlagartig und schüttete ganze Ozeane auf uns herab. Das Schlingern wurde unerträglich. Der Wind fauchte und brüllte wie ein Zerberus. Wir tanzten mittlerweile auf meterhohen Wellenkämmen. Mir war kotzübel.

Mora und Agnienka liefen aufgeregt hin und her und schafften die losen Teile unter Deck. Przywitzko stand am Steuerrad wie der Fliegende Holländer und versuchte, hin und her schwankend, mit eiserner Faust unseren

Kurs zu halten. Ich lehnte über der Reling, hielt mich dabei an einer Stahltrosse fest und kotzte in hohem Bogen ins Wasser. Es ließ sich nicht besänftigen. Ganz im Gegenteil. Der Sturm wurde wütender. „Dee Modo esos“, schrie Mora in mein Ohr. Ich konnte sie durch das Tosen hindurch kaum verstehen. „Was, was hast du gesagt?“ Sie zerrte mich unter Deck.

„Der Motor springt nicht an. Wir können nicht mehr fahren“, sagte Mora aufgeregt tropfend. Die Haare hingen ihr wirr ins Gesicht. Ich strich ihr eine Strähne aus dem Auge. „Was, was heißt das. Können wir nicht mehr fahren?“ Mora ließ mich stehen und rannte wieder nach oben. Was sollte jetzt passieren? Sollte das unser Ende sein? Ich blieb unten und setzte mich in die Koje. Überlegte, wie ich aus dieser Situation herauskommen könnte. Vor allem ohne Schaden zu nehmen. Das Boot schlingerte noch immer wie betrunken und warf alles Lose durcheinander. Przywitzko stapfte die Leiter runter. „Wo bleiben Sie denn? Der Motor ist aus. Wir müssen ihn unbedingt wieder anbekommen. Sonst kommen wir hier nicht wieder raus.“ „Was soll ich denn tun“, fragte ich. „Sie müssen den Motor wieder anwerfen. Schnell, kommen Sie.“

Mißmutig kletterte ich die glitschigen Sprossen nach oben. Przywitzko feuerte mich an. „Um Himmelswillen, Bursche, mach endlich!“ Mit flauem Magen startete ich den Motor. Die anderen wankten im Halbkreis um mich herum und warteten. Nichts passierte. Gar nichts. Die Maschine meldete nicht einmal ein leises Krächzen. Tot!

Przywitzko riß mich weg und versuchte seinerseits den Motor zu starten. Nichts. Er drehte sich mit gehetztem Blick zu uns um. Alle Höllenhunde jeglicher Religionen auf seinen Fersen. „Verdammte Scheiße“, schrie er. „Ich will nicht sterben! Nicht jetzt.“ „Ich auch nicht“, schrie ich.

Mora und Agnienka versuchten sich weiterhin am Motor. Der Sturm schüttelte das kleine Schiff entfesselt durcheinander. Przywitzko und ich entschieden uns dafür, unser Ende unter Deck abzuwarten. Dort war es nicht so kalt und naß. Die beiden Mädchen orgelten die Maschine durch. Ich war stumm vor Angst. Przywitzko atmete schwer und ließ zwischen den Atemzügen kurze Kiekser hören. „Was machen wir jetzt?“ Wir schüttelten beide den Kopf.

„Glauben Sie an Gott“, fragte ich ihn, in der Hoffnung, er könnte mir einen Weg aufzeigen, mein gottloses Leben mit der Aussicht auf Gnade zu beenden. „Naja, ich bin Protestant“, flüsterte er. „Protestanten können ihren Glauben nie ablegen. Selbst wenn sie hart daran arbeiten. Es schimmert immer durch. Wir sind sozusagen die Juden unter den Christen. Der Überzeugung nach bin ich allerdings eher Agnostiker.“ „Haben protestantische Agnostiker Angst vor dem Tod?“ fragte ich ihn.

„Weiß ich nicht. Ich hab sie. Der Gedanke, nicht mehr zu existieren, macht mich krank. Selbst wenn es soetwas wie einen Himmel gibt, bin ich dort doch nicht mehr derselbe. Ich glaube ja nicht an den Quatsch von wegen Paradies, Fegefeuer und Hölle. Ich hoffe es zumindest nicht. Aber die Vorstellung, dort oben“, er nickte zur Decke, „den ganzen Tag auf der faulen Haut liegen zu müssen, also wirklich, da gruselts mich. Ich möchte nicht mit allen anderen im Wald leben, auch wenn immer die Sonne scheint. Und stell dir vor, den ganzen Tag nur Obst und Gemüse.“ Ich nickte. „Ich hab übrigens hier unten ein feines Tröpfchen. Selbstaufgesetzt. Niemand hat behauptet, daß wir nüchtern vor unseren Schöpfer treten müssen, was? Immer pragmatisch sein. Meine Devise.“ Er goß zwei riesige Wassergläser voll. Die erdbraune Flüssigkeit schwappte mir über die Hose, als er mir das Glas hinhielt. Przywitzko stemmte sich mit einer Hand an den

Deckenbalken, um nicht umzufallen. „Prost", wir kippten das ekelhafte Gesöff, dessen Geschmack an in gegorener Milch aufgelöste Käsereste erinnerte, fast in einem Zug runter. Nachdem ich beinahe alles wieder ausgespuckt hatte, breitete sich ein wohliges Gefühl in meiner Magengegend aus. Die Angst wich, und Frieden durchströmte meinen Geist. Przywitzko stand, sich noch immer am Deckenbalken abstützend, vor mir und dozierte über das würdige Sterben. Ich fühlte irgendwie so gar nichts mehr. Der Tod machte mir keine Angst. Ich hatte Angst vor dem Leben. Nach dem Tod ist es aus. Ich würde das Leben nicht vermissen, das Leben würde mich nicht vermissen, welchen Sinn sollte also eine Fortführung meiner Existenz haben? Es tat mir eher um Mora leid. Sie war noch so jung. Und die hübsche Agnienka. Ihre Schönheit würde wie eine Fahne mit ihr untergehen. Was würde sie für eine hübsche Wasserleiche abgeben?

„...Ich möchte mich in meinem Arbeitskittel beerdigen lassen. Den, den ich damals trug, als ich mein erstes Geschäft aufgemacht habe. So ein grauer, langer Kittel. Schon arg verschlissen. Aber er zeugt von Arbeit. Herr Jesus, werde ich sagen, wie sie an meinem Aufzug sehen können, bin ich immer ein ehrlicher Handwerker gewesen. Und wenn ich schon auf irgendeiner Wolke sitzen soll, um den anderen unten bei der Arbeit zuzugucken, dann will ich das verdammt nochmal in meinem Kittel tun. Meinetwegen könnt ihr mir auch ein paar Flügel hintendrankleben. Aber der Kittel bleibt. Sonst können sie mir ja gleich die Seele rausreißen." Tränen schimmerten in seinen zusammengekniffenen Augen. Das Schwanken des Schiffes hatte zugenommen. Woran Przywitzkos Gesöff sicherlich nicht ganz unschuldig war. Ich lag mit dem Oberkörper in der schmalen Koje und ließ meine Beine baumeln. Kicherte albern und ritzte mit einem Messer Herzchen und Agnienkas Namen in das Holz über mir.

Przywitzko saß in der Koje gegenüber, heulte leise und faselte zusammenhanglos von seinem Kittel. Zwischendurch deklamierte er tonlos seinen alten Werbeslogan. „Nadel, Garn und Elle…“ Irgendwann schlief ich ein.

„Wach auf, Haalloo, wach endlich auf.“ Ich träumte von einem Mädchen. Wir hatten den besten Sex, den man sich nur vorstellen kann. Ich hatte sie fast zu Tode geritten. Gerade als ich im Begriff war, erschöpft einzuschlafen, rüttelte sie mich und verlangte nach mehr. Ich reckte mich… und schaute in Moras Gesicht. „Wach endlich auf“, wieder rüttelte sie mich. „Was ist denn“, stöhnte ich, mit einem Gefühl, als ob eine Horde Vandalen sich in meinem Kopf gerade daran machte, ihn auseinanderzunehmen.

Blinzelnd kam ich vorsichtig hoch, wobei meine Füße auf den am Boden liegenden Przywitzko aufsetzten. Er schnarchte selig. „Was ist denn?“ Plötzlich fiel mir unser naher Tod wieder ein. Wollte Mora mich holen? Sie sah so merkwürdig bleich aus. „Es ist alles in Ordnung“, beruhigte sie mich. „Der Sturm ist weg. Wir sind ihm einfach davongefahren. Der Motor sprang dann doch an. Man mußte es nur lang genug versuchen. Agnienka ist oben und fährt uns zurück.“ Noch immer mit den Füßen auf dem schlafenden Przywitzko sah ich sie an. „Ach Mora“, ich nahm sie in die Arme. „Wo wäre ich ohne dich?“ Ich weinte an ihrer Schulter. Sie strich sanft über mein Haar und flüsterte mir beruhigende Worte ins Ohr. „Wo bleibt ihr, der Hafen ist nah“, rief Agnienka von oben. Przywitzko unterbrach sein Schnarchen abrupt, murmelte etwas, schüttelte den Kopf und schnarchte weiter, wie eine kaputte Nähmaschine. Mora warf ihm einen verächtlichen Blick zu. Wie er da so lag, den Mund halb geöffnet, ein Speichelfaden zog sich von seiner Unterlippe bis zum Boden, seine Brille gebrochen und schief auf der Nase, sah er tatsächlich ziemlich erbärmlich aus. Ganz das Gegenteil von dem Bild, das er mir gezeigt hatte. Und vor dieser Figur hatte ich mich klein gefühlt? Ich trommelte ein bißchen mit meinen Füßen auf ihm herum. „Aufwachen, du Held. Die Mädels haben uns an Land gespült." Keine Reaktion. Mora trat ihm in die Seite. „Uh, was", röhrte er. „Wir sind da! Endstation! Alles aussteigen", rief ich boshaft. Er drehte den Kopf zu mir und schaute mich müde an. Ich benutzte ihn noch immer als Fußmatte. Schnell nahm ich meine Füße von seinem Rücken, als er schwerfällig hochkam. Ein paar Sekunden hockte er auf allen vieren und atmete schwer. Ich kletterte hinter Mora die Stiege hoch. Es dämmerte bereits. Przywitzko und ich mußten Stunden geschlafen haben, während die beiden Mädchen um unser Leben kämpften. Das Meer lag ruhig und friedlich da. Nichts deutete mehr auf den heimtückischen Überfall. Vor uns tauchte eine Boje auf. Sie wiegte sich behutsam hin und her. Auf ihrem Hals saß, wie ein blinkender Kopf, eine rote Leuchte.

Agnienka war nach uns unter Deck gegangen, um Przywitzko aufzuwecken. Nach ein paar Minuten kam sie wieder hoch, ging wortlos auf die Brücke und setzte unsere Fahrt fort. Przywitzko kam kurz darauf an Deck getaumelt. Ich weiß nicht, ob er zuviel Schwung gehabt hatte, ob er sprang oder einfach zusammenbrach, jedenfalls stieß er gegen meine Schulter und stürzte kopfüber, ohne einen Ausruf des Schreckens oder der Überraschung von sich zu geben, über die Reling. Seine Füße hingen noch eine Weile in der Luft, so scheint es mir in der Erinnerung. Mit einem lauten Klatschen durchschlug er die Wasseroberfläche. Mora und ich stürzten zum Rand. Sein Körper mußte direkt neben der Boje aufgeschlagen sein. Zu sehen war er nicht. Wir waren mit mäßigem Tempo weitergefahren und hatten die Boje mittlerweile passiert. Lediglich ihr rotes Licht leuchtete uns noch schwach nach. „Agnienka", sagte ich wie aus einem Traum erwachend. „Er ist über Bord gefallen, und Mora und ich können nicht schwimmen. Halt doch mal an!“ Es schien so unwirklich. Sie stoppte sofort die Maschine, legte den Rückwärtsgang ein und fuhr in die Richtung, die wir ihr zeigten. Wir näherten uns der Boje. „Hallo“, riefen wir in das rote Blinken hinein. Stille.

Agnienka hatte eine Lampe geholt, mit der sie die Boje anleuchtete. Ein dicker, heller Lichtstrahl leuchtete brutal in das verstörte Gesicht Przywitzkos. Er sah aus wie ein fast blinder Tiefseebewohner, den wir mit unserem Licht aufgeschreckt hatten.

Blinzelnd sah er uns an und schwenkte leblos einen Arm. Den anderen hatte er in das Gestänge der Boje gewickelt. Ich mußte an Moby Dick denken. An die Schlußszene, als der sterbende Wal, den toten Ahab auf seinem Rücken festgebunden, immer wieder auftauchte. Durch das Auf und Ab bewegte sich Ahabs Arm rauf und runter. Ganz mechanisch. Für seine Leute sah es aus, als ob ihr toter Käptn ihnen zuwinke. Ich sah Mora an. Das Licht der Boje glänzte silbrig-rot in ihrer Spange, wenn sie lächelte. Sie schien sich wohlzufühlen. Agnienka hatte unterdessen das Boot beigedreht. Sie vertäute ein Seil an der Boje, und mit vereinten Kräften versuchten wir Przywitzko an Bord zu hieven. Den Oberkörper im Boot, den Unterkörper in der Luft, hing er wie ein dicker Fisch über der Reling. Seine Hose, vom Meerwasser triefend, hing ihm fast bis an die Oberschenkel und gab einen Blick auf seinen massigen, weißen Hintern frei. Er sah grotesk aus. Wir zogen ihn an Bord. Aufseufzend ließ er sich auf die Planken fallen, und kroch in eine Ecke, wo er sich schweratmend hinsetzte. Agnienka hatte bereits eine Decke geholt, die sie ihm mit einer zärtlichen Gebärde umlegte. Schlotternd saß er da und hustete in kurzen Abständen Wasser aus seiner Lunge. Dabei stierte er apathisch vor sich hin und reagierte nicht auf uns. Agnienka hatte bereits über Funk einen Arzt verständigt. Das blaue Licht des Notarztwagens tauchte die düstere Mole in ein fahles, gespenstisches Licht. Drei dunkle Gestalten standen herum und warteten geduldig, bis wir angelegt hatten. Ich warf einem von ihnen ein Tau zu, das er geschickt auffing. Zwei der Männer sprangen leichtfüßig an Bord. Der dritte reichte ihnen eine Trage rüber. Einer der Männer hatte sich zu Przywitzko heruntergebeugt, um seinen Puls zu befühlen. Er leuchtete mit einer kleinen Lampe in seine Pupillen. Przywitzko reagierte nicht. Seine Augen sahen glasig in die Dunkelheit. Die beiden Männer setzten ihn behutsam auf die Trage und brachten ihn zum Rettungswagen. Dort richtete er sich noch einmal auf und sah zu uns rüber. Ich hob die Hand. Mit einem ratschenden Geräusch wurde die Bahre in den Wagen geschoben. Schwups, weg war er. Wie ein Teigfladen, der im Ofen verschwindet.

Wir schauten uns an. „Mora und ich müssen langsam nach Hause. Unsere Familie wartet sicher auf uns, und Mora muß ja morgen wieder in die Schule", sagte ich verlegen. „Kann ich mitfahren? Nur ein Stück. Bis zur Stadt. Ich will zu Bahnhof. Ich fahr nach Polen. Nach Haus." „Und Przywitzko? Wer kümmert sich jetzt um ihn?" Ich fühlte mich irgendwie schuldig und versuchte Agnienka ein schlechtes Gewissen zu machen. „Ich nicht. Er hat Familie. Er hat eine Tochter. Sie malt. Wenn er wach wird, bin ich nicht da. Ich fahre nach Polen und mache ein Buch. Auf dem Meer habe ich gemerkt, ich will mein Leben. Er ist nicht mein Leben. In Deutschland ist nicht mein Leben. Die Menschen sind anders hier. Kann ich mitfahren?" Na meinetwegen. Das konnte mir doch egal sein. Agnienka holte ihre Sachen, und wir gingen schweigend zum Auto. Am Bahnhof angekommen, begleiteten wir sie bis zum Eingang. Sie stand unter dem erleuchteten Torbogen, drückte mir zum Abschied die Hand, umarmte Mora und ging wortlos hinein. Wir sahen ihr nach. Sie drehte sich nicht mehr um.

Kapitel 9

1

Hungerbühler lachte, als wir ihm die Episode erzählten. „Dieser Idiot", amüsierte er sich und bat Mora noch einmal, dieses oder jenes genauer zu erzählen. „Nähmaschinen, haha, da weiß man ja, wo es herkommt. Nen schnellen Stich machen, haha." Er saß uns selbstgefällig gegenüber, hatte die Beine breitbeinig übereinandergeschlagen und schlug sich mit einer zusammengerollten Zeitung gelangweilt in die Handfläche. Das Fenster, halb geöffnet, ließ laue Frühlingsdüfte hinein. Der Geruch nach Aufbruch, nach kurzen Röcken und nach Straßencafés vermischte sich mit dem säuerlichen Geruch der Hungerbühlerschen Praxis und rief widerstrebende Gefühle in mir hervor. Warum saß ich hier herum? Einzig und allein Moras wegen. Anfangs dachte ich, ich könnte hier etwas lernen. Für mich, für mein Leben. Das einzige, worüber ich etwas gelernt hatte, waren die Untiefen des Dr. Johannes Hungerbühler I.

2

Wir waren mit Hungerbühlers Geschichte bis ins kleinste Detail vertraut. Seine Jugend lag wie ein offenes Buch vor uns. Nachdem die Äbtissin gestorben war, wurde es schlimm für ihn. Als sie starb, war er zwölf. Wieder hatte ihn eine Mutter verlassen. Im Heim hatte er keine Freunde, und selbst die Nonnen wußten mit dem zarten, verlorenen Jungen nichts anzufangen. Er konnte sich nie an den harschen Ton gewöhnen. Oft erzählte er uns voller Abscheu von der spartanischen Einrichtung, von der kratzigen Bettwäsche und den morgendlichen kalten Waschungen. Zudem war der Jüngling in die heißen Jahre gekommen und onanierte zwanghaft. Das war den Nonnen natürlich nicht verdeckt geblieben. Während einige der Bräute Christi auf vielfältige Weise versuchten, Hungerbühler von seinem Leiden zu befreien, benutzten ihn einige der anderen dazu, ihren Herrn zu betrügen. So manche Nacht verbrachte er ängstlich wachend. „Meist waren es die alten, fetten Nonnen, die was von mir wollten“, erinnerte er sich voller Abscheu. So wuchs er heran. Degradiert zum Lustobjekt oder zum Gegenstand grober Repressalien. Als Hungerbühler älter wurde und seine unschuldige, jugendliche Aura verlor, wurde er uninteressant für alle Seiten. Er war mittlerweile zwanzig und hatte nach und nach den Posten eines Hausmeisters übernommen. Ewig hätte er so weitergelebt. Nicht glücklich, jedoch zufrieden. Die Nonnen allerdings, mit denen Hungerbühler das Lager geteilt hatte, stießen sich am Anblick ihrer früheren Sünde. Hungerbühler mußte gehen. Heimat- und elternlos schlug er sich von Ort zu Ort durch. Arbeitete hier ein bißchen und dort ein bißchen. In konzentrischen Kreisen näherte er sich der Stadt seiner Mutter. Er kreiste sie ein. Einmal lebte er nur zwanzig Kilometer von ihr entfernt. Er brachte es nie fertig, sie zu besuchen. In einem Ort lernte er sogar ein Mädchen kennen. Man verliebte sich, traf sich regelmäßig zum Bummeln, und einen Sonntagnachmittag wurde er von der Familie zum Begutachten eingeladen. Daraufhin war von Heirat die Rede. Das Aufgebot wurde kurzerhand bestellt, Vorbereitungen wurden getroffen und das junge Paar unterzog die Hochzeitsgeschenke bereits einer eingehenden Prüfung. „Oh, sieh mal, ein Eierschneider von Tante Elisabeth“, kicherte sie. Er konterte mit der „scheußlichen Nachttischlampe aus Porzellan von Kusine Helga.“ Prustend und lachend warfen sich die Liebenden aufs Bett. Rangen ein wenig, verschnauften und schauten sich tief in die Augen. Küßten sich. Er nestelte an ihrer Bluse. Verschämt schlug sie die Augen nieder, schob seine Hand beiseite und setzte sich auf. Verstört. „Wir dürfen nicht, mein Liebster. Noch nicht", wehrte sie ihn ab, strich ihm über das Haar. Hungerbühler wußte seine Leidenschaft nicht zu stillen. Wohin mit dem Druck?

Er hatte das Onanieren wieder aufgenommen. Mehrmals täglich. Zwanghaft. Es überkam ihn zu den unmöglichsten Zeiten. Auf dem Klo, in seinem Zimmer beim Lesen, beim Spazierengehen, auf der Arbeit. Er mußte sofort, konnte nicht abwarten, die Intimität seines Zimmers zu erreichen. Dann stellte er sich in dunkle Ecken, verbarg und befriedigte sich. Überall. Bis auf eine Ausnahme. Das Elternhaus seiner Zukünftigen. Das war für ihn ein Tabu. Er hätte sich elend gefühlt, wie ein Verräter. Als ob er die Familie beschmutzen, in zerstörerischer Absicht ihre Gemeinschaft durchdringen würde, um seine widerlichen Bedürfnisse zu zähmen.

Die Verlobungsfeier nahte. Hungerbühler eilte von der Arbeit kommend zur Familie. Die einzige, die er jemals hatte, für die er alles, aber auch alles geben würde. Den ganzen Tag über hatte er den Druck verspürt, sich zu erleichtern. Sich in eine dunkle Ecke zu drücken. Die Arbeit hatte es nicht erlaubt, sich ein paar Minuten wegzustehlen. Er mußte. Sonst würde er platzen. Würde sich vor Geilheit beim Kaffee ergießen. Familie und Freunde waren bereits versammelt, warteten auf ihn. Er entschuldigte sich, man möge doch ohne ihn anfangen. Er stoße gleich dazu. Er müsse vorher nur wohin, zwinkerte er. Die Männer lächelten verschmitzt und stießen sich an. Man wisse Bescheid. Er solle sich sein gutes Stück nicht einklemmen, sonst sei das kleine Frauchen bald auf Abwegen, rief einer. Die Gesellschaft lachte. Hungerbühler auch. Ein gelungener Witz. Nein, nein, er komme gleich. Keine Bange.

Eilig schlich er auf die Toilette. Am Zimmer der dreizehnjährigen Schwester vorbei. Ein kokettes Ding. Und schon allerhand dran. Hungerbühler zögerte, ging hinein. Er wußte nicht, was ihn dazu brachte, in das Jungmädchenzimmer zu gehen. Er stöberte, fand einen getragenen Schlüpfer der Kleinen. Eifrig nestelte er seine Hose auf, nahm das Höschen, roch dran, sog den jungfräulichen Geruch in sich auf und rieb dabei seinen Penis. Die herrliche Angst, erwischt zu werden, erregte ihn maßlos. Er onanierte hingebungsvoll. Minutenlang. Zögerte den Höhepunkt hinaus. Die Gesellschaft wunderte sich über sein langes Fortbleiben. War der Herr Bräutigam vielleicht getürmt, hatte er kalte Füße bekommen? Mutter und Braut machten sich auf, den Vermißten zu suchen. Am Zimmer der Kleinen vorbei, wo ein seltsames Keuchen zu hören war. Mutter stieß die Tür auf, genau in dem Augenblick, wo Hungerbühler die Unterwäsche sprengte. Die beiden Frauen standen stocksteif und starrten angeekelt auf den Unhold. Niemand redete. Die Lage war peinlich genug. Und was gab es zu klären? Herausreden konnte er sich nicht. Das Schandgerät baumelte schließlich noch in seiner tropfenden Hand. Er ging sofort, ohne weitere Worte. Und verließ noch am selben Abend die Stadt, wo er so gern glücklich gewesen wäre.

Solche Geschichten erzählte er, ohne rot zu werden. Über dergleichen war er längst hinaus. Mora störte sich nicht weiter daran. Sie schien so etwas wie Scham gar nicht in ihrem Gepäck zu haben. Hungerbühler war ein Idiot. Er glaubte an nichts. Seine Gedanken waren die ewig gleichen, seine Wege waren die ewig gleichen. Und sein Scheitern war Programm.

Kapitel 10

1

Eimal im Jahr gab es in unserer Familie ein großes Fest. Es war der Hochzeitstag meiner Eltern. Sie hatten es sich angewöhnt, dieses Datum mit einer besonderen Aufmerksamkeit zu begehen. Emsig wurden Vorbereitungen getroffen: ein Saal wurde angemietet, die Einladungsliste mußte aktualisiert werden, Feinkostläden wurden unter die Lupe genommen, eine Band mußte her, Dekorationen wurden ausgesucht und so weiter und so fort. Meine Mutter koordinierte den Ablauf. Sie hatte ein Szenario entworfen, das wenig Platz für Improvisationen bot. „Wenn der Vorhang erstmal oben ist, kann keiner von der Bühne. Dann muß jeder seinen Text kennen", pflegte sie ungewohnt philosophisch unsere Rollen in ihrem Stück zu beschreiben. Wir waren ihre Komparsen. Den Ruhm heimste sie selbst ein. „Das war ja wieder eine gelungene Feier! Bravo! Du hast dich selbst übertroffen! Dieses Jahr war es die Krönung!" Manche Menschen wurden nur deshalb eingeladen, um eine Schleimspur abzusondern, auf der meine Mutter dann wie auf einem roten Läufer in die rauschende Menge mit ihren bewundernden Blicken gleiten konnte. Die Lobesreden waren so austauschbar wie die Dekoration. Aber wenn schon! Mutter genoß es, und sie war glücklich. Mein Vater war schlau genug, sie gewähren zu lassen. Er wußte, wie er mit einer Frau ihres Schlages umgehen mußte, um ein halbwegs ruhiges Leben führen zu können. Er hielt sich dezent im Hintergrund und griff sanftmütig tadelnd ein, wenn es angebracht schien.

Der Hochzeitstag nahte mit Riesenschritten. Verwandte, Freunde und Bewunderer von nah und fern waren aufgefordert, „an diesem Tag", wie es in der Einladung hieß, „mit dem glücklichen Paar und seinen

Frücht(ch)en das Wunder der Liebe zu feiern". Das hatte meine Mutter verbrochen. Es war keine Ironie. Sie neigte wie alle gefühlsarmen Menschen zum Pathos und zum Kitsch. Ihre Liebe war die Liebe der Edlen und Aufrechten, wie sie dutzendfach in der Welt ihrer Groschenhefte und Filmchen vorkam. Eine Liebe, die allen Widrigkeiten trotzt. Die selbstlos und rein ist. Rein bedeutete bei meiner Mutter frei von Unflätigkeiten und menschlichen Abgründen.

Über ihren persönlichen Abgrund hatte sie eine gehäkelte Decke geworfen und ringsum ein paar Blumenrabatten gepflanzt. Es war der Krebstod ihrer Mutter, der darunter schlummerte. Sie suchte diesen Ort etwa genauso häufig auf wie Sonjas Grab und quetschte sich dann dort ein paar Tränen heraus.

Sie hatte meines Vaters Werben nachgegeben, als klar war, daß meiner Großmutter nicht mehr zu helfen war. Sie siechte bereits dahin. Der Leberkrebs hielt seine Ernte ab, und meine Großmutter hatte den frommen Wunsch verspürt, sich zu Hause bei ihren Liebsten auf den langen Weg vorzubereiten. Die drei Geschwister überlegten, wie sie der kranken Frau den kümmerlichen Rest ihres Lebens erträglich machen könnten. Mein Großvater war im Krieg geblieben, wie man so salopp sagte. Als ob er entschieden hätte, allein weiterzumachen, nachdem die Kapitulation erfolgt war. Als kleiner Junge stellte ich mir vor, wie der stattliche Mann von den vergilbten Fotos im russischen Hinterland seinen eigenen Krieg weiterführte.

Die drei Schwestern beschlossen, sich den Dienst rund um die Uhr zu teilen. Mutter wurde also Teilzeitkrankenschwester. Eine Tätigkeit, die sie zutiefst verabscheute. Darunter standen nur noch Huren und Waschweiber. Sie verstand sich nicht als etwas Besseres. Schließlich war ihr Lieblingsonkel bis 1933 SPD-Mitglied gewesen, und auf dem Gestüt ihrer Eltern gab es an Feiertagen für die Arbeiter eine Gratifikation. Egal ob Deutsche, Polen oder Russen. Doch der Gedanke, knietief in den Absonderungen anderer Leute herumzuwaten, ekelte sie maßlos.

Meine Mutter ging damals mit einem feschen Burschen, der als Dorfgigolo galt. Dem Rudi, der ebenfalls jedes Jahr zum Hochzeitstag kam, um sich mit Genuß und Butter auf dem Kopf bis zu den Knöcheln in das Hinterteil meiner Mutter hineinzubohren.

Sehr zum Verdruß meines Vaters. Damals jedoch war der Rudi ein Lederjacken tragender, ölhaariger Teddyboy, der die Mädchen reihenweise erzittern ließ, wenn er, das Moped aufheulend, um die Ecken fegte. Er war Automechaniker. Sollte einmal die Werkstatt des Vaters übernehmen. Der verstand was von Motoren. Man sagte ihm nach, daß die Mopeds unter seinen kundigen Händen Fett ansetzten. Nie sah man ihn ohne Schraubenschlüssel und sein Kofferradio, auf dem er laut „den Tommi" hörte. Der Rudi genoß hohen Wiedererkennungswert. Und er stand auf meine Mutter. Diese beiden besonderen Menschen wären füreinander bestimmt gewesen. Doch Rudi, ohnehin dem Gedanken fern, sein Heimatstädtchen zu verlassen, zog es vor, an seinen Zweirädern zu schrauben, anstatt mit meiner Mutter das Für und Wider des Leidens zu diskutieren. Mit einem Geist ausgestattet, der ihm im Ernstfall in Pferdestärkengeschwindigkeit davongaloppierte, ohne einen greifbaren Gedanken zurückzulassen, war Rudi ohnehin nicht in der Lage, die Tragik der Situation zu erfassen. Trotzalledem hätte meine Mutter ihn nie zugunsten meines Vaters verlassen. Doch die Umstände erforderten Klarsicht und geschicktes Taktieren. Nach ein paar Wochen war klar, daß sie ihr Leben nicht weiterhin mit dem Schnitter unter einem Dach würde verbringen können. Mein Vater bot sich an, das unglückliche Aschenputtel zu entführen. Beide waren mit dem selben Flüchtlingstreck aus dem Osten gekommen. Mein Vater hatte seine Eltern unterwegs verloren und sich der männerlosen Familie meiner Mutter angeschlossen. Auf der gemeinsamen Flucht verliebte er sich in sie. „Wenn sie mit ihren abstehenden Zöpfen neben mir stakste, sie war damals unglaublich lang und dünn“, vertraute mir Vater in einer ungewohnt offenen Minute einmal an, „guckte sie mich manchmal mit ihren großen blauen Augen an und sagte: Wenn die Soldaten kommen, mußt du meine Hand nehmen und sagen, daß ich deine Frau bin. Dann tun sie mir nichts. Verheiratete machen den Soldaten Angst. Dann müssen sie an ihre Frauen zuhause denken und werden ganz traurig. – Ich weiß nicht, ob das stimmte. Die Soldaten ließen sie jedenfalls in Ruhe. Ich mußte immer auf ihre Knie starren. Sie trug eine kaputte Strumpfhose, wo ihre weiße Haut durchschimmerte. Dieser kleine weiße Fleck verfolgte mich sogar in meine Träume. Das muß man sich mal vorstellen. Ich war von einem Mädchen besessen, das kaputte Strumpfhosen trug und solche Dinge sagte. Als wir verheiratet waren, sollte deine Mutter für mich kaputte Strumpfhosen tragen. Was sie natürlich nie wollte. Ich habe sogar manchmal Löcher hineingeschnitten. Heimlich, versteht sich. Später ist mir klar geworden, daß ich unter einem leichten Fetischismus litt.“

Mein Vater zog damals in denselben Ort und pflegte das zarte Pflänzchen seiner Liebe im Gewächshaus seines Herzens. Dort wuchs und gedieh es, während meine Mutter den guten Kameraden in ihm sah und von den Rudis der Stadt träumte.

Plötzlich schien sie jedoch ein Herz für ihn entdeckt zu haben und überraschte ihre Schwestern mit der Ankündigung, sie habe sich unsterblich verliebt und gedenke, mit ihrem Verlobten in eine andere Stadt zu gehen. Er habe dort ein Spitzenangebot erhalten. Mein Vater machte in Versicherungen. Eine boomende Branche. Der Koreakrieg war ausgebrochen, der Kalte Krieg schien sich zu erwärmen und schürte die Angst der Deutschen vor einem neuerlichen Aufflackern der Kriegsflamme. Die kurze, fröhliche Zeit der Anarchie war der Sorge um die neuerworbenen Güter gewichen. Auch meine Mutter suchte in dieser Zeit nach Sicherheit. Es tue ihr leid. Die Liebe! Was solle sie machen? Sicher fühle sie sich schuldig. Die ganze Last den Schwestern zu überlassen. Aber sie sei ja nicht aus der Welt. Vielleicht könne sie mal in den Ferien, nun ja, man werde sehen. Tschüß denn! Die zurückgelassenen Schwestern, durch den Verrat meiner Mutter gebrochen, sahen sich außerstande, die Pflegerinnenrolle durch zwei zu teilen, und so steckten sie die Alte kurzerhand in ein Pflegeheim. Meine Großmutter, bekanntermaßen eine aufopferungsvolle Person – sie hätte fast das Mutterkreuz in Bronze verliehen bekommen, hätte der Schlingel in ihrem Bauch nicht beschlossen, tot und blau zur Welt zu kommen – machte ihr Sterbchen großzügigerweise recht bald. Die drei Schwestern hatten jedoch erst nach Jahren wieder zueinandergefunden. Die Zeit dazwischen war mit eisigem Schweigen und stummen Verwünschungen ausgefüllt. Lediglich ein paar juristische Schreiben, in denen um die Hinterlassenschaft gestritten wurde, belebten die verwandtschaftlichen Bande. Eine Zeitlang kursierte sogar ein gefälschtes Testament. Der Urheber konnte jedoch nie ermittelt werden. Nachdem alles aufgeteilt war, und meine Mutter „diesen Erbschleicherinnen“ verziehen hatte, bedrängte sie ihre Schwestern solange, bis diese zumindest einen Burgfrieden akzeptierten. Sie wurden einfach zu unseren Paten gemacht. Eine ehrenvolle Aufgabe, der sie sich nicht entziehen konnten, ohne sich dem Verdacht der Herzlosigkeit auszuliefern. Sie verschwiegen und begruben ihren Zwist.

Vater hatte Leo und mir irgendwann dieses Geheimnis verraten. Er meinte, wir hätten ein Recht darauf. Meine Mutter hatte ihm zwar eingebleut, dieses Geheimnis in seinem Herzen zu verschließen, doch wahrscheinlich wollte er sich damit an ihr für vergangene Demütigungen rächen. Ich verschloß es ebenfalls. Erzählte lediglich Mora davon. Ich dachte, sie hätte ein Recht darauf, es zu erfahren.

2

Mora hatte sich für das Ereignis etwas Besonderes ausgedacht. Niemand wußte, womit sie uns alle überraschen wollte. Sie machte ein großes Geheimnis daraus. Selbst meine Mutter, als autorisierte Hochzeits-Vorbereiterin, erhielt keinen Einblick in Moras Geschäftigkeit. Es war ein zäher Kampf gewesen, Moras Idee, wie auch immer sie aussah, bei meiner Mutter durchzuboxen. Sie haßte alles Unvorhergesehene. Mora ließ sich nicht so leicht einschüchtern. Zudem war sie mit einem gehörigen Geschick an Redekunst und Überzeugungskraft ausgestattet. Und sie setzte ihre Talente gnadenlos ein. Sie wolle meinen Eltern und ihren Gästen etwas Besonderes bieten. Ich half ihr, eine Kiste zu schleppen. Leider verriet Mora mir nicht, was sie enthielt. Ich sollte mich aus allem heraushalten. Das wurmte mich. Nicht, daß ich überall meine Finger im Spiel haben mußte, aber Mora schloß mich entgegen unseren Gewohnheiten aus. Nun ja, sie war alt genug. Kinder brauchen ihre Geheimnisse, sagte ich mir.

Der Tag nahte. Die Aufregung meiner Mutter war einer leichten Hysterie gewichen. Die Band, sie bestand aus drei blassen Studenten, sollte den Hochzeitsmarsch anstimmen, sobald meine Eltern den Saal betraten. Daraufhin würden sich die Gäste erheben, um sie mit rhythmischem Geklatsche zu ihren Plätzen zu geleiten. Wir Kinder hinterdrein. Mutters Augen glänzten für gewöhnlich feucht, wenn sie unter den Beifallsrufen des einfachen Volkes in ihrem schlichten weißen Tüllkleid ihrem Thron zusteuerte. Es war jedes Jahr ein neues weißes Tüllkleid. Mir fielen nie Unterschiede auf. Es schien, als hätte die Herstellerfirma einen unbegrenzten Fundus an weißen, schlichten Tüllkleidern, die sie Menschen wie meiner Mutter jedes Jahr unter einem anderen Namen andrehten. „Nein, nein, dieses ist ganz anders als das Kleid vom Vorjahr. Letztes Jahr war hier oben eine kleine, weiße Lilie eingestickt. Dieses Jahr ist es ein Maikäfer. Und das Jahr davor war am Saum die Borte breiter als das Jahr davor. Du siehst Schätzchen, es sind die kleinen, aber wichtigen Dinge, die unser Leben so wertvoll machen." Das war natürlich ein nicht zu schlagendes Argument. Die abgelegten Kleider gab sie bedürftigen jungen Frauen unserer Kirchengemeinde. Zu einem fairen Preis. Mein Vater dagegen fand es „affig", sich jedes Jahr einen neuen Anzug zuzulegen. Ich vermutete, daß er seinen schon als Konfirmand getragen hatte. Er kniff unter den Achseln, war an einigen Stellen bedenklich durchgewetzt, und die Hosenbeine gingen ihm gerade mal bis an die Knöchel. Meiner Mutter war das natürlich peinlich und sie vergaß niemals, in ihrer alljährlichen Dankesrede darauf hinzuweisen. Es war einer der wenigen Kämpfe, die er gegen sie gewonnen hatte.

Die Gästeliste war versandt worden, und fast alle hatten zugesagt. Warum auch nicht? Es gab jedes Jahr Unmengen an Leckereien, und es war eine günstige Gelegenheit, Familienmitglieder zu treffen, sich gegenseitiger Sympathie zu versichern, daß man viel zu selten zusammenkomme und daß man in einer Familie für einander dasein müsse. Hungerbühler war selbstverständlich nicht eingeladen worden. Meine Mutter wollte keinen „Irrenarzt" auf ihrer Hochzeitsfeier. Den letzten Abend vor der großen Feier versuchte ich aus Mora herauszubekommen, welche Überraschung sie geplant hatte. Sie blieb stumm. Nicht, daß ich neugierig war. Es war lediglich das Erbe meiner Mutter, das mich fragen ließ. Ich mochte keine Überraschungen.

3

Im Gewimmel der Gäste ließ sich anfangs kein sympathisches Gesicht ausmachen. Alle waren dezent und modisch in Festtagskleidung gewandet, hatten sich frisch frisieren lassen und trugen Anmut zur Schau. Ich sah die Bande einmal im Jahr und vergaß sie hernach sofort. Meine Familie war eine Ansammlung von degenerierten Idioten, von blassen, vermufften, bierernsten Trotteln. Ich hatte zu keinem von ihnen eine tiefergehende Beziehung. Sie waren mir egal und ich ihnen. Ich gebe zu, daß ich mir wenig Mühe machte, einem von ihnen näher unter den Bart zu blicken. Meine Patentante versuchte, als ich noch jünger war, einen Kontakt zu mir herzustellen. Sie war kinder- und mannlos und hatte daher irrsinnig viel Zeit, Jugendtrends hinterherzuhechten, um sie mir anschließend schmackhaft aufzubereiten. Daraus, daß sie rund zehn Jahre jünger als meine Mutter war, leitete sie das Recht ab, in einer aufgesetzten Jugendsprache mit mir zu reden. Die Aufnahme des Wörtchens „geil“ in ihren Sprachschatz gehörte noch zu den minderschweren sprachlichen Entgleisungen, mit denen sie versuchte, auf den Zug der Zeit aufzuspringen. Sie verfehlte ihn regelmäßig, fiel runter und verstümmelte sich. Ich konnte sie irgendwann nicht mehr ernst nehmen. Auf dem Höhepunkt ihrer Bemühungen schlug sie mir vor, daß ich sie mit ihrem Vornamen anreden solle. Das ging mir nie flüssig über die Lippen. Ich war an ihren Anbiederungen nicht interessiert und ließ sie das auch spüren. Irgendwann wurden ihre Einladungen ins Kino, zu Konzerten oder in Diskotheken spärlicher, um schließlich ganz aufzuhören. Hätte sie mir ihr Bett angeboten, hätte sie mich wahrscheinlich geknackt. Damals.

Ich suchte Mora im Gewühl. Und entdeckte sie bald. Sie war nicht zu übersehen in ihrem blaumetallisch glänzenden Kleid. Eine Art Abendkleid mit Puffärmeln. Sie hätte in diesem Aufzug gut auf einen Großgrundbesitzerball im mittelamerikanischen Raum des vorigen Jahrhunderts gepaßt. Ihre Haare waren passend dazu in Schleifenzöpfen geflochten. Mir war es ein Rätsel, woher sie dieses Kleid hatte. Von der Taille abwärts ging es glockenartig auseinander. Hätte Mora zehn Beine gehabt, sie hätte sie mühelos dort unterbringen können. Die goldene aufgenähte Sonne, die in Hüfthöhe lachte, war das unergründlichste an diesem Aufzug. Mora funkelte zwischen den Gästen wie ein frisch gefallener Tautropfen auf einer ausgebleichten Wiese. Glitzerte bald hier, bald dort, machte artig jede Neckerei mit, ging auf jede noch so dämliche Frage ein und ließ sich widerspruchlos von den alten Säcken auf den Schoß nehmen und tätscheln. Sie war ganz Harmonie und strahlende Lieblichkeit.

Rudi kam mit Getöse in den Saal. Lautstark „Hallo" rufend steuerte er auf meine Mutter zu. Meinen Vater ignorierend nahm er sie in die Arme und säuselte: „Meine Liebe, du hast dich heute abend selbst übertroffen. Und wie gut du aussiehst. Wie damals, als wie beide hinterm Schuppen die Enten zu Teich ließen. Du erinnerst dich doch, Mädchen?" Er stupste sie sanft an und versuchte, ihr dabei unauffällig ins Dekolleté zu schauen. Seine schüttere Haarpracht hatte er, wie jedes Jahr, zu einer eindrucksvollen Tolle zu formen versucht. Es sah aus wie ein zusammengefallener Hundehaufen, der sich da unpassend auf seiner Stirn duckte. Rudi erinnerte mich in seiner Aufgequollenheit und mit seiner peinlichen Frisur immer an ein ausgemustertes Elvis-Double. Und ähnlich wie der späte Elvis war auch Rudi ein Verlierer geworden.

Jemand, der, vom eigenen Klischee eingeholt, sich mit den verstaubten Insignien der frühen Königswürde rüstete, nicht verstehen wollend, daß die Revolution ihn längst in den Schredder der Geschichte torpediert hatte. Ach, was war das für ein Elvis, der 1968 mit blitzenden Augen und geblähten Nüstern von seiner Wolke heruntergestolpert kam, um ein paar Atemzüge lang die Welt von neuem erzittern zu lassen. Damals war er noch ein Gott.

Jetzt hatte Rudi mich erspäht und kam breitbeinig auf mich zu. Fest meine Hand schüttelnd rief er: „Na Sohnemann, was machen die Frauen?“ Dabei verzog er den Mund zu einem schiefen Grinsen. Es sollte lässig und souverän aussehen, erinnerte in seiner Unbeholfenheit eher an einen nicht ausgeheilten Schlaganfall. „Hier laufen ja einige gute Weiber rum, was? Da kann man ruhig mal ein Auge machen. Hast du dir schon eine ausgesucht? Eine mit 'nem großen Bärenauge? Hahaha.“ Ich würdigte ihn so gut wie nie einer Antwort. Das machte ihm nichts aus. Und so ließ er mich auch dieses Jahr einfach stehen, um dem Kellner mit den Aperitifs hinterherzueilen. Seine massige Gestalt noch eine Weile mit den Augen verfolgend, verlor ich ihn bald im Gewühl. Ziellos lief ich umher, begrüßte Verwandte und Bekannte, ohne mit einem von ihnen ein längeres Gespräch anzufangen. In der Ferne sah ich Leos Kopf, der wie ein junger Hund um die Gäste herumhüpfte, immer auf der Suche nach streichelnden Händen. Leo war ein Phänomen. Er hatte so gut wie nichts im Kopf. Ich will ihm nicht Unrecht tun, schließlich machte er im Gegensatz zu mir sein Abitur. Jedoch beschränkte sich seine Einflußnahme auf das Leben in auswendig gelernten Texten. Darin war er zweifelsohne gut. Er durfte nur keine eigenen Gedanken entwickeln.

Das Essen verlief in gewohnt lärmender Atmosphäre. Komplimente wechselten in loser Reihenfolge die Tischseiten und konzentrierten sich bei meiner Mutter, die an der Stirnseite thronte. Mein Vater saß am anderen Ende der Tafel. So mußte meine Mutter die Aufmerksamkeit der Gäste nicht teilen, und diese waren der Verlegenheit entronnen, das Wort an ihn richten zu müssen. Man vergaß ihn. Mein Vater, ohnehin nicht gern im Mittelpunkt der Aufmerksamkeit, spielte seine Mauerblümchenrolle perfekt. Er hielt sich raus und lächelte höchstens einmal sauertöpfisch, wenn jemand einen faulen Witz riß. Er hatte in der Familie meiner Mutter nie Fuß fassen können. Seine eigene war in den Nachkriegswirren untergegangen und nie wieder aufgetaucht. Vielleicht waren sie auch froh gewesen, ihn loszusein. Er war ein Außenstehender. Ein stiller bescheidener Mann, der lieber die andere Wange hinhielt, als selbst zuzuschlagen. Er hatte keinen großen Anspruch außer dem, in Ruhe gelassen zu werden und still seine Frau und Kinder zu lieben. Und das tat er mit leidenschaftlicher Hingabe. Meine Mutter wußte darum, und sie ließ ihn gewähren.

Dummerweise hatte ich als Tischdame meine Patentante zugewiesen bekommen. Unter ihrem Make Up schimmerte speckig ihre faltenschlagende Haut. Sie hatte zuviel getrunken und schoß Obszönitäten mit der Genauigkeit eines fußkranken Freistoßspezialisten ab. „Was ist der Unterschied zwischen einem Ochsenpenis und einem Polizeiknüppel?“ Das Wort Penis verschluckte sie fast und die Umsitzenden mußten mehrmals nachfragen. „Penis“, wiederholte sie mutig. „Peeenis! Ah, jetzt habt ihrs, gell? Na was?“ Sie schaute mich an, wurde rot und hielt mir die Ohren zu.

„Sie werden beide von Bullen geschwenkt.“ Sie kreischte vor Vergnügen, und selbst durch meine gedämpften Ohrmuscheln hörte ich ihre schrille Stimme. „Und du hast nichts gehört, oder?“ Sie nahm ihre Hände von meinen Ohren und gab mir einen feuchten Kuß auf die Wange. Der alte Mann zu meiner Linken, ich wußte nicht wer er war, stieß mich an. „Deine alte Tante hat vielleicht Geschichten auf Lager. Davon könnt ihr Jungen euch ne saftige Scheibe abschneiden. Wir haben früher immer so gefeiert. Und jede Feier gesprengt. Spaß muß sein, was? Wer keinen Spaß versteht, der hat nix vom Leben kapiert. Damals, als ich in Frankreich war… im Kriege", fügte er markant hinzu. „Da haben wir manchmal gelacht, bis uns die Tränen kamen. Ich war in Dünkirchen. Hab unter General von Kleist gedient. Das war ein Teufelskerl. Wir hatten zehn Divisonen von den Franzen und den Großteil der englischen Armee in der Faust. Hätten nur zudrücken brauchen. Zack!" Er tat, als ob er eine Fliege fangen und zerdrücken würde. „Wenn Hitler nicht den Befehl zum Stopp gegeben hätte. Was für eine Idiotie. Wir hätten sie gehabt. Den Krieg hätten wir gewonnen. Prost!" Er hob sein Schnapsglas, setzte es an die schlaffen Lippen und ließ den Inhalt geräuschvoll durch seine dürre Altmännerkehle gurgeln. Sein Adamsapfel drohte, durch die rasche Schluckbewegung die gelbliche, dünne Haut zu durchbrechen. Ich sah ihn schon in meiner Suppe landen. „Was für eine Idiotie", jammerte der Alte versunken, während meine Tante mit spitzen Nägeln schmerzhaft meinen Oberschenkel umklammert hielt und mir ins Ohr gurrte, was für ein hübscher Kerl ich geworden sei. Ich sah zu Mora rüber. Sie unterhielt sich angeregt mit einem jungen Mann in meinem Alter, den ich als entfernten Verwandten identifizierte. Ich hoffte nur, das Essen würde sein baldiges Ende finden und ich könnte mich in der Menge verlieren. Kurz nach dem Dessert klopfte mein Vater mit seinem Messer an ein Glas, rief „Silencio" und verkündete, man möge sich doch der Bühne zuwenden, denn Mora plane, ihre Überraschung zu enthüllen.

Die große Tafel stand quer zur Bühne, so daß jeder lediglich den Kopf zu wenden brauchte. Nur Vater mußte sich umdrehen. Der Vorhang war geschlossen, und die blassen Studenten, die bis vor kurzem die Bühne bevölkert hatten, hingen an der Theke herum und tranken Bier und Korn. Das Licht im Saal ging aus. Eine Fanfare ertönte vom Band. Der Lichtstrahl eines Scheinwerfers verfing sich in den Falten des Vorhanges. Leise rauschend glitt er beiseite. Auf der Bühne stand Mora und schaute uns an. Mit klarer, fester Stimme rezitierte sie: „Wohlan denn, ihr Getreuen. So will ich euch eine Geschichte erzählen. Eine Geschichte, wie sie Gottes Dichter und Teufels Schreiberlinge nicht schöner und nicht grausamer sich hätten ausdenken können. Die Geschichte einer Liebe, die sich zutrug, als Mann und Frau, der Unschuld frisch entschlüpft, zueinander fanden. Es ist eine Geschichte für meine Großeltern. Steht doch mal auf." Die Scheinwerfer suchten meine Eltern und beleuchteten sie schonungslos. Unsicher schauten sie sich um. Die Menge schwieg gespannt. Es war etwas in Moras Art, das uns alle stutzig machte. Nichts deutete auf Unannehmlichkeiten hin. Mora lächelte mild, das rötliche Licht über ihrem Kopf wob ihr eine strahlende Krone, und im Hintergrund war leise Musik zu hören. Und trotzdem, hätte sie aus den Tiefen ihres Kleides ein Maschinengewehr gezogen und in die Menge gefeuert, es hätte mich nicht verwundert. Mit solch einem Gesichtsausdruck mußte Judith zu Holofernes geschlichen sein in jener Nacht, als sie ihm den Kopf abschnitt. Jeder im Saal spürte, daß etwas passieren würde. Mora wirkte zu harmlos. Das war nicht ihre Art. „Los aufstehen! Aufsteehn!" forderte einer der Betrunkenen meine Eltern krakeelend auf und durchbrach damit die gespannte Stille. Als sie aufgestanden waren, fuhr Mora fort. „Ihr alle kennt meine Großeltern. Sie waren wie Eltern zu mir und haben mich großgezogen. Das habe ich euch nicht vergessen. Die folgende Geschichte ist für euch. Die Handlung ist frei erfunden und jede Ähnlichkeit mit lebenden oder verstorbenen Personen wäre reiner Zufall. Los!" Sie klatschte dreimal in die Hände und drei Männer kamen in gebeugter Haltung auf die Bühne. Jeder führte eine Marionette mit sich. Es waren Frauengestalten. Kleine, billig aussehende Puppen mit strohigen Haaren und roh geschnitzten Gesichtszügen in einfachen Leinenkleidern. Die Puppenspieler stellten sich vor dem Publikum auf und verneigten sich mit ihren Marionetten. Mora hatte inzwischen drei weitere Figuren aus ihrer Kiste hervorgeholt. Eine männliche Puppe, einen unförmigen, braunen Hund und einen Engel. Den Engel behielt sie selbst, während sie den Hund und die Männerpuppe an ihre Mitspieler übergab. Ein Marionettentheater, was für eine Idee! Anscheinend hatte Mora ihre Liebe zur Kleinkunst entdeckt. Ihre Mitspieler sahen aus wie von der Straße gespült. In ihren zerfetzten Hosen, schmutzstarrenden Pullovern und speckigen Hüten wirkten sie wie eine Gruppe tingelnder Puppenspieler aus den Anfängen unseres Jahrhunderts. Die groben unrasierten Gesichter verzogen keine Miene, während sie äußerst geschickt die Puppen über die Bühne bewegten. Das Stück wirkte avantgardistisch. Anfangs noch etwas verhalten, fingen die Puppen bald an, schneller über die Bühne zu rasen. Hin und her und auf und nieder. Sie wirkten wie toll und stießen unkontrollierte Laute aus. Mora hatte die Synchronisation übernommen. Sie schrie und ächzte, grunzte, flüsterte und schnaufte. Der Hund überschlug sich kläffend. Die Puppen schlugen nun in ihrem Veitstanz öfter gegeneinander. Sie sprangen einander an, knurrten und traten sich. Einer der Studenten war mit einer Bongo auf die Bühne gekommen und trommelte entrückt einen monotonen Rhythmus. Auch die Puppenspieler hatten diesen weltfernen Blick. Moras Gesicht war schmerzverzerrt. Sie warf den Kopf zurück und stampfte in einem irren Stakkato über die Bühne. Es riß mich mit. Ich konnte die Angst und das tiefe Leiden dieser Kreaturen fühlen. Das rastlose, das bar jeglicher Ordnung leidende Tier in uns. Was für eine archaische Szenerie? Im Saal sahen sich alle ratlos an. Damit hatte niemand gerechnet. In diesem Chaos lag etwas Magisches. Etwas, das uns bannte. Niemand wagte zu hüsteln oder gar aufzustehen. Kawumm! Ein Knall ließ jeden zusammenzucken. Stille trat ein. Mora und ihre Mitspieler standen starr auf der Bühne und schauten zu uns herunter. Die drei Kerle wirkten wie verkommene Parzen nach einer durchzechten Woche. Ihre Marionetten schwankten leicht hin und her. Mora durchbrach die Stille, indem sie die Hundefigur knurren ließ. Das Licht veränderte sich. Eben noch in kaltes Blau getaucht, erstrahlte die Bühne nun in satten, warmen Farben. Vogelgezwitscher ertönte vom Band. Jetzt erkannte ich die Bedeutung von Moras Kleid. Es diente als Himmel. Denn exakt von diesem Himmel kam die Engelsfigur herabgeschwebt. Sie flatterte sogar mit ihren kleinen Flügeln. Die anderen Figuren standen und blickten hinauf. Die drei Parzen hatten sich geschickt hinter Mora verteilt. Sie waren kaum zu sehen.

Die drei Frauenfiguren stießen sich an und kicherten mit ihren hohlen, dumpfen Parzenstimmen. Der Engel war gelandet und baute sich vor den drei Frauen auf. Die Figur überragte die anderen um ein paar Zentimeter. „Sieh da, meine Töchter“, sprach der Engel, „wie ist es euch ergangen?“ Die Frauen standen enger zusammen und tuschelten. Der Hund versuchte, dem Engel in die Beine zu beißen. Die Männerfigur stand im Hintergrund und wirkte unbeteiligt. „Du, meine älteste Tochter“, fuhr der Engel fort, „du hast dich vermählt. Ich gratuliere dir. Du kennst um die Pflicht, die eine Ehefrau und Mutter hat. Das tust du doch, nicht wahr?“ Eine der Frauen war vorgetreten und schaute den Engel an. Ich ahnte, was Mora da vorhatte und fürchtete mich vor dem Ausgang des Stückes. Auch Mutter schien etwas unruhig. Sie rutschte auf ihrem Sitz hin und her. Mein Vater schaute reglos dem Treiben auf der Bühne zu. Der Hund hatte sich mittlerweile zu Füßen der Weibsperson, die mit dem Engel sprach, gelegt. Er trug eine mickrige Tolle auf der Stirn, die ihm leblos in die Augen hing. „Du hast mich nicht zu deiner Hochzeit geladen", sprach der Engel weiter, „hast du die Achtung aus deinem Haus verdrängt?" „Mich trifft keine Schuld, Mutter. Es waren meine Schwestern. Sie fütterten mich mit einer Lüge. Sie sprachen, du hättest mich vergessen und aus deinem Herzen gejagt. Ich traute mich nicht." Die anderen Frauen scharrten unruhig mit ihren Holzfüßen. Es schien ihnen gar nicht zu gefallen, was ihre große Schwester da verzapfte. Mir gefiel es auch nicht. In diesem pathetischen, alttestamentarischen Stil ging Moras Stück noch eine Weile weiter. Gegenseitige Schuldzuweisungen, ein knurrender Hund, dem irgendwann vom Engel das Genick gebrochen wurde und eine unbeteiligte männliche Nebenfigur. Als Dramatikerin war Mora eine Niete. Was bezweckte sie mit diesem Auftritt? Ich bewunderte ihren Mut, fand sie allerdings auch ziemlich dumm. Das Stück nahm kein Ende. Wäre der Stoff nicht so brisant gewesen, wären wir vor Langeweile gestorben. Die Figuren diskutierten endlos über das Für und Wider der Gesinnungsethik und der Verantwortungsethik. Mora hatte in der Schule Werte und Normen belegt. Moderner Religionsunterricht ohne konfessionelle Bindung. Ihr Lehrer war ein junger, eifriger Kerl, der das Leben in seiner Abstraktheit ernst nahm und seinen Schülern etwas wie Ethik ins Gewissen impfte. Unerträglich. Als Nihilistin hatte sie mir besser gefallen.

Der Engel war von den Schwestern um die Ecke gebracht worden und lag nun traurig und nackt am Rand. Der Mann war der einzige, der darüber ein paar Tränen vergoß. Die drei Frauen waren sich gegenseitig an die Kehle gegangen. Sie stritten sich um das Gewand des Engels. Eine hatte ihren Arm verloren und eine andere ihr strohiges Haar. Sie lagen ineinander verknäult auf einem Haufen und regten sich nicht mehr. Die Männerpuppe hüpfte zu dem traurigen Haufen, nahm die große Schwesternpuppe auf seine Arme und verschwand mit ihr, aus dem Scheinwerferlicht heraus, in der Dunkelheit. Das Stück war aus.

Das Publikum wurde unruhiger. Jedem war klar, um wen es da eigentlich gegangen war. Der Streit und der brüchige Frieden meiner Mutter mit ihren Schwestern waren ein offenes Geheimnis in der Familie. Und nun hatte Mora ihnen diesen Frieden genommen und ihn zu Staub gemacht. Erste Buhrufe hallten zaghaft durch den Raum. Unklar, ob sie Moras Werk oder den ruchlosen Schwestern galten. Meine Mutter saß starr und hielt den Kopf gesenkt. Sie tat mir leid. Auch wenn diese Feierlichkeit ein jährlicher Höhepunkt an Banalitäten war, freute sie sich auf ihre Rolle als Gastgeberin. Mein Vater saß ebenso starr, schaute jedoch zu mir rüber. Ich wurde kleiner unter seinem Blick und fühlte mich unbehaglich. Er wußte, daß ich es war, der Mora diese alte Geschichte erzählt hatte. Damit war auch ich untendurch. Konnte mir mit Mora ein neues Heim suchen. Vielleicht würden wir nicht enterbt werden, aber wir würden fliegen. Achtkantig. Mit einem Arschtritt aus dem Nest befördert.

Im Saal war ein wilde Diskussion ausgebrochen. Zwei Parteien hatten sich gebildet und redeten hitzig aufeinander ein. Vater und ich saßen in diesem tosenden Meer wie zwei schockgefrorene Möwen auf einer vollgekackten Klippe. Wir waren unfähig, die Schnäbel zu drehen oder gar die Flügel auszubreiten, um diesem Inferno davonzufliegen. Meine Patentante war schwankend und mit funkelnden Augen aufgestanden und zu meiner Mutter gewankt. Auch meine andere Tante hatte sich dort eingefunden. Ein heftiger Wortwechel kam aus ihrer Richtung. Eine schallende Ohrfeige, deren Ton sich konzentrisch im Saal ausbreitete, anschwoll, um schließlich mit lautem Klatschen den ganzen Raum auszufüllen, ließ alle schlagartig verstummen. Etwa achtzig Augenpaare sahen in Richtung der drei Hauptakteurinnen. „Ich denke, ihr geht jetzt besser“, sagte meine Mutter kühl und schaute ihre Schwestern an. Wortlos drehten diese sich um und verließen aufrechten Hauptes den Saal. Mit ihnen die Hälfte der Besucher. Eine kühle, fröstelnd machende Stille hatte sich im Saal ausgebreitet. Ein unheimlicher Nicht-Klang. Die Welt war öd und leer. Jeglichen Sinnes beraubt. In diese Stille schritt Mora mit einem schlurfenden Geräusch. Ging auf Mutter zu und stellte sich wortlos vor sie. Diese schaute sie überrascht an. Ich fürchtete um Moras Unversehrtheit. Nun passierte etwas, welches mich an der Schärfe meiner Augen zweifeln ließ. Meine Mutter breitete die Arme aus, Mora flog hinein, und es kam zu einer innigen Herzerei. Es wirkte wie abgespochen. Gab es etwas, wovon ich nichts wußte? Leo und Vater hatten sich dazugesellt. Vater drohte Mora lächelnd mit dem Zeigefinger. Leo stand daneben und bohrte in der Nase. Sie sahen zu mir rüber. Hatte Mora vielleicht erzählt, daß es meine Idee gewesen war, daß ich sie gezwungen hatte, daß Stück aufzuführen? Mir wurde etwas mulmig. Meine Mutter winkte mich zu sich. Unsicher einen Fuß vor den nächsten setzend, wie ein Mensch, der nach langer Krankheit erstmals das Bett verläßt, ging ich zu ihnen. Ich hatte ein eisiges: „Geh, verlasse diese Familie auf immer“, erwartet und war überrascht, als meine Mutter sagte: „Wie auch immer, Mora hat die Wahrheit aufgedeckt. Es kam alles wieder hoch. Wie schlecht sie sich damals benommen haben. Und wie rachsüchtig und gierig sie sind. Ich will mit meinen Schwestern nie wieder etwas zu tun haben. Was für gemeine Menschen. Wie gemein sie zu meiner Mutter waren. Ich wünsche ihnen, daß sie genauso qualvoll sterben. Huch", sie hielt sich die Hand vor den Mund und schaute uns an. „Das habe ich nicht so gemeint." Mora blinzelte mir schelmisch zu. Sie schien nicht überrascht oder enttäuscht. Dafür war sie zu fischblütig. Und was auch immer sie bezweckte, sie hatte es erreicht.

Die Feier ging anschließend in die nächste Runde. Mein Vater tanzte mit Mora und erlaubte ihr, drei Gläser Sekt zu trinken. Am Ende des Abends sprach sie ziemlich undeutlich. Ich tanzte ausgelassen mit einer entfernten Kusine, die mich ein paarmal anlachte, unterhielt mich betrunken mit Rudi über sein Idol Ted Herold und trank mit einer Freundin meiner Eltern Brüderschaft. Die Puppenspieler soffen die Studenten unter den Tisch, so daß der Wirt sich gezwungen sah, seine Sammlung der Party-Hits aufzulegen. Der Saal johlte lautstark mit zu den Hymnen der Slam Cats, tanzte verwegen zu den aufreizenden Rhythmen von Love Bone und preßte sich eng aneinander zu den Schmachtfetzen von Tiger Maudlin. Wer wem die alles entscheidende Ohrfeige verpaßt hatte, konnte nie vollständig aufgeklärt werden. Sie stellte jedoch einen absoluten Bruch in den familiären Beziehungen der drei Schwestern und ihrer jeweiligen Anhängerschaft dar. In der Folgezeit war der jährliche Hochzeitstag meiner Eltern der Hälfte seiner Gäste beraubt.

Kapitel 11

1

Hungerbühler! Wir gingen nun schon ins fünfte Jahr unserer Bekanntschaft. Wir waren mit ihm älter geworden. Er gehörte zu unserem Leben. Und wir waren sein Leben geworden. Zumindest Mora. Seine leidgepfüften Augen ruhten freudig auf ihr, wenn sie seine Praxis betrat, und blickten ihr traurig nach, wenn sie sie wieder verließ. Dazwischen zwitscherte er wie ein Vogel und lebte merklich auf.

Er hatte es immer wieder drauf, der Krankenkasse anschaulich darzustellen, daß er Moras Therapie auf keinen Fall abbrechen könne. Er stehe kurz vor dem Durchbruch. Wir hatten Hungerbühler sogar geholfen, seine Praxis zu renovieren. Die scheußlich violetten Polstermöbel in seinem Behandlungszimmer waren einem dezenten Korbmöbelarrangement gewichen. Die Polstermöbel standen nun in meinem Zimmer. Die Fotos hatten wir ihm ausreden können. Dafür hatte er für das Wartezimmer jede Menge tropischer Pflanzen besorgt, bis es dort aussah wie in einem Gewächshaus. Die Wärme, die diese Pflanzen zum Gedeihen benötigten, überstieg allerdings unser mitteleuropäisches Wärmebedürfnis. Spätestens nach fünf Minuten saß jeder Besucher im Hemd da. Hungerbühler, der sich gern über den Konventionen stehend wähnte, riet, aufgestachelt von Mora, den schwitzenden Patienten, ihre Wartezeit nackt zu verbringen und dabei zu meditieren. Um seinem Vorschlag Anschaulichkeit zu verleihen und um zu demonstrieren, wie spontan er sei, begann er sich zu entkleiden. Erst der Protest einer älteren Dame und das Einschreiten eines Herrn, er möge doch an die Kinder denken, beendeten die unangenehme Szene. In der Folgezeit kamen immer weniger Patienten zu ihm.

2

Im Laufe der Jahre tischte uns Hungerbühler die unmöglichsten Geschichten auf. Seine Lehr- und Wanderjahre waren geradezu legendär in der Kollegenschaft, wie er uns versicherte. Er verstand sich als eine Art Moses der Psychologie. Jemand, der das Meer teilte. Das Seelenmeer. Wo sie alle rumschwimmen, augenlos und unwissend. Ein verkannter Paracelsus, der von der Menschheit sträflich mißachtet wurde. Hatte Hungerbühler nicht die Indulgenztherapie entwickelt? Die Therapie des Verdrängens der psychischen Abweichung. Denn der psychische Defekt war nach Hungerbühler lediglich eine Form begrenzter Wahrnehmung, die ihre Ursache in einem Stau der Probleme hatte. Und jedes Problem war ein nur zu bestimmten Zeiten auftretendes Problem. Eine Auflösung konnte demnach nur erfolgen, wenn der Patient sich in die Situation, als sein Problem entstand, wieder hineinversetzte. Da das nicht so einfach möglich war, plädierte Hungerbühler für eine Auszeit, die man sich doch gönnen sollte. Früher oder später würde sich das Problemchen schon trollen. Das war einzig und allein Hungerbühlers Verdienst. Nur konnten die Patienten ihr Problem nicht einfach vergessen.
Gekommen war ihm diese wahnwitzige Erkenntnis während seiner Studienzeit, als er nachts betrunken, nach ausgiebiger Kneiperei, in den engen, verwinkelten Gassen des kleinen, verschlafenen Universitätsstädtchens entlangschlitterte. Der Mond stand günstig, schickte ein verschlafenes Strählchen in den umnebelten Geist und rief einen winzigen Funken hervor, der sich in Hungerbühler zu einer feucht-schimmernden Lache ausbreitete.

Unter seinen Kommilitonen galt der Hungerbühler als ein ganz Großer. Einer, der öfter mal freihielt und immer die schärfsten Sprüche parat hatte. Einer, der es schaffen würde. Unkonventionell und brillant. Ein Denker eben. Aber auch ein Lebemann. Das Universum hatte sich seiner angenommen und führte ihn auf helle Trassen, zu schauen das nackte Elend vor seinen Füßen. Dort, wo sein Platz einst sein würde. Bei den Kranken, die seiner bedurften. Er ließ uns nie im Unklaren, daß er im Grunde ein verkanntes Genie sei, dessen Zeit früher oder später, allen Widrigkeiten zum Trotz, anbrechen würde. Er war widerlich anmaßend. An der Universität nannten sie ihn den Professor, verriet er uns mit ruhiger Stimme, wobei er eine Sekunde stockte, als denke er nach. Die Anstandssekunde. Als falle es ihm gerade eben wieder ein. Etwas, das er schon längst vergessen hatte. Ein leichtes Lächeln umspielte seine Lippen. Ein anständiger Mensch, dieser Hungerbühler. Und so bescheiden. Er führte lange Dispute mit seinen Lehrern. Streitschriften gingen in der Universitätspresse hin und her. Ein Kreis von jungen, wissensdurstigen Studenten bildete sich um ihn. Sie hingen an seinen Lippen und lauschten andächtig seinen Wahrheiten. Und alles, alles hätte so bleiben können, wäre ihm nicht dieses Mißgeschick passiert. Er hatte gar nicht gewollt, aber man brauchte ihn doch. Die alte Frau, die zu ihm kam. Die verzweifelt war. Ihr Sohn Hansi sei dem Wahnsinn nahe. Nach dem Tod seiner Frau, ihrer Schwiegertochter, die sie im Vertrauen gesprochen nie gemocht habe, sei der Bub ganz schwermütig geworden. Nur der Alkohol gebe ihm noch Leben. Aber was sei das für ein Leben? Seine Arbeit als Busfahrer habe er bereits verloren, nachdem er drei verängstigte Rentner in Schlangenlinien durch den Ort gekurvt hatte. Höllen-Hansi nenne man den Jungen hinter vorgehaltener Hand. Sie brauche seine Hilfe. In den Mittsiebzigern galten Alkoholismus und der Verlust einer geliebten Person noch nicht als Krankheit. Für solch eine Seelenpflege kam keine Krankenkasse auf. Und eine richtige Therapie könne sie nicht bezahlen. In ihrer Not wende sie sich an den Doktor

Hungerbühler. Sein Ruf eile ihm ja voraus. Hungerbühlers Wunderwissen und seine herausragende Stellung an der Universität hatten sich in der Kleinstadt schnell herumgesprochen. Weitergetragen von seinen Zechkumpanen, war der Mythos Hungerbühler entstanden. Und dieser, die Tatsache verschweigend, daß er ja in Wahrheit noch ein Student war, gelobte großmütig, den armen Leuten zu helfen. Er könne nichts versprechen. Aber er werde sein Bestes tun. Sie solle aufhören zu weinen. Sein Teppich sei ja bereits eine einzige Pfütze. Ein Handschlag besiegelte den unheimlichen Handel. Und nachdem auf seinem Konto die geforderte Summe eingegangen war, lud Hungerbühler Hansi zur ersten Diagnose. Kein Problem. Und so kümmerte sich Hungerbühler in den nächsten zwei Wochen um Hansi. Er empfing ihn in seiner Wohnung, ging mit ihm spazieren und in die Kneipe. Hansi wurde immer zutraulicher. Er weinte sich bei seinem neuen Arztfreund den ganzen Kummer von der gebeutelten Seele. Hungerbühler hörte zu, hielt lange Monologe über Abwehr, Verdrängung, Identifizierung und über etwas, von dem der Hansi dank Hungerbühlers fortgeschrittenen Trunkenheitsgrads nur „Ödepuskomplax" verstand und sich wunderte. Eine Zeitlang schien es, als sei der Patient auf dem Wege der Genesung. Doch wie es so ist mit den Todgeweihten: vor ihrem Ende strahlen sie noch einmal hell. Das Leben, in seiner dumpfen Bewußtheit, voller Angst, zum Nichts zu werden, sich selbst ad absurdum zu führen, sprüht und prunkt, pulsiert kraftvoll und gurgelnd unter der Haut. Dem Tode zum Hohn. Sieh her, mich hast du nicht geschafft. Ich bin stärker als du, sprichts und legt sich zum Sterben nieder. Doch vorerst blühte Hansi in alter Pracht. Die beiden Männer machten Pläne, wollten zusammen verreisen, einem Partnerschaftsclub beitreten und „jede Menge Frauen aufreißen". Hansi wurde sogar bei seinem alten

Arbeitgeber vorstellig. Man habe Verständnis, schließlich sei man auch nur Mensch. Der Tod der Frau. Traurig sei das. Jeder verdiene doch eine zweite Chance. Das Busfahren könne er vergessen, aber vielleicht in der Werkstatt. Da sei schon was zu machen. Und er sei ja auch vor seinem – er möge die Ehrlichkeit verzeihen – Verrücktwerden ein passabler Kerl gewesen. Immer zuverlässig. Ganz famos. Und, unter alten Kollegen könne man ja offen sein, es gäbe da so einige, deren Alkoholfahne einer Horde Tippelbrüder zur Ehre gereichen würde. Also, Kopf hoch, das werde schon wieder. Freudestrahlend kam der Hansi heim, aß abends noch sein Lieblingsgericht, Linsen mit Speck, weswegen die Mutter noch den Metzger hatte rausklingeln müssen. Mit großem Appetit verschlang er sein Essen. „Seine Henkersmahlzeit", flocht Hungerbühler atemlos ein.

Anschließend ging er in die Garage. Hinter dem Haus die kleine Abfahrt runter. Dort stand seine zweite Liebe. Er hatte es nicht über sich gebracht, den Wagen zu verkaufen. Manchmal am Abend setzte er sich rein, drehte am Lenkrad, fummelte an den Knöpfen herum und rauchte dabei eine Zigarette. An jenem Abend fuhr Hansi los. Die Mutter schreckte vom Fernseher hoch, als der Wagen mit aufheulendem Motor den kleinen Berg nahm und mit quietschenden Reifen auf die Straße fuhr. Sie rief sofort Hungerbühler an. Er beruhigte die verängstigte Frau. Der Hansi werde bald wiederkommen. Es habe ihm halt mal in den Fingern gejuckt. Sie ließ sich beruhigen. Der Herr Doktor wisse schon Bescheid. Als um Mitternacht die Polizei an ihrer Tür klingelte, Hansis Tod zu melden, bekam sie einen Schwächeanfall. Tonlos sackte sie in die Arme des Polizeiobermeisters. „Wie ein Sack Kartoffeln ist sie mir in die Arme gefallen", sollte er noch Jahre später seiner Frau erzählen.

Hansis Wagen hatte sich mit überhöhter Geschwindigkeit um einen Baum gewickelt. Seine entstellte Leiche konnte nur mit Trennschneidern aus dem Wrack befreit werden. Es wurde nie geklärt, ob der Hansi mit voller Absicht, oder ob es vielleicht ein Unfall…? Es gab keine Bremsspuren. Er hatte doch keinen Grund gehabt. Es ging aufwärts. Hungerbühler, in Angst, die trauernde Mutter könnte seine Rolle in diesem Drama publik machen, stand ihr in jenen schweren Tagen hilfreich zur Seite. Dankbar nahm sie seinen stützenden Arm. Bald jedoch drangen Zweifel an Hungerbühlers Fähigkeiten und die Möglichkeit eines Versagens durch den schwarzen Trauerflor, der sich über ihre Seele gelegt hatte. Die Beerdigung verlief ohne nennenswerte Zwischenfälle, und noch beim Leichenschmaus, kurz nach dem Kaffee, verabschiedete sich Hungerbühler, den Blick der Alten vermeidend, mit Tränen in den Augen und gelobte bald vorbeizuschauen. Wochenlang wartete die alte Frau auf ein Zeichen von ihm. Hungerbühler stürzte sich indessen voller Eifer in seine Bücher, um den Fehler zu finden. Wenn er abends ermattet auf seinem Bett lag, an die rissige Decke starrte, konnte es passieren, daß ihn das Telefon aus seinen trüben Gedanken riß. Er nahm nie ab. Wußte er doch ohnehin, wer es war. Die Hinterbliebene, recht findig, rief im Sekretariat der Universität an und verlangte einen Doktor Hungerbühler zu sprechen. Nein, einen Doktor Hungerbühler habe man nicht. Nur einen Studenten gleichen Namens. Hungerbühler wurde vor den Dekan zitiert. Auf dem Flur traf er die Mutter, die ihn anklagend anblickte. Er senkte den Blick und setzte sich zwei Bänke weiter. In dem langen, leeren Flur trafen ihre Seufzer und ihr verhaltenes Wimmern auf seine Ohren. Er verschloß sie. Beim Dekan mußte er ohnmächtig und zähneknirschend die Wahrheit bekennen. Sicher, er sei ja nur Student. Aber er wisse mehr als so mancher Lehrer an diesem Institut. Der Dekan nickte wissend. Die

Mutter schaute mit staunenden Augen auf die beiden gelehrten Männer. Nachdem sie ihre Version der Geschichte geschildert hatte, durfte sie gehen. Hungerbühler bekam eine Rüge. Einem solch glänzendem Studenten dürfe man nicht die Karriere verbauen. Er werde nochmal wichtige Impulse für die Wissenschaft liefern.

Also wurde vertuscht und verschwiegen. Die Mutter, mit einer kleinen Abfindung versehen, wurde zu Stillschweigen verpflichtet, während Hungerbühler ans Herz gelegt wurde, Alleingänge dieser Art in Zukunft besser zu unterlassen. Eine gute Regelung für alle Beteiligten. Trotz alledem war diese Geschichte ein Stolperstein in seiner Karriere. „Und nur deswegen, weil dieser Idiot die Kontrolle über das Auto verloren hat. Der hat meine Zukunft mit an den Baum gesetzt. Ich bin bei den Kollegen untendurch. Und warum? Weil ich so gut bin und weil ich revolutionäre Ideen habe. Irgend so ein Arschloch hat die alte Geschichte ausgegraben. Seitdem schneiden mich alle und legen mir Steine in den Weg."

Hungerbühler zeigte uns ein gemeinsames Bild. Aufgenommen von der Patientenmutter anläßlich einer kleinen Familienfeier. Den Gästen wurde Hungerbühler als ein Bekannter von Hansi vorgestellt. Was ihm das Fest vergällte. Aber es durfte doch niemand wissen, daß der Hansi einen Klapsdoktor brauchte. Auf dem Foto standen beide Arm in Arm und schauten ernst und feierlich in die Kamera. Die geblümten Hemden und orangefarbenen Schlaghosen leuchteten in den schwachen Farben der alten Fotografien. Im Hintergrund, vor der verblichenen Tapete mit den psychedelischen Mustern, sah man einen frettchenähnlichen, alterslosen Mann mit zurückgekämmten Haaren und verschwommen Gesichtszügen. Er hob sein Glas und lächelte verschmitzt. „Wer ist das denn", fragte Mora. „Zeig mal her." Hungerbühler nahm ihr das Foto aus der Hand. „An den kann ich mich gar nicht erinnern." „Vielleicht ist das der Tod", sagte Mora. „Ach quatsch", meinte Hungerbühler und schaute sie unsicher an. „Ich glaube, das ist der Onkel." „Zeig mal", ich nahm Hungerbühler das Foto ab. „Wieso hebt der sein Glas? Und wieso guckt Hansi so komisch? Ich meine, du guckst auch ernst. Aber bei Hansi ist das eine ganz bestimmte Ernsthaftigkeit. Wie jemand, der alles hinter sich hat." Hungerbühler nahm mir das Foto wieder ab. „Wie? Jemand, der alles hinter sich hat? Der Hansi hatte Pläne. Der wollte gerade wieder loslegen, als ihm der Tod dazwischenfunkte. Das ist irgendein Verwandter. Der Tod. Son Quatsch. Ihr spinnt doch." Hungerbühler schnaubte verächtlich. „Aber wenn Hansi nun geahnt hat, daß er stirbt", Mora nahm ihm das Bild aus der Hand. Sie blinzelte mir zu. „Ich finde, daß er irgendwie glücklich aussieht." „Gib mir mal das Foto, Mora", sagte ich. „Guckt euch diesen Kerl doch mal genau an. Die Gesichtszüge sind kaum zu erkennen. Wie jemand, der was zu verbergen hat. Und er scheint gar keine Augen zu haben. Der sieht unheimlich aus. Die Tapete hinter ihm ist dagegen wieder ganz deutlich zu erkennen. Das ist doch komisch." Hungerbühler riß mir das Foto weg. „Ihr könnt einem vielleicht einen Schrecken einjagen", er lachte entspannt auf. „Das ist der Nachbar. Jetzt fällts mir wieder ein. Das war so ein komischer Kerl. Ich glaube, der war schwachsinnig. Zu lange in der Sonne gewesen. Der war in der Fremdenlegion. Der Tod, haha. Was für eine Idee?!"

Kapitel 12

1

Mora war mittlerweile zwölf und stand auf der Schwelle zur Pubertät. Und wie sie da stand. Verheißungsvoll und verlockend. Ihre frühere Häßlichkeit hatte sie wie eine alte Haut abgelegt, um darunter einen hübschen Schmetterling zum Vorschein zu bringen. Eine perfekte Verwandlung. Ihre weiblichen Reize ließen sich bislang nur erahnen, aber die Anzeichen waren nicht zu übersehen. Ihr Mund war zu einem vollen, saftigen Blütenkelch aufgegangen. Sie war in den letzten Monaten enorm in die Höhe geschossen und hatte dadurch alle Proportionen an die richtigen Stellen versetzt. Ihr Haar war glänzend und voll wie aus einem Friseurkatalog, und sie trug es üppig und offen. Einen kleinen Busen, der stetig wucherte, mußte sie bereits in einen BH bannen. Sie wirkte lieblich und nett. Äußerlich zumindest. Selbst die Augenklappe konnte diese Harmonisierung nicht mindern. Sie sah dadurch interessant aus. Lediglich die trübe, milchige Farbe ihres Auges hatte sie nicht ablegen können.

Hungerbühler waren ihre neugewonnen Reize nicht entgangen, und er sparte nicht mit Komplimenten. Mora entwickelte sich rapide, nicht nur äußerlich. Sie war schon immer frühreif und altklug gewesen. Doch jetzt bekamen ihre Sätze Gewicht. Sie wogen schwer. Man konnte sich völlig ernsthaft mit ihr unterhalten. Und sie hatte bemerkenswerte Interessen für ihr Alter. Sie las die Bibel, Bücher über mittelalterliche Mystiker, Biographien bizarrer Persönlichkeiten und antike Philosophie. Damit konnte sie mich stundenlang unterhalten. Epicur war ihr besonders ans Herz gewachsen. Vor allem die Idee von der Unerschütterlichkeit der Seele hatte sie beeindruckt. Sie las nicht wissenschaftlich oder gewissenhaft. Sie las einfach nur und merkte sich eine Menge. Und sie gab nicht an mit ihrem Wissen.

Ich las damals überhaupt nicht gern. Außerdem hatte ich gar keine Zeit zum Lesen. Ich hatte genug damit zu tun, mich um Mora zu kümmern. Da konnte ich keine Ablenkung vertragen.

Manchesmal jedoch, wenn sie ein besonders schönes Zitat gesagt hatte, hallte dieses in mir nach. Besonders wenn es dunkel und geheimnisvoll klang. Etwas wie: „Der Mensch vergeht im Augenblick der Leidenschaft. Kein Gott ist nahe, ihn zu stoppen."

Dann stand es an meiner Ohrmuschel brav in Reih und Glied und wartete darauf, von mir behandelt zu werden. Ich konnte mir jeweils nur einen Satz vornehmen. Hatte ich ihn in den Verästelungen meines Gehirns eingeordnet, machte ich mich daran, ihn genauer zu betrachten. Ging um ihn herum, bestieg ihn, um ihn von oben betrachten zu können, legte mich unter seine mattglänzende, verschmierte Unterseite, klopfte das Material ab, rieb mich an ihm, liebkoste ihn, um ihn anschließend mit den Fäusten zu bearbeiten. Meistens ließ er sich weder durch Schmeicheleien noch durch Drohungen dazu bewegen, mir sein Geheimnis zu offenbaren. Also nahm ich den Satz auseinander. Ich sägte, hämmerte, flexte, bohrte kleine Löcher hinein und polkte die Späne aus den Zwischenräumen. Ich schob die Wörter hin und her, setzte sie falsch zusammen. Manchmal gelang es mir, ihnen ihr Geheimnis zu entlocken. Voller Stolz ging ich dann zu Mora, um ihr mein Ergebnis mitzuteilen. Doch sie hatte es meist schon vergessen und sah mich nur ratlos an.

2

Moras neugewonnene Attraktivität war außer Hungerbühler auch den Jungen ihrer Schule nicht entgangen. Sie bekam jetzt hin und wieder Einladungen zu Parties. Zaghaft zwar, denn den meisten war sie zu selbstbewußt, jedoch zeigte man Interesse an ihr. Sie ging nie auf Parties. Und mit Jungs treffen wollte sie sich nicht. „Die sind uninteressant", sagte sie zu mir, wenn einer ihrer Verehrer angerufen hatte. Es war nicht das gezierte Verhalten vieler junger Menschen und auch mancher Erwachsener, die, sich bei einem heimlichen Wunsche ertappt fühlend, jegliches Streben in diese Richtung empört von sich weisen. Sie meinte es ernst. Nach wie vor kamen die meisten Leute mit ihrer Art nicht klar. Sie war ihnen zu ernst und zu rätselhaft. Mora stimmte nicht mit dem Bild überein, das man sich allgemein von einem jungen Menschen machte, der sich seinen Platz im Leben zu erkämpfen hatte. Manche dachten, es sei Arroganz. Andere hielten sie für phantasielos. Dabei war sie nicht so. Sie nahm eben nur die Alltäglichkeiten des Lebens nicht wahr wie wir anderen. Völlig frei von Ehrgeiz, von Zukunftsängsten, hatte sie es nicht nötig zu taktieren, zu schmeicheln. Sie brauchte sich nicht zu verstellen. Sie bekam auch so, was sie wollte.

Doch niemand erkannte, wie sie wirklich war, außer mir. Ich ließ sie gewähren. Wenn ich sie zurechtwies, wurde sie wild. Geradezu beängstigend. In der Schule ließen die Lehrer sie weitgehend in Ruhe. Man wußte, daß sie in Behandlung war, und das hatte wohl seine Ordnung. Sie fiel ja auch nicht weiter auf, wenn man sie nicht triezte. Ihre Leistungen waren zufriedenstellend, und mehr verlangte man nicht. Mit einem Lehrer allerdings brach Mora einen regelrechten Krieg vom Zaun. Es war ihr Sportlehrer. Er hielt sie für überspannt, und sein erzieherisches Ideal beschränkte sich darauf, „ihr mal richtig in den Arsch zu treten". Bei jeder Gelegenheit lasse er sie schwierige Übungen vormachen, bei denen sie versage, erzählte sie mir aufgebracht. Ich weiß nicht, was sie anstellte, um ihn so zu verägern. Sie hatte ohne Zweifel ihre Mittel. Aber vielleicht war er einfach nur ein Arschloch. Das war jedoch kein Grund, sie fertigzumachen. Ihre Note stand denkbar schlecht. Mit einer Sechs im Zeugnis wäre sie sitzengeblieben.

Sie steuerte darauf zu wie die Titanic auf ihren Eisberg. Mora bat mich nicht um Hilfe, doch selbst sie brauchte ab und zu einen Verbündeten. Und schließlich hatte ich ihrer Mutter ein Versprechen gegeben. Ich dachte, es könne nicht schaden, wenn ich mich mal mit diesem Lehrer unterhielte. Auch wenn ich Schwierigkeiten jeder Art hasse.

Es war ein schöner Tag. Die Luft war klar, und der Himmel begann sein Blau aufzukochen. Herr Gleser hatte Pausenaufsicht, als ich auf dem Schulhof aufkreuzte. Er schnauzte gerade ein paar Halbwüchsige an, die über den Schulhof tobten. „Herr Gleser?" fragte ich, an ihn herantretend. Er drehte sich abrupt zu mir um und musterte mich. „Ja", bellte er. „Ich bin Moras Onkel." Er nahm mich schärfer unter die Lupe, wie mir schien. „Sie wissen, daß ihre Versetzung an der Sportnote scheitern könnte. Ich möchte Sie doch bitten..." „Mich bitten", schrie er. „Ich bitte Sie um etwas. Nehmen Sie dieses kleine Miststück von der Schule, und zwar schnell. Dieses intrigante Luder. Sie spielt die halbe Schülerschaft gegeneinander aus. Sie glauben gar nicht, was sich bei mir angestaut hat. Mora macht mir nichts vor. Die ist eiskalt. Die würde über Leichen gehen, wenn sie dadurch einen Vorteil hätte." Angelockt durch sein Geschrei, hatte sich eine Traube von Schülern um uns gebildet. Oh Gott, war das peinlich. Ich sah mich unsicher um. Ich stotterte. Er fing wieder an loszugeifern. „Fragen Sie doch mal, ob jemand mit Mora gute Erfahrungen gemacht hat. Sie werden kaum einen finden. Das ist keine normale Schülerin. Die gehört hier nicht her." Jetzt beugte er sich ganz nah zu mir herunter und flüsterte: „Wenn Sie Mora nicht von sich aus von der Schule nehmen, werde ich dafür sorgen. Und das wird eine Menge Dreck aufwirbeln." Der Kerl mußte verrückt sein. Mora war schwierig. Aber das ging zu weit. Mir wurde ganz warm. Sein Gesicht verschwamm vor meinen Augen. Blutige Bilder stürzten auf mich ein. Ich wurde ohnmächtig. Es war dunkel, es regnete, ein eisiger Wind pfiff, und etwas unaussprechlich Bösartiges bewegte sich in der Dunkelheit.

Im Krankenzimmer der Schule kam ich wieder zu mir. Auf einer Pritsche. Vor mir saß Gleser und schaute mich freundlich an. Ich richtete mich unsicher auf, schwang die Beine herum und stellte meine Füße auf die Erde. „Hören Sie," sagte er freundlich, „es tut mir leid. Ich bin manchmal zu impulsiv. Gehen Sie nach Hause, denken Sie über alles nach und rufen Sie mich in ein paar Tagen an. Dann werden wir uns in Ruhe unterhalten." Er drückte mir die Hand und half mir auf die Beine. Als ich das Gebäude verließ, war der Himmel bewölkt, und die Luft roch nach Regen.

Mora war außer sich vor Wut, als ich ihr erzählte, was passiert war. So wütend hatte ich sie noch nie gesehen. Sie trat gegen Möbel und verfluchte Gleser fürchterlich. Wäre er in diesem Moment in ihrer Nähe gewesen, ich hätte um sein Leben gefürchtet. So jäh wie das Gewitter über sie hereinbrach, so schnell strahlte sie wieder. Kein Grund zur Aufregung. Sie hätte die Sache bereits vergessen. Ich solle mir keine Sorgen machen. Sie würde das schon regeln. Sie würde im Sport eben besser mitmachen. Ich war beruhigt.

Und wirklich. Sie kam ein paar Tage später nach Hause und erzählte mir lachend, daß sie eine drei bei einer Turnübung bekommen hätte. Eines sei jedoch merkwürdig. Sie wollte anfangs nicht mit der Sprache rausrücken. Nach dem Duschen sei ihr BH verschwunden gewesen. Sie wüßte genau, wo sie ihn hingelegt hätte. Und als sie wiederkam, hätte er nicht mehr dort gelegen. „Das waren bestimmt deine Mitschüler. Die wollten dich ein bißchen hochnehmen", versuchte ich sie zu beruhigen.

„Aber außer mir war niemand mehr in der Umkleidekabine", sagte sie. Ich dachte nicht weiter darüber nach. Wahrscheinlich verlegen Tausende von Mädchen in aller Welt täglich ihren BH, dachte ich und vergaß die Geschichte bald. Eine Woche später bekam ich einen Anruf von der Polizei. Man bat mich ins Krankenhaus. Mora sei etwas passiert. Ich fuhr sofort los.

Als die dicke Glastür vor mir aufging, kam Mora mir schon entgegengesprungen und warf sich in meine Arme. Hinter ihr ging eine Polizistin, die mir zunickte.

„Was ist denn passiert", fragte ich unsicher. Abgesehen von dem hysterischen Geschluchze schien Mora in Ordnung zu sein.

„Ihre Nichte ist vergewaltigt worden." Mehr erfuhr ich vorerst nicht. Das traf mich mit der Wucht eines Busses, den ich mit ausgestreckten Armen aufzuhalten versuchte. „Das kann doch nicht wahr sein", schluckte ich. „Wie und wer und warum. Ich meine, sie ist doch..." Ich konnte nicht weitersprechen. Ein Kloß versperrte meine Atemwege, und dicke Tränen, die mir über die Wangen kullerten, nahmen mir jegliche Sicht auf die Dinge. Ich schaute Mora an. Das schien zur Tradition in unserer Familie zu werden. Sie klammerte sich an mich, als ob sie in mich hineinkriechen wolle. „Wir reden die Tage darüber. Sie bringen Mora am besten nach Hause. Sie braucht jetzt viel Liebe und Verständnis", sagte die Polizistin in meine Verwirrtheit hinein. Wenn es Mora besser ginge, sie den ersten Schock verdaut hätte und sich stark genug fühle, sollten wir zu ihr auf das Revier kommen. Wir würden dann alles weitere besprechen. Als wir engumschlungen zum Parkplatz gingen, stellte ich Mora keine Fragen. Ich war froh, daß sie noch da war. Die nächsten Tage waren hart. Mora saß den ganzen Tag in eine Decke gehüllt auf ihrem Bett und aß ohne Widerspruch, was ich ihr vorsetzte. Sie schien eher über die Lösung eines Problemes nachzugrübeln, denn über die an ihr begangene Gewalttat. Sprach ich sie an, reagierte sie erst nicht, um dann, wie aus einem Traum erwachend, ein Wort, das sie mit herübergerettet hatte, zu murmeln. Es klang wie „Schuld“ oder auch „Bann“. Angeblich wußte sie nicht, was es bedeutete. „Ich kann dir gar nicht sagen, wo meine Gedanken gerade waren“, sagte sie. Ihr Blick war so verwirrt und hilflos, daß ich ihr einfach glauben mußte. Schmerzen schien sie nicht zu haben, und so ließ ich sie weitgehend in Ruhe. Ich stellte mir immer vor, daß Mora einem unsichtbaren Lichtstrahl folgte, den wir anderen mit unseren Augen nicht wahrnehmen konnten, ein Lichtstrahl, der hart und gleißend ihren Weg beleuchtete. Mora ging ihren Weg, ohne das Tempo zu verändern. Sie ging geschmeidig und mit festem Tritt. Selten mußte sie eine Anhöhe bewältigen, die sie zum Schwitzen brachte. Es gab schwache Momente, wie bei jedem anderen Menschen auch, und in solchen Stunden sorgte ich mich um sie. Fragte mich, ob sie vielleicht in dieses Licht laufen und darin verbrennen würde. Allerdings würde sie sich niemals in dieses Licht stoßen lassen. Und so machte ich mir nicht allzuviele Sorgen wegen dieser Sache. Die hatte nichts mit Mora zu tun.

Meine Eltern hielten sich aus allem heraus. Meine Mutter umschiffte das Thema resolut, während mein Vater sich darauf beschränkte, Mora mitleidig anzuschauen. Sie gehörten einer anderen Generation an. Zu ihrer Zeit „gab es keine Vergewaltigung“.

Ihre eigene, von der ich offiziell nichts wußte, war während des Krieges geschehen. Und da ticken die Menschen eben anders. Vergewaltigungen gab es nur unter Asozialen. Und zu einer Vergewaltigung gehörten immer zwei. Dann war das Mädchen eben leichtfertig gewesen. Schluß! Aus! Zudem verursachte meiner Mutter jegliches Gespräch über Sexualität unsägliche Pein. „Pfui", pflegte sie zu sagen, wenn sie ein Wort wie „Scham" oder „Brust" aufgeschnappt hatte. Als einmal das Wort „Orgasmus" in unserer Familie fiel, stand sie auf und verließ den Raum. Nur mit vereinten Überredungskünsten konnten wir sie dazu bewegen, die Schlafzimmertür aufzuschließen. Verschüchtert und mit hochrotem Kopf saß sie anschließend am Tisch, um uns den Rest des Abends mit Nichtachtung zu strafen. Mein Vater versuchte wenigstens noch, die Dinge anatomisch zu sehen. Leo kümmerte sich dafür rührend um Mora. Er brachte ihr Schokolade und Bücher und setzte sich oft zu ihr, um mit ihr zu schweigen. Eines Morgens, ich brühte gerade Kaffee auf, kam Mora mit dem Schatten eines Lächelns in die Küche. „Wir können heute zur Polizei gehen, ich bin soweit", verkündete sie. Auf dem Revier erfuhr ich, daß Gleser Mora vergewaltigt haben sollte. In der Umkleidekabine nach dem Duschen. Die anderen Kinder waren schon weg gewesen. Man hatte eindeutige Verletzungen bei Mora festgestellt, und zudem wurde ihr BH in seinem Fach gefunden. Es sprach alles gegen ihn.

In der Gerichtsversammlung sagte Mora gegen Gleser aus. Er war nicht zu halten, als er sie sah. Er tobte, schnaubte und brüllte wie ein Tier im Käfig. Er flehte Mora an, die Wahrheit zu sagen. Ihn nicht zu zerstören. Er habe doch Frau und Kinder. Als das nichts nützte, fing er wieder an zu toben. Er drohte und spuckte sogar in ihre Richtung. Er war sehr temperamentvoll. Sie sah ihm kalt und ohne Scham in die Augen, während sie die Einzelheiten beschrieb. Neun Jahre ohne Bewährung waren das Ergebnis. Mora lud mich nach der Urteilsverkündung von ihrem Taschengeld zum Eis ein. Schweigend löffelten wir unsere Becher. „Sag mal Mora, tut er dir eigentlich irgendwie leid?“ Sie zuckte nur mit den Schultern und biß krachend in eine Waffel. Ich sprach sie nie wieder darauf an. „Wer nicht achtsam ist, der wird vom Schwert gefressen“, sagte Mora einmal zu mir. Der Prophet Jesaja hatte gewußt, wovon er sprach. Also war ich auf der Hut.

Kapitel 13

1

Draußen lärmte eine Kinderschar vorbei, während die Fliegen träge gegen das Fenster summten. Es war ein richtiger Altweibersommer, mit warmen, feuchten Abenden und klebenden Kleidern. Mora und ich hatten uns in Schale geworfen und legten gerade letzte Hand an unsere Garderobe. Ich trug eine saubere Hose und ein frisch gebügeltes Hemd. Zum ersten Mal wurde mir bewußt, daß Mora ein junges, anziehendes Mädchen war. Ich sah sie reifen, sah, wie sie langsam in die Pubertät kam, wie ihr Geschlecht erblühte. Ihr war das gar nicht so bewußt. Als sie ihre erste Regel bekam, war ich aufgeregter als sie selbst. Trotzdem war sie für mich eher ein Kind als eine Frau.

An diesem Abend jedoch wirkte sie sehr verführerisch in ihrem kurzen Rock und ihrer enganliegenden Bluse, und ich ahnte, welche Anziehungskraft die spätere Mora auf Männer haben würde. Ihre Haarpracht hatte sie in zwei dicke, pralle Zöpfe geflochten. Hungerbühler hatte uns zu seinem Geburtstag eingeladen. „Vierzig ist eine runde Sache. Das werden wir gebührend würdigen. Ich hab einen Tisch bestellt. Wir werden so richtig die Sau rauslassen“, schwärmte er schon Wochen vorher. Wenn ich nur eine leise Ahnung davon gehabt hätte, wie dieser Abend enden würde, hätte ich die „Sau“ vorher geschlachtet.

Ich hatte für Hungerbühler einen Aschenbecher. Zwar rauchte er nicht, aber was sollte ich ihm schon schenken? Mora machte ein großes Geheimnis aus ihrem Geschenk. Ich konnte nichts aus ihr herausbringen. Hungerbühler hatte uns für den frühen Abend bestellt. Ich ging allein. Sie müsse noch das Geschenk besorgen.

Ich nahm die Abkürzung durch den Park, bemerkte

einen leichten Druck auf meiner Blase und tat ein paar Schritte in das Unterholz hinein. Auf dem Rückweg bemerkte ich einen Ameisenhaufen. Ein Gekrabbel herrschte dort, daß mir ganz schwindelig wurde. Trotzdem. Ich konnte mich kaum lösen von dem wirren Gewimmel.

Hastig liefen die Ameisen hin und her, ohne erkennbaren Sinn, ohne Verstand. Immer in Bewegung. Einige trugen kleine Stöckchen oder Erdklumpen von hierhin nach dorthin, andere wiederum nahmen sich gegenseitig Huckepack oder liefen rückwärts. Manche flitzten den Hügel rauf und runter und rauf und runter. Es erinnerte in seinen besten Momenten an ein absurdes Drama. Ich versuchte, mich auf eine Ameise zu konzentrieren. Ich suchte mir eine aus, die ein Hölzchen schleppte, das dreimal so groß war wie sie selbst. Warum bürdeten sich diese Wesen so viel auf?

Sie schleppte, verlor es, schleppte wieder, machte Pause, wich entgegenkommenden Artgenossen aus und folgte scheinbar unbeirrt einer vorgegebenen Spur. Jetzt kamen andere, schienen ihr helfen zu wollen. Ich hatte den Eindruck, als ob meine Ameise das Hölzchen einer anderen übergeben hätte. Wie ein Staffellauf. Es war einfacher, sich auf das Hölzchen zu konzentrieren. Unentwegt flitzte es auf dem Rücken einer Ameise liegend über den Waldboden. Irgendwann verschwand es in dem Haufen. Das machte mich wütend, und so zertrat ich ihren Bau.

2

Hungerbühler war bereits da und wartete. Als er mich sah, stand er auf und straffte sich. Nachdem er jedoch sah, daß ich allein gekommen war, setzte er sich wieder und schaute mich fragend an. Wo denn Mora sei? Er machte keinen Hehl aus seiner Fixiertheit auf sie. Dafür war er viel zu abgebrüht. Als ich ihm sagte, daß sie noch sein

Geschenk abhole, wurde er etwas zugänglicher. Ich gratulierte ihm und übergab mein Geschenk. Er machte sich nicht die Mühe, es auszupacken.

Wir hatten uns nicht allzuviel zu erzählen. So saßen wir schweigend da und starrten an die Decke. Mora ließ damenhaft auf sich warten. Zwei Stunden später kam sie mit großem Hallo hereingerauscht, küßte Hungerbühler auf die Wangen und setzte sich atemlos an den Tisch. „Puh", stöhnte sie, „gerade noch geschafft. Fast hätte es mit deinem Geschenk nicht geklappt." „Was ist es denn?" fragte Hungerbühler neugierig.

Mora überreichte ihm wortlos ein kleines Päckchen, das in Goldpapier eingeschlagen war. Hungerbühler strahlte wie ein Säugling, der zum erstenmal die Brust bekommt. Bevor er auspackte, bestellte er drei Gläser Champagner. Der Champagner war mit einem Schuß Aprikosenlikör versehen und schmeckte fruchtig und exotisch. Hungerbühler und ich vermieden es, einander in die Augen zu sehen, während wir anstießen. Hastig stürzte er sein Glas herunter. Er warf Mora einen schmachtenden Blick zu und riß das Päckchen grob auf. „Oha, wofür ist denn dieses?" Er hielt ein kleines, braunes Fläschchen hoch und drehte es unentwegt hin und her. Die Kappe war durchsichtig und hatte eine kleine Öffnung in ihrer Spitze. An der Seite befand sich eine Art Schraube. Es ähnelte einem Nasenspay. Und etwas Ähnliches war es auch. Hungerbühler schüttelte das Fläschchen, und in dessen Innerem raschelte eine pulverige Substanz. „Gib mal her", sagte Mora und nahm ihm das Ding aus der Hand. Er himmelte sie idiotisch lächelnd an. Mora drehte an der Schraube und gab Hungerbühler das Fläschchen mit Hinweis, sich die Spitze in die Nase zu stecken und kräftig einzuatmen. Hätte Mora gesagt, er solle sich einen brennenden Knaller in die Nase stecken, hätte er glückselig grinsend auch das getan. Wie ein Depp steckte er sich das

Fläschchen in die Nase und atmete geräuschvoll ein. Die Leute am Nachbartisch sahen zu uns rüber. „Er ist erkältet", sagte ich zu der Frau. „Ach, das ist die Sommergrippe. Heißes Zwiebelwasser mit Honig wirkt da Wunder", schlug sie vor. Ich bedankte mich artig und wandte mich wieder meinen Tischgenossen zu. Hungerbühler hatte sich schlagartig verändert. Er war aschgrau geworden und drohte jeden Moment wie ein torpediertes Schiff zur Seite zu kippen. Mora war aufgestanden und tätschelte ihm die Hand. Er schien es gar nicht zu bemerken. Besorgt schaute ich ihn an. Er saß da wie versteinert. Ein Speichelfaden hing von seiner Unterlippe. Der Nachbartisch warf besorgte Blicke zu uns rüber. Ich sah zu Mora. Sie formte ein Wort mit den Lippen. „Was?" fragte ich leicht panisch. Was hatte sie ihm gegeben? Gift? Sie formte erneut ein Wort. „Kokain", entfuhr es mir lauter als gewollt. Das konnte nicht wahr sein. Mora hatte Hungerbühler ein Fläschchen Koks zum Geburtstag geschenkt.

„Gott wo bist du, ich bins, Hungerbühler", brüllte er unvermittelt los. „Huuhuuuuhhu", jaulte er. Er hatte sich erhoben und bestieg nun seinen Stuhl. „So gut hab ich mich noch nie gefühlt. Das Paradies ist herabgestiegen, um mich als Ehrenmitglied aufzunehmen", verkündete er lauthals. Der Nachbartisch war eiligst aufgestanden und brachte sich in Sicherheit. Hungerbühler stand breitbeinig auf dem Tisch und warf Geldscheine in die Menge, wobei er sich fahrig die Nase rieb. „Meine Damen und Herren. Sie sehen hier einen glücklichen Menschen. Haben Sie schon einmal einen glücklichen Menschen gesehen?" Er zeigte auf eine ältere Dame wie ein Lehrer auf einen Schüler. Ohne eine eventuelle Antwort abzuwarten, fuhr er fort. „Bislang war mein Leben eine Ansammlung von schmutzigen Episoden. Heute abend wasche ich mich rein. In Ihrem werten Beisein, meine Damen und Herren. Und das alles verdanke ich nur meiner kleinen

Mora." Er warf ihr verliebte Blicke zu. „Heute abend verscheuche ich Gott von seinem Thron und befehlige die himmlischen Scharen. Morgen mag er wiederkommen. Doch dieser Abend gehört mir, meine Engel. Wir wollen zu neuen Ufern aufbrechen. Laßt uns faustisch sein und dem Pudel das Fell über die Ohren ziehen. Folgt mir!" Damit sprang er vom Tisch herunter, zog geräuschvoll die Nase hoch, faßte Mora an der Hand und zog sie aus dem Restaurant. Mora warf mir noch einen belustigten Blick zu, bevor sie an Hungerbühlers Hand um die Ecke verschwand. Alle Augenpaare waren jetzt auf mich gerichtet. Der Kellner baute sich drohend vor mir auf und wedelte mit der Rechnung. Zum Glück hatte ich immer ein bißchen Geld in der Tasche, und wir hatten nur drei Gläser Champagner getrunken. Entschuldigungen murmelnd verließ ich gesenkten Blickes das Lokal. Wie peinlich. Mora und Hungerbühler standen an der Ecke und diskutierten lautstark. Hungerbühler unterbrach sein Gerede immer wieder, um „famos" oder „herzlichst" in den Abend zu rufen, wobei er versuchte, Mora zu umarmen. Sie entzog sich ihm geschickt. Brüllend und mit ausgestreckten Armen rannte Hungerbühler auf eine Straßenbahn zu. Ich zog Mora, die im Begriff war, hinter ihm herzulaufen, am Ärmel. „Laß uns verschwinden. Wer weiß, was noch alles passiert. Der ist unberechenbar."

„Ach was, ist doch lustig. Warts ab", sagte sie und machte sich los. Hungerbühler hatte inzwischen die Straßenbahn angehalten und starrte stumm auf den Fahrer. Dieser duckte sich verschreckt in seiner Kabine und sah unschlüssig heraus. Ich schob Hungerbühler weg und bedeutete dem Fahrer, daß Hungerbühler nicht alle Tassen im Schrank hätte. Er solle schnell weiterfahren.

Hungerbühler hatte jetzt die Haltestelle ins Visier genommen, wo er unter großem Geheul den Fahrplan anspuckte. „Die kommen doch nie. Immer wann anders", kreischte er wie irrsinnig und klopfte mit seinem Zeigefinger gegen das Glas. „Eine Mandarine saß auf einer Schiene. Sagte, ich fahr schwarz. Bis fast in Harz. Da kommt der Kontrolleur. Das is mir zu schwör", krakeelte er. Die laue Sommerluft hatte einige Passanten auf die Straße getrieben, die jetzt neugierig zu uns rübersahen. Ich hielt ein Taxi an und zog Hungerbühler zu mir auf den Rücksitz. Mora setzte sich, noch immer lächelnd, neben den Fahrer. Diesem, einem älteren Mann mit Seehundschnauzer und Ledermütze, versuchte Hungerbühler weiszumachen, daß er ein Fischfutter entwickelt hätte, mit dem man Goldfische auf Dinosauriergröße aufpäppeln könne. Der Fahrer konterte mit seinem Schwager, der einen Collie besitze, den er mit Fleischabfällen und Hautcreme groß bekommen habe. Hungerbühler wollte unbedingt etwas trinken. In ein Lokal konnten wir mit ihm nicht gehen. Wir fuhren zu einer Tankstelle, wo er Bier kaufte. Wir blieben gleich dort, öffneten die Autotüren und machten es uns bequem. Mit großer Geste überreichte Hungerbühler jedem eine Flasche, auch dem Fahrer. Nach einigen Bieren standen wir noch immer dort. Hungerbühler gab fließbandartig Unsinnigkeiten von sich. Zwischendurch versorgte er sich mit Nachschub aus seinem Danaergeschenk. Er schnupfte laut und ausgiebig, was seinen ohnehin beträchtlichen Redefluß anschwellen ließ wie ein Wadi nach dem Gewitter. Wir ertranken fast darin. Der Taxifahrer bemerkte nicht, in welche Abgründe er blickte. Das Freibier und der laufende Taxameter befriedigten seine materiellen Genüsse, während seine Seele von Hungerbühler mit dumpfer Freude und abgestandenen Weisheiten gefüllt wurde. Der Weise war herabgestiegen von seinem Berg. Dort saß er auf dem morschen Wissen der Narren und schöpfte aus dem vollen, um das einfache Volk zu verführen. Hungerbühler goß seine Schalen aus. Wie ich ihn in diesem Augenblick verachtete. „Die Persönlichkeit", dozierte er, „gerade des jungen Menschen besteht aus einem Fünftel Erziehung, einem Drittel eigener Erfahrung und zwei Achteln Introjektion. Der Rest ist Glasur. Ein gutes Beispiel übrigens. Stellen Sie sich den Menschen als Pfannkuchen vor. Sie wissen doch, wie so ein Pfannkuchen aussieht, nicht? So ein dicker mit Zuckerguß und Marmeladenfüllung. Der Teig ist sozusagen unser Leib. Der Zucker obendrauf ist der Glanz, nach dem wir streben. Wenn wir in der Auslage liegen, möchte jeder der mit dem dicksten Zuckerguß sein. Und so drängeln wir uns quiekend nach vorne, damit uns der Kunde auch ja nicht übersieht. Und jetzt kommen wir zur Marmelade. Sie können mir doch noch folgen, lieber Freund? Das ist gut. Sie sind ein verständiger Mensch, das habe ich gleich gesehen. Die Marmelade. Die Marmelade ist also unsere Persönlichkeit. Der eine ist prall damit angefüllt. Wenn Sie hineinbeißen, quillt es dick und rot aus den Seiten heraus. Manch anderer hat vertrocknete Marmeladenreste in sich. Ungenießbar. Bei solchen ist dann der Zuckerguß umso dicker."

Im Radio lief ein bekannter Song. Die Sängerin war eine Blondine mit üppiger Oberweite. „Diese geile Hündin, wie ich die abkann mit ihren geilen Titten," blökte Hungerbühler unvermittelt los und sang lautstark den Refrain mit, wobei er dem Fahrer den Rhythmus auf die Schenkel klopfte. Dieser, von Hungerbühlers Gefühlsausbruch kalt erwischt, schunkelte ergeben mit. Hungerbühler hatte seinen Arm um den Chauffeur gelegt und sang ihm lautstark den Refrain ins Ohr. Der Taxifahrer wiederholte kanonartig das Wort. Verstand durch Hungerbühlers Gelalle und durch seinen eigenen Nebel hindurch allerdings nur die Hälfte und konterte mit „Lala! Haha". Ich wurde bald verrückt. Mit einem tiefen Schluck aus der Flasche wurde das gelungene Duett gefeiert. Hungerbühler drehte sich zu uns um, prostete uns augenzwinkernd zu und nahm das Knäuel wieder auf. „Und dann gibts noch die mit Senf. Aber das ist ein anderes Thema. Sehen Sie, als Taxifahrer haben Sie ja tagein tagaus mit der menschlichen Psyche zu tun. Quasi als Kollege frage ich Sie: Was bedeutet dem einzelnen die Persönlichkeit, also die Marmelade, wenn er gezwungen ist, jene teuer zu erkaufen, um im Rennen zu bleiben? Sie wissen, was ich meine. Nicht wahr, Sie wissen genau, wovon die Rede ist. Oh ja, das sehe ich Ihnen doch an. Ohne Konditionierung des Konditors sozusagen, hehe, gibt es keine Anerkennung an das Gemachte. Und dann fährt man an die Wand. Hehe! Was sagen Sie?" Der Taxifahrer, geschmeichelt durch die Aufmerksamkeit, die der große Gelehrte ihm entgegenbrachte, rang nach einer angemessenen Antwort. Das Bier und die rostigen Nadeln Hungerbühlers, die in seinen Geist eingedrungen waren, ließen ihn tatsächlich so etwas Ähnliches wie den Anflug eines Gedankens in seinem trüben Inneren erhaschen. „Ja also, jetzt wo Sie es sagen. Ich hab ja einige Kunden, also ich könnte Ihnen Geschichten erzählen. Ich meine die Marmelade, also hm, ist meistens Kirsche!" Stolz über diesen erhabenen Gedankenfluß schaute er bittend Hungerbühler an. Dieser tätschelte ihm zufrieden den Hinterkopf und streckte sich. „Auf, auf meine Lieben, große Taten harren unser, den Harnisch gegürtet, den Blick geschärft, stürmen wir kühn den Hades, um die Toten zu unseren Verbündeten zu machen. Die toten Dichter und Denker sind auf unserer Seite. Niemand kann uns trotzen. Denn wir sind ihre Erben." Ermattet von seinen eigenen Worten, ließ er sich in die Polster sinken. Der Taxifahrer war unterdessen in der Tankstelle verschwunden, aus der er mit einer Flasche Schnaps wieder auftauchte. Leicht schwankend kam er auf seinen Wagen zu.

„Der kann doch nicht mehr fahren, der bringt uns doch um", flüsterte ich Mora zu. Ehe sie antworten konnte, hatte sich Hungerbühler hinter das Steuer geschwungen und drehte sich zu uns um. „Der Kerl ist besoffen. Soll er seinen Rausch auskosten. Ich übernehme die Führung", zwinkerte er uns gönnerhaft zu und startete den Motor. Der Taxifahrer setzte sich ohne ein Wort zu verlieren auf den Beifahrersitz. Ich konnte nicht schnell genug reagieren. Mit quietschenden Reifen fuhren wir an. Die Situation geriet dermaßen aus der Mitte, daß ich mich wie in einer Zentrifugalkammer fühlte. Ich wurde wehrlos an die Wand gepreßt.

In jeder Kurve hatte ich den Tod vor Augen. „Halt an", schrie ich. Hungerbühler stieß ein paar erregte Laute aus und fuhr schneller. Des öfteren streiften wir die Straßenbegrenzung. Der Taxifahrer lachte sinnlos betrunken. Er hatte die halbe Flasche geleert und sich mittlerweile in eine Neutralität katapultiert, innerhalb deren Grenzen er jeder Order blindlings gefolgt wäre.

„Soll ich euch mal was sagen, dieses Zeug Mora, das is ja, als ob das Gehirn ejakuliert. Ich fühle richtig, wie Gehirnsperma durch die Windungen flitzt und sich Gedanken sucht, die es befruchten kann. Und was für schöne Gedanken dabei rauskommen. Unbeschreiblich. Ich war noch nie so klar. Ich bin rein wie ein Bergsee und meine Gedanken blinken wie eine Leuchtreklame vor mir auf." Hungerbühler stieß noch ein paar glückliche Laute aus und drückte auf das Gaspededal. Der Taxifahrer war vollends weggetreten. Sein schlaffer Körper rutschte unkontrolliert von einer Seite zur anderen. Ein paarmal landete er mit dem Kopf auf Hungerbühlers Schoß. Wir fuhren mit einem Irrsinnstempo. Die Lichter der Laternen huschten durch den Wagen und beleuchteten mit ihrem grellen Licht meine Todesangst. Es fing bereits zu dämmern an, und bald würden die ersten Pendler auf den Straßen sein. Ein entgegenkommendes Auto nur hätte gereicht. Hungerbühler wäre wahrscheinlich schreiend in die beiden Lichtkegel der Scheinwerfer hineingefahren. Mit einem Blitz wären wir vergangen. Zu Knochenmehl und Blutstaub zusammengeschmolzen.

Es war kein Auto, das uns stoppte. Manchmal wünsche ich, es wäre eins gewesen. Es war ein Schatten, der uns vor den Kühler lief. Ein kleiner Schatten, der aus dem großen Schatten eines parkenden Autos getreten war. Ein Schatten, der, eben noch lebendig, von seiner Mutter ermahnt worden war, an der Ampel über die Straße zu gehen, nicht mit fremden Leuten mitzugehen und pünktlich zum Mittagessen zuhause zu sein. Hungerbühler konnte nicht mehr bremsen. Mit einem gräßlichen Knirschen fuhren wir über das Kind, um ein paar Meter weiter atemlos stehenzubleiben. Der Motor tuckerte gleichmäßig vor sich hin und wartete auf neue Befehle. Hungerbühler saß kerzengerade da und starrte nach vorn. Nur Mora und ich drehten uns um. Der Taxifahrer zählte nicht mehr. Ich stieg mit rasendem Herzen und geleeartigen Beinen aus. Hinter mir Mora. Hungerbühler folgte uns, wobei er einen Sicherheitsabstand einhielt. Das tote Kind starrte mit gebrochenen Augen ins Nirgendwo. Der Körper des Kleinen war zweimal überrollt worden. Hungerbühler, der mittlerweile einen Blick auf sein Opfer geworfen hatte, kotzte geräuschvoll in den Rinnstein. „Verdammt, was macht der Junge um diese Zeit auf der Straße", fragte er mit weinerlicher Stimme. „Was sind denn das für Eltern, die so ein kleines Kind allein in die Schule gehen lassen. Die müßte man anzeigen." Der Junge war höchstens sieben Jahre alt. Bestimmt ein Erstkläßler. Seine Schultasche mit dem daran baumelnden Reflektiermännchen lag zerfetzt einige Meter weiter und hatte ihren Inhalt über die Straße ergossen. Eins der kleinen Hefte war aufgeschlagen. Auf den rosafarbenen Linien des Papiers waren in krakeliger Handschrift kleine und große A's geschrieben. Sie sahen aus wie wie eine kleine Entenfamilie, die in Reih und Glied einen Ausflug zum Teich machte. Vorne die großen und hinten die kleinen. Hungerbühler fing hinter uns zu stottern an. „Ich kann nicht. Wenn die Polizei, ich hau ab, oh Gott, der Junge," stammelte er und rannte affenartig weg. Er sprang behende über eine niedrige Dornenhecke und verschwand in einem kleinen Park neben der Straße. „Komm zurück, du Sau!" brüllte ich hinter ihm her. Vergeblich. Er war bereits außer Sicht. Ich schaute Mora an. Passanten waren noch keine zu sehen. In unmittelbarer Nachbarschaft gab es keine Häuser, und Autos hatten uns auch noch nicht passiert. Wäre es anders gewesen, hätte Mora ihre Idee nicht umsetzen können. „Komm, du mußt mir helfen", sagte sie und zog mich hinter sich her. Ich ließ alles mit mir geschehen. Mein bißchen Wille war mir in diesem Augenblick völlig abhanden gekommen. Sie ging zurück zum Auto und beugte sich auf der Fahrerseite hinein. Ich verstand nicht, was sie vorhatte. „Schnell", winkte sie mir. „Hilf mir doch mal." Sie zerrte mit aller Kraft an dem Taxifahrer, dessen Geist noch immer in anderen Welten umherirrte, und versuchte ihn auf den Fahrersitz zu ziehen. „Bist du nicht bei Trost!" schrie ich sie an. „Wir warten hier auf die Polizei und dann scheißen wir Hungerbühler an. Er hat ein Kind totgefahren." Ich konnte kaum glauben was ich sah. Hungerbühler! Jetzt wurde von mir auch noch erwartet, diesem Kretin zu helfen. Jetzt, wo ich einen Sumpf vor mir sah, in den ich ihn stoßen könnte? Mit langen Stangen würde ich ihn immer wieder runterdrücken, bis ihm die Luft wegbliebe. „Überleg doch mal. Wenn die Hungerbühler erwischen, sind wir auch dran. Vor allem ich. Die werden sich fragen, wo Hungerbühler das Koks herhat. Glaubst du vielleicht, der würde das für sich behalten?" „Hungerbühler würde doch alles tun, um dir nicht zu schaden", warf ich ein. „Aber nicht in so einer Situation. Glaub mir, ich kenne ihn. Der würde alles sagen. Und nicht mal aus Berechnung, sondern weil er nicht unterscheiden kann zwischen sich selbst und mir." „Ach ja, und warum hat er uns dann sitzenlassen? Und hat dich nicht mitgerissen, wenn du ein Teil von ihm bist. Er hat uns abserviert", sagte ich aufgeregt. „Er war in Panik. Er kann die Sache nicht mehr überblicken. Außerdem weiß er, daß ich mich darum kümmern werde." „Dann mach das gefälligst allein", brüllte ich sie an und war im Begriff wegzugehen. „Das Kind ist sowieso tot. Wenn du jetzt abhaust, hilfst du ihm auch nicht mehr. Und Schuld hast du schon längst auf dich geladen. Du bist genauso dafür verantwortlich wie ich und Hungerbühler. Weißt du, was dein Problem ist? Du magst kein Risiko. Du hast Angst, deine Freiheit einzubringen. Und deshalb wirst du immer nur theoretisch leben." Woher nahm das Kind solche Gedanken? Ich winkte ab und ließ sie stehen. In einiger Entfernung drehte ich mich um. Mora versuchte krampfhaft, den Taxifahrer auf den Sitz zu zerren. Noch immer war niemand zu sehen. Ich konnte sie nicht allein lassen. Ich lief hin und half ihr. Wir hievten den Fahrer hinter das Steuer und gingen eine Telefonzelle suchen. Mit verstellter Stimme rief ich die Polizei an und erzählte, daß ein Taxi ein Kind überfahren hätte. Ich sei auf dem Weg zur Arbeit dort vorbeigekommen. Als der Polizist mir Fragen stellte, legte ich auf.

Wir suchten uns einen Platz in der Nähe des Unfallortes. Hinter eine Hecke geduckt warteten wir ab. Mir war schlecht. Es fing an zu nieseln, und die Straße glänzte im Licht des Morgens. Ein Licht, das normalerweise jungfräulich geleuchtet hätte. An diesem Morgen hatten wir es jedoch defloriert. Es dauerte ein paar Minuten, bevor wir die Sirenen hörten. Zwei Streifenwagen bogen in hohem Tempo um die Ecke, um geräuschvoll zum Stehen zu kommen. Behende sprangen die Polizisten aus den Autos, sicherten die Unfallstelle, schauten in die Taxe, schauten auf das Kind. Ein Polizist auf einem Motorrad kam dazu. Kurze Besprechung mit den Kollegen. Der Motorradpolizist leitete den Verkehr, zwei kümmerten sich um den Taxifahrer, zwei um das Kind. Der Rettungswagen kam. Die Sanitäter mit Bahre liefen geduckt auf das Kind zu, als ob sie aus einem Helikopter stiegen und Angst vor den Rotorblättern hätten; Besprechung mit den Polizisten, Kopfschütteln, ratlose Blicke, das Kind, das Kind, zu den Kollegen, mit vereinten Kräften zogen sie den Taxifahrer aus dem Wagen, lehnten den schlaffen Körper gegen den Vorderreifen, wo er in sich zusammensank wie eine kaputte Gliederpuppe; die Sanitäter, ich meinte das saubere Weiß ihrer Kleidung rascheln zu hören, Spritzen, Herzmassage, Mund-zu-Mund-Beatmung, vergebens, Kind tot. Wie das alles flutschte. Wie einstudiert, wie ein Ballett. Ich konnte nicht umhin, die gelungene Choreographie zu bewundern. Herrlich.

Ein paar Neugierige hatten sich inzwischen eingefunden und betrachteten die Szene mit wachen Augen. „Der Kerl ist besoffen“, machte schnell die Runde. „Laßt den doch verrecken“, rief einer. Eine Alte schrie mit schriller Stimme: „Aufhängen, das besoffene Schwein.“ Mora murmelte etwas neben mir und stand auf. „Bist du verrückt“, zischte ich sie an. „Komm wieder runter. Wenn die uns entdecken.“

Sie sprang über die Hecke und schlenderte auf das Geschehen zu. „Mora!“ rief ich hinter ihr her. Sie drehte sich nicht um. Sie ging schnurstracks in die Gruppe der Gaffer hinein, wurde von ihr aufgesogen. Ich konnte sie nicht mehr sehen. Wenn der Taxifahrer erwachen und Mora entdecken würde, gäbe es eine Katastrophe. Ich verließ meine Deckung und ging ebenfalls rüber. Ich wurde ein Teil der Inszenierung. Mora sah ich nicht. Nur fremde Gesichter, erregte Stimmen und Wut. Endlich entdeckte ich sie. Sie stand etwas abseits und schaute, wie das tote

Kind auf die Bahre gehoben wurde. Ein Polizist sprach sie an. Mora, die kleine Gauklerblume, schaute ihn abwesend an. Nein, nein, sie habe nichts gesehen. Sie sei auf dem Weg zur Schule. Sie habe allerdings die quietschenden Reifen gehört. Nein, nein, es sei niemand sonst dagewesen. Ach, der Taxifahrer habe behauptet, er sei nicht gefahren? Dann habe wohl ein Geist das Auto gesteuert? Der Polizist lächelte Mora befriedigt an. Sein Kollege befragte unterdessen die Gruppe der unabhängigen Beobachter. Nein, nein man habe nichts gesehen. Aber die Sache sei ja wohl so klar wie Kloßbrühe. Moment, Moment, der Polizist beschwichtigte die Erregten. Noch sei überhaupt nichts geklärt.

Die Gruppe wurde von einem adrett gekleideten Mann abgelenkt, der auf das Geschehen zurannte und „wo ist er" rief. Ein Polizist wollte den Mann zurückhalten. Zu spät. Er stürzte auf die Sanitäter zu, die die Bahre mit dem Kind abstellten und sich ratlos ansahen. „Das ist der Vater", zischte eine Frau. „Die wohnen drüben in der neuen Siedlung." Es hatte aufgehört zu nieseln. Ein feiner Sonnenstrahl durchbrach das fahle Wolkengestrüpp und beleuchtete den Ort mit seinem dünnen, kahlen Finger wie ein Punktscheinwerfer. Der Mann kniete langsam vor dem Kind nieder. Streichelte ihm zärtlich über das Gesicht. Er nahm ein säuberlich gefaltetes Taschentuch aus der Manteltasche, klappte es langsam, aber mit sicheren Bewegungen, auseinander, feuchtete es mit seiner Zungenspitze an und wischte dem Kleinen Blut und Dreck aus dem Gesicht. Er feuchtete es immer wieder an und rieb mit bedächtigen, zärtlichen Händen. Es war eine rituelle Reinigung. Alle hielten inne und starrten auf den Mann, der das Kind liebkosend wusch. Bislang war kein Wort gefallen. Einer der Polizisten räusperte sich und sprach den Mann an. Er blickte hoch, schien jedoch nicht zu begreifen, was der andere von ihm wollte und wandte sich wieder seiner Tätigkeit zu. Ein anderer Polizist kam dazu, kniete sich neben den Mann, legte ihm die Hand auf den Arm und sprach leise auf ihn ein. Der Mann fing zu weinen an. Er hatte seine Arme sinken lassen. Das Taschentuch rutschte aus seinen Fingern. Er weinte stumm, wobei seine Schultern unmerklich zitterten. „Die Tränen des Lebenden benetzen das Gesicht des Toten“, dachte ich pathetisch und merkte, daß auch ich weinte. Ich sah zu Mora rüber. Unbewegt stand sie da und schaute mit kaltem Interesse auf den Vater, der sein totes Kind beweinte. Ich haßte sie. Zum erstenmal haßte ich sie und dachte, daß sie anstelle des Kindes dort liegen müßte. Eine Menge Unannehmlichkeiten wären mir erspart geblieben. Am liebsten wäre ich hingegangen und hätte die Wahrheit gesagt. Hätte gesagt, daß ich schuld sei. Daß ich diesen Irren nicht gestoppt hätte, der so voll war von Moras Koks. Daß Mora schuldig war, daß sie...

Der Taxifahrer platzte in mein Geständnis. Er hatte sich unsicher aufgerappelt. Zwar sah er nicht aus, als ob er eine vernünftige Aussage hinkriegen würde, jedoch hätte er auf uns aufmerksam machen können. Ich ging auf Mora zu und schob sie vor mir her. Sobald wir um die Ecke gebogen waren, fingen wir an zu laufen. Wir liefen fast die ganze Strecke bis zu Hungerbühlers Wohnung. Als ich seinen bleichen, unrasierten Schädel und seine unterdrückte Panik sah, hätte ich ihm am liebsten eine reingehauen. „Kommt rein, schnell“, flüsterte er, warf einen hastigen Blick in das Treppenhaus und schob uns in seinen Flur. „Ich mußte weg“, stotterte Hungerbühler entschuldigend. „Ich kann doch nicht ins Gefängnis gehen. Das Kind war doch sowieso schon tot. Und außer euch weiß ja keiner, daß ich gefahren bin. Ich streite einfach alles ab. Ich sage, der Taxifahrer wars.“ Noch während Mora ihm berichtete, was wir für ihn getan hatten, hellte sich sein Gesicht auf. Der erste schuldbewußte Blick war nur Fassade gewesen. Hungrig fraß er jedes Wort. Ließ sich die Einzelheiten wiederholen und klatschte vor Aufregung in die Hände. Die Szene mit dem Vater interessierte ihn kaum noch. Immer wieder rief er: „Ihr seid ja Teufelskerle, Mora. Du bist mein Mädchen." Ich hätte jetzt gern eins seiner abstrakten Gemälde – alles teure, langweilige Reproduktionen, die er in seinem blankgebohnerten Flur an den Wänden hatte – genommen und es ihm über den Schädel gezogen. „Ihr müßt Hunger haben. Entschuldigung. Ich bin ein schlechter Gastgeber. Also ich weiß nicht, wie es um euch steht. Aber ich bin hungrig wie ein Tiger. Wie wäre es mit einem ausgiebigen Frühstück?" Ich hätte fast gekotzt. „Laß uns abhauen, Mora. Der Kerl ist nicht ganz dicht." Hungerbühler schaute mich verständnislos an. Mora ging wortlos zur Tür, riß sie auf und verließ ohne ein weiteres Wort die Wohnung. „Was ist denn mit euch", rief er hinter uns her. „Wie ihr wollt. Wir sehen uns dann übermorgen, wie gewohnt, ja?" Er bekam keine Antwort. Es war nicht die Abgebrühtheit Hungerbühlers, die Mora aus dem Haus trieb. Sie wußte ihn in Sicherheit und hatte das Interesse für heute verloren. Sie hatte ihren Job getan und ging jetzt nach Hause. Feierabend.

Das Leben ging weiter. Wie gewohnt. Bis auf eine kleine Änderung. Ich weigerte mich, weiterhin zu Hungerbühler mitzugehen. Mochte Mora noch so betteln. Ich blieb hart. Den Prozeß gegen den Taxifahrer verfolgte ich verstohlen in der Zeitung. Er sei zur Tatzeit unzurechnungsfähig gewesen, so die Gutachter. Er war schon einmal wegen eines Unfalls mit Todesfolge vor Gericht gestanden und freigesprochen worden. Auch damals war Alkohol im Spiel gewesen. Das beruhigte mich ein wenig. Niemand entging seiner gerechten Strafe. Nur seine Lüge, in der ein etwa vierzigjähriger Mann, ein jüngerer Mann und ein junges Mädchen vorkamen, stieß auf einhellige

Ablehnung. Der Richter behandelten ihn mit Nachsicht. Seine Weigerung, die Schuld anzuerkennen und sein Beharren auf der Behauptung, ein durchgedrehter Psychologe hätte den Wagen gefahren, führten dazu, daß er letztendlich in eine Anstalt eingewiesen wurde. Man nahm an, er habe den Verstand verloren. Falls er ihn nicht schon vorher versoffen hatte.

Die Geschichte wurde zwischen Mora, Hungerbühler und mir nie wieder erwähnt. Allerdings stand sie wie ein scharfer Schatten zwischen Hungerbühler und mir und kappte die letzten Fäden, die uns verbunden hatten. Mein Haß und mein Zorn auf ihn währten jedoch nicht lange. Konnten nicht lange währen. Er war ein fester Bestandteil von Moras Leben. Und damit auch von meinem.

Kapitel 14

1

Mein Bruder Leo starb an meinem dreißigsten Geburtstag. Sein Tod bereicherte die Familienchronik unter der Sparte „Absonderliche Todesfälle“ um einen weiteren Absatz. Leo hatte begonnen, Physik zu studieren. Er war besessen von der Physik. Von der Möglichkeit, die Welt in feste Formeln zu zwingen, sie zu beherrschen. Das lag bei uns in der Familie. Zumindest der männliche Teil hatte gern ein Erklärungsmuster zur Hand, um die komplexen Anforderungen des Lebens zu meistern. Mein Vater versuchte es im medizinischen Bereich und ich in der Beobachtung meiner Umwelt. Leo stach uns jedoch aus. Wir waren Dilettanten im Vergleich zu ihm. Zum Ausgleich für die Fremdheit, die er in bezug auf das Dasein empfand und für die Dummheit, die ihm eigen war und ihn oftmals unfähig machte, die täglichen Schwierigkeiten des Lebens angemessen zu meistern, hatte ihm die Natur einen Extra-Raum eingerichtet. Einen Raum, wo er zu Hause war. Dort konnte er brillieren. Dort holte er Atem und war ein Könner. Seitdem Leo studierte, war er kaum noch zu Hause. Er verbrachte die meiste Zeit an der Universität oder traf sich mit Kommilitonen, um zu lernen. Den Weg zum Diplom ging er, ohne sich umzusehen, und nach wenigen Semestern war er soetwas wie der Meisterschüler seiner Professoren. Leo bekam sogar einen eigenen Schlüssel für das Labor, um ungehindert Tag und Nacht Zugang zu haben. Unentwegt hielt er sich dort auf. Las, rechnete, experimentierte und überlegte, wie er die Welt aus den Angeln heben könnte. Vielleicht hätte er es sogar geschafft. Besonders angetan hatten es ihm die Tiefseetauchfahrten des Schweizer Physikers Piccard. Die Tiefsee faszinierte Leo. Dieser dunkle, geheimnisvolle Abgrund, den bizarres Leben füllte und der unermeßliche Ressourcen bereithielt. Dort entwickelte er eine blühende Vorstellungskraft. Etwas, das ihm im täglichen Leben abging. Des öfteren bekamen wir von ihm Vorträge zu hören über Methanhydrate, die dazu angetan waren, die Menschheit 300 Jahre lang mit Wärmeenergie zu versorgen. Und er zeigte uns Bilder von Tiefseemonstern, die aussahen, als ob die Evolution betrunken gewesen wäre. Mit gewaltigem Maul, mit kleinen, spitzen Zähnen, ausklappbarem Oberkiefer, um Fische, die dreimal so groß waren wie sie selbst, zu verschlucken, fast blind und mit leuchtenden Tentakeln auf dem Rücken. Von schwarzen, unheimlich aussehenden Tintenfischen mit Namen „Vampyrotheutis Infernalis", die nicht größer als eine Streichholzschachtel waren. „Und die Tiefsee birgt noch viel an Unbekanntem." Er redete uns schwindelig mit seinen Phantastereien. Und wie alle Visionäre, die sich für eine Idee aufzehren, vermochte er uns mit seiner Begeisterung anzustecken. Hätte sich in jenen Momenten ein tiefes Meer vor meinen Füßen aufgetan, mit Wonne wäre ich hineingesprungen, um unter Leos Führung nasse Kontinente zu erforschen. Selbst meine Mutter schubberte unruhig auf ihrem Sitz hin und her und verkündete, sie werde persönlich eine Tasche aus wasserfestem Material stricken, in die Leo „die komischen Viecher" packen könne, die er auf seinen Tauchausflügen in der Tiefsee sammle. Er achtete gar nicht auf sie. Er achtete überhaupt wenig auf uns. Selbst seine Freundin Irina, die ihn atemlos popelnd anhimmelte, war für ihn zu nicht mehr als einer Stichwortgeberin verkommen.

An meinem Geburtstag warteten wir auf Leo. Wir hatten ihm eingeschärft, zum Kaffee pünktlich zu Hause zu sein. „Ja, ja", nickte Leo abwesend. „Ich muß vorher bloß nochmal ins Labor. Ich habe eine Verabredung. Wir müssen nur ein winziges Experiment durchführen. Das ist enorm wichtig. Es geht um die Konservierung von Hydraten durch Stickstoff." Wir nickten und schärften ihm ein, nicht zu spät zu kommen.

Der Kaffee, eben noch frisch und duftend, kühlte langsam in den Sammeltassen meiner Mutter ab. Berge von Torten und Kuchen leuchteten hell und sauber mit ihren Sahnehäubchen, den Maraschinokirschenhütchen und den Schokoladenmützchen. Doch so langsam setzten sich erste Staubflocken darauf nieder, um ihre hübsche Appetitlichkeit zu trüben. Meine Mutter wartete mit der Freigabe der Tafel immer solange, bis alle sich eingefunden hatten. Innerlich verfluchte ich Leo. Wo blieb der Kerl? Meine Eltern unterhielten sich mit Mora über die Schule. Sie war mittlerweile auf dem Gymnasium gelandet und überlegte, ob sie das Schulsystem revolutionieren oder ignorieren solle. Sie war ein heller Kopf geworden, und der Stumpfsinn dort langweilte sie maßlos. Wie alle jungen, unerfahrenen Menschen betrachtete sie das System als etwas, das ihrer persönlichen Freiheit Fesseln anlegen wollte. „Uuuhh", stöhnte sie des öfteren. „Wir sollen eine Analyse über die Staatsform der Augusteischen Zeit schreiben. Wen kratzt das? Ich würde lieber eine Analyse über dich schreiben." „Über mich? Wieso das denn? Ich habe doch gar nichts zu melden. Wen würde das interessieren? Ich meine, das ist ja keine schlechte Idee. Vielleicht könnten deine Mitschüler etwas lernen. Eigentlich ist das gar nicht schlecht. Jeder porträtiert einen Menschen, den er persönlich kennt. Jemand, der ein Vorbild ist. Und nachdem die Klasse ihn theoretisch kennengelernt hat, wird er eingeladen. Dann können die anderen Fragen stellen. Es sollten aber nur Menschen sein, die eine gewisse Reife aufzuweisen haben. Keine Spinner. Schlag das doch mal vor, Mora. Ich würde mich dazu bereit erklären." Die Idee verlief natürlich im Sand, wie fast alles, was ich mir ausdachte. Ich betrachtete gelangweilt meinen Gabentisch. Die zwei mickrigen Geschenke lächelten mich nicht gerade an. Eingepackt in stumpfes, rostrotes Papier, enthielten sie eine Kette mit einem Lapislazuli von Mora und einen Pullover von meinen Eltern. Den Stein schenkte Mora mir, weil „der Lapislazuli Heilkräfte hat“. Ich habe vergessen, welche es waren. Vielleicht war es gegen Durchfall oder Fernweh. Ich glaube nicht an soetwas. Das widerspricht meiner Natur. Was wann und wo passiert, liegt sowieso nicht in unserem Ermessen. Zwar war alles so kompliziert geworden, daß ich mich nach einfachen Lösungen sehnte, ein Stein jedoch war bestimmt nicht in der Lage, den Lauf der Dinge aufzuhalten oder zu beeinflussen.

Gekrönt war das ganze von einer Orchidee. Sie sah aus, als ob sie sich nur noch mit Mühe in ihrer Vase aufrecht halten konnte. Die fleischige, blasse Blüte verdeckte fast vollständig die mageren Päckchen.

2

Irgendwann begannen wir doch mit dem Ritual des Kaffeetrinkens. Das Stück Torte, das ich als erster auf meinem Teller empfing, war bereits etwas eingefallen, aber nichtsdestoweniger eine köstliche Angelegenheit. Alle schmatzten mit vollen Backen und redeten durcheinander. Meine Mutter unterhielt sich mit Mora, mein Vater mit meiner Mutter und Mora mit mir. Ich jedoch unterhielt mich mit Irina. Sie erzählte mir von ihrem Schaukelpferd. „Es war ganz braun und mit einer roten Schleife umwickelt. Es war nicht aus Holz, verstehst du. Es war weich. Es war so...“, sie schaute schwelgerisch nach oben, rieb sich das Ohrläppchen und sagte zur Decke gewandt: „Es war ganz weich. Flauschig ist wohl der bessere Ausdruck. Und wenn man auf den Hals drückte, dann machte es Hüüühüüü.“ Sie hoppelte auf dem Sofa neben mir auf und ab, daß es aus meiner Kaffeetasse herausschwappte und spitzte den Mund. „Verstehst du. Es war wie echt.

Ich hab mich gefühlt, wie…“ Wieder schaute sie schwelgerisch an die Decke und bohrte dabei geistesabwesend einen Finger in ihr Nasenloch. Abrupt fuhr sie zu mir herum „Wie auf Wolken. Das war irgendwie super. Die anderen Mädchen hatten das nicht. Echt.“ Mein Vater schaltete sich ein. „Junge Mädchen, die Pferde mögen, können damit ihren Triebstau abbauen. Es ist sozusagen ein Substitut. Weil sonst müßten sie…“ „Sprich es nicht aus", zischte meine Mutter mit hochrotem Kopf. Das Wort Triebstau hatte sie mobilisiert. Sie erwartete weitere Obszönitäten. „Wer an Pferde denkt und Schweinereien, hat an einer Kaffeetafel nichts verloren.“ Sie pochte mit ihrem Zeigefinger auf das blütenweiße Muster der Tischdecke. „Ich meine, wir sind doch hier, um einen Geburtstag zu feiern. Nicht? Da kann man doch wohl andere Themen finden als die Sexualität.“ Das letzte Wort verschluckte sie fast. „Pferde hin, Pferde her. Das sind nützliche Tiere. Meine Eltern hatten auch welche.“ Sie schaute versunken an die Decke. Wahrscheinlich galoppierte dort gerade die Herde ihrer Kindheit entlang. „Wo bleibt Leo bloß“, sagte sie abschließend und lenkte das Thema geschickt auf etwas anderes. Wie zur Antwort auf ihre Frage läutete in diesem Moment das Telefon. Mein Vater ging ran, meldete sich knapp und lauschte, immer blasser werdend. Irina bohrte nervös in der Nase, brachte ein besonders großes Exemplar, an dem etwas Blut klebte, zum Vorschein und schnippte ihn gedankenlos in die Richtung meines Vaters.

Er sagte gerade: „Ja, das habe ich verstanden“, wobei er beschwichtigend die Hand hob, wohl um uns zu bedeuten, ruhig zu sein, obwohl wir nicht sprachen. Man könnte auch meinen, er hätte die Hand gehoben um Irinas Schleimklumpen zu fangen. Er hatte in seiner Jugend Handball gespielt, und eventuell war es ein Reflex gewesen. Doch das glaube ich nicht. Er schaute völlig verständnislos auf das grünlich-blutige Sekret auf seiner Handfläche und fragte mit dünner Stimme: „Leo?!" Danach fiel er einfach um und rührte sich nicht mehr. Meine Mutter sprang auf, warf sich meinem Vater auf die Brust und schluchzte. Wir anderen sahen uns an. Sprachen nicht.

Später im Krankenhaus – mein Vater hatte einen kataplexischen Schock erlitten – erfuhren wir, was mit Leo geschehen war. Ein Professor seiner Universität hatte uns dort aufgesucht und schilderte uns den Vorfall. „Ich weiß gar nicht, wie das passieren konnte. Der Leo war doch so ein talentierter Student. Er muß aus Versehen an den Hahn gekommen sein. Dabei hat er wohl das Bewußtsein verloren. Ist zu Boden gestürzt, und dann war alles zu spät. Der Stickstoff hat ihn sofort vereist. Der Kommilitone, der ihm helfen wollte, ist noch auf dem eisigen Boden ausgerutscht und hat sich den Kopf gestoßen. Wenn da nicht noch ein dritter Student gewesen wäre, hätten wir noch einen weiteren Unglücksfall zu beklagen gehabt. Es tut mir so leid. Aus dem Leo hätte noch mal was Großes werden können. Wirklich schade." Er drückte uns mit angestrengtem Gesicht die Hand und verließ uns kopfschüttelnd.

Mein Bruder Leo tiefgefroren. Der Student aus dem Eis. Ich war zum Einzelkind geworden.

Mein Vater war eine geraume Zeit über nicht ansprechbar. Er war weggetreten und reagierte kaum, wenn ihn jemand ansprach. Er erholte sich nie ganz von dem Schock. Der Tod seiner Kinder hatte ihm einiges an Energie abverlangt. Und er war kein Mensch, der über große Ressourcen verfügte. Er wurde immer gebrechlicher. Verbrachte seine Tage überwiegend in einem Sessel, wo er schweigend saß, mit dem Finger mechanisch über ein Kinderfoto von Sonja und Leo strich und vor sich hinstarrte.

Meine Mutter mußte ihn an manchen Tagen mehrmals ansprechen, bevor er mit müden Augen in ihre Richtung blickte. Selbst seine Medizinbücher gaben ihm keinen Halt mehr. Dort fand er keine Antworten auf seine Fragen. Mora und ich gingen ihm aus dem Weg. Es war zu deprimierend, ihn dort sitzen zu sehen. Ich konnte ihm sowieso nicht helfen, und Mora hatte nie eine besondere Bindung an ihn gehabt. Lediglich Irina kam hin und wieder vorbei, setzte sich zu ihm und hielt seine Hand.

Meine Mutter überspielte ihren Schmerz durch ständiges Reden. Sie dachte daran, die Universitätsleitung zu verklagen. „Mein Leo vereist! Die können ihn doch nicht an solche gefährlichen Sachen ranlassen. Er ist doch kein Eskimo.“ Sie kaufte nie wieder Tiefkühlkost.

Kapitel 15

I

Ein paar Wochen nach Leos Beerdigung ging ich wieder mit zu Hungerbühler. Ich hatte Mora eine Weile allein zu ihm gehen lassen. Ich konnte ihn nicht ertragen. Doch sie bat mich immer wieder inständig, sie zu begleiten. „Es ist schöner, wenn du dabei bist. Hungerbühler ist außerdem immer so anzüglich, wenn ich allein zu ihm gehe. Er erzählt mir dann immer irgendeinen Schweinkram und lädt mich ein, ich soll doch mal das Wochenende mit ihm verbringen. Das würde mir guttun." „Mein Gott Mora, warum suchst du dir nicht einen anderen Arzt. Oder noch besser, du gibst es ganz auf. Die Geschichte mit der Schere ist sieben Jahre her. Du brauchst doch schon lange keinen Nervendoktor mehr. Und vor allem keinen Hungerbühler. Dieser kranke Idiot. Der bringt doch nichts. Der braucht selbst einen Arzt. Oder seine Mutter, damit er sein Trauma endlich um die Ecke bringen kann." Mora stutzte. „Wie meinst du das? Soll er seine Mutter umbringen?" „Nein, natürlich nicht. Ich meine nur, er soll diese Chimäre von einer Mutter umbringen. Der ist doch fixiert. Wenn er seine Mutter mal kennenlernt, dann vergißt er vielleicht die Vergangenheit und ändert sich." Das war natürlich unüberlegt von mir gesprochen. Hungerbühler würde sich nicht ändern. Er war ein viel zu großer Narziß. Der Ruf, dem er hinterhertorkelte, war lediglich ein vom ihm selbst ausgesandtes Signal. Die ganze Welt konnte in Schutt und Asche fallen, es hätte ihn nicht beeindruckt. Trotzdem ging ich mit. Mora zuliebe. Wenn ich allein mit Hungerbühler im Raum war, vermieden wir es, miteinander zu sprechen. Ich hatte manchmal den Eindruck, daß Mora extra lange auf der Toilette blieb. Nur um zu sehen, was passieren würde. Natürlich passierte nichts. Ich schaute auf meine Nägel, kratzte mir den Kopf, ging zum

Fenster, stöhnte über die Hitze, die Kälte, den Regen, den Schnee, den Wind, und Hungerbühler brummte zustimmend. Er kramte in seinen Papieren oder täuschte ein wichtiges Telefonat vor. Anfangs hatte ich Hungerbühlers Euphorie und seine Nervosität auf das Wetter oder andere Faktoren geschoben. Auch, daß er neuerdings in den Sitzungen rausging, machte mich anfangs nicht stutzig. Mora beruhigte mich. „Er hat eben eine schwache Blase." „Die hatte er doch früher nicht. Diese Pißnelke." „Er ist über vierzig. Wenn du über vierzig bist, hast du auch eine schwache Blase. Dann werden die Leute sich über dich wundern." „Ich werde keine schwache Blase haben. Ich stecke meine Unterhemden immer in die Hose. Da kommt kein Lüftchen an meinen Rücken. Hungerbühler rennt doch fast immer rückenfrei durch die Gegend. Die kurzen Hemden, die der anhat, gehen einem Fünfjährigen nicht mal bis zum Bauchnabel. Meine sind lang. Und deshalb krieg ich keine schwache Blase. Immer an die Rückendeckung denken. Das hat Papa mir mal erzählt." „Und wenn schon. Dann bekommst du eben ein anderes Zipperlein. Ihr Männer seid doch mit vierzig schon Greise." „Das kannst du so aber nicht sagen, Mora." „Das ist bekannt", zischte sie. „Jaja, vielleicht in der Steinzeit. Vom Mammutjagen. Davon wird man alt. Das habe ich auch schon gehört. Und die zugigen Höhlen. Uiuiui! Aber weißt du was? Frauen waren in der Steinzeit schon mit zwanzig Greise. Vom vielen Kinderwerfen. Und außerdem mußten die Frauen immer ganz vorn am Höhleneingang liegen, damit es hinten bei den Männern nicht so zog. Und auch wegen der Tiger. Und das ist in deinen Genen bis heute so verankert. Frauen altern schneller. Guck dir doch mal Frauen um die Vierzig an. Mit ihren Falten an Hals und Hintern. Die sehen doch aus wie Rhinozerosse mit diesen hängenden Hautlappen. Bei manchen geht das schon mit dreißig los. Die Beine sehen aus wie nach einem

Bombenangriff. Überall Krater. Da helfen keine Tinkturen. Das wirst du sehen." „So alt werde ich gar nicht, du Arschloch", sagte sie böse und beendete damit unser Gespräch. Es war mühsam, mit ihr zu diskutieren. Sie hatte zu gern recht. In den letzten Jahren war sie eitel geworden. Sie war vierzehn und eine richtige Schönheit. Mit einer Augenklappe. Ein Glasauge lehnte sie nach wie vor ab. Das entstelle sie.

2

Hungerbühler hatte mit dem Koksen angefangen. Regelmäßig. Daher seine Überspanntheit. Ich fragte Mora nicht, ob er es von ihr bekommen würde. Das ging mich nichts an. Mora mochte es nicht, wenn ich mich in ihre Angelegenheiten einmischte. Die erste Zeit war er noch vorsichtig vorgegangen, auf Deckung bedacht. Und er hatte es sogar geschafft, seinen Konsum fast zwei Jahre vor mir zu verbergen. Ich gebe zu, dazu gehört nicht viel. Doch mittlerweile war er soweit, daß er auffiel. Und es war ihm egal, ob ich es bemerkte oder nicht. Dummerweise brachte er mir auf Kokain Sympathie entgegen. Ich hatte manchmal sogar den Eindruck, daß er mich dann verliebt anstarrte. Wenn er nüchtern war, klirrten die Eiswürfel zwischen uns. Hastig und ohne Atem zu holen, erzählte er uns von seinen Plänen. Er wolle seine Mutter besuchen. Sie kennenlernen. Seine Ursprünge erforschen. Einige Fragen klären, um anschließend ein anderer Mensch zu sein. Freier und authentischer. Hungerbühler vermutete, daß sie noch immer in ihrem Heimatort wohnte. „Und ihr kommt mit", eröffnete er uns. Mora und ich lächelten dünn. „Ich muß nur noch ein paar Sachen regeln, und in ein paar Wochen fahren wir los." Er war kurz vorher draußen gewesen und tanzte jetzt aufreizend um uns herum. Seine Augen irrlichterten durch den Raum. Dann ließ er obszön sein Becken kreisen und sagte: „Das wird super! Meine Mutter ist eine nette Frau. Ihr werdet sehen. Ihr werdet sie mögen. Mora hat gedrängt, sie endlich mal kennenzulernen. Und das wird sie. Ich werde sie euch vorstellen. Meine kleine, süße Mora.“ Er warf ihr ein Kußhändchen zu. Ich schaute Mora an. Sie saß neben mir auf dem Sofa und lächelte ihn an. „Stimmt das?“ fragte ich sie leise. Sie drehte den Kopf und blickte mir fest in die Augen. „War es nicht deine Idee, daß er die Chimäre seiner Mutter umbringen soll?“ „Ich komme nicht mit“, sagte ich, verschränkte die Arme vor der Brust und lehnte mich zurück. Hungerbühler ließ sich auf meine Knie fallen und flötete: „Bitte bitte bitte“, wobei er albern in die Hände klatschte. Was blieb mir übrig? Ich konnte Mora ja schlecht mit ihm allein fahren lassen. Also nickte ich unwillig und wurde von Hungerbühler dafür mit einem feuchten Kuß auf die Nase belohnt.

3

An jenem Tag, als sich eine Tür in Hungerbühlers Lügengebäude öffnete und einen neuen Blick auf ihn freigab, bekam ich schwache Knie. Ich hatte ja bereits erfahren, wozu er fähig sein konnte. Trotz alledem gab es noch einige Facetten an ihm, die ich nicht kannte. Auf der einen Seite stand Mora, die mich vom Onkel zu ihrem Getreuen gemacht hatte, auf der anderen Seite Hungerbühler, dem nichts heilig war und dem ich den freien Zutritt zu Mora versperrte. Zu jener Zeit war mir das alles noch nicht so klar wie heute. Ich spürte allenfalls eine dumpfe Ahnung, was ich mit mir geschehen ließ. Ich war nach allen Seiten hin offen. Es gab keinen Schutz. Ich fraß ihre Ideen. Sie schmeckten bitter, aber ich schluckte.

Als ich an diesem Tag in die Praxis kam, überraschte ich Hungerbühler beim Telefonieren. Die Tür war angelehnt, und er saß mit dem Rücken zu mir an seinem Tisch. Mora war noch nicht da. Er kippelte mit seinem Stuhl und stemmte die Füße abwechselnd gegen die Wand. „Dieser Kerl ist nicht zu fassen. Soll ich Ihnen mal etwas sagen, Frau Kollegin? Dieser Kerl ist ein notorischer. Ein ganz notorischer." Es ging anscheinend um einen gemeinsamen Patienten. Ich setzte mich leise auf das Sofa. Hungerbühler hatte mich noch nicht bemerkt. Er telefonierte unverdrossen weiter.

„Trotzdem, es wäre schön, wenn sie mir die Sache überließen. Bei uns ist er kein Unbekannter. Wir kennen unsere Pappenheimer. Glauben Sie mir. Ich weiß, wie man mit solchen Typen umzugehen hat." Hungerbühler lauschte, wobei er noch immer die Beine an der Wand hatte. „Jaja! Ich weiß ja auch, daß in unserer Behörde die Mühlen langsam mahlen. Und eine Übernahme? Oh Gott, der Amtsschimmel wird aufwiehern. Aber Frau Kollegin, das soll uns nicht den Spaß verderben. Wir werden uns einfach an der Mähne festhalten und unverdrossen weitermachen. Meinen Sie nicht auch? Hahaha. Sicher, ich verstehe ja Ihre Bedenken. Aber sehen Sie es doch mal von der positiven Seite. Sie haben ein kleines Problem weniger und können sich dafür umso besser den großen Problemen widmen. Ich weiß doch wie das ist. Bei uns schlägt man sich am meisten mit dem Kleinkram rum." Pause. „Also abgemacht, Frau Kollegin. Und wenn ich Ihnen mal einen Gefallen tun kann, zögern Sie nicht, mich zu kontaktieren. Aber ja, um den Hungerbühler werden wir uns schon angemessen kümmern. Da brauchen Sie sich keine Sorgen zu machen. Der wird die nächsten Jahre keine Lust verspüren, seine Hände auf Wanderschaft gehen zu lassen. Dem knallen wir ordentlich eins vor den Latz. Die Akte lasse ich gleich morgen von unserem Gerichtsdiener abholen. Was weg ist, ist weg. Und Sie haben den Schreibtisch frei." Pause. „Jawohl, das wünsche ich Ihnen auch. Meine Empfehlung. Habe die Ehre. Ja, Tschüß." Hungerbühler drehte sich mit dem Telefonhörer in der Hand langsam um. Unsere Blicke kreuzten sich. Ich senkte die Augen. Wäre Mora nicht in diesem Augenblick zur Tür hereingeflattert, hätte er mich als Mitwisser um die Ecke gebracht. Er hatte eine Mordswut in den Augen. Erschreckend. „Was ist denn hier los?“ fragte Mora. „Hier herrscht ja eine Stimmung wie in einem Kühlraum.“ „Frag ihn“, sagte ich und deutete auf Hungerbühler. Hungerbühler hielt den Kopf gesenkt und malte mit einem Stift Figuren auf eine Akte, die vor ihm lag. Abrupt fuhr er hoch. „Dein feiner Onkel hat ein Gespräch belauscht. Schleicht sich hier herein und belauscht andere Menschen. Zerstört ihre Intimsphäre. Und spielt sich hinterher auch noch als Ankläger auf.“ „Was ist denn?“ wollte Mora wissen. „Ach, dein sauberer Onkel hat mitbekommen, wie ich mit der Staatsanwaltschaft telefoniert habe. Setzt sich mit Scharfrichterblick hier hin. Was soll ich tun? Abbitte leisten? Das Schwein, das du mir anhängen willst, bist du selbst!“ schrie er in meine Richtung. Mora reagierte völlig gelassen, als Hungerbühler die Geschichte erzählte. Sie hatte es gewußt. Warum hatte sie nichts gesagt? Um mich zu schonen? Vertraute sie mir nicht? Ich fühlte mich wie ein Hund, der bellend an den beiden hochsprang und durch einen Stockwurf immer wieder weggeschickt wurde. Vielleicht dachte sie, ich würde Hungerbühler verdammen. Warum schützte sie ihn noch immer? Was band Mora an dieses lebende Desaster? Mora liebte Geheimnisse, und sie hatte ihre Gründe, das war klar. Und es war wohl besser, wenn ich nicht alles wußte. Ich hätte mich nur aufgeregt. Nun war es eben passiert. Wir mußten mit Hungerbühler leben. Er hatte eine Flasche Wodka mitgehen lassen und war prompt erwischt worden. Es hatte ein kleines Handgemenge mit dem Ladendetektiv gegeben, in dessen Verlauf die Flasche kaputtgegangen war und sich der Detektiv ein Loch in den Arm geschnitten hatte. „Der hat selber schuld gehabt. Ich hab ihm gesagt, er soll die Finger von mir lassen, ich bin kein warmer Bruder. Aber diese Tunte grabscht meinen Arm und versucht, mich in sein Büro zu zwingen. Wie ein Schwerverbrecher wurde ich abgeführt. Als ob ich abhauen würde! Bei dem Gerangel ist die Flasche kaputtgegangen. Der Kerl rutscht aus und fällt in die Scherben. Was kann ich dafür, wenn der so ungeschickt ist?" Sicher, was konnte er dafür? Die Welt war schuld. Da wandelte ein Genie wie Hungerbühler auf ihr, und sie bemerkte es nicht. In seinem Plädoyer wetterte er noch ein bißchen gegen den Kapitalismus und trat für den freien Zugang aller zu allem ein. Und am Ende gelobte er Besserung. Nicht, daß ich ihm geglaubt hätte. Aber er versprach es Mora. Und sie würde er nicht so schnell enttäuschen wollen. Am meisten erstaunte mich seine Kaltblütigkeit. Er hatte sich als Staatsanwalt einer benachbarten Stadt ausgegeben. Und diese Trottel hatten ihm geglaubt? Das konnte nicht sein! So blauäugig ging es doch nicht in unseren Behörden zu. Oder? Krachend löste sich ein Stück meines Glaubens und verschwand in einer dunklen Tiefe.

„Ich muß jemanden finden, der die Akte abholt", unterbrach Hungerbühler meine Gedanken. „Ich könnte ja auch selber gehen. Aber vielleicht treffe ich auf die Staatsanwältin und sie erkennt meine Stimme. Oder ich verrate mich irgendwie. Das Risiko ist zu groß. Aber wem kann ich soweit vertrauen, daß ich ihn schicken könnte?" Es war ziemlich offensichtlich, an wen er dabei dachte. Mora tat ihr übriges, um besagte Person gefügig zu machen.

4

Am Bahnhof angekommen, nahm ich mir ein Taxi und bat den Fahrer, mich in einer Seitenstraße abzusetzen. Keine Spur sollte zu mir führen. Ich hatte mir sogar einen

Stadtplan gekauft und einen eventuellen Fluchtweg ausbaldowert. Ich wollte jedes Risiko ausschließen. Unschlüssig stand ich vor dem Amtsgericht und sah an dem düsteren, trutzigen Gebäude hoch. Die Sonne schien stark und hell. Die Fenster des Gerichtes blinkten fröhlich. Trotz der Wärme fröstelte ich. Die schwere, aus tiefbraunen Bohlen gemachte Eingangstür sah mich finster an. Sie schien grimmig zu sagen: Überlege dir gut, in mein Gemäuer einzutreten. Bist du ersteinmal drin, bleibst du es auch. Ich stemmte mich dagegen und drückte auf die Klinke. Wider Erwarten schwang sie mühelos auf, und beinahe wäre ich einem uniformierten Pförtner vor die Füße gepurzelt. Einen Fuß auf einem Treppenabsatz, hatte er mir den Rücken zugewandt und wienerte seinen schwarzen, glänzenden Schuh. Er ließ den Lappen liebkosend über die Oberfäche gleiten und flüsterte gurrend mit ihm. Ich stellte mich hinter ihn, machte mich steif und räusperte mich. Es fehlte nicht viel und ich hätte salutiert. Im Umgang mit amtlichen Menschen stehe ich innerlich immer stramm.

Der Türhüter drehte den Kopf. Da ich hinter ihm stand, konnte er mich nicht sehen. „Was wollen Sie denn", fragte er barsch. Ich trat in sein Blickfeld und brachte mein Anliegen vor. Trotz der Kühle, die mich umgab, schwitzte ich. Es roch modrig und nach Schuhcreme. Er richtete sich auf und musterte mich. Er war ein alter Kerl, kurz vor der Pensionierung. Sein schmales Gesicht hockte hinter einer dicken Brille. Die grauen Bartstoppeln ließen ihn etwas verkommen aussehen. „Ein Schuh ist wie ein armer Mensch. Er wird sein Lebtag mit Füßen getreten. Ab und zu braucht er mal ein wenig Balsam. Genau wie die armen Menschen, die tagein, tagaus hier hereingehen. Die meisten kommen voller Hoffnung, daß ihr Fall glücklich ende." „Interessant", sagte ich. „Ich bin leider etwas in Eile. Wären Sie so freundlich, mir die Akte auszuhändigen?“ „Nicht so eilig, junger Freund. Ein Rennen gewinnt man nicht nur durch Geschwindigkeit. Wir müssen das Büro der Staatsanwältin anrufen. Die Sekretärin der Staatsanwältin wird die Staatsanwältin von deinem Kommen benachrichtigen, diese wird die Akte nehmen, die sie vielleicht gerade vor sich auf dem Tisch liegen hat, sie wird sie aufschlagen, ein, zwei Stempel hineinstempeln, dann wird sie sie an die Sekretärin übergeben, diese wird dich dann hereinrufen, du wirst eine Erklärung unterschreiben, und noch eine Erklärung unterschreiben, sie wird dich noch einmal anschauen und fragen, ob alles in Ordnung ist, vielleicht kommt die Staatsanwältin auch aus ihrem Büro, um einen Nachtrag in die Akte zu legen oder um dir Grüße an deinen Chef mit auf den Weg zu geben oder einfach nur, um dich mal anzuschauen. Hast du das begriffen?“ Ich nickte. Er hatte langsam und gütig wie mit einem begriffsstutzigen Kind gesprochen. Die meisten würden ihn für einen ausgemachten Trottel halten. Für einen Schwachkopf, der vor sich hin schwadronierte. Er hatte mich unverwandt angestarrt, und ich hatte den Eindruck, als ob er mit seinen Augen Löcher in mich gebohrt hätte. Jetzt holte er die ganze Wahrheit ans Tageslicht. Ich fühlte mich wie ein Berg, dem seine Schätze entrissen worden waren. Er wußte Bescheid.

Hinter seiner Trägheit verbarg sich listige Schlauheit. Solche Menschen brechen dir lächelnd das Genick. Er lud mich in seine Pförtnerloge, deutete auf einen Stuhl und drückte umständlich einen Knopf auf der altmodischen Telefonanlage. Ein Lämpchen blinkte auf und ein dumpfes Tuten erklang. Am anderen Ende wurde der Hörer abgenommen. Über den Lautsprecher konnte ich bequem mithören. „Ja“, sagte eine Frauenstimme. Der Pförtner beugte sich leicht über die Sprechanlage und sagte nur: „Er ist da.“ Klick! Die Teilnehmerin hatte die Verbindung beendet. „Du kannst bald hochgehen. Sie macht jetzt alles fertig. Möchtest du einen Schluck Kaffee?“ Oh Gott, jetzt Kaffee! Meine Nerven flatterten bereits wie eine Windrose im Sturm. „Nein danke“, sagte ich. Er beugte sich unter den Tisch, um eine Thermoskanne hervorzuholen. Den Stuhl zurückschiebend, stand er auf, nahm eine staubige Tasse aus einem windschiefen Regal, das wie ein unsicherer Zecher an der Wand lehnte, und stellte sie vor mich hin. „Den Kaffee mache ich selbst. Er ist gut“, sagte er und schenkte mir ein. Schweigend tranken wir. „Ich habe Dich noch nie gesehen. Ist der Kollege krank?“ Ich konnte nicht antworten. Ich hatte heißen Kaffee im Mund und keine Ausrede parat. Ich blies die Backen auf und wedelte mit der Hand vor meinem Mund. „Uhmm, ist das heiß“, prustete ich los und nahm schnell noch einen Schluck, um Zeit zu gewinnen. Ich brachte mir selbst schwere Verbrennungen bei. Und das alles, um Hungerbühler bei einem kriminellen Akt zu helfen. Am liebsten wäre ich aufgesprungen und rausgestürmt. Ich fühlte das Bedürfnis, etwas zu tun, erkannte aber gleichzeitig meine Unfähigkeit, die Initiative zu ergreifen. Ich sah mir selbst zu, wie ich mich im Kot wälzte. „Es ist ein wenig schwierig, hier auf dem rechten Weg zu bleiben“, begann er von neuem. „Viele haben es versucht und sind kläglich gescheitert. Es gibt nämlich keine Hinweisschilder. Man muß sich allein zurechtfinden. Es gibt zwar eine gewisse Ordnung, doch das Dahinter kann einen verrückt machen. Manchmal“, fügte er hinzu. Er hatte fortwährend in seine Tasse gesprochen, so daß ich mir nicht sicher war, ob er mich meinte oder seinen Kaffee. Er schaute mich an. In seinen Brillengläsern spiegelten sich vorbeifahrende Autos. Ich kam mir vor wie ein Zwergkaninchen. „Ich glaube, es ist Zeit, daß du jetzt gehst. Sie werden dich erwarten.“ Sie? Bestimmt wartete oben eine Übermacht, um mich in Eisen zu schmieden. „Also, mein Junge“, er erhob sich und reichte mir eine knochige Hand. „Ich

wünsche dir alles Gute, falls wir uns nicht mehr sehen."
Er schob mich aus seinen Aquarium, drehte mich an den Schultern in die Richtung, in die ich zu gehen hatte und gab mir einen Klaps auf den Rücken. Nach ein paar Schritten drehte ich mich um. Er starrte hinter mir her. Ich hob die Hand zum Gruß, woraufhin er etwas brummte und verschwand. Der Gang nahm kein Ende. Ein langer, dunkler Schlauch, spärlich beleuchtet von kleinen Lichtinseln. Keine Türen zweigten ab. Es war wie ein Stollen, der, in rohen Berg gehauen, die Bergmänner in unheilvolle Tiefen führte. Dazu paßten die unverputzten Wände und die leichte Krümmung des Weges. Ein muffiger Geruch begleitete mich. Ich mußte an eine Ameise denken, die, mit ihren Beinchen in ein Tintenfaß getunkt, blaue, feuchte Pünktchen auf einem weißen Blatt Papier hinterließ. Absolut unbedeutend. Endlich stieß ich auf eine Treppe. Sie war ausgetreten und morsch. Durch schießschartenähnliche Fenster drang mattes Licht in das Treppenhaus. Ich fürchtete, in ein Loch zu treten. Während meiner Wanderung war mir niemand begegnet. Ich blieb stehen und lauschte. Kein Geräusch war zu vernehmen. Grabesstille umgab mich. Die Treppe schien ein Verwandter des Ganges zu sein. Sie nahm kein Ende. Ich mußte bald in die Stratosphäre eintauchen. Keine Türen zweigten ab. Dem Pförtner würde ich den Hals umdrehen. Mehrmals trat ich auf Kabel, die leblos aus den Wänden hingen, und einmal auf etwas Weiches. Am Ende der Treppe angekommen, traf ich auf eine mit Schutt zugestellte Tür. Nachdem ich ein paar Steine, einen großen Eimer und ein paar Säcke Zement beiseite geräumt hatte, zog ich sie auf. Ein weiterer Gang. Doch welcher Unterschied? Helles Tageslicht schien durch die weiten Fenster herein, und auf dem knarrenden Parkettboden huschten Männer und Frauen geschäftig hin und her. Türen klappten auf und zu, und auf den Bänken vor den Gerichtssälen saßen die

Sünder mit gesenkten Köpfen. Zweimal mußte ich mich noch durchfragen, bevor ich das Büro der Staatsanwältin fand. Ich wartete ein paar Sekunden vor der Tür und zwang mich, ruhiger zu werden. Das Koffein flitzte meine Nervenbahnen rauf und runter, traf auf meine Angst, und gemeinsam tanzten sie Polka. Nach einer Minute war ich soweit. Ich wischte ein paar Staubflocken von meiner Jacke, glättete mir das Haar mit Speichel und trat, ohne anzuklopfen, ein. Eine ältliche Brünette spitzte ihr Mündchen und schaute mich neugierig an. „Ich bin der Diener", stammelte ich. „Der Hungerbühler, ich soll, ich bin der vom Gericht. Der Diener", wiederholte ich schwachsinnig. Ich verstummte. Sie schaute noch immer erwartungsvoll. Wartete wohl darauf, daß ich mich verriet. Dann sparten sie sich die Folter. Sehr clever! Ich sammelte mich innerlich und begann von neuem meine Litanei. „Ich bin geschickt. Vom Hungerbühler. Er hat mich gesandt." Herrje. Jetzt hatten sie mich. „Sie wollen die Akte Hungerbühler abholen?" fragte sie scheinheilig. „Äh ja, natürlich. Die Akte. Deshalb bin ich gekommen." „Nehmen Sie doch einen Augenblick Platz. Ich gehe sie eben holen." Eilig verschwand sie im Nebenraum. Ich setzte mich mit einer Pobacke auf einen Stuhl und wackelte mit den Beinen. Wahrscheinlich würden in der nächsten Sekunde vermummte Polizisten zur Tür hereinstürmen, mich zu Boden werfen, einer würde mir seine Stiefel ins Kreuz drücken, und ich bekäme die Hände brutal auf dem Rücken gefesselt. Vielleicht kamen sie auch durchs Fenster. Ich stand auf und warf einen Blick hinaus. Außer einem alten Ehepaar, das Hand in Hand auf einer Bank sitzend in die Sonne blinzelte, war nichts Verdächtiges zu sehen. Aber was, wenn sie sich vom Dach abseilten? Damit rechnete doch niemand. Angefüllt mit Angst verstrichen die Sekunden. Ich überlegte bereits, ob ich die Sache fallenlassen und verschwinden sollte, als die Tür zum

Nebenzimmer klappte. Ich sah noch immer zum Fenster raus. Schritte mehrerer Personen waren zu vernehmen. Also doch. Jeden Moment würde mir eine kräftige, behaarte Hand den Arm auf den Rücken drehen. „Also dann", sagte eine Frauenstimme. „Sie haben nicht den Hauch einer Chance, geben Sie es auf. Uns beiden bleibt eine Menge Ärger erspart." Langsam drehte ich mich um. Wollte gerade den Mund auftun, als ich bemerkte, daß sie mit einem Mann sprach, der bereits die Klinke in der Hand hielt. „Ja, vielleicht haben Sie recht. Ich werde meinem Mandanten das Angebot vorschlagen. Ich melde mich wieder. Adieu!" In meine Richtung nickend verschwand er. Die Frauenstimme, sie gehörte zu einer hochgewachsenen Dame, wandte sich an mich. „Und nun zu Ihnen." Sie lächelte mich an. Das goldene Haar, zu einem Knoten hochgesteckt, von einem grünen Schildpattkamm zusammengehalten, war der perfekte Rahmen für ihr schönes, strenges Gesicht. Dazu lächelte sie auf eigentümliche Art und Weise. Etwas entrückt. Ein leichter Schwindel ergriff mich. Sie sah mich klar und neugierig aus ihren herrlichen grauen Augen an. „Der Doktor Van Meulen schickt Sie", fragte sie freundlich. Ich nickte artig. „Nun, ich hatte ja das Vergnügen, mit ihm zu telefonieren. Ein intelligenter Mann." Sie lächelte verhalten. „Ich habe die Akte schon geschlossen. Sie können Ihrem Chef bestellen, daß alles in Ordnung geht. Bestellen Sie ihm doch einen schönen Gruß. Auf Wiedersehen!" Sie gab mir die Akte, reichte mir ihre feingliedrige, doch feste Hand und ging in ihr Büro. Ich machte, daß ich schnellstens wegkam. Der Pförtner war nicht zu sehen. Ich schlug mit der flachen Hand gegen seine Scheibe und murmelte eine Verwünschung, ehe ich das Gebäude verließ. Ich ging schnell und ohne mich umzusehen. Ein paar Ecken weiter lehnte ich mich schweratmend an eine Hauswand. Vor lauter Aufregung hatte ich Seitenstechen bekommen. Ich konnte mein Glück gar nicht fassen. Ich war unversehrt herausgekommen. Pfeifend ging ich zu Fuß zum Bahnhof. Sog den sommerlichen Geruch der Stadt in mich ein. Mit einem Becher Kaffee in der Hand bestieg ich den Zug. Die Schaffnerin durchlöcherte lächelnd meine Fahrkarte. Das eintönige Rattern versetzte mich in eine Traumwelt. Eine blonde Königin mit einer Augenklappe und einem grauen Auge hatte mich zu ihrem Gemahl erwählt. In einer Art Schloß in den Wipfeln riesiger Bäume lebend, spielten wir den ganzen Tag Ball, lachten und liebten uns. Kilometerweit über dem Erdboden. Hin und wieder schaute Mora vorbei und brachte uns Neuigkeiten von der Erdwelt mit. Es war das perfekte Leben. Ohne Mühsal, ohne doppelten Boden. Ich war glücklich. Doch zogen bald dunkle, schwere Wolken am Horizont herauf. Geballte Ungetüme, die wie Sendboten des Unheils wirkten. Sie bedeckten das Land, so daß nichts mehr davon zu sehen war. Kräftige Böen schüttelten unser Paradies. Noch lebten wir sicher. Weit unter uns hörten wir ein Schaben. Ein Klicken. Etwas schien den Baum herauf zu wollen. Es kam näher. Bedrückte uns mit seinem dumpfen, gleichförmigen Ton. Die Königin und ich spielten Ball auf der Veranda. Ich warf ihn ihr zu. Zu weit. Sie versuchte ihn noch zu erhaschen. Dabei löste sich der grüne Schildpattkamm in ihrem Haar, und ein Gewirr von langen, seidigen Haaren nahm ihr die Sicht. Sie taumelte und stürzte mit einem Aufschrei hinunter. Ich lief zum Rand und sah ihr nach. Sie war schon ganz klein.

„Schau nicht hin“, rief meine Gefährtin mir mit dünner Stimme zu. „Wenn man nicht hinsieht, verliert der Schrecken sein Gesicht.“ Zu spät. Tausende metallisch glänzender Käfer schoben sich mit ihren Stummelbeinen den Stamm hinauf. Das Klicken rührte von ihren Mäulern her. Mechanisch öffneten und schlossen sie sich und gaben den Blick auf spitze Stahlzähne frei, die blau und kalt schimmerten. Ich verlor das Gleichgewicht. Ich ruderte mit den Armen, fand keinen Halt und sank in die Tiefe. Ich fiel und fiel, genau in das aufgerissene Maul eines Käfers. Eines fetten Käfers mit Hungerbühlers Gesicht. Ich verschwand in dem aufgerissenen Schlund und hörte nur noch das Auf- und Zuschnappen des Maules. Wie ein gerissener Film, dessen Ende sich schlappend in der Spule drehte. Schnapp! Schnapp! Schnapp! Ein Rütteln des Zuges und eine alte Frau, die an meiner Schulter hing, weckten mich schließlich. „Ist Ihnen nicht gut?" Sie hatte meine Schulter umklammert und drückte ihre gichtigen Finger in mein Fleisch. Ihre aufgerissenen Augen sahen mich an, als wollten sie mich verschlingen. „Sie haben gestöhnt und kurz aufgeschrien. Junger Mann, Sie sind ja ganz blaß." Die Alte tauchte in die Tiefen ihres schmutzigen Einkaufsbeutels und beförderte einen Flachmann an das Tageslicht. „Nehmen Sie einen Schluck. Das hilft immer." Ich trank das Fläschchen aus, woraufhin sie mich böse ansah, und ging auf die Toilette. Erschreckend, welches Gesicht mir entgegenblickte. Ich sah einen Greis, leichenblaß und mit eingefallenen Wangen. Ich wusch mir das Gesicht und gesellte mich wieder zu der Alten. Sie würdigte mich keines Blickes. Ich streckte mich in meinem Sitz aus und überlegte, ob ich die Akte behalten oder wenigstens eine Kopie machen sollte. Damit hätte ich Hungerbühler unter Druck setzen können. Irgendwann.

Ich tat es nicht. Dafür war ich nicht geschaffen. Hungerbühlers Ladendiebstahl verlief sich auf diese Art und Weise natürlich im undurchdringlichen Dickicht. Das zuständige Gericht hatte den Fall in gutem Glauben abgegeben und kümmerte sich nicht weiter darum. Der Supermarkt bekam ein paar Wochen später einen amtlichen Brief, worin den Verantwortlichen mitgeteilt wurde, daß das Verfahren gegen den Beschuldigten aufgrund der Geringfügigkeit eingestellt worden sei. Außerdem habe es unklare Zeugenaussagen gegeben, weswegen die Schuld nicht eindeutig einsehbar bei dem Beschuldigten liege. Man könne noch eine Zivilklage in Betracht ziehen. Jedoch rate die Staatsanwaltschaft davon ab, da in solchen Fällen wenig Aussicht auf Erfolg bestünde. Sie könnten froh sein, wenn der Beschuldigte nicht seinerseits Klage einlege. Gegen den Hausdetektiv, der eindeutig seine Kompetenzen überschritten habe, indem er den Beschuldigten unter Androhung von Gewalt in sein Büro zwingen wollte. Amtsanmaßung nenne sich so etwas. Das Unternehmen solle sich doch lieber überlegen, das Überwachungspersonal besser zu schulen. Hochachtungsvoll Staatsanwalt Prof. Dr. Hubertus Van Meulen.

Kapitel 16

I

„Sagen Sie, Herr Nachbar. Ein offenes Wort zur rechten Zeit. Verspüren Sie nicht auch diesen scharfen Wind und die gespannte Stille in den Straßen? Man weiß ja gar nicht mehr, was los ist. Unsereiner hat nur noch seinen Schmerz. Ich höre manchmal bereits die Englein im Himmel singen." „Still jetzt. Es kommt jemand. Wir wollen uns nicht beklagen." Ich hatte angefangen zu lesen. Abenteuergeschichten! Mora hatte mich darauf gebracht. Eines Tages hatte sie Defoes „Robinson Crusoe" angeschleppt. Sie war der Meinung, ein Mensch müsse seine Phantasie unter Dampf halten. Früher oder später werde sie gebraucht. Ich lag in den Tropen nach einem Vogelspinnenbiß im Fieber, ich betrank mich in einer Bar in Portland, ich liebte eine Hure in Nizza, ich erschoß einen Falschspieler in Marrakesch, und ich war Sträfling auf den Teufelsinseln. Sicher, es waren Fluchten. Aber sie waren amüsant. Als das Telefon läutete, war ich in Afrika, auf der Suche nach einem Elfenbeinhändler. Das schrille Klingeln ignorierend, blätterte ich eine Seite um. Bei der nächsten Seite klingelte es noch immer. „Mora", rief ich vom Sofa aus. Sie war oben und brütete über einer Hausarbeit. „Mora", rief ich etwas lauter, woraufhin sie atemlos die Treppe heruntergesprungen kam, zum Telefon stürzte und den Hörer von der Gabel riß. Ich blätterte eine Seite um. Eine unheimliche Geschichte. Alles deutete darauf hin, daß der Händler wahnsinnig geworden war. Er lebte wie ein böser König, tötete wie entfesselt und spießte die Köpfe seiner Feinde auf Holzpfähle.

Mora kam auf mich zu und setzte sich wortlos auf die Sofakante. Ich legte das Buch weg, schaute auf das Loch in meiner Socke und wackelte mit den Zehen. „Ist was?" fragte ich beiläufig. „Hungerbühler hat angerufen. Er steckt in Schwierigkeiten." „Oh, das ist ja etwas ganz Neues. Was hat er denn angestellt? Hat er ein Massaker in einem Kindergarten angerichtet oder ist er über eine Flasche Wodka gestolpert?" fragte ich sarkastisch, hielt aber lieber den Mund, als ich Moras Gesicht sah. Sie sah traurig aus. „Er steckt wirklich in Schwierigkeiten. Er sitzt im Gefängnis. Du hast doch von diesem Typen gehört, der nachts das Mädchen überfallen und erstochen hat. Der im Tarnanzug." „Jaja. Ich weiß. Der sich als Polizist ausgegeben hat. Und das war Hungerbühler?" „Quatsch! Aber das war einer seiner Patienten." „Und Hungerbühler hat ihn geheilt? Das ist ja großartig. Was wirst du denn am Ende der Therapie machen? Eine Atombombe zünden, nehme ich an." „Halt den Mund!" Mora funkelte mich böse an. „Das war nicht Hungerbühlers Schuld. Der Typ war krank. Bei der Vernehmung kam raus, daß er bei Hungerbühler Patient ist." Ich nickte verständnislos. In meinen Augen gab es genug Gründe, Hungerbühler einzusperren. Aber daß einer seiner Patienten mordete, dafür konnte Hungerbühler nichts. „Der Typ ist direkt nach der Sitzung bei Hungerbühler losgezogen, um das Mädchen abzustechen. Deswegen ist die Polizei bei ihm aufgetaucht. Und dieser Idiot war bekokst. Das fiel auf. Die hätten ihn sonst in Ruhe gelassen. Also haben sie ihn ein bißchen unter die Lupe genommen. Haben ein bißchen nachgeforscht und rausgefunden, daß er überhaupt keine Zulassung hat, um als Arzt zu praktizieren." Mir wurde übel. „Wieso hat er keine Zulassung? Hat er die verloren?" „Er hatte nie eine. Er hat überhaupt nicht studiert." Das saß. Ich konnte mich nicht rühren. Es hätte mich nicht überraschen dürfen. Aber ich war nicht so abgebrüht. „Was ist er denn, wenn nicht Psychologe? Er hat uns doch von seiner Universitätszeit erzählt. Er hat Diplome an der Wand. Er hat doch das richtige Vokabular. Was ist denn mit Hansi?"

„Nach der Geschichte mit Hansi ist er von der Universität geflogen. Da war er gerade im zweiten Semester. Außerdem hatten die rausgefunden, daß sein Abiturzeugnis gefälscht war. Er hat nie das Gymnasium besucht. Hungerbühler hat gerade mal den Volksschulabschluß geschafft. Nach der Geschichte damals hat er ein Jahr im Gefängnis gesessen. Hungerbühler ist die Lüge in Person. Ist dir das noch nie aufgefallen? Man kann ihm nichts glauben." Das pure Glück pulsierte in meinen Venen. „Dann sind wir ihn jetzt los, oder, Mora? Wir wollen nichts mehr mit ihm zu tun haben. Er hat uns genug gequält." Ich wäre am liebsten vor Freude auf dem Sofa rumgesprungen, wenn Mora nicht so ein düsteres Gesicht gemacht hätte. „Er braucht mich. Und ich brauche ihn." „Das ist doch Blödsinn, niemand braucht einen Fluch wie Hungerbühler. Der war in seinem früheren Leben bestimmt ein Krankheitserreger." „Ich brauche ihn noch", schrie Mora voller Wut und ballte die Fäuste. Zu jener Zeit hatte ich manchmal den Eindruck, ich sei aus Glas. Aus durchsichtigem blauem Glas. Überall waren fettige Fingerabdrücke von Mora und Hungerbühler zu sehen. Durch den ständigen Gebrauch war ich abgegriffen und rissig geworden. Die geringste Erschütterung ließ mich zerspringen. Sie nahmen keinerlei Rücksicht auf mich. Außer, daß Mora mich immer wieder zusammenklebte.

2

Hungerbühler wurde nach zwei Tagen aus dem Gefängnis entlassen. Er war wegen Betruges, Titelmißbrauchs, Körperverletzung und Drogenbesitzes angeklagt worden. Da jedoch keine Flucht- oder Verdunklungsgefahr bestand, hatte der Richter ihn vorläufig auf freien Fuß gesetzt. Mora und ich holten ihn vom Untersuchungsgefängnis ab. Bleich und übernächtigt wankte er aus dem

Tor. Seine Freude, uns oder vielmehr Mora zu sehen, wurde bald von Moras Geschenk verdrängt. Zwei Gramm Kokain. Wir gingen in den Park und suchten uns eine freie Bank, wo Hungerbühler sich sofort ungelenk und nervös über das sorgsam gefaltete Briefchen hermachte. Geräuschvoll sog er eine Prise ein. „Ah, tut das gut." Entspannt lehnte er sich zurück.

„Ich bin fast verrückt geworden da drin. Zusammen mit lauter Verbrechern." Er fletschte die Zähne und rieb sich ein paar Krümel in das Zahnfleisch. „Und kein Pulver. Meine Nase hat wie verrückt gekribbelt und der Idiot von einem Arzt hat mir Nasenspray gegeben. Gegen Nasenschleimhautentzündung. Ich hätte es ihm am liebsten in die Nase geschoben und bis zum Gehirn durchgedrückt. Dieser Idiot! Aber jetzt ist ja alles gut. Nicht wahr?" Er lächelte selig. „Was wollen wir unternehmen? Ich bin tatendurstig. Zwei Tage begraben. Ich fühl mich wie neu." Hungerbühler hatte einen Arm um Mora gelegt und drückte sie an sich. Sie ließ es geschehen. „Dieser Trottel! Was geht der los und bringt das Mädchen um? Bislang war er ziemlich friedlich. Hat phantasiert. Aber ich hätte ihm nicht zugetraut, wirklich sowas zu tun. Eigentlich war er ganz in Ordnung. Eine einfache Natur. Der brauchte jemanden, der ihm gesagt hat, wo es langgeht. Mißbrauch durch den Vater, Mutter Alkoholikerin. Ihr wißt ja, wie das ist." „Sicher, wir wissen, wie das ist. Vor allem du weißt, wie das ist. Du bist ja auch ein herausragender Wissenschaftler. Du heilst ja alle. Egal wie. Am Ende sind alle erlöst." Er ging überhaupt nicht auf meinen Ausbruch ein. Saß nur da und schaute sinnierend einem Eichhörnchen nach. „Ich hätte ihm wohl nichts von dem Koks geben dürfen", sagte Hungerbühler mehr zu sich selbst. Ich guckte ihn an, unfähig zu reagieren. Die Sonne schien durch die Blätter und zauberte bizarre Muster auf sein Gesicht. Ein kleines Kind fuhr auf einem Dreirad vorbei und klingelte fröhlich. Ein Vogel hatte sich nicht weit von uns niedergelassen und pickte an einem modrigen Brötchen herum. „Was hast du?“ preßte ich mühsam hervor. „Das ist nicht wahr. Du erzählst Mist.“ Mir wurde schwarz vor Augen. Mora legte beruhigend eine Hand auf meinen Arm. „Sicher ist das Mist. Er ist verwirrt. Guck ihn dir doch an. Der spinnt.“ An Hungerbühler gewandt: „Sag ihm, das das nicht wahr ist.“ Hungerbühler achtete nicht auf uns. Er sah einem Pärchen zu, das auf der Wiese Federball spielte. Der Junge ärgerte sich darüber, daß sie nie den Ball traf. „Federball würde ich jetzt auch gern spielen“, sagte Hungerbühler. „Und ein Eis essen.“ Er sprang von der Parkbank und schlenderte mit den Händen in den Hosentaschen los. Mora stand ebenfalls auf. Ich hielt sie zurück. „Mora, der macht uns fertig. Der zieht uns mit runter. Laß uns nach Hause gehen“, bettelte ich. „Du kannst ja gehen. Ich gehe mit ihm ein Eis essen. Geh nach Hause zu deinen Märchengeschichten. Da bist du besser aufgehoben. Da kannst du deine Männlichkeit auf die Probe stellen, ohne Angst darum zu haben.“ Ich mußte dreimal schlucken. Das konnte ich nicht auf mir sitzen lassen. Wenn ein Mädchen – auch wenn es nur die halbwüchsige Nichte war – soetwas zu einem Mann sagte, war es Zeit zu reagieren. Ihr, und somit der gesamten weiblichen Welt das Gegenteil zu beweisen. Ich sah der Gefahr ins Auge. Auch wenn sie Hungerbühler hieß. Gerade dann. Festen Schrittes ging ich hinter den beiden her.

Kapitel 17

1

„Das ist doch Blödsinn, Mora. Hungerbühler darf doch die Stadt gar nicht verlassen. Wenn die ihn erwischen und uns mit, sind wir wegen Fluchthilfe dran." Sie packte ganz in Ruhe ihre Reisetasche. Ich saß auf ihrem Bett und reichte ihr T-Shirts und BHs. „Du mußt ja nicht mitkommen, wenn du keine Lust hast", sagte sie und verstaute eine Packung Tampons in ihrem Kulturbeutel. Sie war so selbstbewußt, so unbeirrt. Früher hatte sie noch versucht, auf mich einzugehen. Mich zu überzeugen. Seit einiger Zeit schien es mir, als ob sie getrieben würde. Als ob sie in einem lecken Boot auf dem grauen Tümpel Zeit herumpaddelte. Darauf bedacht, ein Ziel zu erreichen, bevor der Kahn sank.

„Hör mal", argumentierte ich. „Das ist doch Hungerbühlers Mutter. Wir haben da nichts verloren. Vielleicht will sie ihn auch gar nicht wiederhaben. Verstehen könnte ich es ja." „Aber ich, ich weiß wie das ist, ohne Mutter aufzuwachsen", sagte Mora und sah mich an. „Du kannst das nicht nachvollziehen." „Tut mir leid, Mora. Aber sieh es doch mal so. Er muß sich damit allein auseinandersetzen. Wir stören da nur." Ich wiederholte mich, wie mir schien, und meine Argumente waren auch nicht dazu angetan, sie zu überzeugen. Ich lümmelte auf ihrem Bett, setzte mir eine ihre Unterhosen auf den Kopf und schnitt Grimassen. Das hatte sie früher immer zum Lachen gebracht. Genervt riß sie mir das Höschen vom Kopf und stopfte es in ihre Tasche. Ich war verletzt, traute mich aber nicht, es ihr zu sagen. Ich fühlte mich verraten. Sie nahm nur noch Hungerbühler wahr. Ich wurde schlagartig traurig, weil mir klar wurde, daß sie nicht mehr auf meiner Seite stand. „Ich gehe packen", murmelte ich und verließ mit feuchten Augen ihr Zimmer. Was sollte ich bei seiner Mutter? Was wollte er bei seiner Mutter?

Erst wollte ihn die Frau umbringen, dann setzte sie ihn aus. In einem Nonnenkloster. Wenn das nicht Gründe genug waren, dieser Person die Pest an den Hals zu wünschen. Erhoffte er sich Frieden? Eine Erbschaft? Wollte er sie vielleicht umbringen? Mir wurde kalt ums Herz. Zuzutrauen wäre es ihm. Aber welche Rolle spielte Mora dabei? Sie war doch sicherlich der Motor dieser Geschichte. Ich wurde daraus nicht klug. Ich kann nicht sagen, daß ich mitfuhr, um etwas Schlimmes zu verhindern. Ich wünschte, es wäre so gewesen, und ich wünschte, ich hätte tatsächlich verhindern können, was dort passierte. Ich fuhr aus Bequemlichkeit mit. Weil ich nichts besseres zu tun hatte, und weil es mein Fluch war, Moras Wasserträger zu sein. Und ihr Chronist. Ich war zu keinem anderen Leben in der Lage, nur zu diesem verdammten symbiotischen Dasein. Ich war an sie gekettet durch den lückenhaften Bauplan meiner Natur. Dummerweise hatte Mora einen Schlüssel zu unserer Kette und ich nicht.

2

Wir sollten Hungerbühler abends in seiner Wohnung abholen. Es war klar, daß wir mit meinem Auto fuhren. Und es war auch klar, daß ich für die gesamte Reise einschließlich Hungerbühlers Kokainration würde aufkommen müssen. Er hatte kein Einkommen mehr. Darüberhinaus Schulden. Und Mora bekam ihr Taschengeld sowieso von mir. Ich hatte die Hoffnung aufgegeben, daß etwas für mich übrigbleiben könnte. Hungerbühler würde nie und nimmer etwas freiwillig mit mir teilen, und Mora hatte nichts zu geben. Sie nahm nur.

Als wir vor seiner Wohnung aufkreuzten, stand Hungerbühler nicht wie verabredet vor der Tür. Wir mußten ihn erst wachklingeln. Er hatte bis in die frühen Morgenstunden gekokst und getrunken. „Entschuldigt. Es war etwas spät. Setzt euch doch in die Küche und macht euch einen Kaffee“, schlug er vor. „Ich gehe nur mal eben den Nasenbär von der Kette losmachen und packe meine Tasche.“ Mora und ich sahen uns an. Wir setzten uns in sein Wohnzimmer und stellten den Fernseher an. Hungerbühler schnaufte an uns vorbei. Mal fehlte ein Socken, dann wieder ein bestimmtes Buch, oder er suchte seine Zahnbürste. „Scheiße! Wo ist das verdammte Handtuch. Eben hab ichs noch gehabt. Ich werde noch wahnsinnig.“ Er rannte aufgescheucht in der Wohnung herum, steckte alle zwei Minuten seinen Kopf ins Wohnzimmer, um uns zu verkünden, dieses oder jenes fehle noch. Er könne nicht ohne. Gerade das sei besonders wichtig. Mora zappte gelangweilt das Programm durch. In der Küche hörten wir es poltern, gefolgt von einem Klirren. „Scheiße!“ Hungerbühler steckte seinen Kopf durch die Tür. „Mir ist der halbe Geschirrschrank entgegengekommen. Könnt ihr euch mal darum kümmern. Sonst dauert es noch länger. Wir wollen doch gleich los. Danke!“ Weg war er, um im Badezimmer herumzulärmen. „Geh doch mal in die Küche“, sagte Mora, ohne den Blick vom Fernseher zu wenden. „Hör mal“, warf ich ein, merkte aber, daß sie mir nicht zuhörte. Grummelnd sprang ich auf und ging in die Küche, um mir die Bescherung mal anzusehen. Der Boden war übersät mit Scherben, Marmeladenresten, Gemüse, Kaffeepulver und ähnlichem. Selbst die Wände waren nicht verschont geblieben. Spritzer von Tabasco, Würzsauce und Kondensmilch klebten an den verblichenen Fliesen. Wütend stampfte ich zurück ins Wohnzimmer. „Mora, das ist eine Lebensaufgabe. Wir werden seine Mutter nicht mehr lebend antreffen, wenn wir das jetzt noch aufräumen.“ Sie drehte sich zu mir um, blickte gelangweilt mit halbgeschlossenen Augen in meine Richtung und drehte sich wieder weg. „Warum erzählst du das mir? Klär das mit Hungerbühler." Ich stapfte ins Badezimmer. Hungerbühler stand vor der Kloschüssel und urinierte. „Hör mal", sagte ich etwas geniert. „Die Schweinerei mache ich nicht weg. Kümmer dich da selbst drum." Er drehte den Kopf. „Wir kommen heute nicht mehr los. Ich muß noch soviel zusammenpacken." „Das hättest du dir früher überlegen müssen. Laß doch den Scheiß einfach liegen." „Das geht nicht. Meine Nachbarin gießt meine Blumen. Der kann ich doch nicht so einen Anblick zumuten. Die ist imstande und macht das sauber, die gute Seele." „Umso besser. Du kommst nach Hause und die Bude ist blitzblank." Er schüttelte ein paar Tropfen ab und drehte sich zu mir um, sein Gemächte mit einer Hand umfassend. „Du bist wohl nicht ganz dicht. Das ist ne Frau von achtzig Jahren. Willst du der zumuten, hier auf dem Boden rumzukriechen? Hast du kein Herz?" Ich schluckte. Was sollte ich einem Mann antworten, der mit seinem Schwanz auf mich zielte? „Paß auf, ich helf dir", sagte er gönnerhaft und nahm einen kleinen Eimer aus dem Schrank, den er unter den Wasserhahn stellte. „Du gehst schon mal die Scherben wegmachen und ich bring dir dann heißes Wasser und nen Lappen. Brauchst nur zu rufen. Besen und was du so brauchst ist im Schrank hinter der Tür." Mißmutig ging ich in die Küche. Mora zu fragen hatte keinen Zweck. Fast hätte ich geweint. Ich fühlte mich völlig überfordert. Die Scherben mit spitzen Fingern anfassend, machte ich mich an die Arbeit. Immer wieder kamen neue dazu. Als ob jemand, wenn ich nicht hinsah, ein paar dazuwarf . Es war einige Zeit vergangen, bis ich aufwischen konnte. „He, ich brauch Wasser!" Keine Antwort. „Verdammt, was treiben die", fluchte ich vor mich hin und und ging ins Wohnzimmer. Mir bot sich ein widerlicher Anblick. Hungerbühler saß auf dem Sofa und versuchte, Mora – sie saß auf seinem Schoß – Sekt einzuflößen. Hungerbühler hatte eine grüne Lockenperücke auf dem Kopf. Beide lachten schwachsinnig und kriegten sich gar nicht mehr ein, als sie mich sahen. „Wie siehst du denn aus", brüllte Mora los und zeigte mit dem Finger auf mich. Sie war hemmungslos betrunken. Auf dem Boden lagen zwei leere Sektflaschen. Im Fernsehen lief ein Kriegsfilm. „Bist du schon fertig?" kreischte sie und zog Hungerbühler die Perücke ins Gesicht, wobei sie sich halb totlachte. „Ich brauche Wasser", sagte ich leise und schaute zu Boden. „Du weißt doch noch, wo das Badezimmer ist. Oder?" Hungerbühler lachte über seinen Witz. „Du wolltest mir doch helfen", sagte ich unterwürfig. Oh, wie ich mich in diesem Moment haßte. „Verdammt, kriegst du auch mal was alleine hin?" Mora war schwankend aufgestanden, wobei sie sich an Hungerbühlers Kopf abstützte. Sie war wütend. Ich drehte mich um und ging raus. Gerade rechtzeitig. Ich hörte noch das sirrende Geräusch an meinem Ohr und sah, wie die Sektflasche von der Wand abprallte, noch ein wenig über den Teppich hüpfte, bevor sie zitternd liegenblieb. „Den muß man treten, diese Sau", kreischte sie furienhaft und verfiel sofort wieder in ein albernes Glucksen. Ich machte, daß ich in die Küche kam. Mora trank sonst nicht. Sie vetrug keinen Alkohol. Was um Himmels willen hatte sie dazu gebracht, heute abend zu trinken? Nie hatte sie sich mir gegenüber so verhalten. In letzter Zeit war unser Verhältnis etwas gespannt gewesen. Aber so hatte sie mich nie behandelt. Sie war stark und ich war schwach. Mora hatte mich mit dem ganzen Gewicht ihrer Persönlichkeit niedergedrückt. Naturen wie Mora kennen kein Mitleid. Das hätte ich mir früher überlegen sollen. Ich haßte die beiden und wünschte ihnen alles Schlechte an den Hals, während ich den Küchenboden schrubbte.

3

„Halt mal an!" Mora zupfte aufgeregt an meinem Ärmel. Ich war noch immer verstimmt, obwohl sie sich am Morgen bei mir entschuldigt hatte. Wir waren noch nicht weit gekommen. Entgegen unseren eigentlichen Plänen waren wir erst morgens losgefahren und in den Berufsverkehr hineingerauscht. „Mora", sagte ich. „Wir kommen ja nie an, wenn wir dauernd anhalten müssen. Das ist schon das dritte Mal. Was trinkst du auch soviel?" „Wenn du nicht dauernd so ruckartig fahren würdest, wäre mir nicht übel." Ich sah, wie unangenehm ihr das war. Sie hatte die Kontrolle verloren. Ich steuerte die nächste Raststätte an, ohne weiter mit ihr zu diskutieren. Sie stürzte aus der Tür, und ich sah, wie sie in gebückter Haltung und mit der Hand vor dem Mund in den Toiletten verschwand. Hungerbühler grunzte auf dem Rücksitz. Er war sofort, nachdem wir losgefahren waren, in einen todesähnlichen Schlaf gefallen. „Sind wir da?" stöhnte er und pustete eine an Verwesung erinnernde Atemwolke in meine Richtung. Meine Augen beschlugen und ich wäre um ein Haar hinter Mora hergestürzt. „Herrgott, geh dir bloß mal die Zähne putzen. Du riechst ja aus dem Mund wie eine Mumie. So willst du doch nicht vor deine Mutter treten. Die bringt dich sofort wieder ins Kloster." Vor sich hin murmelnd, suchte er seine Zahnbürste, steckte sie sich demonstrativ in den Mund und fuhrwerkte in seiner Mundhöhle herum. „So recht, Herr von Anstand?" „Ein bißchen Zahnpasta könnt nicht schaden", schlug ich vor. „Und eine kleine Rasur würde Wunder bewirken. Sie wird uns sonst die Tür vor der Nase zuschlagen, ehe wir noch einen Satz sagen können. Würde ich auch, bei deinem Anblick", fügte ich leise hinzu. Er kletterte ächzend aus dem Auto, schlug wütend die Tür zu und verschwand in den Toiletten. Ich trommelte mit der Hand auf das Lenkrad und sah mich um. Die Sonne war klar und rund und beleuchtete picknickende Familien, die auf dem vollgemüllten Grünstreifen saßen und herumalberten. Vor meiner Nase spielten ein etwa elfjähriger dicklicher Junge und ein gleichaltriges dickliches Mädchen Fußball. Vermutlich Geschwister. Sie versuchte, jedesmal erfolglos, ihm dem Ball abzunehmen. Wenn er sie umspielt hatte, rannte sie kurzatmig zum Tor und versuchte den Ball zu halten. Der Junge zog mit voller Wucht ab. Er flutschte einfach durch ihre dicken, kurzen Finger hindurch. Zum Dank wurde sie von ihrem Bruder verhöhnt und beschimpft. Ich schaute in Richtung der Toiletten und sah den Ball deshalb nicht kommen. Erschrocken prallte ich zurück. Er hopste noch ein wenig auf der Motorhaube, um dann mit einem leisen Plopp herunter zu fallen. Der Junge klopfte an die Seitenscheibe. Ich stieg aus. „Entschuldigung. Meine Schwester hat nicht gehalten", sagte er mürrisch und schnappte sich den Ball.

Sein fetter, kleiner Hintern wackelte davon. Ein unsympathisches Bürschchen. Ich schlenderte hinter ihm her. „Sag mal, kann ich vielleicht mitspielen", fragte ich. Ich weiß gar nicht, wie ich auf diese Idee kam. Ich war völlig unsportlich. Aber mir ging es gegen den Strich, wie er mit seiner Schwester umsprang. Sie hieß Betty. „Au ja", rief sie. „Sie sind in meiner Mannschaft. Wir spielen gegen ihn." Sie zeigte mit der ausgestreckten Hand auf ihren Bruder. Der kleine Rotzlöffel blitzte mich böse an und drehte den Schirm seiner Baseballkappe nach hinten. „Gefangene werden nicht gemacht", rief ich in seine Richtung und dribbelte los. Ehe ich mich versah, lag ich auf der Nase. Er hatte mir problemlos den Ball abgenommen, und ich war über meine verdrehten Glieder gestolpert. Trotz seiner Körpermasse war der Junge ziemlich behende. Fast jede unserer Begegnungen endete damit, daß ich auf dem Rasen landete. Kaum hatte ich den Ball, war ich ihn auch schon los. Betty stand im Tor und ließ jeden

Ball durch. „Ich hab keine Lust mehr“, maulte sie. „Komm, komm, wir schaffen es. Ich brauche nur noch ein paar Minuten, um mich einzuspielen“, versuchte ich ihr Mut zu machen. Das war schon längst kein Spiel mehr. Hier kickte Erfolgreich gegen Erfolglos. Die Ehre der Underdogs stand auf dem Spiel. Mühsam rappelte ich mich immer wieder hoch. Mir tat bereits alles weh und meine Sachen waren verdreckt. Ich fühlte mich, als ob ich überfahren worden wäre. Das feiste Bürschchen lachte sich eins ins Fäustchen. „Na, schon müde geworden“, frotzelte er. „Haben Sie überhaupt schon mal einen Ball gesehen? Das ist die runde Lederkugel. Auf die müssen Sie achten.“ Schon lag ich wieder. Ich wurde wütend. Die kleine Giftkröte spielte ein übles Spiel mit mir. Als er das nächstemal versuchte, mir den Ball abzunehmen, grätschte ich mit voller Absicht in seine kräftigen Stummelbeinchen. Er wälzte sich theatralisch auf dem Rasen und hielt sich mit schmerzverzerrtem Gesicht den Knöchel. Aufjaulend ließ er dicke Tränen über seine runden Bäckchen laufen. Betty schaute mich böse an und lief schreiend zu einer Gruppe dicker Menschen, die auf dem Rasen herumlümmelten. Sie saßen um eine geöffnete Kühltasche wie eine Herde Flußpferde um eine Wasserstelle. Der Führungsbulle erhob sich und glotzte böse in meine Richtung. Schwerfällig setzte er sich in Bewegung. Ich hechtete über den Asphalt, sprang ins Auto und verriegelte die Tür. Mora und Hungerbühler saßen zum Glück schon drin. Sie lachten. Das Flußpferd kam auf uns zugewalzt. Es ruckelte ungestüm an der Tür und grunzte. Ich startete den Motor und fuhr stotternd los. Das Vatertier hielt sich noch einen Augenblick an der Tür fest, mußte dann aber stolpernd aufgeben. Mit quietschenden Reifen fuhr ich auf die Autobahn. Ein Lastwagen blendete wütend auf.

4

Wir waren von der Autobahn abgefahren, um uns in einem kleinen Örtchen eine Pension oder ein billiges Hotel zu suchen. „Können wir nicht einfach das nächstbeste nehmen? Eins mit Zimmerservice? Da hinten ist eins. Seht ihr das Schild? Das springt uns gleich an. Ganz fett: HOTEL... tja, das wars. Machs gut Hotel." Hungerbühler winkte affektiert dem Schild hinterher. „Man fährt nicht jeden Tag zu seiner Mutter. Da muß man nicht knausern", nölte er. „Außerdem will ich ins Bett. Man wird ja wahnsinnig bei der Fahrerei. Und überhaupt es ist ziemlich eng hier hinten. Ich könnte langsam auch mal was essen. Habt ihr keinen Hunger?" Wir fanden eine billige Pension in einem Industriegebiet. Zu dritt bezogen wir ein Zweibettzimmer. Die Wirtin, eine hagere, wortkarge Frau, stellte ein Extrabett für uns auf. „Sie zahlen dann eben wie für ein Doppelzimmer und ein Einzelzimmer." „Aber das ist doch ungerecht", murrten wir. Ich starrte auf die Warze neben ihrer Oberlippe, die unmerklich zitterte. „Es ist alles ausgebucht. Wenns Ihnen nicht paßt, können Sie ja noch weitersuchen. Aber ich sage Ihnen gleich: Viel Glück werden Sie nicht haben. Alles ausgebucht. Wir feiern morgen unser jährliches Blütenfest." Mora lehnte schläfrig an Hungerbühler und gähnte hemmungslos. Hungerbühler lehnte an der Wand und sagte so gut wie nichts. Die Wirtin stieß auf keinen nennenswerten Widerstand. Wir waren viel zu abgekämpft, um uns aufzulehnen. „Und keine Schweinereien", rief die Aufseherin mit scharfer Stimme hinter uns her, als wir die enge Treppe in dem muffigen Haus hochstiegen. Ein dunkles, krötiges Zimmer erwartete uns. Die häßliche Tapete war mit Schimmelflecken übersät, und die Decke auf dem Bett entpuppte sich bei näherem Hinsehen als ein Wust von zurückgelassenen menschlichen Haaren. „Abartig", sagte ich. „Egal", sagte Mora und ließ sich aufseufzend auf das Bett fallen. Hungerbühler daneben. Sie waren im Nu eingeschlafen. Ich versuchte mich auf dem wackligen Klappbett zusammenzufalten. Ich bin nicht groß, aber auf diesem Bett konnte selbst ein Zwerg Platzangst bekommen. Quietschend wälzte ich mich hin und her. Durch die dünnen Trennwände hörte ich die Nachbarn schwatzen. Sie schienen zu feiern. Gläser klirrten und eine gackernde Frauenstimme – sie klang wie die der Wirtin – rief: „Na sdorowje". Von diesen Geräuschen begleitet, glitt ich allmählich weg.

Der Morgen begann mit Streit. Mora war noch oben und duschte. Ich saß mit Hungerbühler über dem kärglichen Frühstück, als er mir Vorhaltungen machte. „Mir tut das Kreuz weh. Nur weil du auf dem Spartrip bist. Wir hätten uns für eine Nacht ruhig etwas besseres leisten können. Du bist ein Knauser. Ein ganz schlimmer. Kein Wunder, daß du keine Frau abkriegst. Da stehen die nicht drauf. Ich kann doch nicht mit gebeugtem Rücken vor meiner Mutter stehen. Die denkt ja, aus mir wäre nichts geworden." Er biß unwillig in ein pappiges Brötchen und mißachtete mich demonstrativ. Zum erstenmal fiel mir auf, wie sehr er sich in der Zeit unserer Bekanntschaft verändert hatte. Den Anschein von Seriosität, den er anfangs noch trug wie einen Sonntagsanzug, hatte er schnell abgelegt. Nun saß er in seiner Alltagskleidung da und zeigte sich in seiner ganzen prächtigen Vulgarität. Man konnte nicht sagen, daß er ein anderer Mensch geworden war. Er war wahrhaftiger in seiner jetzigen Form. Er gab sich keine Mühe mehr. Dabei hatte es keinen sichtbaren Bruch in seiner Persönlichkeit gegeben. Schleichend und beständig hatte sich sein Ich von der Zivilisation entfernt. Er war ein Stück zu weit in das Dickicht seiner Natur gelaufen. Und dort würde sein Geist sich gefährlich verirren. Besonders mit einer Führerin wie Mora an seiner Seite. Durch seinen Kokainkonsum hatte Hungerbühler sich auch äußerlich verändert. Er war dünner, spilleriger geworden. Seine Wangen waren eingefallen, und seine ehemals glatte Haut war von Mitessern durchsetzt. Die Gesichtsfarbe war von einem leichten Bronze ins schattige Grau übergewechselt. Sein ganzes Wesen war von einer Nervosität durchtränkt, die ihn reizbar machte. Meistens war er unkonzentriert. Er hatte nie gut zuhören können, obwohl er es im Simulieren zu einer gewissen Meisterschaft gebracht hatte. Doch jetzt war er oft abwesend. Schaute mit müden, stumpfen Augen. Mußte mehrmals angesprochen werden, bevor er reagierte. Dann schien er sich zu besinnen, daß jemand aus dem Dunkel nach ihm rief. Etwas Trübes glomm in seinen Augen, das allerdings schnell wieder zusammenfiel. Auf Kokain war er das genaue Gegenteil. Er parlierte wie ein Sittich, war lebendig, blitzte mit den Augen und riß die Welt in Stücke. Von seiner Körperpflege möchte ich gar nicht erst sprechen. Das wäre ein Fall für die Gesundheitsbehörde gewesen.

„Na, hier ist ja eine reizende Stimmung", sagte Mora, als sie sich zu uns setzte. Die verknöcherte Pensionswirtin brachte eine frische Kanne Kaffee. „Den müssen Sie aber extra bezahlen. Ich bin nicht die Heilsarmee." Ihre Schnapsfahne überdeckte für einen Augenblick den ätzenden, kleinkarierten Geruch, der beständig aus den Wänden ihres Hauses zu sickern schien. Sie setzte die Kaffeekanne unsicher vor uns ab und ging, sich in den Hüften wiegend, zum Nebentisch. Dort setzte sie sich einem kleinen, gedrungenen Mann auf den Schoß und flüsterte ihm, mit dem Kopf in unsere Richtung nickend, etwas ins Ohr. Er drehte sich zu uns um und lachte. Eine Reihe winziger, gelber Zähne bleckte uns entgegen. Die Eckzähne waren spitz zugefeilt. Er hob seine Kaffeetasse, rieb sich mit der flachen Hand über den Bauch und sagte „Gutt". Die Wirtin kicherte. Wir nickten. „Er ist Russe", rief sie in einem Anfall von Leutseligkeit zu uns herüber. Hungerbühler grinste gelangweilt und erhob sich. „Ich geh mal den Bär losmachen“, sagte er und verschwand. Mora kaute unlustig auf ihrem Brötchen herum. Ich sah aus dem Fenster. Hinter dem Haus sprang ein struppiger Köter, an einer Leine angebunden, immer wieder wütend eine graue Wand an. Ein einsamer Ginsterstrauch wiegte sich im Wind. Vor den Garagen stand ein ausgeschlachtetes Auto. Ein verwachsener Halbwüchsiger mit einem unverhältnismäßig großen Kopf beugte sich über die geöffnete Motorhaube. „Das ist mein Sohn.“ Die Wirtin war unbemerkt an unseren Tisch getreten und schaute uns über ihre spitze Nase hinweg böse an. Sie wirkte wie aus einem Guß. Als ob ihr Schöpfer sie aus einem großen, rohen Fleischklotz erschaffen hätte. Allerdings mußte er ein Stück Dörrfleisch benutzt haben. Sie bewegte sich mit einer solch kalten Feindseligkeit durch das Haus, daß die Wände, wären sie lebendig gewesen, eine Gänsehaut bekommen hätten. Ich hatte eine. „Wollen Sie noch was?“ Ihre Stimme war wie eine Pistole, mit der sie Worte abschoß, die mir um die Ohren peitschten und in meinen Kopf eindrangen. „He Sie, ob Sie noch was wollen?“ Ja, ich wollte hier raus. Weg von diesen schauerlichen Menschen, von dieser furchtbaren Frau und ihrem verwachsenen Sohn, weg von diesem stutzerhaften Russen mit seinem Vampirlächeln. Weg von einem unberechenbaren Hungerbühler. Und weg von einer Mora, die mich haßte.

„Ich habe eine gute Idee.“ Hungerbühler kam fröhlich hereingetänzelt. „Wir bleiben noch eine Nacht und gucken uns dieses Fest hier im Ort an. Heute nachmittag gibt es einen Umzug, und danach wird die Blütenkönigin gewählt. Mora! Wir stellen dich auf. Soll doch mit dem Teufel zugehen, wenn du nicht gewinnst.“ Hungerbühler tätschelte ihre Schulter. Ich wußte, wie Mora reagieren würde. Nie würde sie sich für soetwas hergeben. Sie blieb lieber im Hintergrund und zog die Fäden.

Hungerbühler tänzelte an die Wirtin heran. „Und Sie, Frau Wirtin, lassen Sie sich aufstellen? Sie haben Chancen, gell? Mit Ihrem Charme.“ Sie schaute ihn böse an, wrang ihren Lappen aus und wischte wortlos den Tisch ab. „Laß uns weiterfahren, Mora. Ich will nicht auf das Fest. Soll er doch allein hier bleiben.“ Sie sah mich kaum an, als sie antwortete. „Was stellst du dich so an? Wir können genausogut noch hierbleiben. Uns erwartet keiner. Vielleicht wird es ja ganz amüsant.“

Ich konnte es den beiden nicht ausreden. Mora hatte sich zwar nicht als Kandidatin aufstellen lassen, jedoch hing sie an Hungerbühlers Arm und guckte brav dem ganzen Mumpitz zu. Die Freiwillige Feuerwehr fuhr vorbei. Sie hatte sich komplett in enge, alberne Frauenkleider gezwängt, sich Langhaarperücken aufgesetzt, die Gesichter schaurig geschminkt und zog nun johlend und Bierbecher schwenkend durch die Straße. Ein grotesker Narrenzug. Der Wagen mit den Blütenprinzessinnen folgte. Grobknochige, herbe Mädchen warfen kleine Blumensträuße in die Menge. Mit glänzenden Augen, die Köpfe stolz erhoben. Mora und Hungerbühler jubelten mit den anderen, als die Wagen passierten. Am liebsten wäre ich weggefahren. Vielleicht sollte ich das tun, überlegte ich. Einfach wegfahren und sie hierlassen.

Ein älterer Mann rempelte gegen mich und bedachte mich mit einem finsteren Blick. Ach quatsch. Ich würde nicht gehen. Es gab keinen Ort, an dem ich Mora hinter mir lassen konnte. Sie war immer da. Ich hatte sie längst in mir.

5

Von dem vielen Bier schwirrte mir der Kopf. Um mich herum herrschte eine Bombenstimmung. Die Gäste tanzten auf den Tischen. Manche hingen mit der Nase in ihren Biergläsern und dozierten über Gott und die Welt. Neben mir saß augenscheinlich ein Philosoph. In der Zukunft bedeutet die Vergangenheit nichts, wiederholte er mehrmals. Es war der nutzlose Versuch, eine Studentin zu beeindrucken. Ein betrunkenes Mädchen mit runder Brille und häßlicher Frisur. Sie hatte ihre Füße auf den Stuhl neben sich gestellt und sah den Tänzern zu, während sie sich eine Zigarette drehte. Mir gegenüber hatte ein Betrunkener seinen Kopf auf den Tisch gelegt und schlief. Durch kräftiges Ausatmen hielt er eine Bierlache auf, die durch das leichte Gefälle des Tisches drohte, seinen Mund zu fluten.

In meinem Trübsinn bildete ich mir ein, schon seit undenklichen Zeiten in diesem überfüllten und völlig überhitzten Bierzelt zu hocken. Ich konnte nur hoffen, daß es keine Wiedergeburt gab und ich dieses Leben nicht mehrmals ertragen mußte. Das würde mich umbringen. Schwankend erhob ich mich, um nach einem Ort zu suchen, wo ich mich in Ruhe übergeben konnte. Ein einsamer Ort, mit einem kühlenden Lüftchen, ein wenig Grasgeruch und einem wehleidig klagenden Käuzchen. Soetwas gibt es leider nur in den Träumen der Menschheit. Auf meinem Weg mußte ich mich an der Schulter eines dicken Mannes festhalten, um nicht umzufallen. Er sah mir böse nach, als ich weiterwankte. Überall waren Gestalten in der Dunkelheit. Kaum hatte ich ein einigermaßen ruhiges Plätzchen erhascht, hatte mir den Finger in den Hals gesteckt, als auch schon einer um die Ecke bog, um seine Notdurft zu verrichten. Ächzend kam ich hoch, murmelte eine Entschuldigung und schwankte weiter.

Endlich fand ich einen Ort, der nur mir gehörte. Hinter den Toiletten. Ein ätzender Harngeruch umwehte mich und stülpte mir augenblicklich den Magen um. Ich erbrach den Alkohol und die ganzen Demütigungen der letzten Tage. Es fing an zu regnen. Dicke Tropfen klatschten auf meinen gebeugten Nacken und drückten mich nieder. Ich wollte gar nicht aufhören. Selbst der bitterböse Gallegeschmack brach mir befreiend durch Nase und Mund. Eine halbe Stunde mag es wohl gedauert haben, bis ich mich wieder aufrichtete. Zum Glück leckte der Regen gierig die Schlieren auf meinen Schuhen weg. Naß und erleichtert schlug ich die schweren Planen des Zelteingangs beiseite und trat in die schwüle, dünstige Atmosphäre. Mora winkte mir zu. Sie tanzte engumschlungen mit Hungerbühler. Er hatte seinen Kopf auf ihre Schulter gelegt und hielt sich krampfhaft an ihr fest, während sie über die Tanzfläche stolperten. Mora war mittlerweile ein wenig größer als Hungerbühler. Diese Vertrautheit ging mir gegen den Strich. Auch dieser enge Körperkontakt, der immer intimer zu werden schien. Ich vermutete keinerlei sexuellen Kontakt dahinter. Hungerbühler wäre das zuzutrauen gewesen. Aber Mora? Mora war ein Kind. Sie war fünfzehn. Gut, fünfzehnjährige Mädchen sind heutzutage etwas reifer als ihre Altersgenossinnen zu meiner Zeit. Und trotzdem. Sie war die Unschuld. Eine Kindfrau, wenn man so will. Eine hübsche dazu. Aber auf soetwas kann man nicht ernsthaft scharf sein. In der Beziehung vertraute ich Mora blind. Sie hatte noch nie einen Freund gehabt. Noch nie von einem Jungen geschwärmt. Wenn sie jemanden brauchte, der sie mal in den Arm nahm, dann mußte es nicht unbedingt Hungerbühler sein. Ich war doch auch noch da. Die Musik wurde langsam runtergedreht, und ein graumelierter Mann im silberfarbenen Glitzerjackett sprang fidel auf die Bühne, wo er sich, mir unerklärlich, einen riesigen Sombrero aufsetzte. Ein Tusch erklang. Aus dem Irgendwo kam eine Stimme, die „unseren Günti“ ankündigte. „Unser Günti“ war der Mann mit dem Sombrero, dessen Krempe ihm jetzt gefährlich nahe vor den Augen hing. „Versammelte Schwester- und Bruderschaft“, begann er. „Bevor wir mit unserer Tombola anfangen, will ich eine Geschichte erzählen. Wollt ihr sie hören?“ Der Saal jaulte entzückt. „Die ist nicht stubenrein", formulierte er mit spitzem Mund. „Also alle unter neunzig, die nicht in Begleitung ihrer Eltern sind, müssen jetzt den Saal verlassen." Eine lachende Woge riß mich fast von den Füßen. Günti nickte schelmisch und rückte sich den Sombrero zurecht. „Also, als ich neulich zum Frauenarzt komme, sitzt da was Blondes." Gelächter. „Sie weint ganz herzzerreißend." Er machte das Weinen nach. „Was ist Ihnen denn, schöne Frau, sage ich. Für solche Mädchen hab ich ein Herz, das könnt ihr wohl glauben." Gekicher! Jetzt mit Fistelstimme: „Ach es ist so, ich bin schwanger und der Vater vom Kind hat mich verlassen." Günti stockte, schaute finster in die Menge. „Das ist gar nicht lustig. Da gibt es gar nichts zu lachen. Sie da, in der dritten Reihe, ja Sie, die Dame, was lachen Sie denn. Sie kennen wohl die Situation?" Alle sahen sie an. Auch ich. Sie kicherte albern und biß sich vor kindlicher Freude in die Faust. Günti drohte scherzhaft mit dem Finger. „Also sag ich zu Blondie und drück sie an meinen Busen. Nur zum Trösten. Ihr werdet doch nicht denken, der Günti hätte andere Absichten gehabt. Pfui Teufel, kann ich da nur sagen. Was seid ihr bloß für Schweine?" Gelächter! „Sie heult und das Wasser läuft ihr übers Gesicht." Günti demonstrierte mit seinen Fingern die laufenden Tränen. „Sie kriegt sich gar nicht ein das arme Ding. Nun hören Sie mal auf, sage ich. So schlimm wirds nicht sein. Der kommt wieder. Irgendwann ziehts alle wieder in Frauchens Bett." Günti hielt inne und die Spannung noch einen Moment an der straffen Leine. Jetzt ließ er nach. Räusperte sich. „Ach, wenns doch nur ums Bett gehen würde. Das ist doch längst abgezahlt. Aber die Rate für den Fernseher ist noch offen." Tusch, enthemmtes Lachen! „Und damit euch so was nicht passiert, haben wir unsere kleine Blütentombola. Ihr habt alle eure Lose? Ja? Prima! Gleich gehts los. Holt euch noch was zu trinken, damit ihr nicht verdurstet. Bis gleich!" Er winkte affektiert, das Licht auf der Bühne erstarb, und Günti sprang behende herunter. Für einen kurzen Moment lang hatte ich die Vision, daß er auf den Köpfen der Zuschauer landen würde, um sich auf diese Weise durch das Zelt zu bewegen.

Sein Hut wippte auf und ab, während er sich schiebend durch das Volk schlängelte. Bewundernde Blicke begleiteten seinen geschmeidigen Gang. Ein Verführer der Massen. Ein Goebbels der Bierzelte. Ein Hoch auf Günti. Der wußte, wo es langging.

Ich holte mir noch ein Bier. Was sollte ich sonst tun? Leider hatte ich kein Los bekommen. Vielleicht gab es ja eine Reise zu gewinnen, eine Reise für eine Person. Sofort anzutreten. Vor mir, in einer Bierlache, schimmerte halbzerfetzt und verblichen ein Tombolalos. Unauffällig stellte ich meinen Fuß auf diesen Fund. Bückte mich, als ob ich mir den Schuh zumachen wollte und knüllte blitzschnell das feuchte Los in meiner Hand. Ein dünner Bierfaden lief aus meiner Faust. Ich steckte meinen Schatz in die Tasche.

Günti war wieder oben. Mit ruhiger Baritonstimme und angemessenem Ernst erzählte er von dem Kinderheim, das vom Erlös der verkauften Lose profitieren werde. Neben ihm stand eine sichtlich aufgeregte Heimleiterin. Sie knetete nervös ihre Finger, grinste unsicher in die Menge und wischte sich etwas aus dem Auge. Frau Dolfinger hatte sich ganze drei Monate auf ihren Kurzauftritt vorbereitet. Sie hatte ihre Familie genervt mit der ewiggleichen Frage: „Soll ich ein Kleid anziehen oder lieber einen Rock. Ein Rock ist vielleicht konservativer. Dann kaufen die Leute mehr Lose. Wenn ich eine Hose trage, denken alle, ich wär so eine Art KZ-Wärterin." Frau Dolfinger war ein herber, kräftiger Typ, der durch die Hosen, die sie üblicherweise trug, noch unterstrichen wurde.

Ihr Mann, die Fragen seiner Frau leid, hatte unwirsch erwidert, daß es völlig egal sei, was sie trage. Da sowieso alle besoffen seien, werde das niemanden interessieren. Und außerdem könne man sie sich eh nicht mehr schön saufen. Ob in Rock oder Hose. Nun stand sie in einem dünnen, gelben Sommerkleid neben Günti und war sich der sichtbaren Schweißflecke unter ihrem Busen peinlich bewußt. Seit zwei Tagen litt sie an Verstopfung, und außer Schwarztee und Brot hatte sie nichts herunterbekommen. Seltsamerweise wurde ihr das an diesem Abend besonders bewußt, denn sie verspürte plötzlich einen titanischen Hunger.

„Ich möchte auf das Schicksal der Kinder aufmerksam machen", begann sie mit leiser Stimme. „Es sind arme Wesen, die sich nicht wehren können." „Ausziehen", rief eine Stimme aus dem Dunkel, und Frau Dolfinger zog den Kopf ein. Doch da es um „ihre Waisen" ging, sprach sie tapfer weiter.

Während Frau Dolfingers Vortrag wurde das Volk unruhig. Man verlangte nach Unterhaltung. Energisch griff Günti ein. Er streckte beschwichtigend die Rechte aus und senkte sie langsam nach unten. Die Menge schwieg erwartungsvoll. Ich schaute mich um. Ganz in meiner Nähe stand unsere Pensionswirtin. Sie hatte sich an den Russen geschmiegt und sah konzentriert auf die Bühne. Der Russe, in einem cremefarbenen Anzug, sah stirnrunzelnd auf das Los in seiner Hand. Beide hatten einen glasigen Blick.

Trommelwirbel kündigte vom nahenden Beginn der Tombola. Unruhiges Scharren setzte ein. „Achthundertdreizeeeehn!" Ich spürte das feuchte, schrumpelige Zettelchen in meiner Faust. Kaum wagte ich draufzusehen. Aus Angst, jemand könnte sein Los in meiner Hand erkennen. In diesem Klima wäre selbst Jesus erneut ans Kreuz geschlagen worden. Verstohlen warf ich einen

Blick auf das Los. Was, wenn ich gewinnen würde? Ich konnte mich doch nicht melden. Die Wirtin. Die Wirtin mußte mir helfen. Die war hart. Sie war die Herrin des Bierzeltes. Sie verstrahlte soviel Autorität wie ein leckes Kernkraftwerk Cäsium.

Ich bot ihr die Hälfte vom Gewinn, erzählte was von Schüchternheit und stellte mich neben sie. Der Russe hatte einen Arm um sie gelegt und schaute mich freundlich an.

„Dreihundertfüüünf!" Die Zahl stand einen Augenblick im Saal. Günti hatte es sich nicht nehmenlassen, den Gewinner, vorausgesetzt, er war jung und weiblich, jedesmal persönlich auf die Bühne zu bitten und abzuküssen. „Habt doch Verständnis. Ich kann nicht jeden hochkommen lassen. Dann stehen wir morgen noch hier", sagte er launig. Das Publikum hatte Verständnis. Wer wollte da den ersten Stein werfen? Und bei seinem Charme. Die Damen goutierten es augenzwinkernd, die Herren grinsten. So stand er, die Gewinnerinnen herzend, strahlend auf der Bühne und fühlte, daß die Welt für ihn gemacht worden war.

„Dreihundertfünf", wiederholte Günti. Das war meine Nummer. Der dürre Arm der Wirtin schnellte nach oben. „Hier", bellte sie scharf. „Ah, wieder eine Dame", sagte Günti eilfertig und reichte einen Präsentkorb herunter, der an uns weitergereicht wurde. „Die Firma Mendelsack spendiert Ihnen, werte Dame, ein Überraschungspaket mit Wurstspezialitäten aus der hiesigen Gegend und dazu ein paar Fläschchen vom feinstgebrannten Wacholder. Prosit, meine Dame. Und auch den Herren an Ihrer Seite." Alles wandte sich uns zu. Mißmutig, wie mir schien. Während alle anderen dicht an dicht standen, hatte sich um uns soetwas wie ein leerer Raum gebildet. Wir standen wie eine kleine Enklave unter all den Menschen. Zwei Fremde und die Dorfhexe. Staubpartikel flottierten durch die Luft. Ihr machte es nichts aus. Stolz hielt sie den Korb und sah unverwandt zur Bühne. Günti hatte bereits die nächste Nummer aufgerufen und somit die Aufmerksamkeit der Öffentlichkeit von uns abgezogen. Mora und Hungerbühler kamen auf uns zu. „Na, hast du dir die Dorfschönheit aufgerissen", raunte er mir ins Ohr. Ich knuffte ihn in die Seite. Die Augen der Wirtin, sie hieß Margot, wie sie uns verriet, strahlten glücklich, als sie den Korb nach Hause trug. Sie hatte wohl noch nicht viel in ihrem Leben geschenkt bekommen. Unter dem Glück, das weich und nachgiebig über ihr lag, schimmerte jedoch eine knorrige Verbissenheit durch. Wenn ich nicht wollte, daß meine Hälfte in ihrer Schatzkammer verschwand, mußte ich wohl kämpfen. Der kleine Russe hing volltrunken an ihrer Seite und ließ sich mehr von ihr schleifen, als daß er selber ging. „Ich bin dafür, wir öffnen ein Fläschchen und probieren mal unseren Gewinn", verkündete Margot. Hungerbühler nickte zustimmend, der Russe brummelte etwas, nur Mora und ich blieben stumm. Mir war vorerst nicht nach Alkohol zumute, aber ich wollte kein Spielverderber sein.

In ihrem Wohnzimmer stießen wir an. Eine staubige Deckenlampe verteilte unregelmäßig ein trübes, gelbes Licht. Ich saß neben Margot auf dem Sofa und beobachtete uns im Glas der gegenüberliegenden Schrankwand. Der Russe war nach dem zweiten Schnaps eingenickt und schnarchte leise vor sich hin. Mora und Hungerbühler gähnten eine halbe Stunde später demonstrativ und verabschiedeten sich mit der Entschuldigung, man müsse früh raus. „Aber du bleibst doch noch", keifte mir Margot ins Ohr. Sie war widerlich betrunken. In der Zeit, in der wir anderen ein Glas getrunken hatten, hatte sie es auf vier gebracht. Sie schien es jedoch gewohnt zu sein, denn sie hielt sich noch ganz wacker auf dem Sofa. „Ich bleibe noch auf ein Glas", hatte ich Mora zugerufen und mich herrlich mutig gefühlt. Sie warf mir einen bösen Blick zu und verschwand.

Margot öffnete die zweite Flasche. Mir wurde seltsam schwummerig, und ich fühlte meine Glieder nicht mehr. Nachdem die Flasche halb leer war, setzte sich Margot auf meinen Schoß. Ich hatte Angst, daß der Russe aufwachen könnte. „Nein, nein", gurrte sie. „Der wacht nicht mehr auf. Und wenn schon, das ist ein Gast. Was geht es den einen Gast an, wenn ich mich einem anderen auf den Schoß setze? Häh?" Sie zog an meinem Ohr und rückte näher an mich. Deutlich erkannte ich den leichten Flaum auf ihrer Oberlippe. Ihre dürren Rippen stachen in meinen Bauch. „Du bist ja ein ganz Süßer, was", sagte sie und gab mir einen Kuß auf die Wange. „Hast du eine Freundin?" Ich schüttelte den Kopf. „Und Sie, haben Sie einen Freund?" Ich sah zu dem schlafenden Russen hinüber. Sie lachte schallend auf, wobei sie den Kopf in den Nacken warf und ihre Zähne entblößte. Es sah etwas grotesk aus. Ich hatte sie zum erstenmal lachen sehen. Ihre oberen Schneidezähne standen leicht auseinander. „Du Dummer, du bist ja neugierig." Sie preßte ohne jede Vorwarnung ihre schmalen Lippen auf meine und schob mir eine pelzige Zunge in den Mund. Ich schnappte nach Luft. „Moment", sagte ich, „ich muß etwas Luft holen." Sie kannte keine Gnade. Noch ehe ich zuende gesprochen hatte, fuhrwerkte sie mit ihrer Zunge wieder in meinem Mund herum. „Sag mal mein Schätzchen, bist du auf der Durchreise? Wo soll es es denn eigentlich hingehen?" Ich erzählte ihr von unserer Absicht. Ich erzählte ihr so einiges. Der Alkohol hatte mir die Zunge gelöst, und sie unterbrach mich kein einziges Mal. Hin und wieder fragte sie sogar nach, wenn ihr etwas unklar erschien. Mir hatte lange niemand zugehört, und ich merkte, wie gut es mir tat, einfach drauflosszureden.

Margot war Witwe. Ihr Mann war kurz nach der Geburt des Jungen an seiner Staublunge gestorben. Er war

Bergmann gewesen. Von der Rente und vom Ersparten hatte sie die kleine Pension gekauft. Ein Angebot, wie man ihr versicherte. Nun saß sie fest, ließ sich wie eine Aussätzige behandeln und brachte sich und den Jungen gerade so durch den Tag. Schlimm sei die Einsamkeit. Deshalb lasse sie sich manchmal mit Gästen ein. Nichts Ernstes. Wenn doch nur mal einer darunter wäre, der auch bliebe. Der zu ihr hielte. Der Sohn sei ein Schwachkopf. Mit einem leichten Wasserkopf geboren und dem Verstand eines Zwölfjährigen. Ich hätte ihn bestimmt schon gesehen. Er hinge immer an einem alten Autowrack herum, das er versuche, zum Fahren zu bringen. Dieser arme Irre! Ihm fehle der Vater, so wie ihr der Mann. Jemand, der ihr die Arbeit abnehme. Ihr den Rücken freihielte, wenn sie wieder zur Zielscheibe des Ortsklatsches wurde. Das wünsche sie sich von Herzen. Ach, ach!

Ich nahm sie in die Arme. Vielleicht sollte ich derjenige sein, der es ernst mit ihr meinte? Auch ich brauchte jemanden, der mir die Arbeit abnahm, mir den Rücken freihielt. Mir wurde übel, und ich machte mich von ihr los, um auf dem Balkon etwas Luft zu schnappen. Sie hatte mich entzündet, nun brannte ich lichterloh. Nicht mehr allein sein. Sicher, sie war nicht mein Typ und mindestens zehn Jahre älter. Ich sah durch das Fenster. Sie lümmelte auf dem Sofa und warf mir einen Kußmund zu. „Komm rein, ich brauche dich hier drinnen“, rief sie. Ich winkte ihr.

Das war absurd, aber es war eine Gelegenheit, mich von Mora und Hungerbühler zu lösen. Ich könnte hier etwas Eigenes haben. Eine Familie. Und sogar eine Pension. Mit den Leuten im Ort würde ich vernünftig sprechen, sie würden sehen, daß ich ein akzeptabler Mensch wäre. Ich könnte ein geachteter Bürger werden. Mich in den Gemeinderat wählen lassen. Natürlich war da diese Schreckschraube, die zu Hause auf mich warten würde, aber im

Ort hatte es manch junges Mädchen. Die Blütenkönigin zum Beispiel. Tief durchatmend ging ich wieder hinein. Gleich morgen früh würde ich Mora und Hungerbühler meinen Entschluß mitteilen. Sie könnten sich in Zukunft allein in Hungerbühlers Vergangenheit herumwälzen.

Ich taumelte auf das Sofa zu, wo Margot mich mit ausgestreckten Armen erwartete. Ich fiel hinein. Ohne Vorwarnung fummelte sie an meinem Reißverschluß herum. „Margot, warte doch, ich meine, wir sollten das nicht überstürzen, wir könnten doch…“ Sie hörte nicht auf meine Worte. Grunzend riß sie mir die Hose herunter und drückte mit spitzen Nägeln ungeduldig an meinem Schwanz herum, als suche sie nach einem Knopf, um ihn in die gewünschte Form zu bringen. Es war nichts zu machen. Sie hatte keinen Erfolg. Gierig steckte sie mir wieder ihre Zunge in den Mund und schob sie mir so tief in den Rachen, daß ich würgen mußte. Mit einem Auge schielte ich zu dem Russen hinüber. Wir hätten auf ihm draufliegen können, es hätte ihn nicht gestört. Er lächelte sogar ein wenig, wobei seine Vampirzähne leicht unter seiner Oberlippe hervorlugten. Wahrscheinlich rieb er sich innerlich die Hände und dankte seinem Schöpfer für das Opfer, das seinen Platz eingenommen hatte. Er schmatzte und verschränkte die Hände vor dem Bauch.

Margot hatte mich zu Boden gedrückt. Ich kauerte vor ihren geöffneten Schenkeln und wehrte mich gegen ihre Hand, die mich gnadenlos gegen ihre Scham preßte. „Los, leck mich!“ befahl sie. Ich versuchte hochzukommen, doch sie hatte mich zwischen ihren Schenkeln und dem Couchtisch eingekeilt und drückte unnachgiebig gegen meinen Hinterkopf. Widerwillig wanderte ich mit der Zunge ihre Schamlippen entlang. Der Geruch brachte mich fast um. Hier schien ihr die Seife ausgegangen zu sein. Wenn ich Atem holen wollte, drückte sie mich wieder runter. Ich hörte sie, gedämpft durch das Fleisch ihrer Schenkel, stöhnen. Ich bearbeitete den kleinen Knubbel oberhalb ihrer Möse. Einen fast unmenschlichen Preis bezahlte ich für meine Zukunft. Eifrig leckte ich sie. Es dauerte Ewigkeiten, bis sich ihre Angespanntheit Bahn brach. Eine widerlich schmeckende Flüssigkeit entlud sich in meinen Mund. Ich sprang auf und rannte zur Toilette, um mich zu übergeben. Im Spiegel sah ich ein bleiches, mit Augenringen umlagertes Etwas, dem die Zunge heraushing. Gott, auf welche Mission hast du mich geschickt?

Margot hatte sich einen Schnaps eingeschenkt und beachtete mich nicht, als ich mich neben sie setzte. Sie kippte einen nach dem anderen, mechanisch wie ein Uhrwerk. Irgendwann ertönte ein Glocke in ihrem Inneren und sie fiel wortlos in die Kissen.

Ich sah sie an. Sie hatte einen Arm angewinkelt, wobei die Hand mit der Innenseite nach oben zeigte. Es sah irgendwie huldvoll aus. Ihr Slip hing um ihren linken Knöchel. Die fahle Haut ihrer Schenkel glänzte noch feucht von meinem Speichel.

Ich nahm sie auf meine Arme – sie war erstaunlich schwer trotz ihrer Hagerkeit – und trug sie nach oben. Zuerst landete ich mit meiner Last im Schlafzimmer des Sohnes, der mich verdutzt ansah. Entschuldigungen stotternd ging ich hinaus. „Die Tür gegenüber“, rief er mir nach. Ich bedankte mich, machte seine Tür wieder zu und nahm die gegenüberliegende. Es war ihr Schlafzimmer. Ein säuerlicher, ungewaschenener Geruch wolkte mir entgegen und zwang mich fast in die Knie. Was ich an diesem Abend für Gerüche zu ertragen hatte, hätte selbst einen Pathologen umgeworfen. Endlich lag ich im Bett. Margot schnappte neben mir nach Luft, und ich starrte aus dem geöffneten Fenster auf die Sichel des Mondes, während ich langsam einschlief.

In meinen Traum ritt ich auf einer Art Drachen durch einen düsteren Wald. Ich trug eine Ritterrüstung. Auf einem Esel neben mir ritt Hungerbühler. Bewaffnet war ich mit einer langen Lanze, deren Anfang und Ende im Dunkel verschwanden. Wir hatten keinen bestimmten Auftrag, doch verschwommen war mir klar, daß wir nach etwas suchten. Einer Prinzessin? Einem Schatz? Einer Zauberblume? Hungerbühler, der weit unter mir ritt, denn der Drache war riesig, stöhnte in einem fort und klagte über den Hunger, der in seinen Eingeweiden nage. Ich warf ihm von Zeit zu Zeit Kekse runter, die ihn für eine Weile beschäftigten. Ermahnte ihn aber jedesmal, er möge doch nicht so krümeln. Aus dem Wald schlugen uns drohende Geräusche entgegen, und über unseren Köpfen hörten wir manchmal Flügelschlag. Ich schaute nach oben. Verwirrt öffnete ich die Augen und schaute in Margots finsteres Gesicht. „Was machst du hier", giftete sie und schob mich ohne Vorwarnung aus dem Bett. Hart schlug ich auf dem durchgewetzten Läufer auf. „Verpiß dich, aber dalli. In zwanzig Minuten seid ihr reisefertig. Wenn nicht...", sie beugte sich zu mir runter, faßte mir in die Haare und riß meinen Kopf hoch. „Wenn nicht, Gnade dir Gott, du Wichser. Niemand hat dich eingeladen, dich mit deinem Arsch hier breitzumachen. Was bildest du dir ein?" Ich versuchte, sie zu besänftigen, erinnerte sie an den vorigen Abend. „Na was", sagte sie herausfordernd. „Willst du mit deiner schlaffen Leistung vielleicht noch aufschneiden? Jeder alte Sack hat mehr Stehvermögen. Los ab!" Ich mühte mich hoch, hielt mir das Becken und humpelte aus ihrem Zimmer. Auf dem Flur traf ich ihren mißgestalteten Sohn, der mich mit schiefem Kopf ansah.

Mora und Hungerbühler waren dabei zu packen. Mir brummte der Schädel. „Na endlich. Wir hatten schon gedacht, du bist mit dieser Elfe auf und davon", foppte mich Hungerbühler. Mora sah nicht mal in meine Richtung. War sie eifersüchtig? „Ehrlich, wir dachten, wir sind dich los“, stichelte er weiter. In aller Eile raffte ich meine Sachen zusammen und schickte Hungerbühler zum Bezahlen. Mora und ich waren für ein paar Minuten allein auf dem Zimmer. Sie hatte noch kein Wort gesagt. „Mora, es tut mir leid. Ich weiß auch nicht, was über mich gekommen ist. Das war der Alkohol. Sie hat mich überrumpelt.“ Mora reagierte nicht. Ich trat näher an sie heran. Eilig packte sie ihre Tasche. Auf dem Nachtkästchen lag eine Kondomschachtel. Wie elektrisiert blickte ich darauf. „Sag mal, was ist das denn?“ Ich nahm sie in die Hand. Sie war geöffnet. „Das sind Hungerbühlers“, sagte Mora ohne aufzuschauen. „Er dachte wohl, er könnte noch was aufreißen gestern abend.“ „Und die wollte er dann mit hierherbringen und vor deinen Augen...? Dieses Schwein!“ „Ich hätte solange draußen gewartet oder unten im Aufenthaltsraum geschlafen.“

Stechende Kopfschmerzen hielten mich von einer weiteren Befragung ab. Ich bekam keine zusammengehörigen Gedanken zu fassen. Zudem wollte ich so schnell wie möglich von Margot weg. Wir packten schweigend weiter und luden alles in den Wagen. Es war noch früh. Die Sonne lauerte hinter den Wolken und wartete auf ihren Einsatz. Wir pusteten kleine Atemsäulen in die Luft. Endlich kam Hungerbühler, kletterte wortlos auf die Rückbank und machte es sich bequem. Ich zögerte noch mit dem Einsteigen. „Was ist, wartest du noch auf deine Bewertung?“ rief er und stieß die Fahrertür auf. „Steig ein.“ Ich setzte mich hinter das Steuer, startete und fuhr los.

„Du mußt die Alte gestern ja schön bedient haben“, sagte Hungerbühler. Sein abgehärmter Kopf tauchte im Rückspiegel auf. „Die hatte ja einen Haß auf dich, sowas habe ich noch nicht erlebt. Versagt auf der ganzen Linie, was? Wenn du mal einen Rat brauchst, wende dich vertrauensvoll an Dr. Hungerbühler. Der knackt jede. Obwohl ich bei so einem Drachen gleich Reißaus genommen hätte.“ Er schlug mir jovial auf die Schulter und verschwand aus dem Spiegel. Am Ortseingang stand der vampirhafte Russe und blickte uns lächelnd nach.

Kapitel 18

I

Erst nach ein paar hundert Kilometern wagte ich anzuhalten. Was hatte ich mir bloß eingebildet? Ich hatte doch nicht ernsthaft glauben können, daß Margot mich in ihr Leben aufnehmen würde. Ich schob es auf den Alkohol und eine gewisse Unausgeglichenheit meines Wesens.

Mora und Hungerbühler schliefen. Ich suchte den Waschraum auf und machte mich frisch. Das kalte Wasser tat gut, und ich ließ es mehrmals über mein heißes Gesicht laufen. Als ich hinaustrat, stand die Sonne auf ihrem besten Platz und kitzelte einem dösenden Hund die Nase. Ich stieg über ihn hinweg, um im Shop noch etwas zu trinken zu kaufen. Die Kassiererin, eine freundliche, runde Frau, schwatzte entspannt über die Ruhe und Langeweile ihrer Arbeit und bot mir zum Abschluß ein Stück Weingummi an. Ich lachte, dankte ihr und nannte sie eine liebenswerte Person. Gerade als ich im Begriff war, mein Bein über den Hund zu setzen, biß er zu. Er knurrte nicht, er zog nicht, er wirkte überhaupt nicht drohend. Er schien sich mein Bein einfach aus dem Grund geschnappt zu haben, weil es gerade da war. Es trat in sein Leben, und er hatte das Recht, danach zu schnappen. Wie einfach die Welt manchmal doch sein konnte. Es tat nicht sonderlich weh, obwohl er ein großer Hund war und sicherlich einiges zwischen seinen Kiefern zermahlen konnte. Trotzdem kam ich mir blöd vor. Die Verkäuferin kam auf mich zugehüpft und faßte sich mit beiden Händen an die Wangen. Sie tänzelte um uns herum wie ein Sachverständiger.

„Ronny, laß den Herrn los. Was tust du denn? Er ist sonst so friedlich. Sie müssen ihn irgendwie aufgeregt haben.“ „Ich habe lediglich über ihn hinwegtreten wollen.“ Der Hund machte noch immer keine Anstalten, mein Bein loszulassen. Vermutlich wollte er es irgendwo vergraben, wenn die Gelegenheit günstig wäre. „Ronny, böser Hund. Der Herr möchte, daß du sein Bein losläßt." Der Hund glotzte stupide an die Wand und bewegte sich keinen Milimeter. Das alles ging an ihm vorbei. „Ronny, läßt du wohl los!" Die Verkäuferin hatte begonnen, den Hund am Halsband zu zerren. Ein junges Pärchen, der Typ ewiger Student, stand an der Zapfsäule und schaute neugierig zu uns herüber. Auf dem Rücksitz krähte ihr Kind, und die junge Mutter hatte dem Vater, einem blonden, schlanken, etwas feminin wirkenden Mann, die Hand auf den Arm gelegt. „Was gibts zu glotzen", rief ich ihnen böse zu. Sie lächelten. Sie lächelten fein und hintergründig wissend. Mit diesem dämlichen Gesichtsausdruck hätten sie sicherlich auch einer subtil-humorigen Studentenaufführung beigewohnt.

Der Hund ließ noch immer nicht los. Vielleicht hätte ich ihn mitnehmen und bei nächster Gelegenheit zerlegen sollen. Ich konnte doch nicht ewig so dastehen. Hoffentlich sieht mich Hungerbühler nicht, dachte ich. Dieser Schmach wollte ich mich nicht aussetzen. Stattdessen sah ich Mora auf uns zukommen. Sie schlenderte gelassen auf unsere Laienspieltruppe zu, stieg über den Hund hinweg in den Laden und kam nach ein paar Sekunden mit einem Hammer bewaffnet wieder heraus. Krachend landete er auf dem Hinterteil des Hundes, der, mein Bein loslassend, mit einem Jaulen zusammenbrach. Die Verkäuferin stutzte und sah Mora an. Das Tier wimmerte zu meinen Füßen und sah mich anklagend an. „Ich nehme an, Sie möchten meinem Onkel die kaputte Hose ersetzen und zudem zu seiner Genesung beitragen", sagte Mora zu der verdutzten Verkäuferin. „Ich glaube, wir können das ganz unter uns und ohne die Polizei und andere offizielle Institutionen regeln. Davon würde ich Ihnen auch abraten. Die Anwälte meines Onkels würden mit einer Schadensersatzforderung an Sie herantreten, die

Ihre Familie noch bis in die dritte Generation verfolgen würde. Ich kann nur hoffen, daß sein Bein sich nicht entzündet und er bis übermorgen seine Verpflichtung wahrnehmen kann. Sie hätten sonst nicht nur die Anwälte meines Onkels auf dem Hals, sondern auch Organisationen und Einrichtungen, deren Größe und Überlegenheit in keinem Verhältnis zum Schadensfall stehen. Da würde ein Apparat in Gang gesetzt werden, den aufzuhalten nicht mal Gott imstande wäre. Sie wissen vielleicht, wer mein Onkel ist? Nein? Gut so, ich denke, ich bin nicht befugt, es Ihnen zu sagen, aber eines kann ich Ihnen versichern, Sie werden eine Menge Ärger bekommen." Mora steigerte sich immer mehr in ihren Schwindel hinein, bis selbst ich mich fragte, wer ich eigentlich sei. Die Verkäuferin stand mit offenem Mund und drehte den Ring an ihrem Finger. Ich fing ihren hilflos flatternden Blick auf, konnte ihr jedoch nicht helfen. Sie tat mir leid. Sie wurde immer mickriger unter Moras wortgewaltiger Drohung. Dafür war die arme Frau nicht geschaffen. *Nein, Herr Staatsanwalt, ich habs dem Hund gesagt. Er wollte den freundlichen Herrn nicht loslassen. Hab doch gleich gesehen, daß er eine Persönlichkeit ist.*

„Ich nehme an, wir haben uns verstanden." Sie schaute auf den Hund, der stumm litt und etwas Weißes aus seinem Maul absonderte. „Was den Hund betrifft...", Mora ließ ihren Satz offen und gab der Verkäuferin stattdessen den Hammer, um mit der freien Hand meinen Arm zu greifen und mich wegzuziehen. Die Verkäuferin starrte grübelnd auf das Werkzeug in ihrer Hand. Es schien, als überlege sie, wofür so ein Werkzeug eigentlich gemacht sei. Das junge Pärchen sah uns grinsend nach. Großartig wäre es gewesen, hätte die Hundebesitzerin ihnen ihr widerliches Lächeln verbeult. Zum Ausgleich. Hungerbühler schlief mit offenem Mund auf der Rückbank. Ich besah mir den Schaden. Der Hund hatte nicht mit voller Kraft zugebissen. Meine Hose wies kleine Löcher auf. Seine Zähne waren nicht allzutief in mein Fleisch gedrungen. Rote Punkte markierten die Stellen. Blut war nicht zu sehen. Ich hoffte, daß der Köter Zeit seines Lebens nicht mehr auf die Beine kam. Es gibt ja mittlerweile sogar Gehstützen für Hunde. Ich sah ihn vor mir, wie er hechelnd und schwanzwedelnd vor der Tankstelle herumrollte. Wie auch immer, Mora hatte ihn ziemlich verdroschen. „Mora, das war ein gelungener Auftritt. Hast du ihr Gesicht gesehen?" „Die sah aus, als ob sie jeden Moment neben ihrem Köter zusammenbrechen würde", lachte Mora. Mit einem befriedigten Brummen kam der Motor. Behutsam auskuppelnd, fuhren wir langsam los und schüttelten uns vor Lachen. So nahe waren wir uns lange nicht gewesen.

2

Inmitten reizender Wälder und sanft geschwungener Hügel lag das Örtchen, in dem Hungerbühlers Mutter den Samen des fahrenden Vagabunden empfangen hatte. Die Sonne versank mit einem milden Seufzer und deckte das Städtchen mit einem purpurrosafarbenen Mäntelchen zu. Es wirkte romantisch, und ich verliebte mich sofort in diese besiedelte Lieblichkeit. Wir fuhren durch ein altes Stadttor, das von einem wehrhaften Turm flankiert wurde. Die Straßen waren eng und sauber. Junge und alte Pärchen stießen sich vor den properen Schaufenstern der Kaufleute die Nasen platt. Alle waren adrett gekleidet und wirkten einfach und freundlich. An diesem Ort gab es sicherlich kein soziales Elend und keine Psychologen, die es verwalteten. Hier gab es arbeitsame Menschen, denen die Scholle noch etwas bedeutete und die sich abends in einer gepflegten Schankstube auf ein Glas Apfelmost trafen, um beschwingt Karten zu spielen oder um über das Fernsehprogramm vom vergangenen Abend zu diskutieren. Hier wurde keine große Politik gemacht. Hier war alles an seinem Platz. Hungerbühler blickte mit leuchtenden Augen in die hereinbrechende Dämmerung, die sich über seinen Zeugungsort legte. „Ich schlage vor, einen Ort zum Übernachten zu suchen“, sagte er. „Wir sind hier, um deine Mutter zu besuchen, und nicht um den örtlichen Fremdenverkehrsverein zu testen“, entgegnete ich. „Ist ja richtig. Aber ich würde mich zu gern erstmal frisch machen und mich mental darauf vorbereiten.“ „Mental vorbereiten? Du hattest über vierzig Jahre Zeit dafür.“ Langsam wurde ich böse. Er war die gesamte Reise über am Nörgeln gewesen. Jetzt wollte er sich auf meine Kosten auch noch psychisch aufbereiten. „Auf eine Nacht mehr oder weniger kommt es doch auch nicht mehr an“, fiel Mora mir in den Rücken. „Meinetwegen“, grummelte ich und hielt vor einem Gasthaus. Ach, was hätte ich dafür gegeben, mit Mora allein dieses freundliche Städchen aufgesucht zu haben. Ich sah sie aus den Augenwinkeln an. Sie saß wie eine unbefleckte Büßerin auf ihrem Sitz, hielt die Hände im Schoß gefaltet und lächelte mild. Ein letzter rötlicher Strahl fiel auf ihr hübsches Gesicht und setzte es in ein funkelndes Glitzern. Ich konnte sie nicht aus meinem Herzen bannen. Jede meiner Poren war von ihr durchtränkt. Ich war süchtig nach Mora. Und wie jeder Abhängige liebte und haßte ich meine Droge gleichzeitig. Ich wäre ihr auf noch so gefährlichen Wegen gefolgt. Sie war einmalig. Leider war ich ihr nicht ebenbürtig.

Diesmal nahm ich für jeden von uns ein Einzelzimmer. Ich wollte vermeiden, daß Mora erneut von Hungerbühlerschen Sauereien in Verlegenheit gebracht wurde. Sie sollte keinen Schaden nehmen an diesem Mann und seinen zerklüfteten Gedanken. Was war ich für ein Schaf! Wir gingen sofort schlafen. Die Fahrerei hatte mich müde gemacht, und Mora und Hungerbühler verspürten keinerlei Lust auf einen gemeinsamen Abend. Ich schlief tief und traumlos und erwachte gestärkt. Sonnenstrahlen strichen heiter durch die Straßen und zauberten drollige Muster auf das gegenüberliegende Fachwerk. Ein verblichener Schriftzug fiel mir auf. „Backen Sie mit AROM-Mehl, bringts Freude in die Kinderseel." Darunter war ein Mädchen zu sehen, welches genüßlich einen Kuchen verspeiste. Ich stutzte. Dieses Fresko der Werbeindustrie zeigte eine lachende, kuchenessende Mora. Die Mora, die sie vor nicht einmal fünf Jahren noch gewesen war. Naja, zumindest, wenn man nicht so genau hinsah. Doch das Anagramm war unmißverständlich. AROM – MORA. Das war ein Hinweis. Eingebettet in diesen gelungenen Morgen, konnte ich das Zeichen nur positiv deuten. Backe deinen Kuchen und laß dich nicht beirren. So oder ähnlich legte ich die Schrift an der Wand für mich aus. Ich hatte ein gutes Gefühl, und zum erstenmal seit langer Zeit dachte ich, daß doch noch alles in Ordnung kommen könnte. Daß Mora und ich die Kurve kriegten. Ich verfiel in meiner Naivität sogar der – wenn auch etwas zaghaften – Hoffnung, daß selbst Hungerbühler ein Stück Frieden zuteil werden würde auf seinem Bußgang. Doch zuerst schwebte mir ein riesiges Frühstück vor. Ich würde verschmitzt kauen und prustend in meine Kaffeetasse lachen. Sollten Hungerbühler und Mora sich ruhig wundern. In Zukunft würde ich die Dinge forscher angehen. Ein Glimmen in der Dunkelheit hatte genügt, mich in Brand zu setzen. Dabei hatte sich nichts geändert, nichts Augenscheinliches, lediglich ein kleiner Schalter in meinem Inneren war umgelegt worden. Ein kleiner, fleischfarbener Schalter, der unter den großen lebensspendenden Organen ein Schattendasein fristet.

„Alles verändert sich, wenn du dich veränderst", dachte ich beschwingt, während ich an Moras Tür klopfte. Sie hörte mich wohl nicht. Schlief sie noch? Vorsichtig drückte ich ihre Klinke herunter. Die Tür war nicht verschlossen, der Raum war leer. Seltsamerweise war ihr Bett gemacht. Ein grauer Strich durchfuhr mein Gemüt. Und schon fühlte ich mich gar nicht mehr so leuchtend. Ich klopfte an Hungerbühlers Tür. Er meldete sich nicht, und die Tür war abgeschlossen.

Ich traf beide im Frühstücksraum. Die Überreste eines Frühstücks standen traurig und, in ihrer Kümmerlichkeit abweisend, auf dem Tisch. Hungerbühler las in der Zeitung, und Mora räkelte sich katzenartig auf ihrem Stuhl. „Schön, daß ihr mit dem Frühstück auf mich gewartet habt", sagte ich mißmutig und setzte mich neben Mora. Ich bekam keine Antwort. Hungerbühler raschelte nur geräuschvoll mit seiner Zeitung. Schlecht gelaunt verdrückte ich ein liegengebliebenes halbes Brötchen mit Marmelade und trank kalten Kaffee dazu. Ihr werdet schon sehen, ihr werdet schon sehen, sagte ich mir immer wieder. Hungerbühler platzte in die gespannte Stille. „Wir können, ich wäre dann soweit." Er sah mich mit offenem Mund an. „Na was ist? Ich hab gesagt, wir können." „Wir können was", fragte ich gereizt. „Können wir Gott auf den Knien danken für diesen himmlischen Ort, an dem eine fromme Sünderin und ein Hilfsarbeiter einen wie dich gezeugt haben? Oder können wir die Flügel spreizen und ungeachtet der dunklen Wolken unseren Acker bestellen?" Hungerbühler schaute mich verständnislos an. „Sprich ihn lieber nicht an. Er hat schlechte Laune, das sieht man doch." „Wer hat schlechte Laune", fuhr ich Mora an. „Was dich angeht, du hast es gerade nötig. Ernennst dich selbst zur Bienenkönigin und läßt Hungerbühler und mich den Honig ranschaffen. Und wir fliegen auch noch los und rackern uns mit unseren kleinen Flügeln ab. Laufen mit unseren Stummelbeinchen über Minenfelder, damit du versorgt bist." „Wie meinst du das", entwaffnete Mora mich. „Ach, du weißt genau, wie das gemeint ist." Sie ging nicht darauf ein, sondern lächelte nur unschuldig. „So, jetzt haben wir uns ausgesprochen und können vielleicht mal, oder?" sprach Hungerbühler das Schlußwort. Er blickte fragend in die Runde. „Oder ist noch was?" Mürrisch erhob ich mich. Ich war nur der Ball, den Mora und Hungerbühler sich zuwarfen.

Kapitel 19

1

Gleich neben der Kirche, einem aus groben Steinquadern gefügten Bau, befand sich das hübsche, bescheidene Häuschen der Familie. Sauber geputzte Butzenscheiben, durch welche die Bewohner in einen reizenden, etwas verwunschenen Garten blickten, lächelten den Eintretenden auffordernd an. Hier ließ es sich gemütlich wohnen. Mora öffnete die leicht quietschende Gartentür und ging hinein. Ich ging hinter Hungerbühler. Er zögerte. „Warte mal Mora. Vielleicht hätte ich ein paar Blumen mitbringen sollen, was meinst du?" „Zu spät", sagte Mora nur und ging auf das Haus zu. „Warte doch mal. Was ist, wenn sie mich nicht erkennt? Ich meine, eine Mutter spürt doch ihr Kind, oder? Aber wenn sie nichts spürt? Ich könnte ja sonstwer sein. Wie soll ich ihr begreiflich machen, daß ich es bin." Hungerbühler stand noch immer auf der Schwelle. Ich schob ihn in Richtung Haus. „Mach dir keine Gedanken", versuchte ich ihn zu beruhigen, „sie weiß Bescheid." Er sah sich ängstlich zu mir um. Mora war bereits an der Haustür und läutete. Ich schob Hungerbühler weiter.

Nichts deutete auf die Anwesenheit der Hausbewohner. „Keiner da", seufzte der verlorene Sohn. „Was jetzt?" Hungerbühler war ratlos. Mora beschirmte mit einer Hand ihre Augen und spähte durch die Scheibe der Haustür. Hungerbühler blies die Backen auf und holte sein Kokainfläschchen aus der Tasche. Geräuschvoll sog er eine Prise ein. Mora und ich sahen ihn an. Er zwinkerte uns freundlich zu. Ich konnte über Hungerbühler nur den Kopf schütteln. Ein kristallines Körnchen klebte an einem Nasenloch. „Medizin", sagte er vergnügt und sah sich um. „Ist das nicht ein herrlicher Garten? Da drüben, der alte Baum, da wäre ich sicherlich als Kind hochgeklettert und hätte mir den Hosenboden aufgerissen. Und da hinten in dem alten Schuppen hätte ich wohl meine erste Zigarette geraucht.“ Eine windschiefe Hütte duckte sich an die Mauer. Hungerbühler schlenderte hinüber. „Ein richtiger Zaubergarten, was? Hier könnte man prima ein Zelt aufstellen.“ In diesem Augenblick hatte ich Mitleid mit ihm. Er stolperte mit entrücktem Blick durch die Gegend und stellte im Schnelldurchlauf eine verlorene Kindheit im Schoß der Familie nach. Hier war er das Kind einer Mutter. Nicht nur ein Zögling unter vielen. Er ahmte sogar seine Mutter nach, wie sie ihn zum Essen hereinrief. „Und wasch dir die Hände“, krähte er schrill.

„Hallo, Sie da, was machen Sie hier?“ Zwei Polizisten kamen über den Rasen auf uns zu. Hungerbühler ging ihnen freudig und mit ausgestreckter Hand entgegen. „Guten Tag, das ist schön, daß Sie so ordentlich aufpassen. Da weiß man doch, wofür man seine Steuern zahlt.“ Die Polizisten wirkten etwas ratlos. „Was machen Sie hier?“ fragte einer der Beamten vorsichtig. In diesem Augenblick öffnete sich die Haustür, und eine kleingewachsene Frau mit scharfen Gesichtszügen trat heraus. „Mutter!“ rief Hungerbühler, auf die Frau zustürzend. Einer der Polizisten nestelte an seinem Pistolenhalfter. „Das ist meine Mutter“, schluchzte Hungerbühler hemmungslos. Der Kokainflash hatte ihn vollends erwischt. Hatte ihn weich und sentimental gemacht. Die Frau war etwas zurückgetreten, als Hungerbühler auf sie zustürzte. Trotzdem schien sie nicht ängstlich. Es war eher Hungerbühler, der plötzlich unsicher wirkte ob der Reserviertheit, die sie ausstrahlte. Sie blickte ihm geradewegs in die Augen. Er war in der Bewegung erstarrt und sah sie unschlüssig an. „Mutter“, hauchte er. „Es ist alles in Ordnung“, sagte sie mit seltsam rasselnder Stimme, als ob ihre Stimmbänder nachschwangen. „Es ist wirklich mein Sohn. Ich habe ihn lange nicht gesehen. Vielen Dank, daß Sie gekommen sind." Sie winkte den Polizisten zu. Hungerbühler stand verdutzt auf der Wiese und drehte den Kopf. „Na, nun kommt schon rein", sagte sie mit ihrer rasselnden Stimme. Sie hatte die Hände in die Taschen ihrer Kittelschürze gesteckt und sah uns mit hocherhobenem Kopf an. Hungerbühler, eingeschüchtert und verwirrt, schritt trotzig an uns vorbei.

„Ich wußte, daß du irgendwann kommen würdest", sagte sie und stellte einen Teller mit drei mickrigen Kuchenstücken vor uns auf den Tisch. Wir saßen gedrängt auf dem Sofa und tranken mit aneinandergepreßten Armen unseren Kaffee. Sie wirkte nicht im geringsten überrascht. Sie schien das genaue Gegenteil von Hungerbühler. Resolut, beherrscht und fest in ihrem Handeln. Ihre Gesichtszüge waren massiv. Nicht fließend wie die ihres Sohnes. Obwohl sie die Sechzig noch nicht erreicht hatte, wirkte sie älter, unnahbarer, wie ein Mensch, den das Alter geadelt hatte. Unfaßbar, daß jemand wie sie solch einen Galgenstrick hervorgebracht hatte. Mora und mich hatte sie bislang kaum beachtet. Vor allem für Mora schien sie nicht allzuviel übrig zu haben. Eine negative Spannung floß zwischen ihnen. „Ich habe unser Wiedersehen nicht ersehnt, aber erwartet. Der Herr läßt niemanden entkommen. Vor allem jene nicht, die Ihm ergeben sind. Der Blutstuhl mit meinem Namen darauf steht schon seit ewigen Zeiten für mich bereit. Ich weiß, daß der Tag nicht fern ist. Gott schickt mir Seine Boten." „Was redest du? Ich bin gekommen, um dich zu besuchen, um dich kennenzulernen." Hungerbühler hatte sich leicht nach vorn gebeugt und versuchte, ihre Hand zu fassen. Sie entzog sich. Er war verwirrt. So hatte er sich den Empfang bestimmt nicht vorgestellt. Wir schwiegen eine Weile. Mit ihrer fatalistischen Weltsicht stand sie ihrem Sohn in punkto Spinnerei nicht nach. „Was meint ihr dazu?" fragte Hungerbühler. Ich saß wie belämmert da, hob hilflos die Arme, wechselte die Position und verdrehte die Augen. Mora antwortete nicht. „Ihr könnt für ein paar Tage bleiben. Ich mache euch oben die Zimmer zurecht. Aber seht zu, daß ihr deinen Großvater nicht stört." „Mein Großvater?" fragte Hungerbühler irritiert. „Der lebt noch?" „Sicher lebt er noch. Er ist vor ein paar Wochen achtzig Jahre alt geworden. Er hat ein gottgefälliges Leben geführt, und die moderne Medizin hat ihren Teil dazu beigetragen. Er hat bis weit in das Siebzigste hinein gepredigt, und die Leute sind aus den benachbarten Städten gekommen, um ihm zuzuhören." „Wo ist er denn?" Hungerbühler fuhr sich nervös durch das Haar. „Er ist unterwegs und besucht ein paar alte Gemeindemitglieder. Menschen, die nicht mehr auf die Straße können und keine Angehörigen haben. Du wirst ihn noch früh genug kennenlernen. So", sagte sie abschließend. „Ich werde euch die Zimmer zeigen und ein paar Einkäufe machen. Um Punkt eins gibt es Essen. Und keine Minute später. Wenn ihr wollt, könnt ihr euch die Kirche anschauen. Dein Großvater hat in dieser Kirche über vierzig Jahre gewirkt. Sie atmet den Geist der Familie. Die Tür ist nicht verschlossen." Das wars!

Ich beobachtete Hungerbühler. Seine Augen irrlichterten verwundert durch den Raum und blieben an den christlichen Symbolen, die die düstere Tapete zierten, hängen. Kreuze verschiedener Größe, Weihrauchkessel, eine furchtbar kitschige Marienstatue mit blutendem Herzen, brutale Folterungsszenen christlicher Heiliger in Öl und ein Foto von einem böse blickenden Papst sorgten für eine einschüchternde Atmosphäre. Eine neunschwänzige Katze und eine Angstbirne hätten mich auch nicht weiter verwundert, hätten sie ihren Platz an der Tapetengalerie gefunden.

„Wollen Sie denn gar nicht wissen, was Ihr Sohn so alles erlebt hat", ließ Mora sich das erstemal vernehmen. „Der

Herr wird es mir schon offenbaren", sagte sie widerwillig, wobei sie ihren Sohn anschaute.

Es schien ihr nicht zu gefallen, daß Mora sich ungefragt in ihre Angelegenheiten mischte. Mora würde in diesem Haus einen schweren Stand haben. „Deine Taten werde nicht ich beurteilen, sondern jemand anderes. Ein Mensch mag sündigen soviel er will. Dadurch unterscheidet er sich nicht im geringsten von mir. Denn auch ich bin unwürdig. Und hat er ein gottgefälliges Leben geführt, dann rufe ich Hosianna! Doch nicht er soll mir als Fackel in der Dämmerung dienen, sondern das Wort des Heiligen Geistes, von dem er durchdrungen ward. Der Mensch ist nur das Gefäß. Aber ein mieses", fügte sie hinzu. Sie schaute uns an. Der letzte Satz stand nachklingend im Raum. „Amen", sagte Hungerbühler, wofür er sich einen tadelnden Blick seiner Mutter einfing. Jeder Mensch hat seinen Preis. Hungerbühlers Mutter ließ sich mit der vagen Aussicht auf eine Platzkarte in einem ewigen Garten verlocken, hienieden die Botschafterin einer Heilsgemeinschaft zu sein, deren Ziel darin bestand, fest im Glauben zu sein, niemals davon abzuweichen und überhaupt sowenig Vernunft wie möglich an sich heranzulassen. Sicherlich war sie der Meinung, einen religiösen Kometenschweif in der sie umgebenden Dunkelheit zu versprühen. Ich hatte mir oft gewünscht, einen festen Glauben zu haben. Es stärkt die Persönlichkeit. Ich war zu lau dafür. Meine religiösen Absonderungen waren eher der Überlegung geschuldet, daß eventuell doch ein Gott da sein könnte, der mir eines – hoffentlich noch fernen Tages – mein Sündenregister vorliest. Ich könnte dann wenigstens auf ein paar Beteinheiten verweisen.

Wir stapften hinter ihr die enge Stiege hoch. Unter ihrer fleischfarbenen Strumpfhose wölbte sich eine mächtige Wade. Sie hatte ein Elefantenbein. Das war mir anfangs gar nicht aufgefallen.

Hungerbühler und ich sollten uns ein Zimmer teilen. Und zudem ein Bett. Mora bekam ein einzelnes Zimmer zugewiesen. Auch dort leuchteten uns Märtyrer in allen Blut- und Kotfarben entgegen. Sie blieb noch einen Augenblick im Türrahmen stehen.

„Ihr findet euch schon zurecht. Hier im Ort gibt es für junge Menschen nicht allzuviel zu tun, aber es ist ruhig und man kann viel spazierengehen und Gott still ehren. Nutzt die Tage, um Abstand vom Weltlichen zu gewinnen. Und du, du bist doch bestimmt hier, weil du einen Scheitelpunkt in deinem Leben erreicht hast“, sie hatte sich an ihren Sohn gewandt. „Sonst wärst du doch schon früher gekommen.“ Hungerbühler sagte: „Öh…, ja!“ „Ich bete für euch“, sagte sie und sah, den Türrahmen ausfüllend, wie eines ihrer Gemälde aus. Eine demütige, leicht perverse Büßerin. Sie drehte sich auf den Fußspitzen um und ging, das mißgestaltete Bein etwas nachziehend, die Treppe hinunter. Hungerbühler fing bereits an auszupacken. Ich ging noch einmal zu ihr runter. „Kann ich nicht bei meiner Nichte schlafen“, fragte ich vorsichtig. Sie sah mich nur kurz an und sagte, „soetwas dulde ich hier nicht. Mann und Frau, dazu unverheiratet, in einem Raum.“ Ich versicherte ihr, daß ich nur mit Mora in einem Raum schlafen wolle, meinetwegen auf einem Klappbett oder auf dem Boden. Sie fragte, ob ich Probleme hätte, mit ihrem Sohn in einem Bett zu schlafen. Er sei doch nicht etwa andersrum? Ich schüttelte kraftlos den Kopf. Das versprachen aufregende Tage zu werden. Ein rüstiger Ex-Prediger und seine bibelfeste Tochter, die vermutlich regelmäßig ihr Gewissen in einer Beichte auswrang, um den säuerlichen Beigeschmack ihrer unterdrückten Phantasie abfließen zu lassen. Dazu die Nächte mit Hungerbühler im Ehebett. Ich ging zu Mora. So voller Abscheu hatte sie noch nie auf jemanden reagiert. „Diese Alte ist furchtbar. Ich will hier nicht bleiben.“ Mora war verunsichert. Sie war auf einen Menschen getroffen, der sich nicht von ihr beeindrucken ließ. Nicht alle verfielen Mora auf so widernatürliche Weise wie Hungerbühler und ich, aber die meisten achteten sie zumindest. Sie erkannten ihre Persönlichkeit und damit auch ihre Skrupellosigkeit. Sie gingen in Deckung. Hungerbühlers Mutter hatte bereits einen Gott. Da war kein Platz für Mora.

„Laß uns wieder in das Hotel ziehen. Hungerbühler kann allein mit seiner Mutter und seinem senilen Großvater Wiedersehen feiern. Und wir machen uns ein paar schöne Tage hier in der Gegend. Gehen spazieren, Eis essen, wie früher. Sollen die ihre Familienzusammenführung doch unter sich ausmachen." So verlockend das für mich klang, widerstrebte es mir doch, Männchen zu machen. Auch verspürte ich eine leichte Vorfreude auf die kommenden Tage. Ich wollte sehen, wie Mora sich aus der Affäre zog.

Ich log ihr vor, wir hätten nicht mehr genug Geld, es würde lediglich für die Rückfahrt reichen. Das schluckte sie widerspruchslos. Sie wirkte bedrückt, als ich sie verließ.

2

Nachdem wir ausgepackt hatten, schlenderten wir rüber zur Kirche. Ein kleiner Pfad führte durch den Garten, und nachdem wir uns durch ein Brombeergebüsch gezwängt hatten, standen wir direkt vor der Apsis. Der Kirchhof war verwildert, und zwischen wuchernden Ranken stießen wir auf die Gräber der ehemaligen Pfarrer. Gottlieb, Fürchtegott, Trautegott, Gotthilf usw. Mit solchen Vornamen bewaffnet, war den armen Männern gar nichts anderes übriggeblieben, als berufsmäßig der Sünde nachzujagen. Die Gräber waren in Reih und Glied angeordnet. Und in derselben Haltung katzbuckelten die frommen Herren sicherlich auch vor ihrem Gott.

Hungerbühler stand vor den schiefen Kreuzen und phantasierte über das einfache, aber glückliche Leben der Landpfarrer im vorigen Jahrhundert. „Natürlich", pflichtete ich ihm bei. „Analphabetismus, Dummheit, Dreck, Hungersnöte und der Herr Pfarrer treibts hinter der Kanzel mit den jungen Dirnen." „Du hast kein Herz für die Romantik. Du bist viel zu nüchtern. So kriegst du nie eine Frau." Zack! Hungerbühler wußte genau, wo er das Messer ansetzen mußte. „Sag mal, Mora, findest du nicht auch, daß dein Onkel sich in letzter Zeit komisch benimmt. An allem hat er was auszusetzen. Er ist ein richtiger Miesepeter geworden." „Ach, leck mich doch", sagte ich und ließ sie stehen. Hinter mir hörte ich, wie Hungerbühler eine Bemerkung über die schlichte Anmut der Kirche fallen ließ. Ich empfand Kirchen als eine ständige Mahnung. Sprich nicht so laut, setz dich anständig hin, halte den Kopf gesenkt.

Im Inneren trafen wir auf eine Frau, die sich kniend vor dem Altar bekreuzigte. Hungerbühler schritt lautstark redend die Bankreihen ab. Die Frau sah unruhig in unsere Richtung. Ich ging an die Luft. Gerade als ich den Vorraum verließ, eilte mir über den breiten Plattenweg, der zum Hauptportal führte, ein alter Mann festen Schrittes entgegen. Sein freundliches, runzliges Gesicht lächelte breit. „Wo ist er?" rief er, „wo ist mein Enkel?" Ich zeigte hinter mich.

Der Alte war das genaue Gegenteil von seiner Tochter. Er war lebensfroh und aufgeschlossen. Während des Essens brabbelte er unentwegt und erzählte Schnurren und Anekdoten. Rein äußerlich glich Hungerbühler seinem Großvater. Jedoch verfügte jener über etwas, das seinem Enkel fehlte: Charakter! Ich mochte ihn auf Anhieb.

Die Mutter thronte über unserer Gemeinschaft wie eine Richterin des Alten Testaments. Sie saß erhöht und kommentierte die Worte des Alten mit spitzen Bemerkungen.

Er ließ sich nicht beirren. Nach dem Essen verschwand sie sofort in der Küche. „Das Mädchen kann mir helfen“, sagte sie. Und während Mora mißgestimmt und ohne Murren das Geschirr abräumte, schenkte uns der Alte einen Schnaps ein. Er klopfte seinem Enkel schelmisch auf das Bein und prostete uns zu. „Sie hat einen religiösen Fimmel“, sagte er leise. „Sie ist ein gutes Mädchen, aber sie übertreibt es. Seit ich sie damals aus dem Kloster abgeholt habe, wo du geboren wurdest“, er zeigte auf Hungerbühler, „ist sie radikal gläubig. Je näher sie dem Tod kommt, desto schlimmer wird sie. Man ignoriert es am besten.“

Hungerbühler war bester Dinge. Er hatte eine ordentliche Prise intus und wäre seinem Großvater vor lauter Rührung am liebsten auf den Schoß geklettert. Endlich war er zuhause. Ausführlich schmückte er sein Leben aus. Erzählte von seinen entbehrungsreichen Jahren im Kloster, seinen Studien, seiner erfolgreichen Tätigkeit als Arzt und ließ sich dafür, sanft grunzend, mit einem Schulterklaps belohnen. Aus der Küche hörten wir das Klappern des Geschirrs. „Donnerwetter“, sagte der Alte. „Ursel hast du das gehört, dein Sohn ist ein berühmter Arzt“, rief er in die Küche. Hungerbühlers Mutter erschien, einen Teller abreibend, in der Stube. „Er ist ein anerkannter Psychologe. Hat Bücher geschrieben und ist viel rumgekommen.“ Der Alte guckte herausfordernd seine Tochter an. „Sind seine Kinder in Ehren, das weiß er nicht, oder ob sie verachtet sind, das wird er nicht gewahr“, zitierte sie und verschwand wieder, ihren Teller eifrig reibend, in der Küche. „Mach dir nichts draus. Sie wird schon noch dahinterkommen, was für ein Mensch du bist.“ Ich betete still, daß Hungerbühlers Mutter niemals dahinterkommen würde.

Allmählich verspürte ich eine leichte Müdigkeit und entschuldigte mich, ich wolle mich kurz ausruhen. Das schwere Essen fordere seinen Tribut. Der Alte lächelte. Ich solle nur gehen. Er habe sich mit seinem Enkel viel zu erzählen. Ich schob mich gerade die Stiegen hinauf, als ich aus der Küche Geschrei hörte. „Sie haben mir gar nichts zu sagen, Sie alte Vettel", das war eindeutig Moras Stimme. Geschirr klirrte. Ich rannte hinunter. Mora stand mit zerzausten Haaren vor Hungerbühlers Mutter. Weiß vor Zorn. Der Handabdruck auf ihrer Wange leuchtete wütend. Auf dem Boden lag eine zerbrochene Tasse. Die beiden Frauen sahen sich lauernd an. Jede wartete auf eine Regung der anderen. Der Damm war gebrochen. Ich meinte fast die gegenseitige Abneigung sehen zu können, wie sie sich kalt und gierig durch den Raum schlängelte.

Hinter mir erschienen die anderen. „Was ist denn los", fragte der Alte, „gab es Streit?" „Dieses Kind ist aus Feuer gemacht. Aus einem kalten Feuer. Ich will sie nicht in meinem Haus haben." „Aber", warf ich ein, „sie ist fünfzehn Jahre alt. Was reden Sie denn da?" Ich wußte selbst am besten, wie es mit Mora stand. Trotzdem ergriff ich Partei für sie. Aus Gewohnheit. „Sie hat mich geschlagen", sagte Mora eisig. „Niemand schlägt mich." Sie warf uns allen einen bösen Blick zu und ging hinaus. „Mutter, bist du verrückt? Wie kannst du Mora so behandeln? Sie ist so ein liebes Mädchen. Wenn du wüßtest, was sie schon alles für mich getan hat." Hungerbühler zitterte. Er stand kurz vor einem Zusammenbruch. „Es tut mir leid", sagte sie und wirkte zum erstenmal etwas wärmer. „Dieses Mädchen hat etwas an sich, das mich abstößt. Sie wirkt so arrogant, so ungerührt. Als ob nichts und niemand ihr etwas anhaben könnte. Demut vor dem Herrn und Respekt vor den Menschen sind unerläßlich in einer Welt, die auf dem Glauben gegründet ist. Wenn alles sich in sein Gegenteil verkehrt, wenn die Kinder ihre Väter fressen, sind die Teufel nicht mehr weit. Allein ihre Anwesenheit macht mich aggressiv. Sie lacht uns alle aus, hört ihr das nicht? Seid ihr so taub, so verblendet?" Sie ließ uns stehen. Wir drei wechselten Blicke, darauf bedacht, nicht zu laut zu atmen, um das leicht entzündliche Klima, das noch immer im Raum schwebte, nicht zur Explosion zu bringen.

Mora durfte bleiben. Der Alte hatte seine Tochter an des Christen Pflicht ermahnt, die Nächstenliebe auch und gerade an den Geschöpfen zu praktizieren, die uns am fernsten standen. Hungerbühler und ich hielten uns mannhaft aus dieser Sache heraus. Auch Mora ließ sich besänftigen. Sie wirkte nach dieser Geschichte zugänglicher, friedlicher. Sie sprach nicht mehr darüber, das Haus verlassen zu wollen. Ich war überrascht. War es das, was Mora fehlte? Jemand, der ihrer wild sprudelnden Quelle einen Stopfen aufsetzte? Die beiden Frauen gingen sich für den Rest des Tages aus dem Weg. Kamen sie doch zusammen, bemühten sie sich um höfliche Distanz. Für den Kräutergarten, den Hungerbühlers Mutter hinter dem Haus in einer Senke angelegt hatte, brachte Mora sogar etwas Interesse auf. Hungerbühlers Mutter merkte es und erklärte ihr die Bedeutung mancher Pflanzen ausführlicher. Mora hörte konzentriert zu, nahm eine Pflanze in die Hand, roch daran und nickte. „Vor allem du solltest einmal einen nervenberuhigenden Tee trinken", sie hatte sich an ihren Sohn gewandt. „Hm, hm", stimmte der Alte ihr zu. Die nervöse Geschäftigkeit Hungerbühlers war ihnen aufgefallen. „Das bringt der Beruf so mit sich. Dagegen ist kein Kraut gewachsen", lachte dieser. Mora und ich blickten uns an.

Eine steile, hölzerne Treppe führte in den Kräutergarten. Hungerbühlers Mutter stand schweratmend auf der obersten Stufe. Sie schaute zu uns runter. Der Himmel floß über ihrem Kopf zusammen und wob ihr ein bleiches Kopftuch.

3

Ursel dirigierte den Kirchenchor. Seit ihrer wundersamen Errettung vor dem Ertrinken war sie dem religiösen Lied treu ergeben. Gott hatte zu ihrer Errettung nicht von ungefähr einen Chor erschallen lassen. Der örtliche Kirchenchor brauchte eine feste Hand. Und Hungerbühlers Mutter war die beste Leiterin, die Gott heutzutage kriegen konnte. Unter ihrer Ägide war der Chor zu einer lokalen Größe im näheren Umland geworden. Man machte Tourneen in die Nachbargemeinden, und selbst eine CD, die eifrig auf Kirchenfesten verkauft wurde, hatte die flotte Singgemeinschaft aufgenommen. Sie bot uns an, nach dem Abendessen den Proben beizuwohnen. Vielleicht sogar mitzusingen. Mora und Hungerbühler lehnten dankend ab, ein andermal. Ich ließ mich nicht lange bitten. Ich hatte keine Lust, Stichwortgeber für Hungerbühlers Auftritt zu spielen. Er gab für seinem Großvater den jugendlichen Helden und Liebhaber. Dieser war ganz hingerissen und verlangte eifrig nach mehr. Der ahnungslose Greis war obendrein eine anspruchslose Natur. Er machte keinen Unterschied zwischen possenhafter Unterhaltung und klassischem Drama.

Im Gemeindesaal waren die Mitglieder des Chores bereits versammelt. Geschwätzig standen sie beisammen. Ich wurde kurz vorgestellt. Ein bärtiger Sangesbruder mit freundlichen Augen lächelte mir zu, während er mir ein Textblatt reichte. Ohne Umschweife stellten sie sich in Position und fingen auf ein Zeichen an zu singen. Hungerbühlers Mutter hatte die Augen geschlossen. Sie dirigierte mit weichen Armbewegungen. Ihr ganzer Körper bebte unter dem Ansturm kräftiger Stimmen. Der Chor sang fließend und geschlossen. Mehr und mehr kam ich in den Fluß hinein. Und nach anfänglich zähen Bemühungen, meine Stimme dem Gesang der anderen anzupassen, gelang es mir auch recht gut. Zwar kannte ich die Lieder nicht, doch ließ ich mich mittragen und entwickelte ein Gespür für ihre Stimmung. Hungerbühlers Mutter nickte mir anerkennend zu.

Meine Mitsänger lächelten freundlich. Seit langem einmal fühlte ich mich wohl. Sie kannten mich nicht, und doch hatten sie mich aufgenommen und akzeptiert. Sie waren ausgefüllt von ihrem Tun, wirkten fröhlich und entspannt. Ich sang mit wachsender Begeisterung. Eine hochgewachsene junge Frau beeindruckte mich besonders. Sie übernahm oft die Solostimme. Furchtlos griff sie die Melodie auf, die die Gruppe für sie vorbereitet hatte, um sie mit einem reinen, guten Klang anzureichern. Ich beobachtete sie während des gesamten Abends. Einmal drehte sie sich zu mir um und lachte. Ich verliebte mich in ihre Stimme, in ihre Art den Kopf zu neigen, wenn sie sang, in ihr großes, offenes Gesicht. Nach den Proben sprach sie mich an. „Das Singen hat dir gefallen, oder?" Ich nickte. Wartete begierig auf weitere Worte. „Hast du Lust, ein paar Schritte mit mir zu machen? Ich habe nach den Proben immer das Bedürfnis, mich zu bewegen." Schweigend gingen wir die Hauptstraße hinunter, um in einen schmalen Waldweg zu biegen. Es war noch warm und der Wald duftete harzig.

Ich erzählte von mir. Sie stellte keine Fragen, ließ mich reden. Ihre Augen blitzten aufmerksam. Hin und wieder schüttelte sie die kurzen, blondgefärbten Haare. Sie gefiel mir. Und doch fühlte ich mich sonderbar neben ihr. Als würde ich sie durch meine Anwesenheit beschmutzen. Sie schien so rein und klar. Ich hätte ihr alles verraten, was mich beschäftigte. Hätte ihr gern von Mora erzählt und von Hungerbühler. Doch die Angst, daß sie mich abstoßend finden könnte, hielt mich davon ab. Sie redete nicht gern über sich. Also gingen wir die meiste Zeit still im dämmrigen Wald. „Laß uns umkehren", sagte sie nach einer Weile, „sonst finden wir nicht mehr raus, und ich habe vergessen, Brot zu streuen." Daß sie jetzt gehen wollte, versetzte mich in Unruhe. War ihr meine Anwesenheit unangenehm? Vor der Kirche trennten wir uns. Ich gab ihr die Hand, ohne Hoffnung, sie so bald wiederzusehen. „Wie wäre es, wenn wir morgen zusammen ein Picknick machen? Hier in der Gegend gibt es schöne Plätze." Sie lächelte mich aufmunternd an. „Ja gern", sagte ich. „Gut, dann hole ich dich morgen nach dem Frühstück ab. Ich hoffe, du kannst Fahrrad fahren?" „Ich bin sozusagen auf einem Fahrrad groß geworden", sagte ich lachend. Sie winkte mir zum Abschied und verschwand in der Dunkelheit. Am liebsten hätte ich geschrien. So laut, daß die Erde sich aufgetan hätte, um meine Vergangenheit zu verschlucken.

„Na, hast du eine kleine Sängerin aufgerissen. Was habt ihr denn getrieben? Hat sie dir ein paar Takte geblasen?" Am liebsten hätte ich Hungerbühler in sein dümmliches Grinsen geschlagen. Er lümmelte auf dem Sofa und hatte eine Schnapsflasche vor sich stehen. Mora saß in einem Sessel und blätterte unruhig in einer Illustrierten. „Die Alten sind schon im Bett. Ich hoffe, du bringst meine Mutter nicht ins Gerede", frotzelte Hungerbühler weiter. „Und eine Schwangere im Kirchenchor macht sich auch nicht so gut." Er kicherte höhnisch. „Mach dir keine Sorgen", sagte ich. „Für die Unannehmlichkeiten vor Ort bist du ja zuständig." „Gut gekontert, Herr von Prüde", rief er hinter mir her. Ich war nicht in der Stimmung, mich zu ärgern. Schwebend erreichte ich unser Zimmer und sah eine Weile in den Mond. Mein Herz war voll, wogegen ich mich angenehm leer fühlte. Ich schlief sofort ein.

4

Der nächste Morgen brachte neben dem obligaten Tischgebet auch eine verstimmte Mora mit sich. Mir fiel es anfangs gar nicht auf. Ich war mit meinen Gedanken woanders. „Sag mal, mußt du unbedingt etwas allein machen“, fragte sie. „Vielleicht wollen wir ja auch mit. Wir sind zusammen hergefahren, da können wir doch auch zusammen etwas unternehmen.“ Ich war baff. Mora hatte sich seit einiger Zeit wenig um mich gekümmert. Hatte sie Streit mit Hungerbühler? „Hier werdet euch auch ohne ihn amüsieren“, mischte sich Hungerbühlers Mutter ein. „Dein Onkel ist alt genug. Gott begünstigt die zarten Pflänzchen, und es ist Ihm eine Freude, sie wachsen zu sehen. Und wenn der Boden stimmt und das Wetter auch, da braucht es nicht unbedingt einen Gärtner.“ Ich sah, wie gut es ihr tat, Mora zu maßregeln. Diese sah sie böse an. „Gott, Gott, ich kann es nicht mehr hören. Das ist ein Märchen. Es gibt keinen Gott. Den ganzen Abend mußte ich mich mit diesem Gefasel füttern lassen.“ Hungerbühler und ich sahen uns erschreckt an. Der Alte feixte hinter seiner Zeitung. „Sag mal Mora, so kannst du aber nicht mit meiner Mutter reden. Du bist hier Gast.“ Sie sah ihn entgeistert an. Hungerbühler hatte zum erstenmal die gemeinsame Allianz verlassen, um sich mit dem Feind zu verbünden. Wortlos knallte sie ihre Tasse hin, verschränkte die Arme und starrte trotzig auf das Tischtuch. Hungerbühlers Mutter nahm einen Schluck Kaffee und lehnte sich zurück. Befriedigt schaute sie ihren Sohn an. „Kinder können nicht immer ihren Willen bekommen. Das mußt auch du lernen“, sagte sie zu Mora. Ursel überraschte mich. Selbst ihr Vater schien überrascht. Er hatte die Zeitung weggelegt und blinzelte mehrmals in ihre Richtung. Hätte Mora solch eine Diskussion am gestrigen Tag vom Zaun gebrochen, wären wir mit dem Flammenschwert aus dem Haus getrieben worden. Mora schäumte vor Wut. Ihrem Gesicht nach würde sie Ursel jeden Moment den Kopf abbeißen. Stattdessen sagte sie seelenruhig: „Ich weiß nicht, ob Sie es schon mitbekommen haben, aber es gibt keinen Beweis für die Existenz

Ihres Gottes. Niemand hat ihn je gesehen. Hat wohl die Geschäfte an den Teufel übergeben und sich auf die faule Haut gelegt. Der Mensch ist nicht mal in der Lage, einen Wurm selbst zu machen. Aber dafür schafft er sich ein komplexes Wesen wie Gott. Das ist doch lachhaft. Die Menschen haben nur Angst vor ihren eigenen Taten. Es ist einfacher, die Verantwortung auf ein eingebildetes Wesen zu schieben." „Liebes Kind", begann Hungerbühlers Mutter, und ich konnte förmlich sehen, wie Mora sich bei dieser Anrede innerlich krümmte. Ursel hatte ihre Taktik überdacht und geändert. Einer Fünfzehnjährigen konnte man nichts Ärgeres antun, als sie nicht ernstzunehmen. Menschen in diesem Alter fühlen sich den Erwachsenen moralisch überlegen. Zwar beweisen sie gerade dadurch ihre Unreife, aber das stört sie nicht. Zudem war Mora es nicht gewohnt, daß sie so behandelt wurde. Innerlich klatschte ich der Mutter Beifall. Sie durchschaute die Menschen rasch. Moras Schwachstelle lag rot und offen vor ihr. „Gott spricht dich nicht frei von deinem Handeln. Die Verantwortung liegt immer beim Menschen. Der Herr zeigt dir nur Möglichkeiten auf. Du sollst ihnen meine Worte sagen, sie gehorchen oder sie lassen es; denn sie sind ein Haus des Widerspruchs. Und jetzt laß uns in Frieden weiterfrühstücken, Kindchen." Wobei sie das letzte Wort noch einmal unterstrich.

5

Mora schlich gereizt durch das Haus. Sie war allein. Hungerbühler verbrachte die meiste Zeit mit seinem Großvater. Sie saßen beieinander und erzählten abwechselnd Anekdoten. Die familiäre Linie ließ sich nicht übersehen. Doch wie konnte ich Mora helfen? Ich hatte eine Verabredung, die ich ihr zuliebe nicht absagen wollte, und mitnehmen wollte ich sie auch nicht. Als ich gehen wollte, fand ich sie vor dem Haus. Sie saß auf einer Bank, die

Hände in die Ärmel zurückgezogen. Ich setzte mich neben sie. Sie sah mich nicht an.

„Mora, es tut mir leid. Ich weiß, daß du dich hier nicht wohlfühlst. Aber daß es kein Ausflug werden würde, war uns doch klar. Wir wollten Hungerbühler helfen. Daß seine Mutter eine fromme Pestbeule ist, war nicht zu erwarten, aber wir müssen es akzeptieren. Sie behandelt dich wirklich gemein. Aber du weißt ja, im Notfall bin ich immer auf deiner Seite." In Wirklichkeit war ich mir da gar nicht so sicher. Hungerbühlers Mutter war eine Gegnerin, die in einer ganz anderen Liga spielte als ich. Mora hatte da viel eher eine Chance. Zudem hatte ich nichts gegen Ursel. Bei der Chorprobe hatte ich gesehen, welche Harmonie und Hingabe in dieser Frau steckte. „Also Mora, so schlimm ist sie auch wieder nicht. Du hättest sie mal bei der Probe erleben sollen. Das Herz wäre dir aufgegangen. Wie sie dastand! So... so eindrucksvoll. Voller Liebe. Ich schwöre dir, sie sah aus wie ein Magnet, der die Energie der Sänger auf sich zog. Man hätte meinen können, sie wäre mit Puderzucker bestäubt gewesen, so süß sah sie aus. Und dieses Leuchten um sie herum. Es schien direkt von oben zu kommen. Ich habe noch nie..."

„Geh jetzt", unterbrach sie mich. „Deine Bekannte wartet." Verwirrt schaute ich sie an. Der Ausdruck in ihren Augen gefiel mir nicht. Hinter ihrem normalen Blick verbarg sich noch ein anderer. Er schimmerte durch, wenn sie etwas ausheckte.

Noriette erwartete mich vor der Kirche. Sie saß auf einem großrädrigen, sportlichen Herrenrad. Für mich hatte sie ein Klapprad mitgebracht. Darauf sah ich aus wie Sancho Pansa, der auf seinem Esel neben Don Quichotte herreitet. Aber das war mir egal. Ich fühlte mich wohl bei ihr. Eifrig versuchte ich mit ihrem Tempo mitzuhalten. Die meiste Zeit fuhr ich in ihrem Windschatten. Das

Korn stand hoch und wogte vergnügt am Wegesrand. Noriette wurde immer schneller. Wie ein Hamster im Laufrad trat ich in die Pedale. Trat sie einmal, mußte ich fünfmal soviel Kraft aufbringen. Der Fahrtwind prügelte mir ins Gesicht und trieb mir die Tränen über die Wangen. „Kannst du noch“, rief sie mir von Zeit zu Zeit durch das Rauschen des Fahrtwindes zu. Obwohl mir die Waden wehtaten, meine Ohren klingelten und meine Lungen fast ihren Dienst versagten, lächelte ich ihr zu. Mir schien, als wären wir schon Stunden unterwegs und müßten bald das Ende des Kontinents erreicht haben, um kopfüber eine Klippe hinab in den Atlantik zu stürzen. Endlich hielt sie an. Mitten auf dem Feldweg. Schweratmend kam ich neben ihr zum Stehen. Sie zeigte mit einer einladenden Handbewegung auf die Felder ringsum. „Such dir eins aus. Ein Weizenfeld oder ein Haferfeld?“ Ich war mir nicht sicher, was sie meinte. „Mir egal“, sagte ich schweratmend. „Also Hafer“, sagte sie von ihrem Fahrrad kletternd. „Wieso Hafer?“ fragte ich.

Doch sie hatte sich schon den Picknickkorb geschnappt und pflügte durch das Feld. Sie drehte sich zu mir um und lächelte. „Haferpflanzen können ein bequemes Picknickplätzchen abgeben.“ Ja, aber nicht für jemanden, der eine Allergie gegen Gräser hat, dachte ich. Was sollte ich tun. Ich konnte ihr doch nicht gleich bei unserer ersten Verabredung die Ohren vollheulen. Irgendwann blieb sie stehen und bog in einem großen Kreis die Ähren um. Wenig später saßen wir auf einer Decke und aßen mit großem Appetit Hühnchen, Kirschkuchen, Kartoffelsalat, Schokolade, Butterbrote, fetten Rahm, Birnen, Salami. Alles durcheinander. Dazu tranken wir Bier. Voll und satt lagen wir auf der Decke und sahen den Wolken beim Fangenspielen zu. Noriette hatte ihren Kopf auf meine Hüfte gelegt und spielte mit einem Halm. Ich hätte sie gern geküßt, traute mich aber nicht. Vielleicht mochte sie mich so, wie sie Haferfelder mochte oder das Kaninchen, das sie bestimmt mal besessen hatte. Vielleicht war es einfach nur eine kleine, propere Ponyhoffreundschaft. Ich war so unsicher. So gern wäre ich ein Jäger gewesen. Jemand der seine Beute umschlich, in der festen Gewißheit, sie bald in seinen Fängen zu spüren. Ich hatte Lust, sie im Kornfeld zu nehmen. Nicht, daß es mir nur darum gegangen wäre. Ich war ein bißchen in sie verliebt. Aber sie erzeugte auch große Lust in mir. Ich bin auch gar nicht so schlecht im Bett. Zwar kein Stürmer, eher Mittelfeld. Wenn sie mich wollte, dachte ich, hätte sie mich längst aufreißen können. „Warum küßt du mich nicht mal", fragte sie unvermittelt und drehte sich zu mir um. Sie lächelte so süß, wie noch nie eine Frau einen Mann angelächelt haben kann, seitdem es zwei Geschlechter gab.

„Bist du immer so schüchtern?" „Hmm, hmm", brummte ich und bog meinen Kopf nach vorn. Noriette kam mir, auf meinem Bauch entlangkriechend, entgegen. Zaghaft berührten sich unsere Lippen, unsere Zungen. Engumschlungen lagen wir da und schwiegen selig. Seit langem war ich wieder einmal glücklich. Ich war mit einem Mädchen zusammen, das mich mochte, und es schien alles so komplikationslos zu verlaufen. Dummerweise wehrte sich der Hafer gegen die Eindringlinge. Er hatte das schwächste Glied der Kette sehr schnell herausgepickt. Ich fühlte mein Gesicht anschwellen. Es war heiß, das Blut rauschte unter meiner Haut. „Sag mal, macht es dir etwas aus zu gehen?" fragte ich sie. Ich glaube, zuviel Getreide bekommt mir nicht." „Oh Gott, wie siehst du denn aus? Warum hast du denn nichts gesagt, du Dummer?" Sie sah mich erschrocken an und strich mir leicht über das Gesicht. „Komm, geh schon vor und warte auf dem Weg", sagte sie und raffte die Decke zusammen. Auf der Rückfahrt fuhren wir Hand in Hand oder kurvten umeinander. Mein Gesicht war etwas abgeschwollen, und ich war wieder froh.

Als wir vor der Kirche hielten, läutete es zum Abendgottesdienst. Noriette gab mir einen Kuß. „Ich habe Lust, den Abend mit dir zu verbringen", sagte sie. Ich konnte mir nichts sehnlicher wünschen. Und eventuell nahm sie mich später mit zu sich. „Wollen wir zu mir fahren? Ich würde dir gern zeigen, wie ich lebe." Noriette wohnte mit drei anderen zusammen. Sie nannten sich selbst das politische Gewissen des Ortes. „Die Leute sind so faul. Die nehmen das Gift, das ihnen vorgesetzt wird und kauen es solange durch, bis sie sich an den bitteren Geschmack gewöhnt haben. Und auch wenn die wenigsten von denen nach Vollkommenheit streben, so doch nach einer gewissen Gelassenheit. Nach einem Fensterplatz. Aber wehe, es lehnt sich mal einer zu weit raus. Dann schreien die anderen gleich Zeter und Mordio." Gero führte das Wort. Wir saßen alle um den großen Holztisch in der Küche zusammen. Neben den Bewohnern waren drei Freunde zu Gast. Ich sah zu Noriette rüber. Sie hing an Geros Lippen. Er war soetwas wie der Anführer der Gruppe. Es ließ sich nicht leugnen, er war imposant. Er sah gut aus und konnte noch besser reden. Sicherlich war sie in ihn verliebt. Noriette nahm meine Hand und gab mir einen Kuß. Ohne Scheu vor den anderen. Das schien hier normal zu sein. Mir brummte bald der Kopf von den Reden. Ich konnte nichts beisteuern; mit Politik hatte ich mich noch nie beschäftigt. „Man sollte die Gesellschaft verarmen lassen, sie an ihre produktiven Wurzeln zurückführen. Wann hat sich denn die Klassengesellschaft gebildet? Mit dem Aufkommen des Wohlstandes in der Urgesellschaft. In der Jungsteinzeit, als das Kupfer entdeckt wurde, und irgendjemand sagte: Wow, Kupfer! Da kann man prima Tand draus machen. Auf einmal hatten die einen das Monopol über die Rohstoffquellen. Und die anderen waren so doof, sich davon abhängig zu machen. Wenn sie wenigstens die Erzeugung des Mehrprodukts verhindert hätten." „Wirklich, man sollte den Leuten alles abnehmen. Nur noch das, was sie auf dem Leib tragen, können sie behalten", hatte sich eine picklige Blondine mit Pferdeschwanz in Geros Sermon eingemischt. „Das ist doch Quatsch", warf ihr Gegenüber ein. „Man muß mit der sozialen Realität anfangen. Das sind die Machtverhältnisse. Der Mensch beherrscht die Verhältnisse nicht. Und darum schafft er sich Götter und Erlöser. Die sollte man dem Menschen wegnehmen. Dann ist er auf sich selbst geworfen und erkennt, was schiefläuft." Ich mußte an Mora denken. Sie hätte sich hier pudelwohl gefühlt.

Langsam wurde ich müde. Die Uhr stand kurz nach Mitternacht, und die Diskussion schien ihren Siedepunkt noch nicht erreicht zu haben. Noch argumentierten alle recht nüchtern. Ich gähnte demonstrativ und flüsterte Noriette zu, daß ich gehen werde.

An der Tür blies sie mir ihren warmen, weingetränkten Atem ins Gesicht. „Ich bin nicht so für Ideologien", gab ich ihr zu verstehen, wobei ich versuchte, überlegen zu wirken. „Ich auch nicht. Und die anderen sind auch nicht so. Die diskutieren eben gern. Das ist alles halb so wild. Und wir machen ja auch Aktionen." Was denn für Aktionen, ging es mir durch den Kopf. Sie drückte mir einen Kuß auf die Lippen. „Bis morgen, ja?" Sie warf mir noch einen Kuß zu und schloß die Tür. Das Mondlicht lockte mich mit seinen milchigen Strahlen und fast hätte ich angefangen zu tanzen, so leicht fühlte ich mich.

6

Den ganzen Vormittag über war ich kaum ansprechbar. Ich dachte an Noriette, meine zauberhafte Nymphe. Sie hatte erst am Abend Zeit für mich. Wir hatten ausgemacht, daß ich sie von der Arbeit abholen würde. Sie arbeitete in einer Wäscherei. Ich stellte mir vor, wie sie mit flinken Fingern und einem Lächeln auf den Lippen Hosen, Röcke, Mäntel entgegennahm, sie mit kleinen Schildchen versah und auf lange Stangen hängte. Inmitten dieser wogenden Kleider schwebte sie wie ein Vöglein hin und her, um mit ordnender Hand die Kunden zufriedenzustellen. Im Hintergrund bollerten vergnügt die Waschmaschinen. Ich saß im Garten, hatte es mir auf einer Liege bequem gemacht und meinte fast, die warme, saubere Luft der Wäscherei riechen zu können. Hungerbühler kam auf mich zugewalzt, stellte sich neben mich und rülpste genüßlich. „Mann, bin ich voll“, sagte er, wobei er sich über den Bauch strich. „Meine Mutter kocht nicht, die zaubert.“ Damit ließ er mich allein, um nach Mora zu suchen. Nach diesem Auftritt hatte ich keine Lust mehr, an Noirette zu denken. Ich ging die anderen suchen.

Sie waren im Kräutergarten und sahen Ursel beim Umgraben zu. „Gott ist eine Tür“, hörte ich Hungerbühlers Mutter verkünden, als ich die morsche Treppe herunterstieg. „Wir Menschen haben die Wahl. Entweder gehen wir hindurch, oder wir bleiben davor stehen. Gott zwingt niemanden in seine Arme. Gehen wir hindurch, adelt es uns. Es zeugt von unserem Verstand und von einem reinen Herzen. Denn warum sollten wir freiwillig draußen bleiben? Das Haus Gottes also nicht betreten? Vor der Tür ist es kalt und zugig. Gefahren warten auf uns. Doch drinnen haben wir es warm und gemütlich. Natürlich dürfen wir nicht müßig sein. Fleißig und demütig halten wir das Haus in Ordnung. Alles will an seinen Platz. Wir wollen ja nicht im Chaos untergehen.“

Mora sah zu mir herüber und verzog die Mundwinkel. „Du hast also völlig unrecht, mein Kind, wenn du glaubst, der Mensch gibt seine Verantwortung ab, sobald er über die Schwelle tritt. Ganz im Gegenteil. Dort fängt sie erst richtig an." „Was hat Gott uns denn gebracht?" fragte Mora erregt. Ich begriff nicht, warum sie diese Frau mit ihrem Spleen so ernst nahm. Konnte sie nicht einfach weghören? Außerdem langweilte mich diese Diskussion. Dabei ging es Mora gar nicht um das Thema. Sie hätten auch über den Wert der Freiheit oder die U-Boot-Schlachten des 2. Weltkrieges diskutieren können. Mora wollte Recht haben, darum ging es ihr. Manchmal schämte ich mich für sie. „Ihr Gott fordert soviel Liebe und Vertrauen ein. Das könnten wir hier auf der Erde besser gebrauchen. Und warum sollten wir uns zu Sklaven machen?" „Du hast die Prinzipien des Glaubens nicht verstanden, meine Kleine", sagte Hungerbühlers Mutter mitleidig und grub eifrig an den Wurzeln einer Pflanze. Mora saß auf der untersten Treppenstufe und warf kleine Steinchen in die Gegend.

„Wußten Sie nicht, daß Gott noch einen Stuhl in der Hölle hat?" machte Mora weiter „Manchmal setzt er sich drauf und stampft wütend mit seinem Bocksfuß auf."

Ursel ging nicht darauf ein. Durch Ironie war ihr Glaube nicht zu erschüttern.

Das Gespräch war beendet. Ich sah, wie sehr Mora sich ärgerte. Die Alte nahm sie nicht ernst. Das hätte mir einfallen sollen. Aber damit wäre ich nicht durchgekommen.

Die Zeit schlich gebeugt und mühselig tastend voran. Es dauerte noch Stunden, bis ich endlich Noriette sehen sollte. Das hieß, Stunden mit diesen Menschen und ihren Feindseligkeiten verbringen. Mora war mir ein Übel. Ich sehnte mich nach Ruhe und Harmonie. Warum konnten nicht alle sein wie ich?. Kein Streit, keine Probleme, ewiger Friede. Aber wahrscheinlich, da muß ich ehrlich sein, würden wir auch nicht viel schaffen.

Ich beobachtete Hungerbühlers Mutter, wie sie ächzend die Stufen hinaufstieg. Ihr Elefantenbein schien sich jeweils noch etwas ausruhen zu wollen, während der Körper schon eine Stufe höher war. Mit einer leichten Drehung ihrer Hüfte zog sie das ungehorsame Bein nach. Ich mußte an die Treppenszene aus Eisensteins „Panzerkreuzer Potemkin" denken, als der Kinderwagen die große Freitreppe am Ende des Primorskij-Boulevards in Odessa herunterholpert. Würde von oben ein Kosak auf Hungerbühlers Mutter schießen, würde sie wie eben jener Kinderwagen mit grausamer, sich steigernder Schnelligkeit die Kräutergartentreppe herunterrollen. Genau auf mich zu. Eine erschreckende Vorstellung. Ich sah mich nach Mora um. Sie ging hinter mir und fixierte feindselig den Rücken der alten Dame.

Hungerbühler und seine Mutter verschwanden in der Küche, während wir mit dem Großvater den Kaffeetisch deckten. Mora schwieg. Der Alte erzählte aus seiner aktiven Zeit als Diakon. Er mußte ein harter Knochen gewesen sein, unbeugsam, fest im Glauben und ein eisernes Regiment führend. Ein Patriarch der alten Schule. Töchterchen Ursel bekam eine handfeste puritanische Erziehung, wie es einer protestantischen Pastorenfamilie angemessen war. Ursels Konvertierung hatte er mit Hilfe unzähliger Gebete verwunden. „Dieses protestantische Schaffen in mir habe ich schon immer gefühlt. Ich habe schon immer diesen Hang zum Schaffen gehabt", schaltete sich Hungerbühler ein, der ein mit vertrockneten Kuchenstückchen belegtes Tablett an uns vorbeibalancierte. „Mutter hat die falsche Religion, Leute", sagte Hungerbühler, das Tablett abstellend. Der Alte lächelte nur. Darüber war er hinweg. „Laß sie das nicht hören, mein Junge." „Och", machte Hungerbühler wie ein trotziges Kind und nahm eine steife Haltung ein.

Der Kaffee begann mit einem ausgiebigen Tischgebet, und nachdem wir alle unserem Schöpfer gedankt hatten, nahm der Alte seine Schnurren von vorhin wieder auf.

„Einmal, kurz nach dem Krieg, wir waren ja von den Amis besetzt, kamen zwei amerikanische Soldaten in unsere Kirche." „Einer war sogar schwarz", warf Hungerbühlers Mutter ein. „Ja, einer war schwarz. Die waren auf der Suche nach zwei Nazis. Nach unserem Bürgermeister, der dann Ortsgruppenleiter war, und unserem Fleischermeister. Beide keine großen Lichter. Aber alte Kämpfer. Schon vor 33 in der Partei gewesen. Die haben Thingspiele aufgeführt, wo der Fleischer, der hieß Gabler, dann einen reinrassigen arischen Idealtypus darstellte. Dabei war der klein und fett. Im Grunde genommen waren die harmlos. Ich hab mit den beiden oft Skat gespielt. Da haben sie versucht, mich zu agitieren. Nach dem vierten Schnaps gings aber nur noch um Schneider oder nicht Schneider. Ortsgruppenleiter Böhmke spielte bei uns die Orgel. Ein ganz passabler Spieler, etwas harter Anschlag, aber erträglich. Nach dem Gottesdienst hat er immer versucht, mich zu überreden, mal mitzutun. Mit dem Chor an den Thingspielen teilzunehmen oder im Sinne des neuen Geistes zu predigen. Der Führer sei doch auch Katholik. Und mit Hitlers Zugeständnis, sie, die Kirche, sei der Erhalter des Volkstums, wäre nichts zu befürchten. Wir Katholiken hatten aber immer Schiß um unsere Freiheit. Den Alten saß noch der Schrecken vom Kulturkampf mit Bismarck in den Knochen. Aber nach und nach ist die Kirche eingebrochen. Das fing ja schon mit dem Papst und dem Konkordat an. Da haben die Gläubigen gedacht: Ach, der muß es ja wissen. Der ist ja Gottes Gauleiter. Und wir Katholiken bauen ja auch immer auf den Paulus-Brief an die Römer, wo er vom absoluten Gehorsam dem Staat gegenüber schreibt. Gottes Ordnung! Als die Bischöfe dann grünes Licht gegeben haben, war kein Halten mehr. Es gab auch Widerstand und mahnende Stimmen, aber die offizielle Richtung war vorgegeben. Das ist erst später wieder umgeschlagen, als die „Enzyklika" verlesen wurde. Da hat selbst der Papst gesagt, also das könne doch wohl nicht angehen, daß hier ein Österreicher als Gottmensch verehrt würde. Das sei doch nur ein Wahnprophet. Der Adolf hat geschnaubt, was dieser Popanz sich einbilden würde. Aber ich schweife ab." Er sah in die Runde. „Jedenfalls kamen diese beiden Soldaten und waren auf der Suche nach den Dorfbonzen. Und der Schwarze hatte eine samtweiche Stimme. Das ist mir gleich aufgefallen. Der sang in seiner Heimat in einem Gospelchor. Also hab ich ihn gefragt, ob er nicht mal bei uns im Chor mitsingen wolle. Der hat gleich zugesagt. War ganz eifrig und kam am nächsten Tag mit seinen Kameraden wieder. Zwölf Neger. Wie zwölf schwarze Apostel standen sie im Halbkreis und sangen schöner als die Engelein. Und oben auf der Balustrade hockten Böhmke und Gabler. Böhmke spielte Orgel, und Gabler bediente den Blasebalg. Die schwitzten Blut und Wasser. Die hielten sich nämlich in der Kirche versteckt. Das wußte jeder, nur die Amis nicht. Hat aber auch keiner verraten. Da hielt man zusammen. Das waren ja schließlich Besatzer. Aber zum Singen waren sie willkommen. Die kamen dann fast jeden Abend. Besatzer und Besetzte sangen gemeinsam zur Ehre Gottes. Böhmke und Gabler ging der Arsch auf Grundeis. Die hatten eine solche Heidenangst, sich zu verspielen, daß sie es erst recht taten. Oben an der Orgel war der Ton immer schon einen Takt weiter als der Chor unten vor dem Altar. Irgendwann sind sie getürmt. Wir haben nie wieder etwas von ihnen gehört. Einer von den Soldaten hat mich dann gefragt, wo das kleine fette Ball sei, das immer auf die Blasebalg rumhüpfe." Er lachte und schenkte sich noch einen Schnaps ein. Ich sah auf die Uhr. Noch zwei Stunden. So interessant seine Geschichten waren, heute abend wollte ich meine eigenen erleben. Bestimmt schliefen wir heute abend miteinander. Sie hatte so einen lüsternen Blick gehabt, glaubte ich mich zu erinnern. Hungerbühler Junior gab noch ein paar Anekdoten über seine überragenden Fortschritte auf dem Gebiet der Psychologie zum Besten und ließ mich damit problemlos in erquickende Gedanken an Noriette abtauchen. Ich bekam nur etwas mit von einem Drogensüchtigen, der sich sein Geld mit gefälschten Blut- und Plasmaspendeausweisen verdiente und sich fast täglich das eine oder das andere abzapfen ließ. „Der hatte seinen Stolz, wollte nicht kriminell werden. Als der zu mir kam, war der Kerl ein weißer Strich. Hatte kaum noch Säfte in seinem Körper. Nach drei Tagen war der von seiner Drogensucht runter. Allerdings starb er am vierten Tag an Auszehrung." Das war garantiert eine Hungerbühlersche Münchhausiade. Das hatten die anderen mittlerweile auch begriffen. Und so ging niemand weiter darauf ein.

Die Uhr tickte. Zeit, sich zurechtzumachen. Mora hatte mein Haar geschnitten, und von Hungerbühler hatte ich mir ein Hemd und eine Hose geliehen. Geschmack hatte er, das konnte man ihm nicht absprechen. Zwar war er kleiner als ich, jedoch kaufte er sich seine Sachen meist etwas größer. Er maß seine Kleidergröße an seinem Geist. Demnach hätte er allerdings Kindergröße tragen müssen.

Egal, ich fühlte mich ganz schön verführerisch, als ich vor dem Spiegel Grimassen schnitt. Das Haar eingegelt, ließ ich mich von Mora und Hungerbühler bewundern. Siegessicher schritt ich die Gassen entlang und lächelte Mädchen und Frauen an. Ich war unwiderstehlich. Noriette wartete bereits vor dem Geschäft. „Na endlich", sagte sie zur Begrüßung und gab mir einen Kuß. „Wir müssen noch bei einem Freund vorbei. Ich muß ihm ein Flugblatt geben, das er kopieren und an der Uni auslegen soll." Sie schritt eilig voran. „Beeil dich, er muß weg." Unwillig trottete ich hinterher. „Was ist mit Kino?" fragte ich verstimmt. „Gehen wir auch, aber erst in die Spätvorstellung. Das macht dir doch nichts aus, oder?" Sie hielt an und zupfte an meinem Hemdkragen herum. „Wie siehst du eigentlich aus. Wir gehen doch nicht auf einen Ball." Sie drehte sich um und lief weiter. Zwar hatte sie sich nicht in Schale geworfen, aber trotzdem sah sie in ihren knappen Jeans sehr verheißungsvoll aus. Nach einer Ewigkeit, wie mir schien, kamen wir vor einem alten Haus zum Stehen. Schweißüberströmt schaute ich hoch. Quer über die rissige Fassade war ein Transparent gespannt. „Wir bleiben / Lassen uns von Spekulanten nicht vetreiben." Aus einem geöffneten Fenster, das windschief in den Angeln hing, wehte eine Piratenflagge. „Die wollen das Haus abreißen. Hier soll eine Tiefgarage hin", informierte mich Noriette. Eine Tiefgarage? Hier herrschte weit und breit kein Bedarf an Tiefgaragen, soweit ich das beurteilen konnte. „Wieso Tiefgarage", hakte ich auf der Treppe nach. Noriette hielt, in dem mit Parolen übersäten Treppenhaus, im Laufen inne. „Hier soll ein Erlebniszentrum hin. Mit Sportanlage, Disko, Shopping-Mall und Riesenkino. Das wollen wir verhindern. Wir wollen diesen Dreck nicht." „Aber hier sind doch überall Wohnviertel. Hier kann doch gar kein Erlebniszentrum entstehen. Nebenan ist eine Schule, wie ich gesehen habe, und..." „Und da machen die sich nichts draus", vollendete sie meinen Satz. „Wird alles abgerissen. Es gibt geheime Pläne. Offiziell soll hier ein Altersheim entstehen. Von wegen, wir wissen es besser." „Woher?" „Wir haben unsere Informanten", sagte sie flüsternd. Auf der Schwelle stehend, stellte sie mich den Wohnungsinhabern vor. Ich wurde gemustert wie ein Miethai. Für diese Leute sah ich wohl auch so aus. Noriette ging mit einem Kerl namens Lulu in sein Zimmer. Eine Vertrautheit herrschte zwischen den beiden, daß ich mich fragte, ob sie außer Flugblättern noch etwas anderes austauschten. Ich wartete derweil in der Küche, zusammen mit zwei Mädchen und einem weiteren Kerl. Ein Mädchen mit auffallend spitzer Nase kannte ich schon vom Vorabend. Sie ließen mich keine Sekunde aus den Augen. Hatten wohl Angst, daß ich, sobald sie mir den Rücken zukehrten, über das versteckte Mikrofon in meinem Revers Verstärkung anforderte. *„Ich bin jetzt drinnen. Sind die Scharfschützen bereit? Wenn ich das Zeichen gebe, schlagt ihr los."* Der Junge fragte mich, wohl aus Solidarität, ob ich ein Freund von Noriette sei. Ich nickte. Die beiden Mädchen schauten mich mißtrauisch an. Ich fühlte mich unbehaglich, und Noriette kam nicht wieder. Was trieben die? Ich traute mich nicht, aufzustehen und nachzusehen. Bestimmt hätte ich dann einen Wurfanker im Kreuz gehabt. „Haben wir dich, du Spitzelschwein!" Es schien Ewigkeiten, bis ich Noriette auf dem Flur lachen hörte. Sie trat mit Lulu in die Küche. Lulu musterte mich durchdringend. Noriette hatte mir erzählt, daß er Psychologie studiere. Anders als Hungerbühler war er ein ernsthafter Student. Und auch wenn er erst im zweiten Semester sei, könne er doch mit einem Blick auf die Leute sagen, was mit ihnen los sei. Anscheinend war mit mir nicht viel los. Er wandte sich bald von mir ab. Dafür starrte mir das Mädchen mit der spitzen Nase unverschämt lange in die Augen. Sie fühlte sich wohl stärker durch Lulus Anwesenheit. „Alles klar", sagte er und alle Aufmerksamkeit richtete sich auf ihn. Ich war nur noch Marginalie. Sie diskutierten noch eine Weile das Für und Wider einer Hausbesetzung, bevor wir geschlossen ins Kino gingen. Mist, dachte ich den ganzen Weg über. Ich hatte gehofft, mit Noriette einen Abend zu zweit vor mir zu haben. Stattdessen saß ich mit der ganzen Horde im Kino und versuchte wachzubleiben. Wir sahen einen Dokumentarfilm über die Zapatisten Mexikos. Mit weitaufgerissen Augen heuchelte ich Interesse, wenn Noriette zu mir herübersah. Während des Films hielt sie meine Hand. Das war die einzige Sympathiebekundung des ganzen Abends. Die Gruppe wollte noch auf ein Bier in die „Charta“, eine ansässige Kneipe, wo das Bier billig und die Diskussionen teuer waren. Ich entschuldigte mich mit Kopfschmerzen. Zudem sei es schon so spät. Und ich hätte mich verpflichtet, das Frühstück für die anderen zu übernehmen. Der Alte müsse schon so früh raus, wegen seiner Tabletten und so weiter und so fort. Ich verstrickte mich in immer gewagtere Ausreden, sodaß bald klar war, daß es welche waren. Sie gingen untergehakt in Richtung Kneipe, während ich fluchend zum Hungerbühlerschen Anwesen trottete. Der Mond war hinter Wolken verschwunden, und die schwarze Nacht verhakte sich in meinen Gedanken.

7

Ein Gewitter kündigte sich an. Leise schloß ich die Tür. Im Haus war es still. Behutsam, das Knarren der Dielen vermeidend, huschte ich über den dunklen Flur.

Aus dem Wohnzimmer kam ein Geräusch. Ein Röcheln und Schnauben. Langsam öffnete ich die angelehnte Tür. Eine Uhr machte pling, pling und verstummte, um einem sanften Ticken Platz zu machen. Es röchelte erneut. Im Mondlicht sah ich die Silhouette eines Körpers im Sessel sitzen. „Hallo“, rief ich zaghaft hinüber. Keine Antwort. Leise bewegte ich mich auf die Geräuschquelle zu und wäre um ein Haar über eine leere Flasche gestürzt, die am Boden lag. Im letzten Moment konnte ich mich an der Lehne des Sessel abstützen. Meine Nase stieß an etwas Weiches. Eine Schnapsbö walzte auf mich zu und nahm mir den Atem. Ich griff nach dem Schalter der Stehlampe, als eine schwere Hand sich über meine legte. „Geht nicht, kein Strom. Der Sturm.“ Der Alte saß mit verrenkten Gliedern im Sessel, vom Mondlicht beschienen. „He, wollen Sie nicht ins Bett gehen?“ fragte ich. Er hatte meinen Kragen gepackt und mich zu sich heruntergezogen. Nun japste er mühsam, seine trüben, blutunterlaufenen Augen auf mich gerichtet. „Ich bleibe lieber unten. Die Luft ist besser hier." Er schloß die Augen.

„Was meinen Sie denn? Sie können doch oben das Fenster aufmachen." Er schlug die Augen wieder auf. Sein eindringliches Starren war mir unangenehm. „Hier gibt es noch ein Unglück, wenn ihr nicht bald geht." Das Faltengespinst um seine Augen und sein zusammengesunkener Körper ließen ihn im Halbdunkel wie einen bösartigen, gnomigen Alten aussehen. Herabgestiegen aus einem Gemälde des Hieronymus Bosch.

„Mora und Ursel sind heute bös aneindergeraten. Das geht nicht lange gut. Das geht nicht lange gut", quengelte er und wackelte mit dem Kopf. Ich ließ ihn allein. Seine Worte hallten mir bis zur Treppe in den Ohren. Durch das kleine Butzenfenster bestrahlte der Mond die ausgetretenen Holzstufen und wies mir den Weg. Ich tastete mich in unser Zimmer vor, setzte mich aufs Bett und strich über meine Arme. Ein Blitzschlag ließ mich zusammenzucken. In der kurz aufglühenden Helligkeit sah ich, daß das Bett leer war. Rasch zog ich mir die Schuhe wieder an und ging zu Moras Zimmer. Durch das dicke Holz war nichts zu hören. Vorsichtig, damit sie nicht quietsche, öffnete ich die Tür. Das Zimmer war ebenfalls leer. Sie konnten doch nicht ohne mich abgereist sein. Das Gewitter nahm zu. Der Sturm prügelte heftig auf das Haus ein. Was sollte ich jetzt tun? An den Wänden schälten sich bizarre Schatten aus dem Dunkel. Manche schienen zu grinsen. Ich beschloß, schlafen zu gehen. In dieser Nacht konnte ich nicht mehr viel unternehmen. Ich tappte über den dunklen Gang. Gerade, als ich die Tür zu unserem Zimmer öffnete, schlug der Donner über dem Haus zusammen. In diesem Krachen glaubte ich, ein Kichern gehört zu haben. Langsam wurde mir etwas mulmig.

Wahrscheinlich waren es meine Nerven gewesen. Oder das Haus. In solch einem alten Haus perlen die unmöglichsten Geräusche aus den Wänden. Es knackte und knarrte von überall her. Man hätte meinen können, etwas husche permanent über die Dielen. Diesmal hörte ich das Kichern deutlich. Ein Mädchen kicherte. Es kam aus dem Raum neben der Treppe. Ich öffnete die Tür – sie führte in ein ungenutztes Zimmer, lediglich ein Bett stand darin, etwas Gerümpel, das hauptsächlich aus unverkauften Kirchenbasardevotionalien wie Strohsternen und gehäkelten Kaffeeuntersetzern bestand und... Ich hatte gedacht, in Mora ein blödes, unerfahrenes Mädchen vor mir zu haben. Ein unberührtes Gefäß, das außer einer unglückseligen Vergewaltigung keinerlei Kenntnis des geschlechtlichen Dramas besaß. Was war ich dumm! Mora hockte NACKT auf einem ebenfalls nackten Hungerbühler. Sie kicherte albern und rieb lüstern ihren Hintern an seinem Geschlecht. Sie bemerkten mich nicht. Ich war unfähig, mich zu rühren, auf mich aufmerksam zu machen. Krampfhaft hielt ich mich mit beiden Armen an der Türklinke aufrecht. Hungerbühler krähte vor Wonne. Ich konnte meinen Blick nicht von ihnen lösen. Mora hatte Hungerbühlers Glied in sich eingeführt und fing an, sich auf und ab zu bewegen. Eine ganze Armada von Blitzen zuckte und tauchte die widerliche Szene in ein frostiges, irreales Licht. Immer schneller wurden ihre Bewegungen. Sie sah aus wie eine nackte Amazone, die durch einen dunklen Wald in den Kampf ritt. Stolz und wild. Und unberechenbar. Ihre langen Haare schossen in alle Richtungen. Hungerbühler hatte Mühe, mit ihr Schritt zu halten. Zerschunden würde er sein Ziel erreichen, wenn überhaupt. Die Blitze züngelten wie rasend. Es sah aus, als ob die beiden in einem Stroboskop-Feuerwerk vögelten. Mit einem dumpfen Aufschrei sank Mora über Hungerbühler zusammen. Ich sah seine Beine zappeln.

Leise zog ich mich zurück. Gerade als ich die Tür schließen wollte, drehte Mora sich um. Ich war nicht sicher, ob sie mich registrierte, sie hatte einen entrückten Blick, doch schien es mir, als würde sie mich angrinsen. So schockiert ich war, spürte ich doch auch Eifersucht. Das kleine Mädchen, das ich aufgezogen hatte, hatte ihre Gunst einem anderen geschenkt. Wenn es wenigstens nicht Hungerbühler gewesen wäre! Dummerweise hatte mich ihr tollwütiges Liebesspiel erregt. Ich war geradezu rasend vor Geilheit und Wut. In einem anderen Zustand wäre ich nicht auf die aberwitzige Idee verfallen, Hungerbühlers Mutter zu wecken. Sicherlich nicht, um mich an ihr zu vergehen. Aber ich wollte die beiden anscheißen. Hungerbühlers Mutter sollte mein Racheengel werden. Ich sah sie vor mir, Mora und Hungerbühler zitternd in eine Ecke gedrängt, und die Alte mit erhobenem Kreuz vor ihnen. Das Haar offen, die Augen blutunterlaufen, Verwünschungen ausstoßend. Entschlossen nahm ich die Treppe in Angriff. Ihr Zimmer befand sich unter dem Dach. Vor ihrer Tür verließ mich ein wenig der Mut. Wir alle würden achtkantig rausfliegen. Mora und Hungerbühler würden Zeit ihres Lebens wahrscheinlich kein Wort mehr mit mir reden. Ich horchte an der Tür. Ein langgezogenes Stöhnen auf der anderen Seite ließ mich zusammenzucken. Es war unheimlich. Die Tür zu öffnen, traute ich mich nicht. Also kniete ich mich hin und spähte durch das Schlüsselloch. Das hätte ich nicht tun sollen. Ich konnte alles ganz deutlich erkennen. Ich sah die Kerzen, die auf dem Boden flackerten und dicke Wachstropfen absonderten, ich sah das riesige Kreuz aus schwarzem, gebeiztem Holz, ich sah Hungerbühlers Mutter, wie sie nackt und ungeheuer ordinär an diesem Marterholz hing. Ihre Hände und Füße steckten in abgewetzten, rissigen Lederriemen. Das ergrauende Haar floß gleichmäßig das dunkle, knorrige

Holz herunter. Ihre Augen waren weit aufgerissen, und sie stöhnte furchtbar. Ein tiefes Stöhnen, das von ihrer gebeutelten Seele heraufstieg.

Was war das für ein Tollhaus? Welche Mächte hockten feixend hinter meinem Rücken zusammen? Wie gebannt hockte ich vor dem Schlüsselloch. Das Gesicht gen Himmel gerichtet, betete sie stumm. Einmal versteifte sich ihr Körper, als ob sie kurz vor dem Exitus stehe. Ich weiß nicht, wie lange ich dort hockte, es schien eine Ewigkeit. Es war faszinierend und abschreckend zugleich. Wie hätte sie wohl reagiert, wäre ich vor ihre Füße gestürzt und hätte mich als ihr Jünger zu erkennen gegeben. Ehrlich, ich war fast soweit. Ich sehnte mich nach einer irren Erlösung. Es dauerte eine Weile, bis mein Bewußtsein wieder ansprang.

Ich mußte raus. Wohin? Zu Noriette. Bestimmt könnte ich auf ihrem Sofa schlafen. Ich lief den ganzen Weg durch den Regen. Patschte achtlos durch tiefe Pfützen. Völlig durchnäßt klingelte ich Sturm. Geros Lockenkopf schob sich aus dem Fenster. „Ah, du bist es, warte." Er verschwand. Noriette erschien. „Was ist denn los? Stimmt was nicht?" „Noriette, kann ich bei dir schlafen?" sagte ich kläglich. Um ein Haar wäre ich auf ihrer Schwelle zusammengebrochen. Der Summer wurde betätigt, und ich taumelte in den Hausflur. Mehrere Stufen auf einmal nehmend hastete ich hoch. Noriette erwartete mich an der Tür, zwischen ihren Händen ein Handtuch, das sie nervös knetete. „Komm, trockne dich erstmal ab. Was ist denn passiert?" Ich konnte ihr nicht antworten. Keuchend stand ich vor ihr und rubbelte meine Haare trocken. Sie führte mich in ihr Zimmer. Auf ihrem Bett sitzend legte sie meinen Kopf in ihren Schoß und strich mir über das Haar. Beruhigend redete sie mit mir, wie zu einem Kind. Ihre Zärtlichkeit gab mir den Rest. Wahre Tränenfluten ergossen sich in ihren Schoß. Wie ich mich in diesem

Augenblick haßte, meine Ergebenheit, meine Unselbstständigkeit, meine Unfähigkeit, mich zu lösen von den Dingen, die mich umgaben, und deren Einfluß auf mich so groß war, daß ich meine eigenen Wünsche nicht spürte. Nur die vage Andeutung einer eigenen Existenz. Losgelöst von der Fähigkeit, mein Leben zu entwickeln, taumelte ich von einer schmutzigen Ecke in die nächste, sammelte den Unrat anderer auf, um ihn mir einzuverleiben. In der oberflächlichen Gewißheit, das einzig Richtige zu tun, und mit der stillen Hoffnung, mir dadurch ein Anrecht auf Freiheit zu erkaufen. Ich jammerte und bedauerte mich selbst zutiefst. Manchmal muß man aus Mitleid mit sich selber weinen, wenn es niemand anderes tut. Ich erzählte Noriette alles. Sie hörte still zu. Unterbrach mich höchstens, um nachzufragen. Gerade als ich meinen Bericht beendet hatte, klopfte es an ihre Tür. Ich hatte ihr nur die Höhepunkte erzählt. „Noriette, bist du soweit, wir müssen los." Ich richtete mich auf, wischte mir ein paar Tränen weg. „Wo willst du denn jetzt noch hin? Es ist bald drei Uhr." Sie nahm meinen Kopf in ihre Hände und küßte mich sanft. „Ich muß nochmal weg. Wir haben noch eine Aktion vor. Du kannst hier bleiben. Leg dich hin und schlaf dich aus. Wir frühstücken dann morgen zusammen." „Moment", sagte ich, „was denn für eine Aktion?" „Ich erzähl es dir morgen. Schlaf gut!" Ich bat sie, bei mir zu bleiben, doch sie war bereits aus dem Zimmer geschlüpft. Wider Erwarten schlief ich schnell ein, und als ich mich einmal umgedreht hatte, tropfte der Morgen bereits zaghaft durch die Gardinen.

8

Die Wohngemeinschaft saß in der Küche versammelt. Reste eines Frühstücks standen auf dem Tisch. Eine lautstarke Diskussion war im Gang. Diese Menschen hatten keine Scheu, die Probleme dieser Welt am Frühstückstisch zu lösen. Ich setzte mich zu Noriette, sie gab mir einen Kuß und schob mir ihre Kaffeetasse hin. Ich hielt mich wie gewohnt aus der Diskussion heraus. Ein Mädchen hatte es auf mich abgesehen. Es war das Mädchen mit der spitzen Nase vom Vortag. Sie blitzte mich mehrmals böse an. Als eine Diskussionspause eingetreten war, eröffnete sie das Feuer. „Sag mal, hast du eigentlich auch eine Meinung? Du sitzt hier nur stumm rum und kriegst den Mund nicht auf. Bist du so schüchtern, oder ist dir das alles egal?" „Komm laß ihn in Ruhe, er ist eben ein bißchen schüchtern. Und neu hier", ergriff Noriette meine Partei. „Ich tu doch deinem Schatz gar nichts. Ich will nur wissen, was für ein Mensch er ist. Das wird doch wohl noch erlaubt sein. Oder bist du so ein Herzchen, daß du gleich zusammenbrichst, wenn dich mal jemand anspricht?" Sie bohrte ihre schnabelähnliche Nase böse in meine Richtung. „Weißt du", begann sie erneut, „es gibt da eine Theorie, die besagt, daß ein Kind dazu neigt, ein Stiller zu werden, wenn die Mutter viel geredet hat. Sie hat das Kind sozusagen mundtot gequatscht. Ehrlich", die Bosheit troff aus ihrem Mund und verätzte die Stimmung, „ich meins nicht böse. Aber man muß doch sowas mal ansprechen können, ohne gleich niedergemacht zu werden. Manche Menschen erkennen ihr Problem nie und wundern sich nur, warum sie immer im Kreis laufen. Wasn los mit dir?" Genüßlich sah sie sich um. Das war ihr Punkt. Die Runde schaute gespannt in meine Richtung. Sie erwarteten einen Gegenangriff. Eine sie widerlegende Theorie. Oder einen handfesten Skandal. „Warum", räusperte ich mich, „warum läßt du mich nicht in Ruhe? Ich habe keine Lust auf deine Spielchen. Ich mag das nicht und ich mag dich nicht. Ich will einfach nur sitzen und zuhören." Darauf wußte sie nichts zu sagen. Ein paarmal versuchte sie nach mir zu schnappen. Ich ließ sie abblitzen. Danach war mir momentan nicht. Schnell verlor die Gruppe das Interesse an mir, um sich wieder im Gestrüpp der internationalen Politik zu verfangen. Nach dem Frühstück gingen Noriette und ich spazieren. Sie hatte mir vorgeschlagen, vorläufig bei ihr zu wohnen. „Warum bleibst du nicht ganz hier. Du könntest dir ein Zimmer nehmen, und Arbeit wirst du schon finden. Oder du nimmst erstmal eine ABM-Stelle an.“ Ich sah sie an. Sie schien es ernst zu meinen. Ich war hin- und hergerissen. Mora wirklich zu verlassen, schien mir frevelhaft. Und dennoch, die Idee hatte sich in meinem Blutkreislauf festgesetzt und war auf die Reise gegangen. Mal passierte sie meinen Kopf, mal mein Herz. Mein Kopf sagte: Bleib! Mein Herz sagte: Geh! Manchmal war es auch umgekehrt. Ach, ich war schrecklich verwirrt. Könnte ich mich denn gefahrlos von Mora trennen? Könnte ich diesen harten Knoten in meinem Inneren zum Platzen bringen? Diesen dicken, harten Klumpen, der mich steuerte, der nach wie vor die Fäden hielt, an denen ich zappelte. Ich hätte ihn so gern herausgerissen. Ganz früher war er greifbar. Ich fühlte seine rauhe, unnachgiebige Oberfläche, wenn ich mir über den Bauch strich. Mittlerweile saß er woanders. In meinem Gehirn, in meinen Nervenbahnen, in den Muskeln. Würde er nicht von dort aus ein Gift namens Erinnerung in mich tröpfeln?

„Sieh mal“, begann Noriette, „du bist jetzt über dreißig. Und die Hälfte deines Lebens hast du dich um Mora gekümmert. Das reicht zur Genüge. Und wenn das alles stimmt, was du mir über sie erzählt hast, wird es höchste Zeit. Sie manipuliert dich. Mach einen neuen Anfang. Niemand muß fremdbestimmt leben. Mora wird schon klarkommen. Außerdem hat sie ja ihren ärztlichen Freund.“ Hungerbühler, diese Sau, diese amorphe Fäkalienhure. Die Vorstellung, ihm zu begegnen, erzeugte unangenehme Gefühle in mir. Noriette hatte ja recht. Mora brauchte mich nicht. Ich brauchte sie. Aber jetzt hatte ich Noriette. Und

Mora bekam einen Tritt. Nein, keinen Tritt. Mit Tränen in den Augen würde ich ihr die Neuigkeit eröffnen. Mit einem lachenden und einem weinenden Auge. Und Hungerbühler bekam einen Tritt. Und die Staatsanwaltschaft einen Tip, daß Hungerbühlers Sondergenehmigung, die Gegend zu verlassen, eine Fälschung war. *Jawohl, Hohes Gericht, dieser Mensch hat keine Skrupel, jemanden zu betrügen. Wenn es nicht so schwierig wäre, würde er sich noch selbst bescheißen. Ein Mensch ohne Moral, ohne Rückgrat. Macht sich abhängig von einem Kind. Alles was dieser Mensch, wenn er überhaupt zu dieser Gattung zählt, unternimmt, ist seinem persönlichen Rachegefühl geschuldet. Einer diffusen Rache, die Gerechtigkeit fordert, Gerechtigkeit für einen zu kurz Gekommenen, der sich als Zentrum einer weltweiten Verschwörung ansieht. Er neidet anderen Menschen ihr kleines Glück, dieser Zerstörer, dieser gefälschte Kinderpsychologe, dieser Lebensdieb, auf unsere Kosten hat er sich satt und fett gefressen. Außerdem bumst er seine Schutzbefohlene.*

„Abgemacht, ich bleibe." Ich hielt Noriette die Hand hin. Ich wußte nicht, wie ich Mora meinen Entschluß beibringen sollte und wie sie reagieren würde. Mir war mulmig zumute. So eine wichtige Entscheidung hatte ich noch nie getroffen.

9

An einem Marktstand kauften wir Kirschen, die wir uns gegenseitig in den Mund steckten. Noriette balancierte auf einem Geländer und zeigte auf Häuser, deren Geschichten sie kannte. Ich hörte ihr zu, ohne darüber nachzudenken. Ich dachte an gar nichts. Vor der Tür eines Kaufhauses zog sie mich hinein. Wir liefen ausgelassen durch die verstopften Gänge, zeigten uns unnütze Dinge, über die wir kicherten und landeten schließlich in der Kinderabteilung. Noriette zog sich kleine Mützen über den

Kopf, während ich um sie herumtanzte und an ihr herumzupfte. Mit einem Stapel Kleider beladen quetschten wir uns in eine enge Umkleidekabine. Noriette probierte die Sachen an, drehte sich vor dem Spiegel und fragte mich, ob ihr das stehe. „Sehr schön", sagte ich, „das nehmen wir auch." Auf dem Boden häuften sich die Sachen. „Los, zieh auch mal was an." Sie nestelte an meiner Hose. „Laß doch, ich mach das schon." Ehe ich reagieren konnte, hatte sie mich auf einen Hocker bugsiert und sich auf meinen Schoß gesetzt. Wir küßten uns. Noriette hatte sich ihren Schlüpfer heruntergezogen und keuchte in mein Ohr. Ich glitt in ihre schlüpfrige Feuchtigkeit, und mit aufeinandergepreßten Mündern vögelten wir. Ich konnte mich nicht gehenlassen, vor Angst, jemand könnte den Vorhang aufreißen und „hab ich euch" rufen. Zudem wackelte die Seitenwand verdächtig. Ich befürchtete, in die Nebenkabine zu stürzen, vor die Füße irgendwelcher Kinder und ihrer Eltern. Niemand riß den Vorhang weg, und wir stürzten auch nicht in die Nebenkabine, als Noriette, die Luft scharf einatmend, einen Orgasmus bekam. Hastig zogen wir uns an. Noriette zog noch ein paar T-Shirts unter ihre Bluse, und mit dem Gefühl, ein gefährliches Räuberpärchen zu sein, verließen wir betont lässig das Kaufhaus. Draußen fingen wir an zu laufen und kamen ein paar Straßen weiter prustend zum Stehen. Es war wunderbar mit diesem Mädchen. Wie sehr hatte ich soetwas vermißt, und ich genoß Noriettes Lachen an meiner Seite, bis mir Mora einfiel.

Sofort änderte sich meine Stimmung. Wie sollte ich ihr bloß begegnen? Sie ignorieren, sie anschreien, schlagen? Für die autoritäre Erziehungsmethode war es wohl etwas zu spät. Hungerbühler war mir egal. Selbst mein Zorn auf ihn war verraucht. Er war und blieb ein armes Schwein. Ich wollte einfach nichts mehr mit ihm zu tun haben. Ich verließ Noriette, um meine Sachen zu holen.

Sie wollte mich begleiten, was ich ablehnte. Ich wollte sie nicht mit Mora zusammenbringen. Das war mir zu intim.

Mora und Hungerbühler waren mit einer Partie Federball viel zu ausgelastet, um mich zu bemerken. Ich sah ihnen eine Weile zu. Hungerbühler hüpfte wie ein Flummi, ohne Moras Bälle zu erreichen. Sie war ihm haushoch überlegen. Sie sprang und tanzte anmutig über das Gras, eine junge, hübsche Frau, selbstbewußt und kokett. Mir ging das Herz auf, ich würde sie sehr vermissen. „He", machte ich mich nach einer Zeit bemerkbar. „Ich bin wieder da." Mora winkte mir zu, Hungerbühler wedelte mit dem Schläger. „Könnt ihr nicht mal aufhören, ich muß mit Mora reden." Mora kam auf mich zu und sah mir offen in die Augen. Sie hatte kein schlechtes Gewissen. Entweder hatte sie mich nicht gesehen vergangene Nacht, oder es war ihr egal. Ich beschloß, die Sache zu vergessen. Hungerbühler trottete hintendrein. „Mit Mora allein", sagte ich zu ihm. Er drehte summend ab. Wir setzten uns auf eine Bank. „Ich weiß schon, was du sagen willst", begann Mora. „Du willst bei diesem Mädchen bleiben. Gut! Du bist nicht der einzige. Hungerbühler verrenkt sich gerade sein bißchen Hirn, um zu überlegen, was er mit seinem restlichen Leben anstellen soll. Er möchte gern bei seiner Mutter bleiben. Zwar interessiert ihn die Alte nicht wirklich, aber er denkt, er könnte von ihr soetwas wie Charakter nachträglich eingebaut bekommen." Sie sprach das Wort Charakter achtlos aus. „Aber ich glaube nicht, daß er sich über die Folgen im Klaren ist", sagte sie mehr zu sich selbst. „Und was dich betrifft, war mir klar, daß es nicht immer so weitergehen kann. Schließlich mußt du ja mal erwachsen werden."

Lächelnd schlug sie mir auf den Oberschenkel. So einfach hatte ich es mir nicht vorgestellt. Ich hatte damit gerechnet, daß sie tobte, schrie, weinte, drohte, mich schlug. Aber daß sie es so gelassen nahm, kränkte mich. „Und was ist mit dir, was willst du denn?" „Naja, ich werde mit Hungerbühler wieder nach Hause fahren. Ich werde ihn schon dazu bringen. Er hat ja immer noch seinen Gerichtstermin. Ich glaube, es war ein Fehler von mir, ihn hierher fahren zu lassen", sagte sie, den Kopf zwischen die Schultern gezogen. „Aber es wird alles gut werden." Sie richtete sich wieder auf. „Ich glaube, du tust das richtige, wenn du hierbleibst. Und wir sehen uns ja wieder. Du wirst doch wohl deine Familie hin und wieder besuchen?" Das wars also. *Sie sind entlassen. Melden Sie sich beim Personalchef, dort bekommen Sie Ihre Papiere, und firmeneigene Gegenstände geben Sie bitte in der Ausstattungskammer ab*. Noch eine Unterschrift und man ist draußen. Fünfzehn Jahre hat man für die Firma gebuckelt, alles geschluckt, die niedersten Arbeiten angenommen. Und zum Abschied nicht mal eine goldene Uhr. Nur ein schlaffer Händedruck. Traurig ist so etwas. „Jetzt guck doch nicht so traurig. Wir sind ja nicht aus der Welt. Tut dir bestimmt gut, mal was anderes zu machen. Ich komme dich besuchen. Und vielleicht komme ich ja zum Studieren in die Gegend. Ich soll doch was mit Kunst machen, erinnerst du dich? Meine Mutter wollte es so." Sie nahm mich in die Arme. Hungerbühler sah neidisch zu uns rüber.

Du wirst gleich triumphieren, dachte ich. Er kam schwanzwedelnd auf uns zu. „Ist die Besprechung zu Ende?" fragte er scheinheilig. Mora erzählte ihm von meinem Vorhaben. „Bravo", sagte er. „Ich hatte die gleiche Idee. Ich bin mir bloß nicht sicher. Mora rät mir ab. Sie sagt, das, was ich suche, würde ich hier auch nicht finden. Und weißt du, warum?" Er strahlte mich aufmunternd an. „Weil", sagte er, sich an die Stirn tippend, „weil alles in uns selbst zu finden ist. Sehr clever, das Mädchen. Woher weiß die Göre, daß ich etwas suche?" Er sah Mora liebevoll an. Wenn ich mir vorstellte, daß er mit Mora im

Bett gewesen war, wurde mir ganz anders. Zu gern hätte ich in sein widerlich formloses Gesicht geschlagen. Stattdessen schluckte ich meine Wut runter. So sollte es nicht enden. „Hat man Töne, das Mädchen denkt, ich sei so eine Art Glückssucher", meldete Hungerbühler sich zurück. „Ein Ritter auf der Suche nach dem heiligen Hort der Zufriedenheit. Ganz schön romantisch. Aber so ist die Jugend. Wir Älteren wollen in Ruhe die Füße hochlegen, und die Jungen treiben uns vors Haus. Ich dachte, mein Leben sei ganz gut. Mora hat ja nicht unrecht. Ein paar Sachen sind nicht gut gelaufen. Wir könnten doch alle hierbleiben. Ich mache meine Praxis einfach hier auf. Vielleicht nicht als Kinderpsychologe, sondern als Berater für Lebensfragen." Er senkte die Stimme. „Haben Sie ein Krise? Haben Sie ein Problem? Dann sollten sie zum Doktor Hungerbühler gehn!" Er lachte kindisch.

„Mora kann auch hier zur Schule gehen. Sie könnte bei uns im Haus wohnen. Mit meiner Mutter, das renkt sich schon ein. Ihr müßt euch erstmal besser kennenlernen. Und du kommst sonntags zum Essen. Danach spielen wir im Garten Schach." Wir hatten noch nie Schach miteinander gespielt. Langsam aber sicher verirrte er sich in seinen verstiegenen Gedankengängen. „Meine Mutter kümmert sich um den Kräutergarten, Mora hilft ihr, und der Opa sitzt mit der Brille auf der Nase schlafend in seinem Ohrensessel. Wir machen uns das richtig nett. Von wegen Werteverfall. Die Generation der Verlorenen heult auf, sagen die Experten. Das goldene Kalb ist weg. Und dann werden sie gewalttätig. Wir werden hier ein Zeichen setzen. Uns einmischen. Leistung ist das Schlagwort. Und Qualität. Wir werden dem regierenden Mittelmaß auf die Schuhe pinkeln." Manche Leute benutzten mich als ihr Publikum. Ich saß passiv da, lachte und klatschte an den richtigen Stellen und räusperte mich möglichst wenig. Das mußte endlich mal ein Ende haben.

„Übrigens Mora, meine Vorräte sind fast alle. Hast du noch etwas?“ Hungerbühler sah sie bittend an. Er war nur noch ein Wrack. Ausgebrannt und dem Ende nahe. Da war kein Fünkchen mehr, das zu einer Flamme, wenn auch einer kleinen, hätte entfacht werden können. Dieser Mensch war definitiv erledigt. Mora hatte immer etwas in Reserve, womit sie Hungerbühler wieder anfüttern konnte. Das wußte er, und darauf spekulierte er. Ich stand auf, um ins Haus zu gehen. Der Alte schlief im Sessel. Ich ging in die Küche, kochte einen Kaffee, biß in herumliegende Äpfel und winkte Ursel, die sich anschickte, die Treppe zum Kräutergarten hinunterzusteigen. Ich hatte die Kreuzigungsszene fast vergessen.

Mit einem Kaffee setzte ich mich wieder zu Mora. Hungerbühler hockte mit einem Bier im Schatten. Ich trank schweigend, während Mora mir zusah. Es war ein kurzer Abschied. Ich versprach, in den nächsten Tagen vorbeizuschauen, stellte meine Reisetasche ins Auto und holte Noriette von der Arbeit ab. Wir aßen in einer kleinen Pizzeria zu abend. Bei Kerzenschein erzählte sie von ihrem letzten Urlaub in Nicaragua. Sie hatte dort sechs Wochen in einem Hilfscamp gearbeitet, Kinder betreut und unterrichtet. „Interessant“, sagte ich und spießte mein letztes Stück Pizza auf die Gabel.

10

Ich stellte meine Zahnbürste in den völlig überfüllten Becher und sah mich nach einem Platz für meinen Waschlappen um. Es war alles sehr eng, aber es würde schon gehen.

Ich wurde anstandslos akzeptiert. Man war tolerant, wollte so leben, wie es einem gefiel, und gestand das auch anderen zu. Zumindest den Mitbewohnern. Allerdings erwartete man von mir, daß ich mich anpasse. Da ich nun ein Bestandteil der WG geworden war, sollte ich mich auch in das aktive Leben einbringen. Und das hieß, daß ich mich an den Aktionen beteiligte. Noriette hatte mich aufgeklärt. Sie zogen des öfteren nachts los, um Farbbeutel auf Geldinstitute zu werfen, die mit Krediten den Rüstungshandel in der Dritten Welt unterstützten. Oder sie zerstachen Polizeiautoreifen, schmierten Parolen auf das Blech, oder knickten die Antennen ab. Ihre momentane Aktion war dem Schutz der Wildtiere geschuldet. Die Sprossen der Hochsitze waren ein lohnendes Ziel. Kein reicher Großgrundbesitzer sollte von so einem KZ-Lagerturm aus auf arme Rehe schießen dürfen. „Von wegen Überpopulation", schimpfte Gero. „Wenn es eine Überpopulation gibt, dann an Kapitalisten." Ich schützte Kopschmerzen vor. Und zudem müsse ich erstmal den Trennungschmerz verinnerlichen. Ich stieß auf wenig Verständnis. Noriette verließ mich mit einem kaum merklichen Kopfnicken. Es war ihr vor den anderen peinlich, daß ich mich heraushielt.

Ich durchstreifte die leere Wohnung. Schaute in ein paar Schränke, las in Geros Tagebuch und aß einen Joghurt, auf dem der Name Vera klebte. Mir war langweilig. Ich wollte mit Noriette zusammensein. Im Fernsehen kam nur Schund, und die Bücher in den Regalen interessierten mich nicht. Außer einem: PIPPI LANGSTRUMPF!

Ich schlug eine Seite auf. „Ja es ist sehr häßlich, zu lügen", sagte Pippi noch trauriger. „Aber ich vergesse es hin und wieder, weißt du. Und wie kannst du überhaupt verlangen, daß ein kleines Kind, das eine Mutter hat, die ein Engel ist, und einen Vater, der Negerkönig ist, und das sein ganzes Leben auf dem Meer gesegelt ist, immer die Wahrheit sagen soll?... Aber wir können wohl trotzdem Freunde sein, nicht wahr?" Ich mußte an Mora denken. Was mochte sie wohl in diesem Augenblick tun? Zu gern würde ich sie jetzt sehen, mit ihr sprechen. Konnte es denn nicht wie früher sein, als sie mich manchmal mitten in der Nacht weckte, weil sie ein Eis wollte. Wir saßen auf der Motorhaube, die Rücken an die Windschutzscheibe gelehnt, und philosophierten über die Unendlichkeit des Alls, während wir unser Eis leckten. Und nun saß ich in einer konspirativen WG und fragte mich, was das alles sollte? Ob Mora wohl auch an mich dachte? Bestimmt ein wenig. Oder lag sie mit Hungerbühler im Bett und…? Mir drehte sich der Magen um. Warum hatte ich sie nicht einfach übers Knie gelegt? Schließlich war sie erst fünfzehn. Und ich war soetwas wie ihr Vater. Ich hatte sie falsch erzogen, ihr alles durchgehen lassen. Leider war ich zu nachgiebig. Wer in mich hineindrückte, konnte seine Abdrücke in mir hinterlassen. Und ich war zu gleichgültig. Ich sah mich nun mal nicht als Lehrer der Menschheit. Sollte doch jeder tun und lassen, was er wollte. Interessierte mich nicht. Konnte ich denn dann mit Noriette glücklich werden? Sie war so anders. Träumte noch einen schönen Traum von einer warmen, hellen Welt. Und ich war so erkaltet, so hoffnungslos. Aber ich könnte ja von ihr lernen. Ich würde mir Mühe geben, die nötige Literatur lesen, eifrig mitdiskutieren und vielleicht mal eine kleine Aktion mitmachen. Möglich, daß es mir Spaß machte, zu nachtschlafender Zeit im finsteren, kühlen Wald an hölzernen Sprossen herumzusägen. Ich sah mich bombenbauend im Keller. „*Der Kanzler kommt Punkt vier Uhr. Sieh zu, daß du den Klemmkontakt rechtzeitig losläßt. Dann hast du noch zehn Sekunden, bevor die gesamte Mannschaft gen Himmel düst.*“ Mit solchen Gedanken schlief ich ein.

11

Als ich aufwachte, lag ich noch immer allein im Bett. Wo war Noriette? Ich fand sie in der Küche. Die ganze Clique war versammelt. Mein Morgengruß wurde kaum erwidert. Noriette hatte ihre Beine auf Geros Schoß ausgestreckt. Ich setzte mich hinter sie. „Ich hab dich heut nacht gar nicht gehört“, begrüßte ich sie. „Ich hab bei Gero geschlafen. Ich wollte dich nicht stören.“ „Bei Gero, soso.“ Sie sah mich gereizt an. „Stört es dich?“ Ich schaute auf ihr blaues Auge. Gero lachte. „Noriette hat sich mit dem Jäger gezofft. Hat ihm volles Brett in die Eier getreten. Leider, leider war da dieser Ast, gegen den sie formvollendet gelaufen ist, auf der Flucht vor dem gewehrschwingenden Mann in Grün.“ Alle lachten und redeten durcheinander. Sie solle doch noch einmal erzählen, rief eine. Sie erzähle so lustig. Ich müsse ganz genau zuhören. Das sei eine lustige Geschichte mit dem Förster. Alle blickten auf Noriette, die geziert den Blick gesenkt hielt und mit den Händen abwinkte. Sie habe doch schon so oft erzählt, sagte sie und verdrehte die Augen. Aber ja, sie müsse noch einmal erzählen. Noriette ließ sich nicht lange bitten: Man habe auf sie gewartet. Der Förster und seine Kollegen. Nachdem sie bereits drei Hochsitze eingebüßt hatten, hätten sie wohl beschlossen, einen weiteren Angriff auf ihre Ehre zu verteidigen. Gerade als die Gruppe die Sägen herausgeholt hatte und die Zähne sich zaghaft in die rauhe Haut der ersten Sprosse gebissen hatten, sprangen der Förster und seine Gesellen mit lautem Geschrei aus dem Unterholz. Einen Riesenschreck hätten sie alle bekommen. Und diesen Moment hätten die Förster genutzt und sich Gero geschnappt. Hätten ihn im Schwitzkasten zu Boden gedrückt. Noriette habe erst laufen wollen, aber dann sei sie so wütend geworden, daß sie dem einen Kerl voll gegen den Kopf geboxt hätte. Dieser sei so verdutzt gewesen, daß er Gero losgelassen und sich aufgerichtet hätte. Und da habe ihm Noriette zwischen die Beine getreten. Die Förster seien total perplex dagestanden, während ihr Kollege sich schreiend auf dem Boden wälzte. Alle haben die Gelegenheit genutzt und sich express durch die Büsche geschlagen. Leider stoppte ein dicker Ast Noriettes Fluchtversuch, und sie sei wie vom Baum gefällt umgefallen. Bei diesem Wortspielchen lachte die Gruppe. Gero sei zum Glück hinter ihr gewesen und habe sie huckepack genommen. Tja, und abgesehen von diesem imposanten Veilchen seien alle unbeschadet zurückgekehrt. Ich lachte pflichtbewußt.

Später saßen wir zusammen in der Badewanne. Noriette plapperte noch immer von ihrer nächtlichen Tat. Ihr Auge blühte wie eine Sommerwiese. „Noriette", versuchte ich ihren Redefluß zu stoppen. „Du handelst dir noch großen Ärger ein. Die waren bestimmt bewaffnet. Und außerdem tut das ziemlich weh, wenn einem Mann in die Eier getreten wird."

Sie hob einen Arm und seifte sich die Achsel ein. Ihre Brustwarze sah mich hochaufgerichtet und auffordernd an. Ich streckte meine Hand danach aus. „Laß das", zischte sie, „Ich bin sauer. Warum bist du denn so spießig? Ist doch nichts passiert. Und außerdem sind das Schweine. Warum ergreifst du für die Partei? Bist du nicht auf meiner Seite?" Ich erwiderte nichts darauf. Sie stieg beleidigt aus der Wanne und rieb sich wortlos ab. „Ich hätte jetzt mal etwas Trost gebraucht von deiner Seite. Jetzt fällst du mir auch noch in den Rücken. Toll ist das. Du bist ganz schön unsensibel, weißt du?" Ich saß im langsam erkaltenden Badewasser und hörte mir ihre Vorwürfe an. Sie sah verführerisch aus, wie sie sich zwischen den Beinen abfrottierte. Wie gern wäre ich in diesem Augenblick ihr Handtuch gewesen. „Wieso hast du eigentlich bei Gero geschlafen?" Ich war blöd genug, jetzt auch noch Öl ins Feuer zu kippen. „Kommt jetzt die klassische Eifersuchtsszene? Ich hab mit Gero in seinem Zimmer gesessen, wir haben uns unterhalten und dann bin ich eingeschlafen und dort geblieben. Warum rechtfertige ich mich eigentlich?" Sie rauschte beleidigt aus dem Bad. Nach drei Tagen schon der erste Streit. Das ließ sich gut an.

Nachrichten schauend, saß sie auf ihrem Bett. Wahrscheinlich hoffend, daß die Welt über ihre tollkühne Tat informiert wurde. Stattdessen die üblichen Katastrophen. Keine wildgewordenen Mädchen, die Förstern in die Eier traten. Sie war noch immer beleidigt, aber anders als Mora. Mora tobte und wütete wie ein entfesselter Sturm. Noriette war eine stumme Leiderin. Kalt wie ein Eisberg strahlte sie Mißachtung aus. Ich setzte mich zu ihr. „Tut mir leid“, begann ich, „ich wollte dich nicht anmachen.“ „Hast du aber.“ „Wollte ich aber nicht.“ „Warum tust du es dann.“ „Ich weiß nicht, war keine Absicht.“ „Das wär ja noch schöner.“ „Hmh!“ „Überleg dir mal vorher, was du sagst.“ „Ja!“ „Du kannst einen ganz schön kränken.“ „Was habe ich denn groß gesagt?“ „Also, wenn du das nicht weißt. Ihr Männer seid doch alle Arschlöcher. Überhaupt kein Feingefühl. Und völlig unfähig, sich mal zu Gefühlen zu äußern.“ Schweigen. „Warum sagst du jetzt nichts? Darauf fällt dir wohl nichts ein.“ Schweigen. „Herrgott, sag doch mal was. Laß mich nicht so auflaufen.“ „Können wir nicht das Thema wechseln?“ „Das ist ein grundlegendes Problem. Ich bin dafür, wir klären das jetzt.“ „Hmh!“ Wir schwiegen eine Weile. „Hast du schon alles ausgepackt?“ „Ja, habe ich.“

Den Rest des Abends verbrachten wir vor dem Fernseher. Jeder lag in einer anderen Ecke des Bettes, und mit diesem Abstand voneinander schliefen wir ein.

12

Ich erwachte allein. Auf dem Boden ein Zettel von Noriette. „Bin zur Arbeit. Gruß N.“ Mühsam quälte ich mich hoch und ging in die Küche. Es war niemand da. Wie sollte ich jetzt meinen Tag verbringen? Ich entschloß mich, Mora zu besuchen. In aller Freundschaft. Wir könnten spazieren gehen, uns ins Gras legen, den Wolken zuschauen, auf Grashalmen kauen und gar nichts tun.

Mora bekam ich zwar nur mit Hungerbühler im Doppelpack, aber das war mir schnuppe, wenn ich mit ihr zusammensein konnte. Ich schrieb Noriette einen Zettel, daß sie nicht auf mich warten solle. Ich besuche eine Freundin. Pfeifend verließ ich die Wohnung.

Als ich ankam, war niemand zu sehen. Die Tür war offen, also stöberte ich durch das Haus. Es war leer. Ich ging in die Küche, um ein Glas Wasser zu trinken. Durch das Fenster sah ich Mora. Sie stand mit dem Rücken zu mir auf der obersten Stufe der Treppe, die in den Kräutergarten führte, und schrie etwas hinunter. Vor ihr sah ich Ursels Kopf auftauchen. Sie war krebsrot und schrie wie von Sinnen Mora an. Das Fenster war einen Spalt geöffnet, die beiden waren so laut, daß ich ihren Streit ansatzweise verfolgen konnte. Ich verstand mehrmals „Teufelshure". So wütend hatte ich Mora noch nicht erlebt. Sie zitterte stumm. Jeden Moment würde sie explodieren. Kleine Rauchwölkchen würden aus ihr herauspuffen und sie würde sich mit einem Schrei auf ihr Opfer stürzen. „Du verläßt sofort das Haus. Ich werde meinen Sohn über dein Wesen aufklären, du Hexe. Hier wirst du keinen Stand mehr haben. Und die zehn Hörner, die du gesehen hast, und das Tier, die werden die Hure hassen und werden sie einsam machen und bloß und werden ihr Fleisch essen und werden sie mit Feuer verbrennen. Du wirst brennen!" Ursel war verrückt. Anders konnte ich mir dieses Schauspiel nicht erklären. Was konnte man von einem Menschen erwarten, der sich selbst ans Kreuz hängte? „Man muß die Menschheit vor dir warnen. Das Loch, aus dem du gekrochen kamst, spuckt solange Blut, bis du wieder reinkriechst. Du wirst Johannes nicht länger verführen. Ich werde mich dir in den Weg stellen. Jede noch so kleine Schandtat von dir werde ich aufdecken. Ich bin deine Widersacherin. Oh Herr, du kennst den Weg der Gerechten, aber der Gottlosen Weg vergeht." Ich kam mir vor, als würde ich einem biblischen Drama beiwohnen. Dargeboten von zwei überzeugenden Hauptdarstellerinnen, die sich mit Leib und Seele in ihre Rollen schafften. So bedrohlich dies alles wirkte, so unterhaltsam war es auch. Ich mußte immerzu auf Ursels Kopf starren. Es schien, als ruhe dieser auf einer hölzernen Stufe und führe ein garstiges Eigenleben. Wie leicht wäre es für Mora gewesen, ihn wegzukicken? Einmal ausholen, und er wäre mittenmang in den Himmel gesaust. Stattdessen riß sie eine Pflanze aus und schlug damit auf den Kopf ein. Ich schloß für einen Moment die Augen. War das real? Als ich sie wieder aufschlug, waren beide verschwunden. Sie mußten die Stufen hinuntergelaufen sein. Was sollte ich tun? Mora war unberechenbar in diesem Zustand. Wo waren Hungerbühler und der Alte? Rauszugehen traute ich mich nicht. Ich wollte nicht zwischen die Fronten geraten. Zum Glück hörte ich in diesem Moment jemanden zur Vordertür hereinkommen. Ich stürzte in den Flur. Hungerbühler und sein Großvater sahen mich entgeistert an. „Im Garten", stammelte ich. Hungerbühler strahlte über das ganze Gesicht. Er war voll drauf. Der Alte war auch aufgeladen. Vermutlich hatten sie einen Frühschoppen hinter sich. „Der verlorene Sohn", jaulte Hungerbühler und stolzierte um mich herum, wobei er an mir schnüffelte. „Du riechst ja gar nicht nach ihrem Spieldöschen. Hat dir deine kleine Musikerin nicht gut genug geblasen? Ihr machts wohl nicht im Duett?" Der Alte lachte. Unter anderen Umständen hätte ich mich über das Gequatsche geärgert. Doch die Situation erforderte einen klaren Kopf. „Mora und Ursel sind im Garten und streiten bis aufs Blut." Der Alte war trotz seiner Jahre noch recht flink und stürzte blitzschnell durch die Hintertür. Hungerbühler und ich trabten los.

Wir sahen schon von weitem, daß etwas nicht stimmte. Der Alte stand reglos am oberen Fuß der Treppe und sah stumm hinunter. Wir traten neben ihn. Ihre Beine waren mußten mehrfach gebrochen sein. Sie waren grotesk verknotet. Sie lag auf dem Rücken und hatte einen Arm über ihr Gesicht geworfen, als wollte sie sich vor der Sonne schützen. Aus dieser Entfernung war es schwer zu bestimmen, ob sie noch lebte. So wie sie aussah, war sie tot. Ich legte dem Alten die Hand auf die Schulter. Hungerbühler schnaubte. Er hob den Kopf und schrie ein paar Sekunden lang in einem schrillen Ton, wie eines jener muselmanischen Klageweiber. Von Mora war nichts zu sehen. Ursel lebte noch. Wir bemerkten es an dem zarten Pluckern ihrer Halsschlagader. Sie war jedoch nicht bei Bewußtsein. Und dieses sollte bis kurz vor ihrem Tod auch von ihr fernbleiben. Während wir auf den Krankenwagen warteten, durchsuchten wir das Haus nach Mora. Fast gleichzeitig mit den Sanitätern traf sie ein. Sie promenierte hinter der Bahre durch das Tor und wirkte wie jemand, der, zufällig an diesen Ort geraten, mal eben seine Neugier befriedigen wolle. Wir stürzten auf sie zu. Hungerbühler schüttelte sie am Arm. „Was hast du getan, du arme Irre? Meine Mutter", er stockte. Mora sah mich für einen Augenblick erschreckt an. „Was wollt ihr denn? Ich komme gerade. Ich war spazieren." „Du lügst!" kreischte Hungerbühler. „Man hat dich gesehen. Du hast meine Mutter umgebracht. Warum? Oh Gott, warum hast du das getan?" Mora schaute durch uns hindurch. Ihre Augen füllten sich mit Tränen. „Sie ist gestürzt. Ich konnte es nicht verhindern. Wie ein Sack ist sie gefallen. Ich war zu weit weg." Sie sah uns durch einen Tränenvorhang an. „Ihr müßt mir glauben. Wir standen oben auf der Treppe, da ist sie plötzlich runtergelaufen. Sie muß gestolpert sein. Auf einmal sah ich sie wie in Zeitlupe fallen. Sie streckte noch die Hand nach mir aus und rief meinen Namen. Ich konnte ihr nicht helfen. Ich hatte solche Angst und bin weggelaufen. Ein ganzes Stück bin ich gelaufen.

Erst vor der Stadt bin ich wieder zu mir gekommen. Ich hab gelacht, weil ich dachte, das wäre nur in meiner Phantasie passiert. Deshalb bin ich so ahnunglos hier reingekommen. Ist sie denn... tot?" Mora hatte die Lüge zu ihrer Magd gemacht. Ich konnte nur staunen, wie selbstverständlich sie diese herumkommandierte. Daß ich sie beobachtet hatte, schien sie nicht im Geringsten zu verunsichern. Was hatte ich schon gesehen? Sie hatten sich angeschrien. Das hatte Mora ja auch zugegeben. Ich wollte mich nicht in die Nesseln setzen. Mora hatte es drauf, mir das Wort im Munde rumzudrehen. Am Ende war ich noch der Schuldige. Außerdem wollte es mir nicht gelingen, gegen Mora zu arbeiten. Sie war von meinem Blut, und in meinem Herzen hatte sich soviel von Mora abgelagert, daß es nach meinem Tod ohne weiteres einen Platz in einer Organschau finden würde. „*Und hier sehen Sie das Herz eines etwa sechzigjährigen Mannes. Achten Sie auf die Ablagerungen in den Herzkammern. Sie sind überproportional im Vergleich zu denen eines normalen Herzens. Es sind die Überreste einer unerhörten Liebe. Eine Liebe, die erst nach Umwegen zueinander finden konnte.*" Mir lief ein Schauer über den Rücken. Und vielleicht irrte ich mich ja auch. Es konnte doch höchstens im Affekt passiert sein. Das hatte sie bestimmt nicht gewollt. Das arme Mädchen. Sie brauchte jetzt Trost. Vorwürfe würden ihr am allerwenigsten helfen. Und doch, als wir ihr sagten, daß Ursel noch lebte, war es mir, als ob ein dunkler Schatten sie flüchtig streife.

Wir saßen im Aufenthaltsraum des Krankenhauses herum und warteten auf Hungerbühler. Er war in Ohnmacht gefallen, als die Ärztin seiner Mutter Blut entnahm. Er konnte kein Blut sehen. War einfach in Ohnmacht gefallen und dabei gegen den Rücken der Ärztin geprallt. Diese hatte durch den Stoß die Kanüle mit Wucht in Ursels Ader gestochen. Das Blut war fontänenhaft in alle

Richtungen gespritzt und hatte den bewußtlosen Hungerbühler, der auf seiner ebenfalls bewußtlosen Mutter lag, in ihrem Blut gebadet. Die Ärztin war geschockt danebengestanden. Sie war noch nicht lange im Geschäft.

Mora hatte es geschafft. Jeder sah es als einen Unfall an. Den Polizisten hatte sie vorgeheult, wie sehr sie unter dem Unglück werde leiden müssen. Ich war nicht sicher, was ich von all dem halten sollte. Sie saß wie ein Häufchen Elend auf ihrem Stuhl, hatte die Hände unter die Oberschenkel gelegt und starrte trübe vor sich hin. Ich holte für den Alten und mich einen Kaffee, den er mit beiden Händen umklammert hielt und mechanisch anpustete.

Ein paar Minuten später wurde Hungerbühler in einem Rollstuhl hereingeschoben. Er war völlig gebrochen. Er ließ sich neben Mora stellen und tätschelte ihr das Knie. Sie sah zu ihm auf und fiel ihm um den Hals. Weinend beteuerte sie, wie leid ihr alles tue. Er sprach leise auf sie ein. Wir konnten nicht mehr viel tun im Krankenhaus. Der Arzt sagte, die kommende Nacht werde die Entscheidung bringen. Ich rief Noriette vom Krankenhausfernsprecher an und erzählte ihr die Neuigkeiten. Sie fragte mich, ob ich zurückkomme. Ich legte auf.

Den Abend verbrachten wir meist schweigend. Niemand hatte Hunger, und so tranken wir lediglich Tee. Ich ging früh schlafen. Den nächsten Morgen weckte mich Hungerbühler. Er lief unruhig durchs Zimmer. Auf Kokain. Anscheinend hatte Mora ihn versorgt. Das war wohl auch das Beste in der momentanen Situation.

„Wir müssen ins Krankenhaus. Sie ist bestimmt aufgewacht. Sie wird schimpfen. Ob ich ihr etwas bastele? Was meinst du? Das wird sie bestimmt schneller gesund machen." Er achtete nicht auf mich. Die Sache hatte ihn ziemlich verstört.

Auf dem Weg ins Krankenhaus mußten wir immer wieder anhalten, weil Hungerbühler etwas kaufen wollte.

Blumen, Obst, Pralinen, Zeitungen, er verschwand fast hinter seinen Präsenten, als die Schiebetür vor uns aufrauschte. Der Arzt nahm Vater und Sohn der Patientin beiseite. Er habe keine Hoffnung mehr. Ihr Zustand habe sich nicht verändert. Sie müßten mit dem nahen Ende rechnen. Mit gesenkten Köpfen, wie zwei auf frischer Tat ertappte Schuljungen, standen sie vor dem Arzt, der sie um Haupteslänge überragte. Mora ging auf die beiden zu und legte jedem einen Arm auf die Schulter. Hungerbühler drehte sich um und verbarg sein Gesicht an ihrem Hals.

Wir gingen schweigend in das Krankenzimmer. Hungerbühlers Mutter lag, an Schläuche angestöpselt, in ihrem Bett. Sie war Teil der Maschine geworden. Das Koma bekam ihr nicht schlecht. Sie sah entspannt aus. Der strenge Zug um ihre Mundwinkel war verschwunden und ließ erahnen, wie sie als junges Mädchen einmal ausgesehen hatte. Der Alte setzte sich auf den Rand des Bettes und nahm ihre Hand. Hungerbühler setzte sich auf die andere Seite und tat es ihm nach. Ursel gurgelte. Das Leben rann zusehends aus ihr heraus. Wie schön ist es doch, dachte ich, den geliebten Menschen bis zum bitteren Ende begleiten zu dürfen. Man kann Abschied nehmen. Ich bezweifle, daß meine Nerven das ausgehalten hätten. Es klopfte zaghaft an die Tür. Noriette trat ein. Sie trug ein langes braunes Kleid unter einer grauen Strickjacke. Wie traurig sie gekleidet ist, ging es mir seltsamerweise durch den Kopf. Nun ja, ich mußte ja auch nicht mittrauern. Mir hatte sie nichts bedeutet. Und so setzte ich ein betroffenes Gesicht auf und beobachtete das Geschehen. Der ganze Kirchenchor war eingetroffen, um seiner spirituellen Führerin einen gesungenen Gruß für Gott mit auf den Weg zu geben. Sie bauten sich im Halbkreis um das Bett auf und stimmten leise ein Lied an. „Mein Herr wandelt mit mir in finsterer Nacht. Er ist mein Licht. Er weist mir den Weg." Anschließend sang Noriette mit karamelweicher Stimme ein Solo. Es handelte von einem Engel, der sich auf die Erde verirrt, sich aber in letzter Sekunde, mit letzter Kraft, gen Himmel aufschwingt. Der Scheiterhaufen war bereits errichtet. Ein rührendes Lied. Wir alle weinten. Auch Mora. Es schien, als ob selbst in Ursels Augenwinkeln Tränen schimmerten.

Gegen Abend war sie noch einmal kurz bei Bewußtsein. Zumindest kam es einem Bewußtsein nahe. Tatsächlich ähnelte es eher dem Moment, der uns zwischen Wachen und Schlafen überfällt. Man steckt schon mit einem Bein in der Traumwelt, hält sich aber noch einen Augenblick an der Realität fest. Und plötzlich schreckt man hoch, um Dinge auszurufen wie: „Wieso hast du nicht die Elf genommen? Die ist doch viel schneller!" Hungerbühlers Mutter träumte sich dem Grab entgegen. Für einen Augenblick öffnete sie die Augen und rief in höchstem Entzücken: „Ne Tüte gebrannte Mandeln!" Dann sank sie zurück und tat ihren letzten Atemzug. Ganz leise und unauffällig. Als ob sie sich aus dem Leben schleiche. Ich hoffte, sie hatte ihre Tüte mit gebrannten Mandeln noch bekommen.

Ich weiß nicht, wie lange wir um das Bett herumstanden und auf den toten Körper blickten. Der Chor hatte noch ein Lied angestimmt und wir ließen uns davontragen. Zwischendurch erschien eine Schwester, die uns ermahnte. Das sei kein Konzertsaal, sondern eine Intensivstation. Als sie die Tote sah, verstummte sie und zog ihr die Decke über das Gesicht. Hungerbühler und sein Großvater hielten noch immer ihre Hände. Stumm verließen wir das Krankenhaus. Vor dem Portal verstreute sich die Gruppe. Noriette sah mich fragend an. Ich ließ sie stehen. Was sollte ich ihr schon sagen? Ich sah sie erst auf der Beerdigung wieder. Wir gingen Hand in Hand zwischen den Grabreihen. „Was willst du jetzt tun?" fragte sie. „Ich kann Mora nicht verlassen. Ich habe die Sache angefangen. Ich kann jetzt nicht mehr aussteigen. Es gibt keinen außerplanmäßigen Stop." „Du redest dummes Zeug." „Mag sein." Wir schwiegen eine Weile. Wie sollte ich ihr das alles erklären? Ich wußte selbst nicht, was mich antrieb. Ich wußte nur, daß Noriette nicht meine Zukunft war. Wir hatten uns etwas vorgemacht. „Das wars dann wohl. Du gibst uns beiden keine Chance, was?"

Ich beobachtete einen Käfer, der leichtfüßig in ihrem Haar herumstolzierte. Ich hatte Angst, mit Noriette auf Schwemmsand zu bauen. Ich war es nicht gewohnt, Verantwortung zu übernehmen. Was sollte ich tun, wenn es scheiterte? Sie saß mit einer Pobacke auf einem Grabstein und sah mich stumm an. „Die Liebe wird den Tod überdauern", stand darauf, und ich sah, daß es das Grab einer jungen Frau war. Nur dreiunddreißig Jahre alt war sie geworden. Mir blieb nicht viel Zeit. Und die wenige Zeit, die ich noch hatte, wollte ich nicht mit Noriette verbringen, sondern mit Mora. Das ging alles schon viel zu lange. Ich kam nicht davon los.

Ich fuhr mit zu Noriette, um meine Sachen abzuholen. Sie saß währenddessen in der Küche und ließ einen Tee kalt werden. Wir umarmten uns flüchtig, wie zwei entfernte Bekannte, was wir ja auch waren, und ich verließ sie. Sie schaute zu mir herunter, als ich in den Wagen stieg. Ich winkte zu ihr herauf. Sie wandte sich ab und verschwand. Mir war leicht ums Herz. Ich wußte wieder, wohin ich gehörte. Es würde alles in Ordnung kommen. Der Abschied von Hungerbühlers Großvater ging nicht so sauber über die Bühne. Die beiden Männer lagen sich in den Armen und schluchzten. Der Alte beschwor seinen Enkel zu bleiben, aber der ließ sich nicht erweichen. Mora hatte ihm eingeimpft, daß sie zurückwolle. Er solle sich entscheiden. Er konnte sich nicht entscheiden. Er hatte genausowenig eine Wahl wie ich. Außer von Mora war er außerdem noch von ihrem Schnee abhängig, mit dem sie ihn berieselt hatte. Diese kleine, gemeine Frau Holle.

Im Auto heulte Hungerbühler, er wolle nicht zurück. Was solle er denn dort? Da warte doch nur das Gericht auf ihn. Hier hätte er sich eine neue Existenz aufbauen können. Ach, ich war recht froh, wieder zurückzufahren. Auch Mora schien neben mir vergnügt. Es hätte eine schöne Rückfahrt werden können, wenn Hungerbühler nicht mit seinen Tiraden genervt hätte.

Der Raps blühte auf den Feldern und ließ die sanft geschwungene Landschaft aussehen wie mit einem goldenen Tuch überdeckt.

Kapitel 20

1

Die vergangenen Tage erschienen mir in der Rückschau wie ein Traum. Ich war froh, wieder aufgewacht zu sein und zu sehen, daß alles beim Alten geblieben war. Meine Eltern hatten sich gefreut, uns in die Arme schließen zu können, und wir hatten einen lustigen Abend mit Essen und Spielen verbracht. Ich lebte wieder auf. Die ganze Zeit hatte ich eine gewisse Anspannung gefühlt. Das alles war weg. Mein Verhältnis zu Mora hatte sich wieder normalisiert. Ich merkte, wie gut es uns tat, ohne Hungerbühler zu sein. Zusammen bildeten sie eine Bruderschaft gegen mich. Nun konnten wir uns sogar wieder über ihn lustig machen und seine Spinnereien nachäffen. Moras Spezialität war sein Gang. Den beherrschte sie schlafwandlerisch. Diesen ruckenden, steifen Gang, wobei er den Kopf vorschob wie eine dieser rollenden Holzenten. Auch das schwungvolle Tänzeln, wenn er auf Koks war, hatte sie drauf. Ich hatte mir seine sinnierende Körperhaltung beigebracht. Wie er reglos dastand, den Finger an der Unterlippe, urplötzlich aufschreckte, daß alles in seiner Umgebung in Deckung ging, und Sätze von sich gab wie: „Ich könnte erstmal Psychologe in einer Tierklinik werden. All die verrückten Viecher, die Muhs und Bähs von sich geben. Die könnte ich schon therapieren. Das sind lediglich Primärbindungen. Die kann man kappen." Wir kringelten uns vor Lachen.

Doch nach wie vor ging Mora zweimal die Woche zu ihm. Er durfte zwar nicht mehr praktizieren, aber das hatte er bei ihr sowieso noch nie getan. Es war von Anfang an umgekehrt gewesen. Ich ging endgültig nicht mehr mit. Ich wollte diesen Mann nicht mehr sehen. Und Mora war das recht. Ich hatte mir ein paar Freiheiten herausgenommen, die Mora anerkennend quittierte. Ich wußte nicht, was sie in diesen zwei Stunden trieben. Aber das wollte ich auch gar nicht. Die Dinge liefen gut, warum sollte ich ihre Bahnen ändern? Manchmal holte ich Mora ab. Ich wartete vor der Tür, bis sie herauskam. Dann gingen wir ein Eis essen, ins Kino oder in ein Theater. Selbst meine Eltern gingen hin und wieder mit, und wir alle fuhren anschließend lautstark schwatzend nach Hause. „Dieser Schauspieler, wie hieß der noch? Ach, der hatte so tiefe Augen." Meine Mutter schwärmte für Augen. „Tiefe Augen", sagte mein Vater, „was soll denn das sein? Vielleicht hat er eine Augenkrankheit. Es gibt da soetwas. Da werden die Augen in den Kopf gezogen. Ich komm nicht auf den Namen. Zuhause schau ich mal nach." „In den Kopf gezogen?" Meine Mutter schüttelte sich. „Dann kann der bald nicht mehr nach rechts und links gucken. Der muß immer den Kopf drehen. Wie sieht das denn aus? So kann der aber nicht in Filmen mitspielen. Da gruselts einen ja." „Dann spielt er eben in Gruselfilmen mit", warf ich ein, „da sparen sie sich die teure Maske." „Da sollte man nicht drüber scherzen", sagte sie. „Ich habe von einem gelesen, der war Trapezkünstler im Zirkus. Der hat immer die anderen gefangen. Und der hat ein Mädchen geliebt. Die Tigerdame. Die hat ihn ganz verrückt gemacht. Saß im Tigerkäfig und hat ihm geschmeichelt. Und der arme Junge strich immer aufgeregt um den Käfig rum, wo sie drin saß. Traute sich aber nicht rein. Weil in dem Käfig auch ein Tiger wohnte. Und sie hat ihn immer gelockt, das Luder. Weil sie dachte, wer mich lieb hat, der muß auch meinen Tiger lieb haben. Eines Tages hat er seinen Mut zusammengenommen und ist rein. Und gerade wie er sie umarmt, stürzt der Tiger auf ihn und beißt ihm beide Hände ab. Das gab natürlich Geschrei. Was sollte er machen? Seine Welt war die Zirkuskuppel. Also hat er sich Handattrappen machen lassen, weil er dachte, damit könnte er seine Kollegen auffangen. Von wegen. Drei sind runtergestürzt und nicht wieder aufgestanden. Und nur, weil der Junge den Beruf nicht wechseln wollte." Wir lachten. „Das ist eine wahre Geschichte und gar nicht lustig. Ich habs gelesen", mokierte sie sich.

„Ich will damit nur sagen, daß man nicht immer am Alten festhalten kann. Manchmal geht es eben nicht mehr." „Du hast ja recht", sagte Mora und legte ihr eine Hand auf die Schulter. Mein Vater fuhr eine langgezogene Kurve. Mora und Mutter legten sich gemeinsam, wie zwei Motorradfahrer, hinein. Es sah ulkig aus und irgendwie schien mir, als ob in dieser Geste noch eine tiefere Bedeutung lag. So, als ob das Leben nicht so schnell in seine Ausgangsposition zurückkehren werde.

2

Es war September, und während der Sommer sich langsam auf seinen langen Schlaf vorbereitete, wurde ich aktiv. Eine Firma, die Sanitäranlagen verschickte, suchte einen Fahrer. Ich kramte meine Papiere zusammen, bereitete mich auf den Eignungstest vor und kaufte mir einen Anzug. Mora sagte, ein Anzug sei nicht mehr zeitgemäß. Aber was wußte die schon? Sie hatte sich noch nie vorstellen müssen. Ich bekam die Stelle. Schon am nächsten Tag konnte ich loslegen. Mit einem Kleinlastwagen fuhr ich Badewannen, Bidets, Waschbecken und Klosetts aus. Zu Baustellen und Privatleuten. Den ganzen Tag war ich unterwegs. Hievte, manchmal mit Hilfe, aber meistens allein, die schweren Teile von der Ladefläche. Eine Lieferung führte mich in die Gegend von Sonjas ehemaliger Wohnung. Die Wohnung, in der nicht nur Moras Leben begann und Sonjas endete, sondern wo auch mein Leben eine Änderung erfuhr. Ich war seit damals nicht mehr dort gewesen. Und selbst jetzt, nach so langer Zeit, wurde mir etwas mulmig. Noch immer wußte niemand, was damals vorgefallen war. Und ich wußte nicht, ob der

Verführer noch dort lebte, ob er überhaupt noch lebte oder ob ein wohlmeinendes Schicksal ihn mit Aussatz und Siechtum belohnt hatte.

Die Kundin, die eine Badewanne von mir geliefert bekam, entpuppte sich als geifernde Alte. Geifernde Alte wohnen grundsätzlich unten, um den an- und abfahrenden Besucherstrom zu kontrollieren, oder sie wohnen unter dem Dach. Dort sitzen sie wie die Spinne unter ihren Dachbalken geklemmt. Lauern auf ihre Opfer, die in Gestalt von Möbelträgern blindlings in ihr Schicksal stolpern. „Und seinse ja vorsichtig auf die Treppe", schärfte sie mir mehrmals ein. Ihr Sohn sollte mir zur Hand gehen. Ein untersetzter, mit selbstgemachten Tätowierungen versehener Schnauzbärtiger, der trotz der frühen Stunde nach Zecherei stank. Er wirkte wie frisch aus der Kneipe geworfen. Ein Auge schimmerte blutunterlaufen. Die Alte peitschte ihn mit ätzenden Worten von seiner Schlafcouch. Schwerfällig taumelte er neben mir die Stufen runter, brummelte etwas von „dieAltehatdochnArschoffen" und rülpste herzhaft. Ein Wolke aus Bier, Zwiebel, Buletten und Verdauungssäften trieb mir die Tränen in die Augen. Fast hätte ich die Badewanne losgelassen. Wir strauchelten die enge Treppe hoch, wobei wir faustgroße Löcher in die Wände hieben. Der von den Resten des in seinem Organismus herumsausenden Alkohols beseelte Sohn schob achtern, mit Gewalt und ohne auf Verluste zu achten, vorwärts. Mehrmals rief ich „langsam" oder „Achtung", ohne jedoch zum Denkzentrum dieses Primaten vorzustoßen. Die Alte rief durch den engen Schlitz der Treppengeländer ihre Befehle runter. Eine Frau schaute verschreckt aus ihrer Wohnung und schimpfte hinter uns her. Wir hatten mit Getöse ihre Tür verschrammt. Oben angekommen, hatten wir einiges an Verlusten zu vermelden. Nicht nur, daß die Wanne mit Putz und kleinen Steinchen übersät war, sie hatte durch die Kollision auch einige Schrammen an Bordwand und Kiel davongetragen. Egal, Hauptsache, wir hatten sie im Trockendock. Schweratmend lehnten wir auf den Rand gestützt und sahen uns glücklich an. Eine stumme Übereinkunft glomm in unseren Augen. Soetwas verbindet. Ein kleines Glöckchen schlug sanft in meinem Inneren an und kündete von Frieden in der Welt. Die Alte sah abwechselnd böse auf uns und auf die Badewanne. Das Glöckchen wurde unruhig. Es bimmelte wie von einem betrunkenen Küster geläutet. Ich ahnte, was auf uns zukommen sollte. „Die nehme ich nicht. Die ist ja ganz verbeult. Die nehmen Sie mal schön wieder mit." Ihr Gift spritzte mir über die Wanne hinweg entgegen. „Ich hab Ihnen gesagt, Sie sollen aufpassen, Sie Arschloch. Schaffen Sie mir dieses Ding aussen Augen. Ich ruf sofort bei Ihre Firma an und beschwer mich über Sie. Arbeiten da noch mehr solche Trottel? Man sollte Sie in'n Keller arbeiten lassen. Unten bei die Mäuse, die können Se füttern und woll auch mit alten Badewannen kommen."

Sie rannte zum Telefon, warf mir einen triumphierenden Blick zu und steckte ihren vertrockneten Finger in die Wählscheibe. Ich hoffte, er würde abbrechen. „Ach Mutti, laß doch. Wir putzen die Wanne und schmieren Lack auf die Risse." Es war ihm sichtlich unangenehm, daß sie soviel Wind machte. „Du hältst dein Maul. So laß ich nich mit mir umgehen. Wär ja noch schöner." Und an mich gewandt: „Und Sie können schon mal nachn Arbeitsamt gehen. Ihre Stelle sindse los. Dafür werd ich sorgen. Und die Wanne zahlense von Ihren Lohn." Am liebsten hätte ich die Alte gewürgt. Doch ihr Sohn sah recht kräftig aus, und trotz der momentanen Brüderlichkeit, die uns verband, hätte er sicherlich etwas dagegen unternommen, wenn ich der Alten an die Kehle gegangen wäre. Gehässig meldete sie ihren Sieg über mich. „Sie sollen sich sofort in Büro melden wennse zurückkomm. Und ich krieg die Wanne für die Hälfte." Traurig schaute ich die beiden an. Warum nur werden die Güter so ungleich verteilt? Der Sohn schlug mir mitfühlend auf die Schulter. Wir sahen uns achselzuckend an, und ich verließ schweren Schrittes das Haus.

Ich trat betrübt auf die Straße und sah Mora auf der anderen Seite. Sie unterhielt sich angeregt mit einem ältlichen Mann. Sie sah mich nicht. Ich weiß nicht warum, aber ich gab mich nicht zu erkennen und duckte mich stattdessen hinter meinen Wagen. Sie redeten eine ganze Weile, und Mora gab ihm zum Abschied einen Kuß auf die Wange. Anscheinend kannten sich die beiden schon länger. Einem völlig Unbekannten gibt man keinen Kuß zum Abschied. Zumindest nicht in unseren Breitengraden. Wer war das?

Ich fuhr zurück in die Firma und ging schnurstracks ins Büro. Der Chef erwartete mich bereits. Ich hätte mich bislang gut angestellt, und er wolle es bei einer Rüge belassen. Es gibt doch Momente, an die man sich anlehnen kann. War immer noch die Sache mit Mora. Sie war noch nicht zuhause, als ich kam. Ich fragte vorsichtig meine Mutter aus. Sie wußte von nichts. Mein Vater war gerade in einer schwermütigen Phase, wie sie ihn hin und wieder überkam. Seit Leos Tod hatte er sich nie wieder richtig erholt. Sein Haar war ergraut, und der Anfall hatte nicht nur seine Muskeln geschwächt, sondern auch seinen Lebenswillen. Manchmal gab er sich der Trauer hin und war stundenlang nicht ansprechbar. Unvermittelt, wie aus einem schweren Traum erwachend, ruckte er hoch und sah sich um. Verwundert über die Stunden, die ihm in seiner Erinnerung fehlten.

Mora kam etwas später nach Hause. Sie setzte sich neben mich. Wir sahen zusammen mit meiner Mutter jeden Abend fern. Jeden Abend die gleiche Sendung. Sie handelte von einem jungen Mann, der seine Stiefmutter heimlich liebte, eine schüchterne, reine Liebe, die von der Stiefmutter anfangs verschmäht wurde. Die Etikette. Dummerweise spielte die Geschichte in höheren Kreisen. Undenkbar, diese Liebe. Und zudem war die Stiefmutter ein armes Waisenkind und ihrem Ehegatten und Gönner zu tiefstem Dank verpflichtet. Hatte er sie doch aus der Gosse geholt. In Wahrheit liebte auch sie ihren Stiefsohn. Mit der Zeit gab sie sich seinem Werben hin. Cord – der Sohn, und Inka – die Ehefrau – hatten jedesmal ein schlechtes Gewissen, wenn sie sich heimlich trafen.

Im Pferdestall: CORD *striegelt seinen Rappen Thunder. Beide sind vom gerade beendeten Ausritt erhitzt.* CORD *hatte seine Leidenschaft durch einen ausgedehnten Waldritt gezügelt.*

INKA *von links, vorsichtig fragend:* „Cord?"

CORD: „Inka, ich bin hier." *Er geht ihr entgegen.*

INKA *aufseufzend:* „Cord!" *Er umfaßt sie an der Hüfte.*

INKA: „Cord, wenn dein Vater...": *Ein Kuß versiegelt ihre Lippen. Sie küssen sich leidenschaftlich.*

CORD: „Inka, ich ertrag es nicht länger. Wir müssen es ihm sagen. Das hat er nicht verdient."

INKA: „Das können wir nicht. Ich verdanke ihm soviel. Das würde ihm das Herz brechen." INKA *macht sich von ihm los.*

INKA: „Sag mal, reitest du am Sonntag das Turnier mit? Ich bin ganz gespannt."

CORD: „Thunder ist in bester Verfassung. Der hat den Teufel im Leib. Und es sollte mit demselben zugehen, wenn er nicht gewinnt." *Beide lachen, fassen sich an den Händen, drehen sich im Kreis.*

CORD: „Meine Inka." *Gibt ihr einen Kuß auf die Nasenspitze.* INKA *lächelt. Ein Rumoren im Hintergrund. Die Kamera schwenkt. Der Stallknecht kommt herein. Inka und Cord lassen sich augenblicklich los. Beide ab.*

„Mora", räusperte ich mich. Mutter und Mora ließen sich während dieses Rituales ungern stören. „Pst", zischten sie im Kanon. „Mit wem hast du dich denn heute getroffen?" Sie sah mich erschrocken an. „Was meinst du denn?" „Naja, ich hab dich heute mittag gesehen. Du hast einen Mann getroffen. Wer war das?" Meine Mutter sah zu uns rüber, den Finger auf die Lippen gelegt. Mora zog mich am Ärmel aus der Stube. Wir gingen in den Garten. „Was hast du denn gesehen?" wollte sie wissen. „Ich hab gesehen, daß du ihn zum Abschied geküßt hast." Sie sah mich erleichtert an. „Gut, wenn du es eh gesehen hast, kann ich dir auch die Wahrheit sagen. Hätte ich sowieso bald getan. Ich mußte nur erstmal etwas für mich klären." Mein Herz schlug höher. Daß sie ein Faible für ältere Männer hatte, war mir klar. Doch hatte ich gehofft, daß sie diese Marotte nicht noch ausbaute. Sie sah so lieblich aus in der untergehenden Sonne. Gelblich-warme Strahlen zupften an ihrem Gesicht und ließen es noch schöner aussehen. Wie ein herrliches Gemälde, das durch einen passenden Rahmen geadelt wurde. Sie holte tief Luft. „Der Mann, den du gesehen hast, war mein Vater." Ich war sprachlos. Ihr Vater? Dieses Schwein! „Versteh mich doch, ich mußte ihn mal treffen. Ich wollte sehen, was für ein Mensch er ist. Verstehst du das?" Sie nahm meine Hand in ihre. Ich war noch immer geschockt. „Woher wußtest du, wer dein Vater ist? Von Leo?" „Ich weiß es eben. Ist doch egal."

„Und weißt du auch, was damals vorgefallen ist?" „Nicht genau. Ich weiß nur, daß er verheiratet war und seine Frau und sein Kind nicht verlassen wollte." Es war mir nie in den Sinn gekommen, daß Mora Interesse an ihrer Vergangenheit haben könnte. Sie hatte nie gefragt, und wir hatten Mora nichts erzählt. Nie hatte sie Interesse für ihre Mutter gezeigt. Jedes Kind fragt irgendwann nach seinen Wurzeln. Mora nicht.

Sie legte den Kopf auf meine Schulter. „Ich wollte ihn nur mal kennenlernen. Wir haben uns zweimal getroffen. Heute war das letztemal. Ich will ihn nicht wiedersehen.

Wir haben nichts gemein. Und weißt du was?" Sie richtete sich auf und sah mir in die Augen. „Er wollte mit mir eine Reise machen. Hat wohl ein schlechtes Gewissen. Mit allen Schikanen. Ich könnte mir aussuchen, wohin. Ist das nicht kraß?" Ich nickte. Was sollte ich von all dem halten? „Er wohnt noch immer im selben Haus. So war es leicht, ihn zu finden." Ich verfluchte Leo in seinem Grab. Warum hatte er ihr alles erzählt? Und woher hatte Leo gewußt, wie dieser Mann hieß? Das wußte nicht einmal ich. Egal! Es hatte sich augenscheinlich nichts zwischen uns geändert; darauf kam es an. Sie hatte mir davon erzählt, und es war vorbei. Ich brauchte mir also keine Gedanken zu machen. Ein Rivale war genug, und der war nur noch ein Schatten.

Hungerbühler! Sein Stern war zweifelsohne am Sinken. Mora hielt die Termine nicht mehr regelmäßig ein. Sie versorgte ihn lediglich mit Kokain. Sein Konsum mußte ins Astronomische gestiegen sein, wollte man Mora Glauben schenken. Vier bis fünf Gramm täglich sättigten sein Verlangen. Er bestand förmlich aus Kokain in seiner reinsten Form. Ein kristalliner Organismus. Eine neue Lebensform war entstanden. Das Hungerbühler! Ich sah ihn am Fenster stehen, als ich Mora abholte. Wir winkten uns zu. Mir war, als ob sein dürrer Arm durch die ungewohnte Bewegung jeden Moment abbrechen und auf die Straße rieseln würde. Seine Augen präsidierten in einem fast fleischlosen Gesicht. Sie hatten es aufgesogen. Das Haar fiel ihm lang und in dünnen Strähnen über die Schulter, während seine Stirn kahl wurde. Ein erschreckender Anblick. Ein Gespenst. Zudem stand seine Verhandlung bevor. Sicherlich würde er im Gerichtssaal zu einem Häufchen sündiger Asche zusammenfallen. Es war das vorletzte Mal, daß ich ihn sah.

3

Die Arbeit nahm mich in Anspruch. Man hatte gemerkt, daß ich zuverlässig war und übertrug mir mehr Verantwortung. Ich war befugt, Rechnungen zu kassieren. An manchen Abenden fuhr ich mit einigen tausend Mark in der Tasche zurück in die Firma. Wenn es spät wurde, nahm ich es mit nach Hause.

Oft fragte ich mich, woher Mora ihr Geld nahm. Ich war mir sicher, daß sie Hungerbühlers Sucht finanzierte. Er hatte kein Geld, war verschuldet. Ihr Taschengeld hätte nicht gereicht. Trotzdem fragte ich sie nie. Das ging mich nichts an. Und Mora mochte es nicht, wenn ich zu neugierig wurde. Manchmal hatte ich den Eindruck, daß etwas Geld aus meiner Kasse fehlte, konnte es aber nicht eindeutig sagen, da ich über meine Finanzen keinen Überblick hatte.

Hätte ich mich bloß nicht auf ihre Dummheit eingelassen. Hinter meinem Rücken wurde eine Sauhatz veranstaltet. Und ich war die ahnungslose Sau. „Sag mal“, fing Mora eines Abends an. „Wenn du mal viel Geld nach Hause bringst, könnten wir es doch vermehren. Über Nacht. Ganz einfach.“ Ich lächelte. Mora machte doch wohl nur einen Scherz. Und selbst wenn nicht, sie nahm doch nicht an, daß ich mich von ihr in ölige Geschäfte hineinziehen ließ.

Mora brauchte nicht viel Überredungskunst, um mich rumzukriegen. Auch wenn es mir noch so widerstrebte, das Geld, welches mir im guten Glauben anvertraut wurde, für dunkle Zwecke zu mißbrauchen, gab ich es ihr. Und dabei redete ich mir noch ein, es wegen des Geldes zu tun, dabei tat ich es für Mora. Um sie zu überzeugen, daß auf mich Verlaß war. Sie wollte von dem Geld 100 Gramm Kokain kaufen, um es innerhalb weniger Stunden gewinnbringend weiter zu verkaufen. Am Morgen hätte ich das Geld längst zurück, könnte mit gutem Gewissen zur Arbeit fahren. Und von dem Gewinn würden Mora und ich übers Wochenende wegfahren. Nur wir zwei.

Ich sollte diesen Deal übernehmen. Ein Mädchen würden sie betrügen. Nein, nein, gefährlich wären die nicht. Aber sie verstünden ihr Geschäft. Frauen hätten da keine Chance. Das sei eine Männerwelt. Ein Kerl, wenn er selbstbewußt auftrete, der hätte keine Probleme. Der sei anerkannt.

An mir schlotterte alles. Mora wartete im Wagen, während ich auf den „Schwan" zutrieb. Eine Gaststätte, in deren Hinterzimmer die Halbwelt an den Grundfesten der bürgerlichen Gesellschaft rüttelte. Dort trafen sich Ganoven aller Art, nebst kreuzbraven Bürgern, denen der süßlich-faulige Geruch dieser Art von Bumslokal Perlen der Verzückung auf die Stirn zauberte. Und da hinein ging ich. Mora hatte alles arrangiert. Genaueres hatte sie nicht verraten. Ich sollte das Geld auf den Tisch legen, einen Beutel erhalten und sofort den Rücktritt antreten. Den zweiten Teil des Planes wollte sie übernehmen. Sie hatte einen Käufer, der mehr als das Doppelte bezahlen wollte.

Nachdem ich die schweren Windvorhänge beiseite geschoben hatte, sah ich zunächst einmal gar nichts. Lediglich eine gräuliche Wand. Dahinter erklang Musik, Gläserklirren und Gelächter. Mit den Armen ruderte ich durch diese Nebelbank, um mich an der Theke einem finster dreinblickenden Wirt gegenüberzusehen. Ich sollte nach Rio fragen. „Rio de Janeiro", blaffte der Wirt. „Das ist die Hauptstadt von Argentinien. Da biste hier falsch." Er zwinkerte einer Barbusigen zu, die sich neben mich gestellt hatte und mir ihre üppigen Kurven in die Schulter bohrte. „Willste mal anfassen? Die sind besser als der Zuckerhut." Sie lachten. Ich sah mich hilflos um. Am liebsten wäre ich auf der Stelle gegangen. Doch was hätte ich Mora sagen sollen? Der Wirt winkte einem stämmigen

Mann, der am anderen Ende der Theke stand und zeigte auf mich. Er walzte grimmig durch die Masse der Besucher, um mich unfreundlich zu mustern. „Der Junge will zu Rio. Nimm ihn mal unter deine Fittiche", sagte der Wirt zu ihm. Seinen Arm um meinen Hals gelegt, schoben wir uns unaufhaltsam durch die wogende Menge. Der Kerl überragte mich mindestens um einen Meter. Dabei beäugte er mich unentwegt. Er hielt mich wie eine auf dem Sklavenmarkt gekaufte Braut, die er nun in seine Höhle schleppte. Ich schmeckte seinen Schnapsatem. Wahrscheinlich malte er sich gerade aus, was er alles mit mir anstellen würde auf seinem Bärenfell. In einem Flur hinter der Gaststube drückte er mich mit dem Gesicht zur Wand und tatschte an mir herum. Seine behaarten Hände drückten in meinen Schritt, er befummelte meine Brust, meinen Hintern, meine Schultern, um dann aufseufzend zu vermelden: „Alles klar, bist sauber." Vielleicht habe ich ja eine Geschlechtskrankheit, du Affe, dachte ich. Er führte mich in ein Zimmer und ließ mich allein. Ein ungemütliches Zimmer, mit einem Tisch, ein paar Stühlen und jeder Menge Müll darin. Ich hatte nicht genug Zeit, mir die grausigen Dinge auszumalen, die sie mit mir anstellen würden, als sich auch schon die Tür öffnete. Drei Männer kamen herein. Ein Glatzköpfiger mit Goldkette gab mir die Hand und deutete auf einen Stuhl. „Ich bin Rio." Er musterte mich. Anscheinend war ich nicht weiter interessant für ihn. Er winkte einem anderen Mann und verließ, mir zunickend, das Zimmer. „Du willst was kaufen?" Diese Leute zeichneten sich durch kurze, gebellte Sätze aus. „Ja", sagte ich mit schwacher Stimme. So wie Mora es mir gesagt hatte, gab ich ihm das Geld, welches er langsam und sorgfältig zählte, um dann dem zweiten Mann zuzuwinken. Ein Plastikbeutel wurde vor mich auf den Tisch gelegt. „Probieren", fragte er und öffnete den Beutel. Ich tunkte einen Finger hinein und steckte ihn mir in den Mund. Mora hatte mit mir geübt. Sie ließ mich Backpulver probieren, Vitamin C, Scheuerpulver und Kokain.

Es schmeckte bitter. „Gut“, sagte ich kaum hörbar. Damit war die Transaktion beendet. Der Haarige wurde hereingerufen und nachdem man mich durch einen Seitenausgang geschleust hatte, fand ich mich unvermittelt auf der Straße wieder.

Mora wartete ungeduldig im Auto. „Hat alles geklappt? Du warst vielleicht lange weg. Ich dachte schon, die ziehen dich ab.“ „Na hör mal, Mora. Ich bin doch nicht von gestern. Ich mußte doch erstmal sehen, mit wem ich es zu tun habe. Und probieren mußte ich auch. Ich will mein Geld ja nicht in Backpulver anlegen.“ Ich versuchte ihr klarzumachen, wie souverän ich mich gehalten hatte. Sie hörte gar nicht zu. „Hör zu“, sagte sie. „Du fährst jetzt nach Hause, und ich übernehme den zweiten Teil. Morgen früh ist alles in Ordnung.“ Sie stand bereits auf der Straße. Ins Auto gebeugt sagte sie, in einem weichen Ton: „Laß dich nicht immer in krumme Dinger verwickeln. Du bist doch klug genug. Laß die anderen sich nicht immer eine Meinung über dich bilden.“

Sie war im Begriff, die Tür zuzuschlagen, beugte sich aber noch einmal über den Beifahrersitz, sah mir in die Augen und gab mir einen Kuß. „Also, wir sehen uns.“ Sie drehte sich nicht um. Noch lange schaute ich die Ecke an, hinter der sie verschwunden war. Es war, als ob diese Ecke ein dunkles Geheimnis barg. Ein Bermudadreieck in der Stadt.

4

Ich konnte in jener Nacht nicht schlafen. Ständig meinte ich das Klappen der Tür zu hören. Barfüßig schlich ich dann zu Moras Zimmer. Meine Unruhe steigerte sich durch jede angsterfüllte Minute mehr. Sie kam nicht. Sie kam nicht in dieser Nacht und auch nicht am nächsten Morgen. Ihr Zimmer blieb leer. Es mußte etwas schiefgelaufen sein. Vielleicht war sie festgenommen, entführt, umgebracht. Auf der Arbeit meldete ich mich krank. Als die Sekretärin nach dem Geld fragte, stotterte ich rum und legte auf. Ich wußte nicht einmal, wo ich suchen sollte. Mora hatte nichts erzählt, und ich konnte schlecht zur Polizei gehen. *Herr Wachtmeister, meine Nichte ist seit gestern abend verschollen. War mit einem Beutel Koks unterwegs. Wollte es verkaufen. Und als wir heute morgen den Gewinn teilen wollten, war sie nicht da.* Was für eine vertrackte Lage. Komischerweise kam es mir kein einziges Mal in den Sinn, daß sie mich betrogen hatte. Das traute ich Mora trotz aller Schlechtigkeit nicht zu. Wir wollten doch übers Wochenende wegfahren. Mir fiel nur Hungerbühler ein. Mora hatte ja sonst niemanden. Vielleicht hatte sie dort geschlafen. Hatte ihm ein Gramm Koks abgegeben. Das Telefon läutete in eine leere Wohnung hinein. Entweder war Hungerbühler zu schwach, oder er war tot, oder er hatte sich aus dem Staub gemacht, oder was weiß ich. Ich verfiel langsam in Panik. Ich konnte nicht zu Hause sitzen. Also fuhr ich zu Hungerbühler. Bestimmt hetzte mir die Firma die Polizei auf den Pelz. Die mußten doch denken, daß ich mit ihrem Geld durchbrennen wollte. Ich fuhr über mehrere rote Ampeln. Etwas, das ich normalerweise nie getan hätte. Doch meine Unruhe ließ mich über solche Lächerlichkeiten bedenkenlos hinwegsegeln. Tatsächlich kam ich unbeschadet vor Hungerbühlers Wohnung an. Ich klingelte Sturm. Ich hämmerte gegen die Tür. Ich meinte, ein schabendes Geräusch dahinter zu hören. Ich spähte durch den Briefschlitz. Nichts! Hatten sie mich verraten? Saßen sie feixend und Geld zählend im Zug?

Der Schlüssel! Hungerbühler hatte immer einen Schlüssel in seinem Briefkasten. Ich flog die Treppen herunter, kam atemlos vor den Briefkästen zum Stehen. Ich angelte mit meinem Arm, zu dick, ich kam nicht ganz durch. Was tun? Der Kasten sah nicht gerade stabil aus. Und das Türchen war in einer Ecke aufgeknickt. Mit beiden Armen hängte ich mein ganzes Gewicht daran und landete auf dem Boden, das Türchen in meinem Arm. Meine Hand war aufgeschürft. Egal, bloß weiter. Ich rannte eilig die Treppen hoch und öffnete mit zitternden Fingern die Tür. Hungerbühlers Namen brüllend, lief ich durch die Wohnung. Kein verschreckter Hungerbühler, der mit dünnem Stimmchen japste, keine Mora, die aufgeschreckt aus einem der Zimmer stürzte. Es war alles leer. Mein Blut tropfte auf den Boden und hinterließ in der Wohnung einen roten Faden. In der Küche lag ein Spiegel auf dem Tisch. Darauf mehrere kleine, unordentliche Kokainstraßen. Als ob eine Nase Amok gefahren wäre. Mora mußte hier gewesen sein. Woher sonst hätte Hungerbühler soviel Pulver gehabt? Und endlich fand ich einen Hinweis. Ein zerknüllter Zettel neben dem Spiegel. Ich interessierte mich in der Regel nicht für achtlos weggeworfene Papierkügelchen. Es muß ein besonders böser Schickssalsstrahl gewesen sein, der sein dunkles Licht frühmorgens in die Hungerbühlersche Küche sandte. Ich streckte meine Hand danach aus. Moras Handschrift leuchtete mir fett und blau entgegen. Eine Adresse! Eine Adresse, die mir lange entfallen und erst kürzlich wieder begegnet war. Es war die Adresse ihres Vaters und auch die ihrer Mutter. Was war schon dabei? Sicherlich hatte ihm Mora davon erzählt. Was hatte das schon zu bedeuten? Gar nichts. Und doch, etwas stimmte nicht. War es der ungewohnte Haufen Koks, das hereinfallende Licht oder der Geruch der seit Tagen nicht geleerten Mülltonne? Mir war auf einmal alles so klar. Ich glaubte fast, in einer Art von prophetischem Anfall, Hungerbühler zu sehen. Ich sah ihn greifbar vor mir. Ich sah Mora, wie sie leise auf ihn einredete, ihn vorwärtstrieb. Eilig verließ ich die Wohnung. Ich hätte nach Hause fahren und auf den Ausgang der Geschichte warten sollen. Mit einer Tüte Chips und einem lauwarmen Bier. Ganz, wie es mir entsprach. Stattdessen setzte ich mich ins Auto.

Wieder überfuhr ich rote Ampeln. Überholte halsbrecherisch bummelnde Autos vor mir. Mit quietschenden Reifen kam ich zum Stehen. Ein böser Schatten ging mit mir, als ich die Stufen heraufhastete. Keuchend stand ich vor der Wohnungstür und klingelte Sturm. Es dauerte Ewigkeiten, so schien es mir, bis ich im Inneren ein Geräusch hörte. Etwas schlurfte zur Tür. Langsam wurde sie geöffnet. Hungerbühler! Blutüberströmt stand er vor mir. In der einen Hand ein Messer, das er kraftlos fallen ließ, als er mich sah. Es fiel mit einem musikalisch klingenden Geräusch auf den Dielenboden. Hungerbühlers dünnes Haar war wirr und, mit Blutspritzern versehen, wie eine Krone um seinen Kopf geklebt. Er gab mir, ohne etwas zu sagen, den Weg frei. Ich schob ihn in den Flur zurück und schloß die Tür. Hungerbühler hatte bislang kein Wort gesprochen, lehnte nur kalkweiß an der Wand und schien mit ihr zu verschmelzen. „Wo ist...", begann ich und brach ab. Er zeigte ins Leere. Hinter seinen Augenfenstern funkelte es stumpf. „Wo ist er", fragte ich erneut. Er konnte mir nicht helfen. Er hatte seinen Job getan und Feierabend gemacht; jetzt war er auf dem Weg in ewige Ferien. Vorsichtigen Schrittes ging ich durch den Flur. Ich mußte nur auf umgekehrtem Weg den blutigen Fußspuren folgen, so dachte ich in einer irrwitzigen Hoffnung, um die Sache rückgängig zu machen.

Er lag auf dem Sofa, die Glieder entspannt von sich gestreckt. Der geöffnete Mund schien eine Frage formulieren zu wollen. Überall war Blut. Selbst an der Wand. Fast erwartete ich blutige Parolen dort zu sehen. Geschrieben von Mora. Etwas wie „Tod allen Vergewaltigern". Da liegst du also, dachte ich. Du, der du soviel Einfluß auf unsere Familie hattest, ohne uns zu kennen. Liegst da in deinem Blut, als ob du ein Bad nimmst. Ich fühlte in diesem Moment gar nichts. Der Tote war mir sowieso egal. Aber Mora. So lange hatte sie gebraucht, um an ihr Ziel zu kommen. So lange war ich ihrem Schild gefolgt. Und jetzt löste sich alles auf. Jetzt war es vorbei.

Ich ging zurück in den Flur. Hungerbühler lehnte noch immer an der Wand. Ich trat nahe an ihn heran. „Wo ist Mora“, fragte ich seine Hülle. „Mora, Mora, Mora“, sagte er mechanisch, als nähme er eine Beschwörung vor. Kein Rauch stieg auf, keine Mora erschien aus dem Nichts, um mit einem Wink ihres Zauberstabes die Sache zu beenden. Wir waren allein. „Mora“ wiederholte Hungerbühler sinnlos.

5

Hungerbühler sitzt hoffentlich für den Rest seines Lebens in einer Nervenheilanstalt. Niemand brachte aus ihm heraus, warum er einen ihm unbekannten Mann umgebracht hatte. Er hat nie wieder einen zusammenhängenden Satz gesprochen. Auf Fragen des Staatsanwaltes blickte er erschreckt um sich und rief hilflos, fragend „Mora“. Hungerbühler hatte zwei Tage in der Wohnung zugebracht. Die Tochter, die sich um ihren Vater kümmerte – nachdem die Ehefrau gestorben war, neigte der Witwer zu Depressionen – fand Hungerbühler neben der Leiche. Anfangs hielt man ihn für tot. Er lag steif und blutverkrustet vor dem Sofa und blinzelte kein einziges Mal. Eine Zeugin hatte gesehen, wie ich mit quietschenden Reifen vor dem Haus hielt und hineinrannte. Vorsichtshalber schrieb sie sich meine Autonummer auf. Bravo, eine vorbildliche Mitbürgerin.

Ich sagte vor Gericht nicht aus. Pflichtanwalt und Gericht beschworen mich, die Abgründe, die zu diesem archaischen Mord geführt hatten, mit einem begehbaren Steg zu überbrücken. Ich schwieg. Als Haupttäter wurde ich nicht angeklagt, dafür war Hungerbühler zuständig. Jedoch bekam ich insgesamt fünf Jahre wegen Beihilfe und Unterschlagung. Und wenn schon! Sie konnten mich nicht einsperren. Das hatte ich schon selbst getan.

Epilog

Ich habe nie wieder etwas von Mora gehört. Bis heute frage ich mich, welcher Art sie war. Daß Sonja die Mutter ihrer menschlichen Natur war, steht außer Frage. Sonja wurde wider Willen zur Mutter der Nemesis, des fleischgewordenen Logos. Des Wortes, das die Menschen in Verwirrung stürzt und sie auf gefährliche Wege schickt.

In der Haft habe ich eine Therapie gemacht. Der Psychologe sagte, ich solle das alles mal positiv sehen. Welcher Mensch würde heutzutage noch solch eine Leidenschaft für einen anderen aufbringen? Selbst wenn mein Leben jetzt stinklangweilig sei, hatte ich doch diese Kraft erlebt. Diese Kraft, die nur die wenigsten Menschen jemals beseelt. Ich glaube, dieser Psychologe hat mit Hungerbühler zusammen sein Diplom gefälscht.

Wenn ich zurückdenke an die Zeit vor Mora, weiß ich, daß ein ganz passabler Kerl aus mir hätte werden können. Ich war kein großes Licht, doch meine ich mich erinnern zu können, daß ich soetwas wie ein Urvertrauen besaß. Etwas, auf das ich entgegen allen Widrigkeiten zurückgreifen konnte. Ich war mein eigenes Kapital. Während viele Menschen etwas um sich herum aufbauen müssen, um sich sicher zu fühlen, schöpfte ich aus mir selbst. Es war wie ein Brunnen, der in meinem Inneren schwappte. Selbst durch eine gelegentliche Entnahme, etwa wenn mein Selbstvertrauen durch Niederlagen angekratzt wurde, senkte sich der Pegel nicht merklich. Leider hatte ich diesen Brunnen nicht geschützt. Er lag offen da, und jeder konnte aus ihm trinken. Mora, die einsame Wanderin in der Wüste, schlug dort ihr Zelt auf und verschmutzte die Klarheit des Wassers. Begonnen hatte ich mit einer glasklaren, reinen Flüssigkeit. Mora verwandelte sie in einen trüben, öligen Sud, der mir heute, wenn ich daraus trinke, gallig aufstößt. Und trotzdem fühle ich mich ohne

Mora in meinem Leben nicht mehr zuhause. Ich komme mir vor wie jemand, der mit einer falschen Seele auf der Welt herumirrt. Wie ein Transsexueller, der sich in einem falschen Körper befindet. Nur bei mir ist es eben die Seele. Solange Mora da war, war alles gut.

Wenn ich aus dem Gefängnis entlassen werde – ich hoffe, wegen guter Führung in naher Zukunft hier herauszukommen – werde ich Mora suchen. Ich denke, sie will nicht gefunden werden, doch ich hoffe, daß es mir gelingt. Die Menschen suchen die unmöglichsten Dinge. Dinge, die sie nie gesehen und gespürt haben. Und manchmal werden sie sogar fündig. Da sollte es mir doch möglich sein, ein kleines Mädchen zu finden. Oder?